Bernd Ulbrich

Der unsichtbare Kreis

UTOPIA

Bernd Ulbrich

Der unsichtbare Kreis

Utopische Erzählungen

Verlag Das Neue Berlin

ISBN 3-360-00062-5

Statue eines Königs

Der Automat hinter dem Schreibtisch lächelte. Er war eine Weiterentwicklung des Typs Charm I, eigens für öffentliche Dienststellen entworfen.

Hinter Grom schloß sich lautlos die Tür. Ihre Begrüßung war förmlich.

Grom fand den Ton korrekt.

»Der Senator läßt sich entschuldigen«, sagte der Charm II. Seine Stimme hatte einen angenehm dunklen Klang. Grom setzte sich.

»Whisky?«

»Mit Eis bitte.«

Der Whisky war alt. Grom trank, ohne sein Gegenüber zu beachten. Er gehörte nicht zu jenen Leuten, die Kyberneten zuprosteten.

Der Charm sah ihm höflich lächelnd zu und wartete programmgemäß noch einen Augenblick, damit Grom den aromatischen Nachgeschmack genießen konnte.

Grom entspannte sich und blickte seinen Gesprächspartner erwartungsvoll an.

»Ich vertrete den Senator«, sagte der Typ. »Ich bin mit allen Vollmachten ausgestattet.« In seiner Stimme schwang ein ehrerbietiger Unterton mit, als er fortfuhr: »Wir setzen unser Vertrauen in Sie, Meister.«

Grom lächelte automatisch, um seine erwartungsvolle Spannung zu verbergen.

»Fünfzigtausend«, bemerkte der Kybernet, »Spesen extra.«

Um Zeit zu gewinnen, zögerte Grom. Die Höhe des Honorars war fast peinlich.

Der Charm registrierte sein Mißtrauen. Er lächelte gewinnend. »Wir wissen Ihre Mitarbeit zu würdigen, Meister. Ihr Kurswert ist rapide im Steigen begriffen.«

Grom wurde ungeduldig. Er wehrte mit einer Bescheidenheit heischenden Geste ab.

»Jeder Mensch hat seinen Preis«, bemerkte der Charm bestimmt und fügte lächelnd hinzu: »Zitat, Sir Robert Walpole. Noch einen Whisky?«

Trotz seiner Spannung auf den Kern der Sache bemerkte Grom in jedem Wort, in jeder Geste des Charms eine wohltuend feine Hochachtung. Er sah Gespenster. Was sollte schon dahinterstecken? Das Angebot war nicht mehr als billig. Er war sicher, in jedem Fall eine ähnliche Summe genannt zu haben. Ein andeutungsweises Nicken begleitete seine Worte. »Worum handelt es sich?«

»Um Savatsky.«

»Savatsky.« Grom überlegte. »Savatsky? Der mit dem Hund?«

»Korrekt«, entgegnete der Automat.

Ein ungutes Gefühl ließ Grom die Lippen aufeinanderpressen. Er beherrschte sein Gesicht. Worauf lief das hinaus? Die Geschichte hatte sich doch schnell abgelaufen wie jeder Kitsch, den sie im Tele-V aufbauschten. Weshalb sollte die Sache wieder hochgeholt werden? Doch – umsonst würden sie nicht soviel zahlen. Irgendwer hatte sich was dabei gedacht. Was, das konnte ihm letztlich egal sein. Beruhigt lehnte er sich zurück. Nichts vermochte schließlich die Wertschätzung seiner Person besser auszudrücken als die Höhe des Honorars.

»Eigenartig«, bemerkte er, »seit einiger Zeit hört man nichts mehr von Savatsky. Die Geschichte bewegte die Gemüter. Lange Zeit war sie *das* Gesprächsthema.«

»Das ist ja das Verblüffende«, erwiderte der Charm sorgenvoll. »Da rettet der Mann unter Einsatz seines Lebens einen schiffbrüchigen Hund. Es war wohl in der Nähe des Merkurs. Man hatte das Tier versehentlich in einem havarierten Schiff zurückgelassen.«

Grom nickte. »Ich habe die Darstellung der dramatischen

Rettungsaktion mit Anteilnahme verfolgt«, äußerte er zurückhaltend.

»Verstehen Sie mich recht«, sagte der Typ. »da fliegt ein Mensch einhundert Jahre lang durch den Weltraum: Venus, Mars, Jupiter, Erde hin und her. Niemand nimmt von seiner Existenz Notiz. Nichts hebt ihn aus der Anonymität, kein Unfall, kein Skandal, keine Schmuggelaffäre. Doch mit einemmal kennt ihn die Welt.«

»Bekannt«, sagte Grom und fügte betont sachlich hinzu: »Wenn ich mich recht entsinne, hat man sogar jüngst eine neuentdeckte Virusart nach ihm benannt.«

»Unter anderem«, bestätigte der Automat. Seine Stimme hatte die Überlegenheit des Gesprächsleiters. »Es würde den Rahmen unseres Gesprächs sprengen, wollte man alle Ehrungen aufzählen, die ihm zuteil wurden.«

Grom blickte aus dem Fenster und musterte teilnahmslos den Himmel; Automaten pflegten kein Verständnis für menschliche Gefühlsregungen aufzubringen. Savatsky war fotografiert worden und magnetgespeichert, Filmgesellschaften hatten sein Leben verewigt, ein bekannter Dramatiker schrieb eine heroische Tragödie über die Rettung des Hundes. Straßen waren nach Savatsky benannt worden. Nur eine Plastik von ihm gab es noch nicht. Er hätte nicht gewagt, daran zu denken.

Nun gut, der Name Grom war seit der offiziellen Ehrung seines »Rosaroten Göttlichen« in aller Munde. Die Fachwelt zählte ihn bereits zu den bedeutendsten plastischen Hyperdynamikern des Jahrhunderts. Bis zur Spitze des Gipfels schien ihm nur noch ein winziger Schritt zu fehlen, ein winziger, aber unendlich mühevoller, der so steil nach oben führte, daß er mitunter vor der schwindelerregenden Höhe zurückschrecken wollte. Nun plötzlich öffnete sich in dem Moment des Zauderns, des Kräftesammelns vor dem letzten Ansturm, vor ihm ein bequemer Weg. Savatsky! Sollte es ihm gelingen, eine epochale Plastik des Berühmten zu entwerfen, so mußte zwingend auf ihren Schöpfer ein Abglanz jenes Ruhmes fallen, der das Original umgab.

Als hätte der Kybernet seine Gedanken erraten, fuhr er fort: »Ihr Name, verehrter Meister«, er lächelte, »ist kein unbekannter mehr. Sie beseelt eine unbändige, schöpferische Energie.« Mit Nachdruck formulierte er: »Sie werden Savatsky zu finden wissen.« Es klang wie ein Befehl.

Grom horchte auf.

Der Typ lächelte nicht mehr. Seine Worte klangen scharf akzentuiert. »Da wird einem Menschen eine Chance gegeben, da sorgt sich die ganze Welt um ihn, Presse, Tele-V, Rundfunk reißen ihn aus der Gruft der Anonymität. Man würdigt sein Verdienst um die Menschheit . . .« Der Charm hob eine schmalgliedrige, metallic-braune Hand, seine Stimme war heiser vor Empörung. »Und der undankbare Kerl verschwindet, löst sich in Nichts auf, als ginge ihn die Erde, der er alles verdankt, nichts mehr an.«

»Und kein Mensch weiß, wo er sich aufhält?« Mit Groms Erstaunen wuchs seine Unsicherheit. Zögernd öffnete er sich der Erkenntnis, daß das fürstliche Honorar wohl eine Ölung besonderer Art bedeutete.

»Nicht einmal ein Kybernet«, bestätigte der Charm Groms schlimmste Befürchtungen. »Nun begreifen Sie! – Wir als seine Geburtsstadt fühlen uns verpflichtet. Wir haben vor, im Zentralpark eine Monumentalplastik zu errichten.« Der Charm erhob sich. »Hochverehrter Meister!« Er legte alle Verbindlichkeit, die seiner Baureihe möglich war, in ein gewinnendes Lächeln. »Sie sind Ihrer Zeit voraus. Aus den Reihen der Verkannten aufgestiegen, haben Sie Beachtliches geleistet. Wir halten Sie für fähig, unsere Absicht in einem epochalen Kunstwerk zu verwirklichen. Sie gehören zur Avantgarde. Wir vertrauen Ihnen uneingeschränkt. Finden Sie Savatsky. Unser Apparat hat bisher versagt. Wir können Sie nicht mit dem geringsten Hinweis unterstützen. Ihre Phantasie, Ihr Genius wird Sie nicht nur ein großes Werk schaffen lassen, er wird Ihnen auch den Weg zu Savatsky weisen. Leben Sie wohl!«

Bei der »Galaxy«, deren Angestellter Savatsky gewesen war, erfuhr Grom lediglich, der Gesuchte habe nach einhundert unfallfreien Dienstjahren gekündigt, um in den Ruhestand zu treten.

Grom beauftragte eine Detektei.

Nach zwei Wochen wartete die Agentur mit einem mageren Bericht auf, der ihn keinen Schritt vorwärtsbrachte. Grom begann im stillen den Auftrag zu verfluchen.

Nach weiteren drei ergebnislosen Wochen hatte ein Reporter der Tele-V herausbekommen, daß Grom den Auftrag erhalten hatte. In einer Abendsendung wünschte man ihm Erfolg. Grom meinte, daß die Glückwünsche merkwürdig anzüglich klangen. Ich werde empfindlich, dachte er, es sind Hirngespinste.

Zum ersten Mal in seinem Leben schlief er schlecht. Er erwachte unausgeschlafen und verbrachte die Tage in depressiver Stimmung.

Die Zeit verging, doch der legendäre Weltraumkapitän Henry Savatsky blieb verschwunden. Mehr und mehr überwältigte Grom das Gefühl, dem nicht gewachsen zu sein. Er erwog, den Auftrag einem Kollegen zu überlassen, doch dann schalt er sich seiner Schwäche wegen und raffte sich zu neuer Konzentration auf.

Um die Zeit auszufüllen, begann er, Filmaufnahmen und Fotos von Savatsky zu sichten. Aufmerksam studierte er Savatskys Haltung und Gestus. Es war eine Menge ausgezeichneten Materials. Er erwog, vom Bild zu arbeiten.

Die Idee beflügelte ihn eine Weile, dann verwarf er sie wieder. Ein solches Verfahren mochte allenfalls für eine biedere, naturalistische Darstellung ausreichen. Die sich in ihm formende Idee der Darstellung Savatskys war damit nicht zu erfassen. Er muß mir selbst gegenübertreten, dachte Grom. Ich weiß nichts von ihm.

Sein künstlerischer Ehrgeiz erfüllte ihn mit Unruhe. Gleichzeitig deprimierte ihn die Ergebnislosigkeit seiner Bemühungen. Es dauerte nicht lange, da erschien es ihm unmöglich, diese Kluft zu überbrücken. Die innere Zerrissenheit entglitt seiner Kontrolle und hetzte ihn wie einen Amokläufer zwischen Möglichkeit und Wollen hin und her. Er hatte niemanden, dem er sich anvertrauen mochte.

Tagelang blieb er in seiner Wohnung. Er aß wenig, rasierte sich nicht und verfiel zusehends. Das Telefon ließ er abstellen und beauftragte seinen Kyberneten, ihn bei Besuchern zu verleugnen. Zwischen aller Verzweiflung wurde ihm bewußt, daß er den Heimkyberneten wohl falsch erzogen haben mußte. Statt, wie es dessen programmierte Pflicht gewesen wäre, ihm mit Trost und Unterstützung zur Seite zu stehen, sparte der nicht mit hämischen Anspielungen. Mitunter rezitierte er halblaut beim Servieren selbstverfertigte Reime auf das tragische Geschick seines Herrn.

Die häusliche Atmosphäre wurde unerträglich, und als Grom eines Tages auf die Offerte eines Aufkäufers von gebrauchten Kyberneten stieß, gab er den perfiden Automaten kurzerhand in Zahlung. Umgehend bestellte er bei einer seriösen Firma das letzte Modell der Kollektion.

Der Neue war freundlich, geistig rege und flink. Durch keinerlei Umwelteinflüsse geschädigt, bot er seinem neuen Besitzer, ohne zu zögern, seine selbstlose Hilfe an. Das bestimmte Auftreten des Neuen ließ Grom Hoffnung schöpfen. Er willigte sofort ein, als sich der A-II-Y-Typ drei Tage Urlaub ausbat, um, wie er betonte, Nachforschungen anzustellen. Zwei Nächte schlief Grom ausgezeichnet. Lediglich in der dritten ließ ihn eine begreifliche Unruhe bereits beim Morgengrauen erwachen.

Gegen zehn Uhr erschien sein selbständiger A-II-Y-Typ und teilte ihm mit, er habe Savatskys Aufenthaltsort ausfindig gemacht und sei, gegen eine Barzahlung von dreitausend Energieeinheiten, bereit, ihn preiszugeben. Nur eine Sekunde lang war Grom von der schnellen Umweltanpassung des neuen Modells beeindruckt. Zum Letzten entschlossen, eilte er zu einem benachbarten Kunstkritiker und lieh sich von ihm den erforderlichen Betrag.

Die folgende Woche verging mit hektischen Startvorbereitungen. Grom flog nach Ägypten, um selber den Granitblock auszuwählen. Über das gewohnte Maß hinaus waren Formalitäten zu erledigen, da man es Privatpersonen nur in Ausnahmefällen gestattete, in den Asteroidengürtel zu fliegen. Schließlich gelang es Grom, mit dem Hinweis auf seinen Auftrag die letzten Schranken zu überwinden.

An einem sonnigen Morgen startete er von einem weit außerhalb der Stadt liegenden Flugfeld. Langsam und lautlos stieg das Raumschiff auf. Hyperstarke Gravitationsfelder geleiteten es unfehlbar auf seinen Weg.

Grom meldete sich bei der Mondstation und erhielt die Bestätigung. Er orientierte den Autopiloten und überprüfte die Kopplung mit der Station – notwendige kleine Handgriffe, die den Übergang zum automatischen Flug begleiteten. In einer Entfernung von achtzehntausend Kilometern passierte er den Mond. Von jetzt an konnte er das Schiff sich selbst überlassen.

Am nächsten Tag sah er die Skizzen und Entwürfe durch. Noch hatte er sich nicht endgültig entschieden, ob er die Plastik hyperdynamisch programmieren sollte, denn es schien fast unmöglich zu sein, mit dem Variantenprogramm Savatskys Opfermut, seinen Eingriff in schicksalsbestimmtes Geschehen, auszudrücken. Überhaupt erschien ihm jegliche Motorik unter diesem Aspekt nicht expressiv genug. Indem er in der schweigenden Unendlichkeit ein Lebewesen rettete, hatte Savatsky in die Struktur des Universums eingegriffen; diese Tat erforderte in der Darstellung Ruhe, eine absolute Ruhe.

Grom ging alle Möglichkeiten der Hyperdynamik durch. Was erwarten seine Anhänger von ihm? Eine Steigerung! Hyperdynamik war nicht mehr zu steigern. Sie war Vollendung in sich. Der »Rosarote Göttliche«, der seinen Namen zu einem Begriff gemacht hatte, war seiner künstlerischen Auseinandersetzung mit dem Hyperdynamismus höchster Ausdruck. Jetzt mußte etwas Neues kommen.

Man hatte ihn genial genannt, als die Hohe Akademie das Werk ankaufte. Die Kugel des »Göttlichen« war unbestritten eine Arbeit, deren Programmierung ihm meisterhaft gelungen war. Sogar auf den Bildschirmen der südlichsten Hemisphäre zeigte man sie: eine riesige rosa Geschwulst, deren pulsierende Masse klassisch schöne Formen gebar, Köpfe, Gliedmaßen, Torsi, die sich in ekstatischer Verzückung gegenseitig verschlangen, um von neuem aus dem Innern der Urzelle zu quellen: Genie des Universums, die Schöpfung schlechthin, kunstvoller Organismus, von Menschenhand geschaffen. Mit diesem Werk hatte er die letzte Fessel des Zweckförmlichen gesprengt.

Grom erhob sich von seinem Sitz und begann unruhig die Zentrale des Raumschiffes zu durchmessen. Es war notwendig, einen neuen Bezugspunkt zu finden; Savatsky, das war die RUHE DES EWIGEN, war Universum und Untergang in einem, Geburt und Tod.

Vor einem der großen Sichtfenster blieb Grom stehen, legte die Handflächen auf das kühle, glatte Material und blickte hinaus in die schwarze Unendlichkeit. Das Gefühl, schon ewig an diesem Ort zu sein, vermittelte seinen Gedanken eine traumhafte Dimension. Seit Jahrmillionen stand er hinter diesem Fenster, den Blick auf ferne Welten gerichtet, von denen er nichts wußte.

Er verwarf den Gedanken an Hyperdynamik endgültig. Savatskys Name war nicht erdgebunden; er hatte sein Leben in Einsamkeit verbracht, hohnlachend dem Nichts, das den Störfaktor duldete.

Grom wandte sich ab. Der Gedanke überwältigte ihn. Savatskys Monument mußte aus großartiger Ruhe erstehen, und es mußte in dieser Ruhe geschaffen werden. Sollte er auf die Schule Sielingers zurückgreifen – statische Monotonie mit vereinzelten Rhythmusgruppen? Das würden ihm seine Anhänger nicht verzeihen. Von ihm war man Vorwärtsweisendes gewohnt.

Das ist es, dachte Grom, als er schon im Bett lag. Ich werde sie mit einem neuen Extrem überrumpeln.

Am Morgen erhob er sich ausgeruht. Er frühstückte und gedachte die wenigen Stunden bis zum Anflugmanöver mit der Durchsicht des Materials zu verbringen.

Der Frachtraum war angefüllt mit Werkzeug, einigen Säkken voller Gips und Ton. Grom sah sich beruhigt um. Es war genug Rohstoff für Modelle vorhanden, er brauchte nicht zu sparen.

Im Hintergrund des Frachtraums schwebte, von einem starken Gravitationsfeld gehalten, der vier Meter lange, tonnenschwere Block aus rotem Granit – die Plastik war für die Ewigkeit bestimmt. Sie sollte nicht das Schicksal jener Machwerke auf den öffentlichen Straßen und Plätzen teilen, die monatlich ausgewechselt wurden. Eine sinnlich-freudige Erwartung erfüllte ihn. Er wollte näher treten, um seine Hand die noch rauhe Oberfläche spüren zu lassen, doch die Gravitationsschutzzone hinderte ihn daran.

Als er sich dem Anflugmanöver widmete, betrug die Entfernung nur noch fünftausend Kilometer. Er befand sich in einer Zone des Asteroidengürtels, in dem relativ selten planetare Bruchstücke anzutreffen waren.

Der Brocken schwebte langsam heran. Es war ein kantiger, ungefügter Asteroid von maximal etwa sechzig Kilometer Ausdehnung. Träge wälzte sich das Trümmerstück um eine seiner Achsen. Grom konnte auf dem Schirm die zerrissene Landschaft erkennen. Das sollte Savatskys Aufenthaltsort sein?

Am Rande einer flachen Senke, dicht neben einem steil aufragenden Felsen, bemerkte er eine runde, glänzende Kuppel. Er manövrierte, bis er über ihr hing. Langsam ließ er das Raumschiff sinken.

Das Schiff setzte weich auf. Bis zur Kuppel waren es gut zweihundert Meter. Während des Anflugs hatte er sich mehrmals um Kontakt bemüht, jedoch ohne Erfolg. Es meldete sich niemand.

Grom sprang von der letzten Stufe der Leiter herunter. Die Schwerkraft des kleinen Asteroiden war kaum spürbar. Er schwebte über eine unergründlich tiefe Schlucht, landete sicher auf der anderen Seite.

Als die Sonne aufging, verharrte er einen Moment. Die Felsspitzen warfen scharfe Schatten in den Staub. Das Helmfenster dunkelte sich ab. Grom nahm Anlauf. Fast schwerelos erhob sich sein Körper und glitt majestätisch langsam durch die Leere. Er spreizte Arme und Beine weit ab wie ein landender Vogel. Nichts zwang ihn, seine Körperhaltung zu verändern, kein Windhauch, keine Schwerkraft. Um ihn war absolute Ruhe wie im Mittelpunkt der Welt. Es war ein unheimliches Gefühl, sich als Teil davon zu spüren. Der sanfte Stoß des Aufsetzens pflanzte sich durch seinen Körper fort, spannte, unmerklich fast, die Muskulatur, drängte einen tonlosen Hauch über seine Lippen.

Vor sich im Staub bemerkte er Fußspuren. Sie mochten uralt sein, aber ihr Anblick beruhigte ihn. Jemand war vor ihm hier gewesen, hatte sich, gleich ihm, der Einöde, die ringsum aufwuchs, bemächtigt.

Die Haut der Kuppel war hier und da schartig. Auf Groms Funkruf antwortete niemand. Er umkreiste, soweit es die angrenzende Felswand gestattete, die Kuppel. Hier und da bemerkte er wieder Fußspuren. Wenn sein A-II-Y-Typ nicht gelogen hatte, konnten sie eigentlich nur von Savatsky stammen. Aber warum schwieg er? War ihm ein Unglück zugestoßen, oder hatte er den Asteroiden bereits wieder verlassen? Viele der planetaren Bruchstücke beherbergten verlassene oder inzwischen mit Roboterbesatzungen ausgestattete Hilfs- und Leitstellen. Nur fanatische Enthusiasten, die sich meist der Erforschung des ehemaligen fünften Planeten widmeten, unternahmen noch das Wagnis, in den Asteroidengürtel einzudringen. Viele der Forschungen hatte man Automaten übertragen.

Grom betrat die Schleuse. Er war vorbereitet, trotzdem gelang es ihm nicht, sein Gewicht abzufangen. Unter dem Einfluß des irdischen Schwerefeldes der Station gaben die Beine nach, die Schultern fielen wie unter einer Last nach vorn. Als er den Helm öffnen konnte, hatte er sich jedoch bereits daran gewöhnt. Die Sprechanlage funktionierte, doch nach wie vor erhielt er keine Antwort.

Der Gang in die inneren Sektionen war lange nicht benutzt. Eine dichte, ununterbrochene Staubschicht bedeckte den Boden. Die meisten Räume waren leer. In einem entdeckte Grom ein umfangreiches Lebensmittellager. Er wagte zu rufen, doch der aufdringliche Klang seiner Stimme hallte durch die Gänge, und er unterließ es fortan.

Ein kleiner Raum von etwa zwanzig Quadratmetern war offensichtlich bewohnt. Das Bett war nicht versenkt, ansonsten herrschte leidliche Ordnung. Er entdeckte eine abgelaufene Uhr und etliche Bücher. Grom las die Titel. Die Verfasser waren ihm unbekannt. Er schüttelte verständnislos den Kopf. Die Seiten waren noch aus richtigem Papier. Grom nahm einen der alten Bände in die Hand. Er mußte über die Illustrationen lächeln, über ihre Naivität. Das Deckblatt war herausgerissen, der Einband verblichen. Wahrscheinlich war es einst durch viele Hände gegangen. Er konnte nur den Rest eines Namens entziffern, Antoi . . ., der Rest war unleserlich.

Nahm Savatsky sich die Zeit, Bücher zu lesen? Vielleicht hielt er nichts vom Sleepidee-Inhalator. Ein Sonderling, seine Zeit so totzuschlagen.

In den Fächern des Wandschranks befanden sich in ungeordnetem Nebeneinander Werkzeuge und persönliche Utensilien. Als er die zweite Hälfte der Schranktür aufzog, entdeckte er einen Schutzanzug mit den Initialen H. S. und den Kapitänsstreifen am Helm: Commander Henry Savatsky. Er war also hier in der Station.

Hinter einem ehemaligen Labor stieß Grom auf einen Nebengang, der nach wenigen Metern an einer unauffälligen Tür endete. Sie war nicht verriegelt. Er öffnete sie und befand sich in einem großen, langgestreckten Raum, angefüllt von einem unübersehbaren Gewirr technischer Apparaturen und Meßanordnungen. Es roch nach Ozon. Irgend etwas erzeugte einen tiefen Summton. Sekundenlang ertönte ein hastiges Ticken. Grom kletterte über Geräte, deren Zweck er nicht ahnte. Vorsichtig tastete er sich zur gegenüberliegenden Wand durch.

In einem massiven Kasten mit gläserner Front saß ein Mann im Raumanzug. Er hatte die Augen geschlossen, als schliefe er. Seine Hände ruhten auf Armstützen. Der Kopf war leicht nach vorn geneigt. Ein fahl-kaltes Leuchten umspielte ihn, ließ die Kabine dimensionslos erscheinen und verlieh dem Gesicht hinter dem Glas eine eigentümliche Starrheit, einen Hauch der Entrückung.

Das also war der Mann, den die Welt gefeiert hatte, dessen Name verbunden war mit der heroischen Rettungstat; Opfermut einer modernen Persönlichkeit! Die Formulierungen der Journalisten hatten sich Grom eingeprägt. Savatskys asketisches Gesicht übertraf den Eindruck aller Bild- und Filmdarstellungen. Nie hatte Grom so stark diese innere Geschlossenheit empfunden, die Kraft und Tiefe der Meditation. Heftiger als bisher drängte sich ihm die Überzeugung auf, daß jegliche Dynamik der Absicht abträglich sein würde. Es blieb nur eine Möglichkeit: zurückzugreifen auf die Strenge der Klassik.

Sollte er es wagen? Würden seine Anhänger den Schock bewältigen? Könnte man ihm nicht nachsagen, seine Phantasie hätte sich erschöpft, er wäre nicht mehr fähig, ein künstlerisch-kybernetisches Programm zu entwerfen, und zöge deshalb der schöpferischen Veränderung die Stupidität des Leblosen vor?

Einen Moment zweifelte Grom. Doch dann überzeugte ihn die Kühnheit eines derartigen Sprungs. Gerade die konsequente Negierung des Hyperdynamischen würde seinen Ruf als mutigen Avantgardisten festigen. Mit dieser Arbeit würde er einem neoklassischen Kubismus bahnbrechen, der mit seiner statischen Gewalt alles Gewesene in den Schatten des Vergessens schleudern mußte.

Groms Blick verschleierte sich. Er sah Savatskys Gestalt zu monumentaler Größe anschwellen. Ihre Konturen verzerrten sich ins Massiv-Kantige, vereinigten sich zu einer einzigartigen kompositorischen Idee. Begeistert trat er einen Schritt zurück – und stieß gegen die Kante eines Tisches. Polternd fiel ein Gegenstand zu Boden. Erschrocken bückte er sich, um die herabgefallene Zange wieder an ihren Platz zu legen. Das kühle Metall tat seiner vor Erregung heißen Hand wohl. Da zuckte er wie unter einem Schlag zusammen.

»Was wollen Sie hier?«

Die Glasfront der Kabine war verschwunden. Savatsky hatte den Helm geöffnet, jedoch seine Haltung nicht verändert.

Grom lächelte albern. Er hielt die Zange in der Hand wie einen Blumenstrauß. Nach einer Weile wurde ihm die Lächerlichkeit seiner Haltung bewußt. Er legte das Werkzeug auf den Tisch und stellte sich vor.

Savatskys Miene war nicht zu entnehmen, ob ihm Groms Name etwas sagte. Seine Züge zeigten keine Regung. Die dunkle Haut überspannte das Gesicht wie Leder den Kopf einer Marionette. Langsam erlosch das Leuchten. Aus der dämmrigen Enge der Kabine erscholl seine Stimme scharf und unnachgiebig. »Verschwinden Sie!«

Die Heftigkeit des Angriffs überrumpelte Grom. Unsicher erwiderte er: »Sie sind unhöflich.«

»Ich habe Sie nicht hergebeten!«

»Sie verletzen die Regeln kosmischer Gastfreundschaft.« Grom bemühte sich, freundlich zu bleiben.

»Ich brauche Sie nicht, also bin ich auch nicht gastfreundlich!« Savatskys Stimme war voller Hohn.

Grom wußte, daß Savatsky Reportern gegenüber schroff und unzugänglich war. Aber hier herrschten andere Gesetze als auf der Erde. Das sollte ein Mensch, dessen Heimat der Kosmos war, doch wissen. Savatskys Verhalten war unverständlich und empörend. Groms Vorwurf klang rhetorisch und daher hilflos. »Ich verstehe nicht, wie gerade Sie einem Menschen im Kosmos so begegnen können.«

»Hören Sie, junger Mann«, entgegnete Savatsky, »im vergangenen Jahr sind mir nur zwei Sorten von Menschen begegnet: habgierige Idioten und neugierige. Zu welcher Sorte soll ich Sie zählen?«

Grom war durch ein vierzigjähriges Leben in einer Umwelt, die eher nahm als gab, nicht zuletzt durch seinen Beruf zu einer Reihe praktischer Ansichten gelangt, die etwa den Prinzipien vergleichbar waren, nach denen Festungen angelegt worden waren. Savatsky trug seinen Angriff bar jeder

Konvention vor. Grom spürte bereits Risse im Gemäuer, er kam sich schutzlos vor. Die Feindseligkeit seines Gegners zwang ihn zu der Einsicht, daß Diplomatie ihn so wenig retten würde wie Ehrlichkeit. Er beschloß zu lügen.

»Ich habe einen Schaden an der astronautischen Kopplung.«

Savatsky beugte sich ein wenig vor. Er grinste. »Du bist ein Schnüffler, stimmt's?« fragte er vertraulich. »Ein verdammter Schnüffler.« Seine Zähne schimmerten gelblich im Dunkel des Gesichts. Es war ein angenehmes, sauberes Gelb.

»Sie können es überprüfen.«

»Geschenkt«, sagte Savatsky und erhob sich. »Schnüffler oder Reporter, du bist gerissen genug, den Schaden vorzutäuschen.« Er stieg aus der Kabine. Ihr Inneres sah, nun da das Licht des Raumes einfallen konnte, verwirrend kompliziert aus. Eine Unzahl Kabel umwanden den Sitz in der Mitte wie Schlangen das Haupt der Medusa.

Savatsky kam auf ihn zu. Er war kleiner, als er in den Fernsehaufnahmen wirkte. Drei Armlängen vor Grom blieb er stehen und fixierte ihn aufmerksam aus hellen, blauen Augen. Jede Regung des Gesichts schien von seiner dunklen Haut verdeckt zu werden. »Wie heißt du? Ich habe mir deinen Namen nicht gemerkt!« Er bewegte beim Sprechen kaum den Mund. Seine Lippen waren voll, ein wenig aufgeworfen, und verrieten den negroiden Einschlag. Die oberen Zähne standen ein wenig vor, was den schroffen Schwung des Mundes milderte und ein stetes Lächeln vortäuschte.

Grom nannte noch einmal seinen Namen.

»Du bist Reporter?«

»Bildhauer. Der ›Rosarote Göttliche‹.«

Savatsky stieß einen Laut aus, der sowohl Anerkennung als auch Ablehnung bedeuten konnte. Dann lachte er überraschend auf. »Hast Glück, ich bin guter Laune. Heute war ich weiter weg als gewöhnlich. Kennst du das Gefühl, wenn man sein eigenes Ziel übertroffen hat?« Ohne eine Antwort abzuwarten, fuhr er fort: »Wir können zusammen Tee trinken.«

Es verwunderte Grom, daß er sich nicht nach dem Grund

seines Besuches erkundigte. Savatsky schien sich unangreifbar zu fühlen, vielleicht erwartete er auch nichts Interessantes von der Erde. Diese Haltung verunsicherte Grom, aber er bewunderte sie. Als sich Savatsky an ihm vorbeidrängte, fragte er: »Womit sind Sie fertig, welches Ziel haben Sie übertroffen?«

Savatsky zog ihn an der Schulter neben sich her und knurrte: »Das geht dich einen Dreck an.«

In Savatskys Wohnzelle saßen sie sich gegenüber und schlürften den heißen Tee. Um ein Gespräch in Gang zu bringen, äußerte Grom ein Lob.

»Bist hier auf keiner Party«, erwiderte Savatsky schroff. »Trink oder laß es sein.« Er nahm einen Schluck, streckte wie ein Huhn den Kopf vor und ließ den aromatischen Sud genußvoll die Kehle hinunterrinnen. Grom hatte nie solchen Tee getrunken.

Savatsky beobachtete ihn, und ein verstecktes Lächeln überflog sein Gesicht.

»Also, was willst du von mir?«

»Ich bin Bildhauer.«

»Weiß ich! Und?«

»Ich bin beauftragt, eine Plastik von Ihnen anzufertigen.«

Savatsky feixte und prustete schließlich heraus. Er mußte seine Teetasse absetzen. Seine Heiterkeit verflog ebenso plötzlich, wie sie gekommen war. Nur in seinen Augen saß blanker Spott, als er fragte: »Und wer hat sich das ausgedacht?«

Grom nannte den Namen der Stadt. Er sagte entschuldigend: »Es ist immerhin Ihre Geburtsstadt.«

Savatskys Augen wurden kalt und böse. »Tatsächlich, da bin ich geboren«, sagte er. »Meine Mutter brachte mich auf einer Parkbank zur Welt, weil es in unserem Nest kein Spital für uns gab. Sie wollte zu Verwandten in der Stadt. Auf diese Weise wurde sie vor einhundertsechsundzwanzig Jahren meine Geburtsstadt.« Während er Tee nachgoß: »Jetzt brüsten sie sich dieses Zufalls.« Die Teekanne gab beim Aufsetzen ein hartes Geräusch.

Grom brachte es nicht fertig weiterzufragen. Er hätte noch ein paar interessante Einzelheiten gebrauchen können. Aber schließlich sagte er sich, was soll der alte Kram. Er scheint nicht gerne drüber zu sprechen. Aber es war nicht zu ändern, daß er den Namen der Stadt genannt hatte. Vor Savatskys Haß senkte er verlegen den Blick. Doch der wechselte das Thema. Als er fragte: »Und wieviel wollen sie dafür ausspucken?«, war seine Stimme neutral.

Grom nannte die Summe.

Savatsky nickte anerkennend, sagte aber nichts.

»Hören Sie«, Grom bemühte sich, freundlich zu sprechen, »ich bin nicht Millionen Meilen hinter Ihnen her in diese Einöde geflogen, um Tee zu trinken. Ich werde die Plastik machen.«

»Daraus wird nichts, mein Junge. Ich habe mich hierher verzogen, weil ich meine Ruhe haben wollte. Aber meine Ahnung! Henry, sagte ich mir, auch hier werden sie dich aufstöbern, wenn es darum geht, Energie zu machen.«

Grom blieb gelassen. Was wollte der Alte eigentlich? Die Welt seinem greisenhaften Starrsinn unterjochen? Einhundert Jahre hier draußen, ein paar kleine Unterbrechungen. Er hatte den Überblick verloren. Kein Wunder, er kannte das Leben auf der Erde nicht mehr, fand sich unter den Menschen nicht mehr zurecht. Herrgott, er war nicht der einzige, dem es so ging. Einsiedler, Kauz. Wenn alle, die sich nicht wohl fühlten, auf eine einsame Insel flüchten wollten, würde man eine Menge Inseln brauchen. Grom lächelte überlegen.

»Aber ich bin vorbereitet«, fuhr Savatsky sinnend fort. Er sprach leise wie im Selbstgespräch. »Es war 'ne Spielerei, Hobby, bißchen phantastisch. Anfangs glaubte ich selbst nicht dran. Jetzt hab' ich mein Ziel erreicht.« Er kicherte. »Dahin werdet ihr mir nicht folgen.« Sein Gesicht spannte sich, ein seltsamer Glanz trat in seine Augen. So, dachte Grom, sieht ein Mensch aus, der von einer Idee besessen ist, ein Fanatiker, der mit ihr groß wird oder untergeht.

»Ich werde es tun«, flüsterte Savatsky, »und für euch unerreichbar sein.«

Die letzten Worte ließen Grom unsicher werden. Es mußte doch etwas Ungewöhnliches sein, etwas Einmaliges vielleicht, etwas, worauf bisher kein Mensch gekommen war, kein normaler Mensch. Wer suchte schon die Einsamkeit? Savatsky hatte einen Tick. Er mußte ein Psychopath sein.

»Als Sie verschwunden waren«, äußerte Grom vorsichtig, »war man allgemein enttäuscht. Begreifen Sie, was es bedeutet, ein Idol zu werden in dieser selbstsüchtigen Zeit. Ihr Einsatz wegen dieses armen Hundes, Sie haben Ihr Leben . . .«

Savatskys meckerndes Gelächter unterbrach ihn. »Diese Idioten!« schrie er. »Natürlich, das haben sie daraus gemacht. Ich habe es vorausgesehen.« Seine Augen glänzten vor Freude. »Ich wollte nichts als das Wrack aufbringen, um es zu versilbern, das ist alles. Natürlich wollte ich nicht mit meiner Gesellschaft teilen, andererseits kann man so ein Riesenraumschiff kaum unbemerkt auf die Erde bringen!« Savatsky krächzte vergnügt. »Ich hatte richtig gerechnet. Nachdem die Sache mit dem Hund 'raus war, ging das Theater los, und die ›Galaxy‹ mußte sich großzügig zeigen. Ich konnte das Bergungshonorar allein kassieren.«

»Hin und wieder«, bemerkte Grom, »übertreiben Reporter ein wenig. Die Leute wollen es so.«

Savatsky winkte ab. »Sie lügen! Niemals hätte ich mein Leben und mein Schiff für einen Hund aufs Spiel gesetzt. Ich brauchte Energie, das ist die nüchterne Erklärung. Was glaubst du, mein Junge, wie ich das hier zusammengebracht habe? Mein Hobby kostet ein Vermögen. Geschenkt hat mir keiner eine Einheit. Das eine oder das andere habe ich auch unterderhand erstanden, egal, wo das Zeug herkam. Was ihr darüber denkt, ist mir gleich.«

Um den Alten nicht zu verletzen, bemühte sich Grom, ein neutrales Gesicht zu zeigen. Von welcher Wahnsinnsidee war Savatsky verfolgt?

»Das ist mein Lebenswerk«, flüsterte Savatsky. »Ich hatte Muße, die Welt von draußen zu betrachten. Je länger ich allein war, desto tiefer drang mein Blick, desto intensiver wurden meine Bemühungen. Der Gedanke, daß ich jemals wieder in eurem Kreis leben sollte, wurde mir widerlich.«

»Ihr Lebenswerk?«

Savatsky ignorierte die Frage. »Vor fünf Jahren bekam ich das erste Mal Kontakt, aber ich konnte noch nicht hin. Nur Bilder, verstehst du!« Seine Stimme bekam etwas Ungezügeltes, Prophetisches. »Dort bin ich mehr als ein Idol, ich bin ein . . .«

»Wo?« fragte Grom ungeduldig. »Was wollen Sie mehr?«

Savatsky blickte ihn aus hellen, kühlen Augen an. Er war wieder wachsam und mißtrauisch wie zu Anfang. »Nichts«, sagte er, »du begreifst es doch nicht.«

Grom horchte auf. Es mußte etwas Ungewöhnliches im Gange sein. Vielleicht war nur noch ein winziger Anstoß nötig, bis er die Wahrheit aus Savatsky herausgelockt hatte.

»Wenn es Ihnen bei uns nicht gefällt, warum wandern Sie dann nicht aus in ein anderes Land mit anderen Menschen und anderen Prinzipien? Warum leben Sie nicht im Süden?«

»Weißt du«, Savatsky war unerwartet vertraulich, »ich bin kein Freund von halben Sachen. Man sehnt sich nach der Heimat, und sei sie eine Wüste. Die Möglichkeit zurückzukehren ist eine teuflische Versuchung. Vielleicht gäbe es Länder, wo ich leben könnte, aber ich müßte alle Brücken hinter mir abbrechen können. Das geht nie. Fast nie. Nur in diesem einen Fall. In meinem. Unbehelligt von euch, will ich jetzt mein Abenteuer erleben. Ihr habt mich lange genug daran gehindert.

Wenn man nicht mehr zurück kann, wird die Sehnsucht zu einem schönen Traum. Ein Traum aber«, Savatsky verharrte in nachdenklicher Haltung, »ist zu ertragen.«

Grom hielt den Atem an. Eine fiebrige Erregung packte ihn. Wenn Savatsky verschwinden wollte, *mußte* er ihn verewigen. Es würde auf der ganzen Welt nur eine einzige Plastik von Savatsky geben, und *er* würde ihr Schöpfer sein. Der Wert der Arbeit wäre unermeßlich. Dieser Narr wollte um eines eingebildeten Nirwanas willen alles Schöne und Bequeme, das die Erde ihm zu bieten hatte, aufgeben. Dagegen konnte man nichts tun. Aber den Eintrittspreis für seine Traumwelt sollte er bei ihm abliefern.

Savatsky schlürfte behaglich.

»Sie sollten dahin gehen, wo Sie glücklich sind«, sagte Grom betont herzlich. »Wo auch immer es sein möge. Aber vielleicht sollten Sie vorher mit einem Menschen darüber sprechen. Wenngleich ich sehr viel jünger bin, möglicherweise kann ich Ihnen behilflich sein.«

Ein listiges Schmunzeln überflog Savatskys Gesicht. »Du würdest deine Großmutter verkaufen, wenn du dran verdienen könntest, stimmt's?«

Grom beteuerte das Gegenteil, gab indessen zu, daß die Welt schlecht und das Leben teuer sei. Ware gegen Ware, Geschäft wäre immerhin Geschäft. Er lächelte vertraulich, komplizenhaft. Er hatte nichts dagegen, daß Savatsky ihn durchschaute, aber er hielt es für besser, den Schein zu wahren. Wenn die Fronten sich insgeheim klärten, mochte das von Vorteil sein. Am Ende fand sich doch die Möglichkeit für ein Agreement.

»Na schön«, sagte Savatsky unvermutet, »versuch es eben. Aber verlange nicht, daß ich dir Modell sitze. Wie du das anstellst, ist deine Sache. Ich mische mich nicht in deine Arbeit ein, und du belästigst mich nicht mit Fragen. Okay? Wenn du mir also deinen zweiten Reaktor aus dem Raumschiff zur Verfügung stellst, kannst du bleiben.« Savatsky kniff bauernhaft schlau die Augen zusammen. »Je mehr Energie ich habe, desto weiter komme ich weg, verstehst du?« Er hielt ihm die Hand hin. »Ich heiße Henry.« Grom spürte einen wohltuend kräftigen Händedruck. »Du kannst in dem ehemaligen Labor vor meiner Hexenküche arbeiten.«

Grom bedankte sich korrekt.

Savatsky winkte ab. »Wie lange wirst du brauchen?«

»Etwa acht Wochen.«

»Beeil dich«, warnte Savatsky, »sonst garantier' ich für nichts.«

In den folgenden Tagen waren sie damit beschäftigt, den Reaktor aus Groms Raumschiff in die Station zu bringen. Als Gegenleistung beurlaubte sich Savatsky für einige Zeit von seiner Arbeit und half Grom bei der Einrichtung des Ateliers. Die schwersten Gegenstände transportierten Arbeitsroboter vom Schiff in die Kuppel.

Als die gröbste Arbeit erledigt war, verschwand Savatsky in seinem Labor und überließ Grom seinem Schicksal. Auch am folgenden Tag sahen sie sich nicht. Grom, mit Kleinigkeiten beschäftigt, konnte sich nicht um seinen Gastgeber kümmern.

Am Abend kam Savatsky mit strahlender Miene aus seinem Arbeitsraum. Die Boshaftigkeit der ersten Begegnung war einer sachlichen Freundlichkeit gewichen. Grom unterließ es, nach der Ursache seiner heiteren Laune zu fragen. Was ging es ihn an. Sein Interesse galt seiner Arbeit. Er wollte so schnell wie möglich mit den aufwendigen Vorbereitungen fertig werden.

Am folgenden Morgen frühstückten sie zusammen. Savatsky aß hastig und verschwand, bevor Grom den Kaffee ausgetrunken hatte.

Etwas später klopfte Grom vorsichtig an die Tür des Labors.

Er wollte versuchen, Savatsky bei der Arbeit zu beobachten, um vielleicht einige Skizzen anzufertigen. Als keine Antwort folgte, trat er ein. Merkwürdig, er konnte Savatsky nirgends entdecken.

Grom ging hinüber zu der Kabine, deren Zweck ihm rätselhaft geblieben war, und blickte in den metallenen Käfig mit seinem unergründlichen elektronischen Innenleben. Die sich ineinander schlingenden Kabel warfen verzerrte, harte Schatten. Hell und Dunkel teilte sich in gespenstische Muster. Grom rief. Nichts. Die Geräte summten, auch das Tikken erklang wieder. Grom kontrollierte den Reaktor; er arbeitete fast mit Höchstleistung. Ratlos wandte er sich dem Ausgang zu.

Kurz bevor er die Tür erreichte, verstummte das Ticken,

der Summton ging in ein entnervendes Pfeifen über. Ehe er sich ganz umgewandt hatte, war alles wieder wie beim ersten Mal. In der Kabine saß Savatsky.

Auf seinem Raumanzug bildete sich schnell eine dichte Schicht Reif. Savatsky hielt die Augen geschlossen, der Kopf war leicht vornübergeneigt. Das grelle Licht verlor langsam an Intensität. Grom glaubte zu träumen. Woher war Savatsky so überraschend aufgetaucht? Der Anblick des Commanders fesselte ihn. Diese ergebene Leblosigkeit war die Haltung, die er brauchte. Er eilte hinaus, seinen Skizzenblock zu holen.

Als er eine Viertelstunde angestrengt gearbeitet hatte, öffnete Savatsky die Augen, klappte den Helm zurück und sah Grom erstaunt an. Dann lächelte er und sagte: »Heute bin ich sehr weit weg gewesen. Ohne deinen Reaktor hätte ich das nie geschafft. Mit der Leistungsfähigkeit bin ich zufrieden, nur die Feinjustierung müßte noch verbessert werden. Das ist die schwache Stelle.«

Grom starrte ihn verständnislos an. Savatsky stieg herab, trat näher und beugte sich über Groms Zeichnungen.

»Das bin ich?«

»Ja.«

»Und das?« Er zog unter der Skizze einen Entwurf hervor.

»Eine Vorlage fürs Modell«, erläuterte Grom. »Ich modelliere dich im Sitzen. Diese Haltung kommt meiner Absicht entgegen, und außerdem ist es ja wohl nicht anders möglich. Wirst du öfter da drin auftauchen?« erkundigte er sich.

Savatsky musterte die Skizze. »Was hast du dir dabei gedacht?«

»Misch dich da nicht ’rein«, sagte Grom verstimmt. »Halt dich an unsere Abmachung. Ich habe von deinem Kram keine Ahnung und du nicht von meinem.«

»Was ist das?« fragte Savatsky unbeeindruckt.

»Ich werde es kosmischen Kubismus nennen.«

Savatsky überlegte. »Ich weiß nicht. Was hat das für einen Sinn? Es wirkt . . . berechnet. Ist das Absicht?«

»Es geht um einen logischen Symbolismus.«

»Ich dachte, es geht um mich.« Savatsky hatte so schnell und leise gesprochen, daß Grom nicht sicher war, ob Ironie in seinen Worten lag oder nicht. Er wollte aufbrausen, doch dann sagte er sich, daß Diplomatie seiner Position dienlicher wäre. Er hob dozierend die Stimme.

»Daß es dich gibt, ist ein Zufall, in seiner Diskretheit uninteressant. Das Leben an sich ist amorph – unlogische Struktur – und daher der künstlerischen Gestaltung unwürdig. Doch das *prinzipielle* Sein, die Idee, ist logisch und baut sich aus logischen Raum- und Flächenelementen auf, aus berechenbaren Punkten und Linien.«

Savatsky wiegte nachdenklich den Kopf. »Ich kann dir nicht ganz folgen, aber ich glaube, du hättest dir den Weg hierher sparen können.«

Grom wehrte mit einer begütigenden Geste ab. »Ich kann nicht auf dich verzichten. Du störst das Gefüge der Welt auf eine determinierte Weise. Das Universum hat dir gegenüber eine bestimmte Haltung. Durch deinen störenden Einfluß spiegelt es sich an dir. Du bist als Reflexionspunkt einer universellen Idee wichtig, du bist Mittel zu einem hohen Zweck. Einzig *das* ist die künstlerisch bedeutsame Notwendigkeit deiner leibhaftigen Existenz.« Grom hatte sich in Begeisterung geredet. Lange hatte er den Weg zur Systematik und logischen Folge seiner Gedanken gesucht. In seinem Bemühen, den kosmischen Kubismus als modernste Kunstauffassung zu formulieren, war er einen wichtigen Schritt weitergekommen. Er atmete erregt und blickte seinen Zuhörer dankbar an. »Es gilt, die REINE STÖRUNG DES UNIVERSELLEN SEINS zu finden.«

Savatsky begann sich von seinem Schutzanzug zu befreien. »Vielleicht war ich wirklich zu lange von der Erde weg. Tut mir leid, ich versteh' nicht, was du da machst.« Er hob bedauernd die Schultern. »Ich finde es nicht poetisch, ohne Emotion und Phantasie.«

Grom produzierte eine überlegene Geste. »Emotion, Phantasie sind planbare Elemente.«

»O Gott«, widersprach Savatsky mit komischem Entsetzen, »das wäre das Ende der menschlichen Zivilisation.« Er lächelte, als wollte er für seine Worte um Verzeihung bitten. »Ich brauche etwas, was ich mit meiner Phantasie nachempfinden kann.«

»Diese Naivität haben wir längst überwunden.« Grom musterte den Alten mitleidig. »Im Lebenden, im Menschen liegt keinerlei philosophische Notwendigkeit. Warum willst du das nicht begreifen? Es ist doch einleuchtend und in keiner Weise unnatürlich.«

Savatsky hatte sich seines Anzugs entledigt. Sorgfältig hängte er ihn an einen Haken. Ohne weiter auf Grom zu achten, wandte er sich dem Ausgang zu. An der Tür hielt er inne. Seine Stimme klang kompromißlos, scharf. »Wenn ich jemals Zweifel an der Richtigkeit dessen hegte, was ich vorhabe – du hast sie mir genommen. Ich habe nichts gegen dich. Du tust mir nur leid. Es ist schade um dich, um viele andere. Ich werde nicht länger bleiben als unbedingt nötig. Beeil dich, wenn du fertig werden willst.«

In den folgenden Wochen fertigte Grom mehrere Entwürfe in Gips und Ton an. Er nutzte immer die Viertelstunde, wenn Savatsky, von seinen geheimnisvollen Ausflügen zurückkehrend, mit geschlossenen Augen in der Kabine saß. Er fragte nicht mehr, wohin Savatsky verschwand. Hin und wieder betrachtete der Alte die Arbeiten, gab jedoch keinen Kommentar mehr.

Manchmal führten sie abends belanglose Gespräche, doch meist arbeiteten sie beide bis in die Nacht hinein.

Eines Tages brachte Savatsky von einem Trip, wie er sein Verschwinden zu glossieren pflegte, eine kleine Figur aus gebranntem blauem Ton mit. Sie war ohne Zierat und Dekor, der Körper stellte eine schlanke, stilisierte Säule dar. Das Figürchen hatte die Haltung eines Sitzenden, die Hände schienen auf Armlehnen zu liegen. Es war Savatskys Haltung, wenn er in der Kabine saß. Der Schädel der Figur lief in einen spitzen Kegel aus, in dessen oberem Viertel sich ein drittes Auge befand.

Grom lächelte, bis ihm bewußt wurde, daß er offen sein

Entzücken über das winzige Ding zum Ausdruck brachte. Es war ihm peinlich, bei einer solchen Regung beobachtet zu werden, doch tief in seinem Innern empfand er die Schlichtheit der Figur als schön.

»Gefällt sie dir?« fragte Savatsky.

»Es fehlt . . . die intellektuelle Durchdringung. Sie ist ein Werk Primitiver.« Grom betrachtete die Miniatur aufmerksam. »Sie könnte vom fünften Planeten stammen, eventuell aus der frühen Waye-Dynastie.«

»Sie ist schön. Genügt das nicht?«

»Es ist ohne Sinn, ein Lebewesen als Funktion einer . . . eines sogenannten ästhetischen Gefühls abzubilden. Das wäre eine naive Auslegung des Seins. Gewiß, für Zivilisationen, die am Anfang stehen, möchte es angehen. Wir aber sind berufen, die MENSCHENIDEE zu gestalten. Nicht die Gefälligkeit der Form, sondern eine Idee muß Grundlage unseres schöpferischen Wirkens sein. Die Idee aber schließt jeden Zufall aus. Das Leben ist Zufallsprodukt des Seins, nicht aber des Wollens von Individuen, wenngleich jedes Individuum ein konkreter Faktor ist, errechenbar auch für seine künstlerische Darstellung. Den Zufall überlassen wir der Steinzeit. Das ist der künstlerische Akzent unseres Zeitalters: Die Lossagung vom Zufall!«

»Soll heißen die Befreiung des Individuums von seinem eigenen Willen, Manipulierbarkeit?« Savatskys Stimme war kühl.

Grom zuckte mit den Schultern. »Wortspielerei.« Er reichte Savatsky die Figur. »Woher hast du sie?«

Der Alte wog sie wie ein Kleinod in der Hand und sagte langsam: »Ich will dahin, wo man so was macht.«

»Du bist verrückt.«

»Kaum.«

»Warum«, sagte Grom, »suchst du dir nicht auf der Erde einen Platz, wo du ungestört bist? Das tun viele.«

»Weißt du einen?« Ein spöttisches Lächeln glitt über Savatskys Gesicht. »Ihr verfolgt mich mit eurem Affentheater um einen Hund.« Sein Finger stieß nach Grom, als wollte er ihn aufspießen. »Ihr seid mir *dankbar.* Ich habe euch die Langeweile vertrieben, einen Augenblick lang!« Mühsam beherrschte Erregung ließ sein dunkles Gesicht glühen. »Das eigene Leben ist euch keine Sensation mehr, da versucht ihr, sie aus anderen zu pressen wie Öl aus der Nuß. Ihr widert mich an. Wohin ich mich auf der Erde verkröche, ich würde immer eure Ekelhaftigkeit vor Augen haben, selbst hierher . . .«

Savatsky schien etwas Kurioses eingefallen zu sein. Er lächelte überraschend. Seine Augen glühten wie im Triumph. Er breitete die Arme aus, klatschte schnell in die Hände und führte nach diesem Rhythmus einige gewandte, tänzerische Schritte aus. Dazu sang er, ohne Worte zu artikulieren, eine unbekannte Melodie. Die Töne kamen kurz, doch klar von seinen Lippen. Es war ein fremdartiger, fast rituell anmutender Tanz.

Aufatmend verschnaufte Savatsky, entrückt von der eigenartig fröhlichen Ekstase. Wie ein Märchenerzähler hob er den Zeigefinger. »Ich werde da sein, wo ihr nicht mehr sein könnt, wo ihr niemals sein werdet.« Er hielt Grom die tönerne Figur entgegen. »Ich schenke sie dir.«

Das Angebot kam so überraschend, daß Grom verwirrt lächelte. Insgeheim hatte er sich gewünscht, das kleine, zarte Ding zu besitzen.

Savatsky beobachtete ihn aufmerksam. »Du bist feige«, sagte er.

»Wie kommst du darauf?«

»Jedes Leben kann ein Abenteuer sein, man muß es nur finden. Abenteuer ist Intuition, ist das Neue, dessen Ausgang man nicht berechnen kann. Alles andere, deine künstlerischen Programme, dein ›Rosaroter Göttlicher‹, ist Verfall, Dekadenz, Tod.« In Savatskys kühlen, kindlichen Augen verbarg sich tiefe Trauer. »Was ist denn euer Leben? Die energiesparendste Art zu existieren: Bequemlichkeit. Ihr seid sinnlos geworden. Selbst die Fähigkeit, spontane Freude zu empfinden, habt ihr verloren, verspielt. Ich gebe euch keine Chance.«

Etwas Unbekanntes beeindruckte Grom. Er wußte noch nicht, was es war. Doch er ahnte, daß er es nicht durch vordergründige Ablehnung negieren konnte. Savatsky hatte recht, irgendwie hatte er recht. Die Gedanken entglitten ihm, waren nicht mehr Teil seiner selbst. Sie drangen, von außen kommend, auf ihn ein, sprangen ihn an wie kalte, fremde Körper. Aber das Erschrecken saß in ihm.

Hirngespinste.

Mochte Savatsky fliehen, wohin er wollte, und sein Abenteuer suchen. Was ging es ihn an? Man hatte ihm fünfzigtausend geboten!

Seine Entwürfe waren eindrucksvoll. Der Mut, die Abstraktion der Idee noch weiterzuführen, hatte ihn endlich in die Lage versetzt, die letzte, subjektive Äußerung des Werkes zugunsten der IDEE AN SICH zu vernachlässigen.

Er zeigte Savatsky den letzten Entwurf in Ton. Es war eine kantig-massige Form, der jedoch eine gewisse Grazilität innewohnte. Die geometrischen Flächen wurden hier und da durchbrochen von kugelförmigen Elementen und zylinderförmigen Zusammenballungen: Es war ein Monster.

Savatsky betrachtete es stumm. »Und«, fragte er schließlich, »was nun?«

»Ich werde beginnen, in Stein zu arbeiten. Das heißt, die Kopierung führen im wesentlichen die Automaten aus. Meine Arbeit ist eigentlich beendet.«

»In ein paar Tagen bin ich soweit«, bemerkte Savatsky. »Sieh zu, daß du bis dahin fertig bist.«

»Ich brauche dich nicht mehr.«

»Laß es gut sein«, sagte Savatsky.

»Kann ich bleiben, bis alles fertig ist?«

»Wenn du unbedingt willst . . .«

Am nächsten Morgen brachten vier Schwerlastautomaten den Granitblock ins Atelier. Zwei bewegliche Kyberneten, für Routinearbeiten dieser Art konstruiert, tasteten das Tonmodell mit Echofühlern ab und begannen den Stein zu bearbeiten. Unter den hochenergetischen Strahlen erhoben sich

Nebel verdampfenden Gesteins. Wie zwei schillernde, metallische Spinnen krochen die Kyberneten über den Block. Sie arbeiteten so exakt wie kein menschlicher Steinmetz, reproduzierten zügig die gespeicherten Flächen- und Tiefenabmessungen des Modells mit der entsprechenden Vergrößerung auf den rohen Granitklotz. Grom kam sich überflüssig vor.

Als er ins Labor blickte, war Savatsky bereits verschwunden. Zögernd trat Grom einige Schritte in den Raum hinein. Hinter einigen zylinderförmigen Konvertergehäusen stand Savatskys Schreibtisch. Grom verharrte dicht davor. Er musterte das scheinbar sinnlose Durcheinander, das sich um ihn herum auftürmte. Was hatte Savatsky vor? Worauf gründete sich seine Selbstsicherheit, sein fanatischer Glaube, der ihn mit dem Heiligenschein des Genies umgab?

Seine Hand tastete nach der Schreibtischlade. Sie war unverschlossen. Inmitten eines Wustes von Papier, rhytagronischen Bauteilen und Werkzeug fand er ein dünnes Heft mit der Aufschrift: Arbeitstagebuch. In diesem Moment wurde ihm klar, daß er den Alten mochte. Es war eine eigenartig vertraute Zuneigung, die zwischen Achtung und Unverständnis schwankte. Beschämt legte er das Heft zurück und schloß das Fach. Was hatte er in der Märchenwelt des Alten zu suchen! Es war dessen Welt. Sein Eindringen würde sie beschmutzen. Sollte sie Savatsky allein gehören, denn dort war er glücklich. Mochte sie liegen, wo sie wollte, Millionen Lichtjahre entfernt, in einem unerreichbaren Hyperraum.

Mit einem wehmütigen Blick überschaute er die komplizierten, summenden Apparaturen. Kaum vorstellbar, daß er sich in wenigen Tagen schon von all dem, was Savatsky war, trennen sollte.

Am Abend kehrte Savatsky bleich und aufgeregt zurück. Er wirkte merkwürdig, um Jahre gealtert. Beim Essen redete er mehr als gewöhnlich. Er berichtete Grom von kuriosen Begebenheiten während seiner Zeit als Kommandant auf der Venus-Route.

Nur hin und wieder drang etwas von dem, was er wohl

eigentlich hatte mitteilen wollen, durch – eigenartige, nebeneinanderstehende Gedankensplitter. In verschiedenen Zusammenhängen wiederholte er den Gedanken, daß Macht über ein blindes Volk etwas Furchtbares sein könnte.

Mitten in der Nacht erwachte Grom. Vom Gang her waren schwere Schritte zu hören. Er erhob sich und öffnete die Tür. Savatsky schleppte einen offensichtlich gewichtigen Behälter und verschwand am Ende des Ganges hinter der Tür zu den Arbeitsräumen. Als Grom das Labor betrat, war Savatsky bereits samt seinem Koffer verschwunden. Er blickte sich unentschlossen um. Albern, wie er mitten in der Nacht halbnackt umherschlich. Er wandte sich ab. Doch da kündigten in seinem Rücken die bekannten Geräusche Savatskys Rückkehr an. Als Grom herumfuhr, saß der Alte in der Kabine. Das Gesicht, von grauen Bartstoppeln überwuchert, als hätte er sich tagelang nicht rasiert wirkte in dem fahlen Licht wie eine Theatermaske. Grom starrte ihn überrascht an. Er hätte schwören mögen, ihn noch am Nachmittag glatt rasiert gesehen zu haben.

Aus dem Halsausschnitt seines Schutzanzuges leuchtete das lichte Blau eines Hemdes, das Grom nie bei ihm bemerkt hatte. Auch entsprach der mit fremdartigen Stickereien besetzte Halssteg keiner irdischen Mode.

Savatsky öffnete die Augen, murmelte eine Entschuldigung wegen der nächtlichen Unruhe. Er müsse in dieser Nacht noch einige Male weg, Grom solle sich nicht stören lassen.

Als Grom am nächsten Morgen unausgeschlafen erwachte, konnte er Savatsky nirgends finden. Er frühstückte allein. Seine Laune besserte sich erst im Atelier. Die Automaten waren in der Nacht mit der Plastik nahezu fertig geworden.

Liebkosend strich Grom über die schroffen Kanten des beinahe vier Meter hohen Monuments. Es war ein Meisterwerk elementarer kosmischer Einheit, Mikrokosmos und Universum in einem, an einem Punkt gebrochen durch die Proportionen des Sitzenden, den zufälligen Faktor. Henry Savatsky, der die Ewigkeit um einen Hund betrogen hatte.

Grom fühlte die Wärme des Materials. Es war seine Schöpfung. Er, ein unermeßlicher, unsichtbarer, furchtbarer Gott, liebte sein Werk, das Schöpfung und Zerfall umfaßte. Seine Auftraggeber würden zufrieden sein, er hatte ihr Vertrauen gerechtfertigt. Dieses Werk war der Beginn einer epochal neuen Kunstauffassung, der Grundstein einer neuen Philosophie. Er atmete auf. Sie würden schockiert sein alle. Aber dankbar für den neuen Horizont, den er ihnen schenkte, würden sie zu ihm aufschauen.

Grom ging nach nebenan, um Savatskys Rückkehr zu erwarten. Der Raum sah noch unordentlicher aus als sonst, er war voller hektischen Lebens, voller neuer, unbekannter Geräusche. Ihn überkam das schmerzliche Gefühl des Abschiednehmens. Das erste Mal in seinem Leben bedauerte er, das Vergehende nicht aufhalten zu können. Es war kein Trost, daß sie beide von hier weggingen, er zur Erde und Savatsky . . . So ist das nun mal. Du bist ein altes Weib, dachte Grom. Es hat alles seine Ordnung.

»Grom, hörst du mich?«

War das nicht Savatskys Stimme? Er blickte sich überrascht um.

»Grom . . . Grom!«

Es war unverkennbar er. Was sollte das? Eine technische Spielerei?

Das fahle Leuchten in der Kabine erlosch, flammte plötzlich auf, erlosch erneut. Eine Ahnung sagte Grom, daß Savatsky in Gefahr war. Das Gefühl ließ ihn hilflos verharren.

Zwei Meter über dem Fußboden bildete sich, inmitten des Raumes, ein bläulich fluoreszierender Nebel, verdichtete sich rasch und gewann an Leuchtkraft, bis er schließlich von innen heraus erstrahlte. In dem gleißenden Gebilde erschienen die Konturen eines Körpers.

Grom erkannte Savatsky. Er schwebte schief und ein wenig vornübergeneigt in der Luft, eine geisterhafte Erscheinung. Seine Hände und Füße schienen durchsichtig zu sein, auch die Gesichtszüge muteten eigenartig zart an wie ein Gebilde aus hauchdünnem Eis.

Savatsky bewegte den Mund, seine Stimme kam von überallher. »Grom! Hörst du mich? Du mußt verschwinden! Schnell! Beeil dich.« Seine Stimme war eindringlich, fast flehend. »Du hast neunzig Sekunden Zeit. Die Justierung ist hin. Ich kann nicht mehr zurückkehren. Ich muß die ganze Station herüberholen, sonst bin ich verloren.«

Wohin, dachte Grom. Wo ist er?

»Frag nicht. Bring dich in Sicherheit!«

»Meine Arbeit!« rief Grom verzweifelt. »Ich muß sie zur Erde . . .«

»Ich kann das Potential nur noch sechzig Sekunden halten, dann mußt du so weit wie möglich von der Station entfernt sein!«

»Meine Arbeit!«

»Tut mir leid, mein Junge. Beeil dich, sonst mußt du mitkommen, für immer. Leb wohl! Du hörst von . . .«

Der Ton schwand zu unverständlichem Flüstern, das Bild zerflatterte. Dann erschien es fünf Meter entfernt wieder. Wie eine Fata Morgana hing der Alte flimmernd im Raum. Er blickte Grom ernst an und hob beschwörend die Hände. »Du mußt weg, schnell, ehe es zu spät ist!«

In fliegender Hast streifte Grom seinen Schutzanzug über. Keuchend rannte er den Gang entlang zur Schleuse. Mit aller Kraft zerrte er am Griff der Alarmöffnung.

Die aus dem Gang ins All strömende Luft riß ihn mit sich und schleuderte ihn weit in das flache Tal hinaus. Während des Fluges krümmte er sich instinktiv zusammen. Doch die Schwerkraft des kleinen Asteroiden war ungefährlich. Er flog etwa zweihundert Meter in die Höhe, dann kehrte er in einem flachen Parabelast wieder zur Oberfläche zurück und landete nicht weit entfernt von seinem Raumschiff. Die Sonne war gerade untergegangen. Während er mit weiten Sprüngen in den Schutz des flachen Raumkreisels hastete, der sich mattschimmernd vom dunklen Hintergrund der Felsen abhob, schaltete er den Helmscheinwerfer ein.

Da zerriß ein flammendes Feuer die Düsternis. Die Panzerung des Raumschiffs reflektierte das Licht. Die Felsnadeln gleißten in kaltem Schein, wie von einer flüssigen Metallschicht übergossen.

In Groms Ohren gellte das Warnpfeifen. Sein Abwehrschirm war höchster Belastung ausgesetzt. Atemlos sprang er die drei Stufen der Leiter hoch. Hinter ihm schnellte das Schott in die Füllung.

Die Leitzentrale arbeitete normal. Nach Luft ringend, ließ sich Grom in den Pilotensessel fallen.

Entsetzt folgte sein Blick den scharfen Lichtzungen der Außenscheinwerfer. Wo die Station gestanden hatte, gähnte ein Loch. Sanft senkten sich seine Wandungen zur Mitte. Sie glänzten wie poliert. Die Geräte registrierten eine schwache Wärmestrahlung. Grom ließ das Loch abtasten. Es war kreisrund, die Abweichungen betrugen weniger als ein zehntausendstel Millimeter.

Während des Rückfluges stellte er sich zum hundertsten Male die gleiche sinnlose, nicht zu beantwortende Frage. Selbst wenn er gewußt hätte, wohin Savatsky verschwunden war, es hätte ihm nichts genützt. Die Plastik konnte er nicht zurückholen. Ergebnislos drehten sich seine Gedanken um diesen Punkt. In die sorgenvollen Überlegungen mischten sich die schlimmsten Befürchtungen. Was war mit Savatsky geschehen? Er sah ihn in der Ewigkeit verschollen, in einem grauenerregenden Nichts – und mit ihm, dem bedauernswerten Träumer, seine für die Unsterblichkeit bestimmte Schöpfung, die Krönung seines künstlerischen Schaffens.

Grom war der Verzweiflung nahe. Es blieb nur eine Möglichkeit: nach dem Gedächtnis eine zweite Plastik anzufertigen, denn auch seine Skizzen und die Kyberneten waren Savatskys Wahnidee zum Opfer gefallen.

Er überschlug den Material- und Zeitaufwand. Es schien möglich zu sein. Er erinnerte sich eines Freundes, der im hohen Norden wohnte. Der würde ihm für einige Zeit sein Atelier überlassen. Dort war er ungestört. Keine peinlichen Fragen. Wie sollte er den Vorfall glaubwürdig schildern? Kein Mensch würde ihm die Geschichte abkaufen.

Grom landete auf einem kleinen Platz in Alaska. Als er die notwendigen Formalitäten erledigt hatte, fühlte er sich erschöpft. Die Beglaubigungsspeicher stopfte er achtlos in die Tasche.

Der Chef des Platzes begleitete ihn zur Tür. Er war freundlich aus Dankbarkeit; hierher verirrte sich selten jemand. Bevor er Grom entließ, nickte er ihm kameradschaftlich zu. »Anstrengenden Flug gehabt?«

Grom bejahte stumm. Er mochte nicht Auskunft geben über woher und warum.

»Bißchen ausspannen, wie?«

Grom nickte wieder. »Ich brauch' meine Ruhe, verstehen Sie.«

Der Chef grinste verständnisvoll. »Irrsinnige Hektik draußen. Hab' ich selber jahrelang mitgemacht. Ist ein kleines, ruhiges Nest hier. Haben Sie das Richtige erwischt. Keine Extravaganzen; kein Nepp. Aber nicht verschlafen, verstehen Sie.« Seine kleinen Augen blickten argwöhnisch.

»Ja, ja«, sagte Grom gleichgültig, »ich hab' Sie verstanden.« Er wollte nichts weiter als ausschlafen. Morgen oder übermorgen würde er seinen Freund aufsuchen, der nicht weit von der Stadt lebte. Er wandte sich zum Gehen.

»Hören Sie«, rief der Chef hinter ihm her, »wenn Sie glauben, wir hätten nichts zu bieten, irren Sie sich gewaltig!«

Grom wandte sich widerwillig um.

Der andere trat dicht an ihn heran. »Wo waren Sie gleich, im Gürtel? Sind Sie 'n Fan? Ich hätte was für Sie.«

»Wie man's nimmt.« Grom mochte sich nicht länger von dem wichtigtuerischen Geschwätz aufhalten lassen.

»Wir haben die beste Leihausstellung des Museums für die Geschichte des fünften Planeten, die es überhaupt gibt. Hat viel Mühe gekostet, sie zu kriegen. Sie haben sich nicht getraut, es uns abzuschlagen, verstehen Sie!« verkündete der Chef großspurig, als wäre die Ausstellung sein Verdienst.

Grom bedankte sich über die Schulter.

»Sie sollen tolle neue Sachen gefunden haben!« rief der Chef ihm nach.

»Vielleicht geh' ich mal hin«, sagte Grom laut. Befriedigt stellte er fest, daß der andere ihm nicht mehr folgte.

Im Wagen, der ihn zum Hotel brachte, fand er den Hinweis des Chefs ganz interessant und überlegte, daß eigentlich genug Zeit wäre, die Ausstellung zu besuchen.

Am nächsten Morgen ließ er sich den Weg zum Museum beschreiben, denn er hatte vor, zu Fuß hinzugehen.

Als er das Ausstellungsgebäude betrat, hatte die Führung schon begonnen. Er eilte der undeutlich durch die Säle ebbenden Stimme des Museumsführers nach. Eine Vielzahl von interessanten Exponaten weckte sein Interesse, doch er wollte sich jetzt nicht die Zeit zu längerem Verweilen nehmen.

Hinter einer zweiflügligen Tür staute sich eine Gruppe von Neugierigen. Die geschlossene Front aus Köpfen und Nacken verwehrte Grom jede Sicht, doch drang die Stimme des Vortragenden hier schon deutlicher durch die Mauer von hundertfachem Atmen, Raunen und Füßescharren.

». . . einen ungewöhnlichen Fund. Es handelt sich um eine vollständig erhaltene, aber unvollendete Statue des Sonnengottes Rahu, der, wie die Sage berichtet, von den Sternen gekommen war, um der König der Gausiham-Yaks zu werden, des mächtigsten Volkes auf dem Begosh, dem ehemaligen fünften Planeten unseres Sonnensystems.«

Einen Moment später klaffte, verursacht durch eine wogende Bewegung, eine Lücke in dem Wall aus Leibern, und Grom schlüpfte hindurch. Seine Hoffnung endete in einer Sackgasse neben einer Vitrine. Er begnügte sich damit, die erlesen schönen Stücke hinter dem Glas zu betrachten. Es handelte sich ausnahmslos um Kultgegenstände der Prä-Waye-Kultur, Faserwedel, sogenannte Blutschalen, kleine Götzen. Grom stutzte.

Sein Blick haftete an einem etwa sieben Zentimeter hohen Figürchen. Es war die Darstellung der gleichen Gottheit, wie Savatsky sie ihm auf dem Asteroiden geschenkt hatte. Die sitzende Haltung, die eigenartige Schädelform, sie glichen einander bis auf unwesentliche Einzelheiten. Nachdenklich wandte sich Grom ab und lauschte wieder dem Vortrag des Redners.

»Bislang war kein Bildnis des sagenhaften Sonnenkönigs gefunden worden, weshalb seine Existenz von der Wissenschaft in Zweifel gestellt wurde.« Die Stimme heischte Aufmerksamkeit. »Doch mit dieser Skulptur sind nun die letzten Zweifel beseitigt. Fast gleichzeitig wurde ein Gesetzbuch des Königs Rahu gefunden, dem zufolge es verboten war, ihn abzubilden. Das Monument ist demnach in die Anfänge seiner Regierungszeit einzuordnen. Somit ist es etwa fünfundzwanzigtausend irdische Jahre alt.«

Der Redner machte eine Pause, schneuzte sich und gab seiner Zuhörerschaft Gelegenheit, sich umzugruppieren. Grom wandte seinen Blick wieder der Vitrine zu. Savatsky, woher hatte Savatsky die Miniatur gehabt? Sollte er etwa . . .? Aber nein, das waren Phantastereien. Savatsky war ein verschrobenes Genie gewesen. Nun gut . . .

». . . Oberflächen weisen eine Struktur auf, als wären sie geschmolzen gewesen, als sie bearbeitet wurden. Der Künstler erreichte bei der Gestaltung der Flächen, Rundungen und Kanten ein solch hohes Maß an Exaktheit, wie es uns heute erst mittels elektronisch gesteuerter Instrumente möglich ist. Auf welche Weise dies bei dem technischen Entwicklungsstand des Planeten möglich war, ist nicht zu erklären. Hochinteressant ist weiterhin die Art der Gestaltung, die Auskunft gibt über den künstlerischen und damit philosophisch-moralischen Stand der Begosh-Zivilisation jener Zeit.«

Grom verfluchte seinen ungünstigen Standpunkt und begann sich unauffällig nach vorn zu arbeiten. Um ihn herum wurde Murren laut. Jemand trat ihn, mit deutlicher Absicht, kräftig auf den Fuß. Ein Stoß in die Hüfte ließ ihn gegen einen fetten Rücken prallen, der ein weiteres Vorwärtskommen unmöglich machte. Erbittert blieb Grom in dem Menschensumpf stecken. Wer von diesen Ignoranten begriff schon etwas von dem Gehörten? Ihn ging das an, nur ihn.

»Soviel wir heute einschätzen können, ist dieses Kunstwerk das letzte Zeugnis einer lang anhaltenden, dekadenten Entwicklung des Begosh-Volkes, die mit dem Amtsantritt des Königs Rahu ihr Ende fand. Dieser Potentat scheint überhaupt sehr befruchtend auf die künstlerische und wissenschaftliche Entwicklung seiner Zeit gewirkt zu haben. Namhafte Koryphäen der Begosh-Forschung äußerten die Ansicht, daß eine Weiterführung solcher depressiven, dem Leben abgewandten Haltung, wie sie sich in diesem Kunstwerk manifestiert, unweigerlich zum Verfall der Begosh-Zivilisation geführt hätte.«

Der Dicke vor Grom wechselte das Standbein und gab ihm somit Gelegenheit vorbeizuschlüpfen. Langsam, aber zäh arbeitete er sich voran. Der Wald der Museumsbesucher lichtete sich.

»Das größte Rätsel aber«, fuhr der Redner fort, »ist die Herkunft des Materials. Die Analysen haben eindeutig ergeben«, er legte eine Kunstpause ein, »daß es sich bei dem Granit zweifelsfrei um irdischen handelt!«

Grom trat einer Dame auf den Zeh und murmelte zerstreut eine Entschuldigung.

»Es gelang sogar«, sprach der Museumsführer in die atemlose Stille, »zu ermitteln, daß es sich um Granit aus Ägypten handelt. Eine Expertengruppe ist zur Zeit mit der Aufklärung dieses Phänomens befaßt.«

Grom hatte die Menschenmauer überwunden. Zwischen den eckigen Schultern zweier Schulmädchen gelang ihm ein Blick auf den Gegenstand des allgemeinen Interesses.

Er zuckte zurück wir vor einem giftigen Insekt. Doch ein Hieb in den Rücken ließ ihn vorwärts taumeln. Er öffnete den Mund, brachte jedoch keinen Ton hervor. Pochend schwollen seine Halsschlagadern.

Zum Weiß der Wand bildete der Sitzende einen reizvollen Kontrast. Da ruhte es, sein Werk, das große, das unvollendete, genau so, wie er es in Savatskys Station zurückgelassen hatte, seine Kreation des kosmischen Kubismus.

Er schluckte, die Bitterkeit des Schierlingsbechers auf der

Zunge. Verschwommen, auffahrend aus Gewisper und Geflüster, drang die Stimme des Museumsführers an sein Ohr.

»Wir begeben uns nunmehr in den Schwarzen Saal . . .«

Ein vielfaches Scharren umflutete ihn. Die Glieder gehorchten ihm nicht, die Stimme versagte den Dienst. Ohnmächtig starrte er auf die Statue.

Ein Nachzügler ergriff seinen Arm und drängte ihn sanft zu einer Bank. »Geht es Ihnen nicht gut?«

»Ich«, stammelte Grom, »Sie müssen wissen . . . ich habe . . . König Rahu hat es mir nicht bezahlt.« Sein Finger deutete zitternd auf das Monument. »Es gehört mir!«

Erschrocken ließ der Mann seinen Arm fahren und floh hinter dem Pulk der anderen her.

Grom sank auf die Bank nieder. Von einer abnormen Heiterkeit gebeutelt, starrte er auf das Parkett zu seinen Füßen. Was für ein Narr war er gewesen, da er glaubte, klüger zu sein als Savatsky.

Seine Gedanken übersprangen fünfundzwanzigtausend Jahre. Hatte sich Savatskys Wagnis gelohnt? Zögernd bejahte er die Frage. Aber die Antwort gab ihm keine Ruhe. War das, was der Alte suchte, auf der Erde unmöglich? Ein Leben lang arbeiten für eine Idee. Was hatte Savatsky daran gehindert, sie unter den Menschen zu verwirklichen?

Savatsky? König Rahu! Er versuchte zu grinsen, aber es gelang ihm nicht mehr. Handelte es sich wirklich um eine naive Idee, war sie nicht eher groß oder vielmehr – edel? Welch ein seltsames Wort, und doch, es war der einzige Ausdruck, der auf den alten Sonderling zutraf.

Ernüchternd stellte er sich der Erkenntnis: Er war der einzige Mensch, der dem wirklichen Savatsky ein Denkmal schaffen konnte. Nicht ein Gedanke erinnerte ihn an seine Auftraggeber.

Einen letzten Blick warf er auf den Koloß aus der Vergangenheit, und es war mehr als nur ein Abschied von Savatsky.

Havarie

Die Explosion zerstörte das Heck des Transporters. Der Panzer wurde aufgerissen bis zu den mittleren Sektionen. Um diese Zeit brach der Funkkontakt zur Erde ab. Es war null Uhr einunddreißig Bordzeit. Sie befanden sich zwischen der Umlaufbahn des Pluto und der Neptunbahn.

Gleich einem riesigen, gespaltenen Holzklotz wirbelte das Wrack, um sich selbst rotierend, durch den Raum. Wie von einer trägen Strömung getrieben, bewegte es sich hilflos auf die Sonne zu.

Otis lag auf dem Rücken. Er richtete sich mit Hilfe der Kopfstütze auf und beobachtete die über den Bildschirm wandernde Sonne. Einige Sekunden lang starrte er auf den jämmerlich winzigen Fleck, dann schloß er enttäuscht die Augen wieder. Irgendwo da in der Schwärze waren Menschen. Die Verzweiflung stieg in ihm hoch. Er wollte nichts tun und nichts fühlen, er wollte frei sein von dem verfluchten Trieb zu leben, und er wünschte sich eine maßlose Gleichgültigkeit, ein schönes Dahindämmern.

Seine Beine schmerzten nicht mehr. Sein Körper war leicht und frei. Wenn das Sterben so war, mochte es angenehm sein.

Er lachte ein wenig; es klang wie der fahle Diskant eines Greises.

»Sollst dich hinlegen, das Sehen strengt an.«

Otis drehte den Kopf herum.

Samuel saß auf seiner Koje. Seine Stimme hatte müde geklungen, ein wenig nervös.

Er mußte gerade erwacht sein, denn sein Haar stand borstig vom Schädel ab, und blinzelnd suchte er nach seiner Brille.

Durch die Gläser wirkten seine Augen größer und dunkler, als sie waren. Otis erschienen sie fiebrig.

»Wie geht's heute?« fragte Samuel.

»Gut.«

»Du hast den Strahlenschock überstanden.«

»Wir haben ihn überstanden«, sagte Otis.

Samuel nickte, er lächelte flüchtig. »Was machen deine Beine?«

»Ich spür' sie nicht einmal mehr. Sieht schlimm aus, wie?«

»Keine Schmerzen? Das ist ein gutes Zeichen«, sagte Samuel und erhob sich. »Übermorgen kannst du wieder laufen. Bis dahin mußt du dich gedulden. Medikamente vollbringen keine Wunder.« Er zog seine Hosen zurecht und durchquerte den Raum ohne Eile. Sein Gang wirkte unsicher, als wäre er noch schlaftrunken. Hier und da erzeugten seine Schuhsohlen ein schlurfendes Geräusch.

Otis konnte ihn nicht mehr sehen. »Was machst du?« fragte er unruhig.

»Ich kontrolliere unsere Vorräte!«

Samuel hantierte eine Weile unsichtbar, dann erschien er mit einem beladenen Tablett. Aus den Dosen quirlte Dampf. Es roch nach Kaffee und heißen Bohnen. Samuel setzte sich aufs Bett. Otis richtete sich ohne Unterstützung auf und nahm eine Büchse. »Das ist gut«, sagte er.

»Iß«, erwiderte Samuel.

Sie tranken den Kaffee in kleinen Schlucken. Er rann heiß die Kehle hinunter und wärmte angenehm den Magen. Otis überkam eine eigenartige Glückseligkeit. Es war paradox. Er konnte sich nicht erklären, woher das rührte. Vielleicht dauerte es nur noch Tage, bis etwas Lebenswichtiges zu Ende ging, Sauerstoff oder die Energie.

In den vergangenen Tagen war Samuel Antworten darauf geschickt ausgewichen. Es war ihm nicht schwergefallen, denn Otis hatte sich zu schwach gefühlt, den Gefährten durch direkte Fragen in die Enge zu treiben. Vielleicht war er auch froh, daß Samuel ihm nicht eindeutig Auskunft gab, um ihm eine Illusion zu erhalten, wenn er sagte: »Brauchst dir keine Sorgen zu machen.«

Otis stellte die leere Dose zurück. »Wieviel haben wir noch?« Er deutete auf den Behälter.

»Genug.«

»Und von dem andern?«

»Reichlich.«

»He, hör auf damit«, sagte Otis übertrieben entrüstet, »laß dich nicht so ausfragen. Das ist mühsam für einen Kranken.«

»Wie fühlst du dich?«

»Gut genug, um die Wahrheit zu vertragen.« Otis sah den Gefährten an, der seinem Blick nicht auswich. Wieder schien es ihm so, als glänzten Samuels Augen ungesund. Aufmerksam beobachtete er, wie sich über den Augenbrauen des Gefährten kleine Schweißperlen sammelten.

Als wollte er ein verräterisches Mal unsichtbar machen, wischte sich Samuel hastig den Schweiß aus der Stirn. »Der Kaffee war heiß.« Er erhob sich schnell.

Otis blickte auf seinen schmalen Rücken, als er zum Steuerpult ging. Die Bewegungen waren ihm so vertraut, als würden sie sich schon seit Jahren kennen. Dabei wußte Otis nicht einmal, wo auf der Erde Samuel lebte; oder hatte er es vergessen? Es verwunderte ihn, daß er das nicht wußte. Er nahm sich vor, Samuel danach zu fragen.

»Also gut«, sagte Samuel.

»Dreh dich um«, sagte Otis, »ich will dein Gesicht sehen. Kranke belügt man meist.«

Samuel lehnte sich mit dem Rücken gegen das Steuerpult. »Du warst bewußtlos, als ich dich fand. In den vergangenen drei Tagen warst du so schwach, daß ich nicht darüber sprechen wollte.«

»Es kommt mir vor, als wäre es gestern gewesen«, sagte Otis.

»Sicher«, entgegnete Samuel, »aber es sind drei Tage. Ich hatte Dienst in der Zentrale. Es passierte kurz vor meiner Ablösung.«

»Ich erinnere mich«, erwiderte Otis. »Ich sollte deine Wache übernehmen. Auf dem Weg hierher muß es geschehen sein.«

»Die Zentrale und ein Stück vom Hauptgang sind heil geblieben. Der Gang hat etwas abbekommen, aber er blieb dicht. Ich fand dich ein paar Meter hinter der Schleuse.« Samuel fuhr sich mit der Zunge über die Lippen und atmete tief. Er stieß die Luft mit einem eigenartigen, pfeifenden Geräusch aus. Seine Hände lagen, den vorgeneigten Oberkörper stützend, auf der Kante des Pultes.

»Was ist?« fragte Otis.

»Nichts«, erwiderte Samuel, »mir ist warm. – Wir haben für Wochen alles Lebensnotwendige, für mindestens vier, wenn wir sparen, für acht oder zehn.«

Otis dachte nach, dann sagte er: »Es sieht fast zu gut aus, nicht wahr? Wie kommt das?« Er lächelte spöttisch, doch seine Stimme klang ernst. »Du mußt mich nicht belügen.«

»Ich belüge dich nicht«, erwiderte Samuel, »was wäre dir damit gedient?«

»Uns«, korrigierte ihn Otis. »Es geht uns beide an. Jeden Atemzug tun wir gemeinsam, jedes Wort teilt sich zwischen uns auf.«

»Es gibt keinen Grund, dich zu belügen«, sagte Samuel leise. »Für mich ist nur die Wahrheit sinnvoll – und für dich«, fügte er hinzu. Seine Stimme klang fast heiter, als er fortfuhr: »Es sieht doch gar nicht so schlecht aus. Sogar der Schwerkraftgenerator arbeitet noch.«

»Merk' ich«, sagte Otis. »Wohin bewegt sich unser Blechsarg?«

»Wir haben Glück, wir trudeln auf die Sonne zu, langsam, aber immerhin ist es eine gute Richtung.«

»Möglich«, sagte Otis. »Möglich auch, daß sie uns kurz vor unserem dreihundertsten Todestag finden.«

Samuel grinste. »Glück ist relativ.«

»Mist«, sagte Otis. »Hör auf damit.«

»Wir werden Glück haben«, sagte Samuel, ernst werdend.

Samuels Ruhe regte Otis auf. Mit welchem Recht stand

Samuel ihrer Situation mit einer Gelassenheit gegenüber, die an Gleichgültigkeit grenzte. Samuels Optimismus wollte ihm lächerlich erscheinen, so närrisch wie ihr ganzes Warten und Hoffen.

»Glück wie bisher«, sagte er gereizt, seine Stimme hatte einen nervösen, bitteren Unterton. »Wir haben das Glück, nicht gleich verreckt zu sein wie die anderen.«

Samuel antwortete nicht.

Sie sahen aneinander vorbei und schwiegen.

»Warst du mal draußen?« fragte Otis müde, als die Stille unerträglich wurde.

Samuel nickte. »Sie haben nicht viel gemerkt«, sagte er kurz. Dann plötzlich laut und gereizt: »Hör endlich auf, daran zu denken!«

Otis ließ sich zurücksinken und starrte an die Decke. Wieder war alles wie eben erst geschehen. Er hatte ihre Gesichter vor Augen, als hätte sich gerade das Schott hinter ihnen geschlossen. Mit manchem hatte er kaum drei Worte gewechselt, aber jetzt war sein Gesicht da, drängte sich mit dem gleichen Recht aus der Erinnerung hervor wie die anderen.

Eine lautlose Prozession füllte den Raum. Sie lachten oder waren in ein ernstes Gespräch vertieft, ganz so, als lebten sie noch.

»Ich muß aber daran denken«, sagte Otis leise. »Es ist nicht gut, so eine Sache zu überleben. Man fühlt sich schuldig. Aber es ist dumm.«

»Vielleicht hast du recht.« Samuels Stimme klang weich, fast zärtlich.

Otis richtete sich wieder auf. Samuels Gesicht war grau und von Falten durchzogen, die ihm eine unergründliche Traurigkeit verliehen. Es mochte die trübe Beleuchtung sein, die seine Züge mit Schatten zeichnete. Unwillkürlich erschrak Otis beim Anblick des Freundes. Er fuhr sich mit der Hand über das Gesicht. »Wie sehe ich aus?« fragte er.

»Normal«, antwortete Samuel. »Du hast sogar rote Ohren. Dir fehlt nichts weiter. Deine Beine sind fast schon wieder völlig in Ordnung, die Strahlenkrankheit hast du überstanden, und sonst . . .«

Otis musterte ihn wachsam. Mit dem Mißtrauen des Kranken schenkte er der optimistischen Schilderung keinen Glauben. Sie blickten sich an, als sähen sie sich zum ersten Mal. Hatten ihre Gesichter einmal anders ausgesehen? Das Gegenwärtige überdeckte die Erinnerung daran. Wie würde das Morgen aussehen und wie das Übermorgen? Zeichnete sie bereits eine tödliche Resignation? Otis wollte die Vision aus seinem Denken vertreiben, doch sie hockte in allen Winkeln, unüberwindbar wie eine bleierne Müdigkeit.

Als müsse er eine unsichtbare Kraft überwinden, die ihn umklammert hielt, stieß sich Samuel vom Steuerpult ab. »Ich muß nach dem Rechten schauen«, sagte er entschuldigend, »vielleicht hab' ich irgendwo was übersehen.«

Während er durch die Zentrale ging, sammelte er sorgfältig herumliegende Gegenstände auf, um sie geordnet auf ihren Platz zu legen; mit unbeweglicher Miene sortierte er die harmlosen Überbleibsel der Katastrophe.

Otis verfolgte aufmerksam seine Bewegungen, als könnte er aus ihnen die Wahrheit oder die barmherzige Lüge ablesen. Samuel verschwand aus seinem Gesichtsfeld. Auf einmal empfand Otis seine Hilflosigkeit wieder. Seine Abhängigkeit von Samuel war so perfekt wie die eines Säuglings von der Amme. Samuel brachte ihm das Essen, die Medikamente, Samuel rechnete, Samuel teilte ein; Samuel war sein Leben. Otis hätte schreien mögen vor ohnmächtiger Wut, dem Schicksal so grenzenlos ausgeliefert zu sein.

»Samuel, wo bist du, was tust du da?«

Samuel trat mit einem Tuch in der Hand aus dem Dämmer, das die gegenüberliegende Wand der Zentrale einhüllte. In der Dimensionslosigkeit des weiten, schwach erhellten Raumes wirkte er noch zierlicher als sonst. »Ich wische Staub«, sagte er ruhig, »die Geräte sind völlig verdreckt.«

Für einen Atemzug lang war Otis sprachlos, dann schrie er mit sich überschlagender Stimme: »Ja, bist du denn wahnsinnig?« Von seinem schrillen Ton erschreckt, hielt er inne. Samuel sah an ihm vorbei. Seine Mundwinkel zitterten ein wenig. Er hielt den Kopf so, daß die Augen in den Schatten ihrer Höhlung lagen. Nur die Falten, die sie umgaben, traten hervor wie schattige Furchen auf einer sonnendurchglühten Ebene. Otis suchte den Blick des Freundes. Samuel hob den Kopf ein wenig, und das blasse Licht drang wieder in seine Augen. Als Otis fortfuhr zu sprechen, war eine leise, vorwurfsvolle Zärtlichkeit in seiner Stimme. »So tu doch etwas Sinnvolles. Die Funkanlage, versuch die Funkanlage zu reparieren, mach es doch, vielleicht schaffst du es. Sie müssen doch erfahren, wo wir uns befinden.« Otis brach unvermittelt ab. Seine Hände blieben einen Moment wie festgenagelt in der Luft stehen, dann ließ er sie langsam sinken.

Samuel rührte sich nicht. Sein zierlicher Körper schien substanzlos zu werden durch die unnatürliche Starrheit, war nur noch Abbild seiner selbst, hinfällig als Ziel eines Angriffs.

Otis überfiel tiefe Scham, wie jemanden, der sich bei einem Selbstgespräch mit unaussprechbaren Gedanken überrascht sieht und das Ausgesprochene nun nicht widerrufen kann. Er senkte den Blick auf die Bettdecke.

»Es hat keinen Zweck«, sagte Samuel freundlich, als handle es sich um etwas Belangloses. »Die Sendeantennen sind hinüber. Außerdem hätten wir nicht einmal genug Energie, um zu senden.«

Otis fuhr sich mit der Hand übers Gesicht. »Ich liege hier und sehe zu, wie wir verrecken«, flüsterte er heiser. »Entschuldige, ich verliere die Nerven.«

»Schon gut.« Samuel wandte sich wieder seiner Arbeit zu. Beinah pedantisch fuhr er jede Ritze, jede Wölbung mit dem Tuch entlang. Er tat es ohne Hast, wie jemand, der viel Zeit hat.

»Warum nimmst du nicht den Staubsammler?« fragte Otis.

»Er arbeitet zu schnell und zu gründlich. Er nimmt mir zuviel Arbeit ab, verstehst du?«

Otis sah ihm schweigend zu. Es erschien ihm sinnlos, etwas zu sagen, nichts wäre diese Mühe wert gewesen. Der Rücken seines Gefährten schwang rhythmisch vor und zurück. Wenn er zur Seite ausholte, bemerkte Otis Müdigkeit in der Bewegung, ihre Energie wirkte angespannt, erzwungen.

Ich müßte ihn bewundern, dachte Otis. Er scheint immer zu wissen, was notwendig ist. Er registrierte erstaunt, daß er diese Eigenschaft an Samuel früher nicht bemerkt hatte. Vielleicht war keine Gelegenheit dazu.

Er beobachtete Samuel, der mechanisch und eifrig Staub wischte, als wäre es die dringlichste Beschäftigung auf der Welt. Er sah ihm zu, als wäre es nicht wichtiger, die Augen zu schließen und an die Erde zu denken und an das, was sein Leben bisher ausgefüllt hatte. Vielleicht war das alles nicht mehr von Belang, Arbeit, seine Frau, das Pochen seines Herzens. Er fühlte sich zu schwach, bewegungslos an das Leben zu glauben. Vielleicht würde ihn die Kraft und die Tätigkeit des Freundes erreichen, wenn er an ihn glaubte. Es erfüllte ihn nichts weiter als dieser Glaube, und jede andere Wertung schien absurd. Doch vielleicht war auch Samuel zu schwach, dem Kommenden gefaßt und kalt entgegenzusehen, vielleicht war es auch für ihn nur eine Ablenkung, ein billiges Betäubungsmittel. Warum sollte Samuel stärker sein, mit welchem Recht verlangte er das von dem Freund. Samuel wollte beide täuschen, in Sicherheit wiegen. Luft und Lebensmittel für Wochen? Sicherlich war es besser, an eine Gemeinsamkeit zu glauben, ob sie erlogen war oder nicht. Ja, sie würden beide durchkommen, alles andere war Unsinn. Man würde das Wrack rechtzeitig finden; die halbe Erde war auf den Beinen, sie zu suchen. In den nächsten Wochen schon würde man sie entdecken, ganz sicher. Wenn er aufstehen konnte, würde er sich einen Lappen nehmen und Staub wischen oder mit Kreide Bilder an die verbeulten Wände zeichnen.

Was sonst?

Sie hatten Leben für acht Wochen oder für zwölf. Was

sollten acht Wochen oder zwölf in der Weite des Kosmos? Und wenn die Rettung erst nach sechzehn oder vierundzwanzig Wochen einträfe? Einer würde das schon schaffen, einer von beiden. Aber sie waren zwei, und das Beinah zählte nicht, niemals.

Otis atmete tief ein und stieß die Luft durch die Nase wieder aus.

»Samuel!«

Der Gefährte hielt inne, als hätte jemand einen Mechanismus in ihm abgeschaltet. Die Arme über der Brust verschränkt, blickte er Otis fragend an.

»Warum hast du mich nicht einfach verrecken lassen, als ich dort draußen lag? Wäre kein Problem gewesen. Ich war doch schon halb tot.«

Samuel wandte sich ab und wischte weiter, als wäre nichts geschehen. Nach einer Weile sagte er: »Du bist ein Idiot!«

»Der Sauerstoff hätte doppelt so lange reichen können, Samuel. Deine Chance wäre doppelt so groß gewesen.«

»Noch größer«, sagte Samuel, »wäre meine Aussicht, in der Hälfte der Zeit durchgedreht zu haben.« Er grinste Otis über die Schulter an. »Ist eine einfache Rechnung. Verlaß dich drauf, mein Junge.«

Am Nachmittag gab Samuel ihm die letzte notwendige Dosis des Medikaments gegen die Strahlenkrankheit. Auf Otis' Frage erklärte er, daß er seine Ration bereits am Morgen des vorigen Tages genommen hätte. »Ich war eher fertig«, sagte Samuel, »ich habe nicht soviel abbekommen.«

»Was war eigentlich die Ursache?« fragte Otis.

»Ich weiß es auch nicht.« Samuel hob die Schultern. »Der Reaktor selbst war es jedenfalls nicht, sonst wäre wohl nichts übriggeblieben.« Er saß in einem Sessel vor dem Reaktorpult, dessen Lichtkontrollen tot waren, und reparierte seine Taschenuhr. »Wir haben anderes zu tun, als daran zu denken.«

»Unsinn«, erwiderte Otis störrisch, »wir haben nichts zu tun, als zu warten, bis wir verrecken.«

Samuel schüttelte vorwurfsvoll den Kopf. Er ließ sich bei seiner Beschäftigung nicht stören.

»Was ist mit der Uhr?« fragte Otis. »Ist sie kaputt?«

»Nein«, entgegnete Samuel. »Ich nehme sie auseinander und setze sie wieder zusammen. Es macht mir Spaß.«

Otis sah ihm eine Weile zu, dann sagte er: »Sei kein Narr. Das Wunder, daß sie uns rechtzeitig finden, wird nicht eintreten. Vor tausend Jahren konnte ein Schiffbrüchiger mitten im Ozean millionenmal mehr Hoffnung auf Rettung haben als wir. Und wenn er Pech hatte, so ist er wenigstens in seiner Welt zugrunde gegangen, nicht irgendwo, wo nichts ist als Schweigen und ein bißchen Sternengefunkel.«

»Glaubst du, dein Schiffbrüchiger ist leichter gestorben, weil es auf der Erde war?« erwiderte Samuel spöttisch. »Umrauscht vom romantischen Wellenschlag des Meeres. Kann so etwas überhaupt leichter oder schwerer sein? Der Tod dauert überall nur einen Augenblick. Es ist ziemlich gleich, ob du hier verhungerst oder dort. Aber das Sterben fängt an, wenn man sich selber aufgibt, dann wird es zum endlosen Leiden, und der Tod ist nur noch eine Erlösung von der eigenen Last.«

Samuel sprang plötzlich auf, seine Hände zitterten, sein Gesicht war rot. »Leg dich doch hin«, schrie er, »und verreck!«

Doch so überraschend, wie seine Erregung gekommen war, hatte er sich wieder in der Gewalt. Einen Moment später bedeckte sein Gesicht die gewohnte Blässe. Angelegentlich betrachtete er seine Uhr, ließ mit einem leichten Klikken den Deckel zuschnappen und schob sie gewissenhaft in die Tasche.

Bis zum Abendessen sprachen sie kein Wort mehr miteinander. Schweigend nahmen sie ihre Mahlzeit ein. Samuel aß nicht viel. Den Rest seiner Ration nötigte er Otis auf. Er wirkte abgespannt. Seine Bewegungen waren schlaff, die Stimme heiser und leise.

Sie konnten sich nicht waschen. Den scharfen Schweißgeruch nahmen sie sowenig wahr wie die eingedrückten Wände und die verbeulten Verschalungen.

Otis streckte die Hand aus und löschte die trübe Beleuchtung. Seine Gedanken bewegten sich in wirrem Durcheinander. Er dachte an seine Frau und an die Kinder, und ein eigenartiger Druck auf Kopf und Körper preßte ihn zusammen, deformierte ihn zu einem funktionslosen Klumpen, der in sich zusammenkroch wie ein weiches Tier, das aus Versehen getreten wurde und nun in Erwartung des nächsten Tritts in unnatürlicher Form erstarrt, fühllos und gestaltlos, absterbend in der Peripherie, um den Schmerz nicht mehr fühlen zu müssen. Er hörte Samuel sich auf seinem Lager wälzen. Sein Atem ging keuchend wie der eines Kranken.

Später fiel er in einen schweren, unruhigen Schlaf, von unerklärlichen Bildern verfolgt. Als er erwachte, wußte er nicht mehr, was er geträumt hatte. Er war nur müde, und die Beine schmerzten wieder ein wenig; es war ein angenehmer Schmerz.

Samuel war bereits auf. Er saß am Kommandopult. Den Oberkörper leicht vorgeneigt, starrte er auf den Sichtschirm, von dessen rechter oberer Kante ein schwach leuchtender Stern langsam zur Mitte wanderte, um am rechten unteren Rand wieder zu verschwinden; seit gestern war die Sonne nicht merklich größer geworden.

Die Schultern des Sitzenden waren nach vorn gesunken. Er hatte die Ellenbogen auf die Knie gestützt und hielt den Kopf mit beiden Händen umfaßt.

»Wie schnell sind wir eigentlich?« fragte Otis leise.

Samuel schien die Frage nicht wahrzunehmen. Erst nach einer Weile lehnte er sich in seinem Sessel zurück und sagte, ohne Otis anzusehen: »Mach dir keine Sorgen, zum Abendessen sind wir zu Hause.« Er begann leise und ein wenig schrill zu lachen.

Otis versuchte zu lächeln, aber es wollte ihm nicht recht gelingen. »Hoffentlich freut sich deine Frau über meinen Besuch.«

»Sie freut sich immer, wenn uns jemand besucht.«

»Ich werde mir Mühe geben«, sagte Otis. »Aber nein, ich werde euch zu mir einladen, wenn wir zurück sind. Wenn wir uns beeilen, ist noch ein festes Eis auf dem See. Wir werden eisfischen, und ich koche uns eine echte Fischsuppe.«

Samuels Blick kehrte von irgendwo zurück in die Wirklichkeit. Er sah Otis erstaunt an. »Was, du kannst kochen?«

»Aber ja«, entgegnete Otis vergnügt, »das ist ein Spaß, vielleicht noch interessanter, als Marsfossilien zu sammeln.«

»Komisch«, sagte Samuel. Er saß noch immer in der gleichen entspannten Haltung im Sessel, das Profil Otis halb zugewandt. »Ich wußte nicht, daß du so etwas kannst.«

»Ist auch nicht so wichtig«, sagte Otis.

»Doch, das ist wichtig«, widersprach Samuel. »Was sonst? Wir sind seit zehn Monaten unterwegs, da sollte man so etwas voneinander wissen. Wir haben die Zeit seit dem Start von der Erde schlecht genützt.«

»Wir hatten anderes zu tun. Die Geheimnisse des Pluto wollten gelüftet sein. Tausende von Daten waren auszuwerten. Wir wollten weiter, wir gönnten uns keine Pause. Immer weiter.«

»Nun haben wir Zeit.«

»Nein, wir haben nie Zeit. Wir sind immer ihre Sklaven, auch jetzt, gerade jetzt.«

»Ich habe eine Überraschung für dich«, rief Samuel plötzlich. Er sprang auf. »Warte, ich hole sie!« Er verschwand in einem kleinen Nebenraum. »Wir müssen daran denken, daß du in einigen Tagen wieder laufen wirst. Die Knochengewebsbildung ist durch die Medikamente stark beschleunigt. Du wirst allerdings zu Anfang noch eine kleine Hilfe brauchen!«

Hastig atmend kletterte er durch das schmale Schott zurück. In den Händen hielt er zwei Krücken. Lachend schob er sich die Stützen unter die Arme und hinkte unbeholfen näher. Es wirkte komisch. Otis brach in Gelächter aus.

Als er im diffusen Licht die Züge des Freundes erkennen konnte, endete sein Lachen in einer hilflosen Geste. Samuels Gesicht sah aschfahl aus, Schweiß bedeckte seine

Stirn, die Wangenknochen stachen unnatürlich hervor, die Lippen schimmerten in bläulichem Ton.

»Warum starrst du mich so an? Ich habe die Krücken gemacht, während du schliefst. Aber du wirst schon zurechtkommen.«

»Samuel«, flüsterte Otis, »ist dir nicht gut?«

»Ich bin ein bißchen müde«, antwortete Samuel ausweichend. »Ist schließlich kein Wunder«, versuchte er zu scherzen, »ich kann mich nicht den ganzen Tag im Bett herumdrücken.«

»Du bist krank.«

»Unsinn. Ich mach' etwas zu essen. Du hast sicherlich Hunger.« Samuel lehnte die Krücken gegen Otis' Bett und wandte sich hastig ab.

»Samuel! Wieviel Röntgen hast du erwischt?«

»Nicht der Rede wert. Weniger als du, viel weniger«, rief Samuel aus der Nische, wo er das Essen zubereitete. »Es waren ausreichend Medikamente da!«

»Wieviel?«

Samuel hantierte geschäftig. Scheppernd stießen Büchsen gegeneinander. Obwohl er das volle Tablett mit beiden Händen balancierte, schwappte bei jedem Schritt etwas Flüssigkeit über. Kaffee und Suppe vermischten sich auf dem Tablett zu einem unansehnlichen Gemenge.

»Wieviel waren es?« fragte Otis unerbittlich.

Langsam und schwankend kam Samuel näher. »Achtzehn Millionen Einheiten, in Millionenpackungen«, sagte er zögernd.

Otis blickte ihn scharf an. Als hindere ihn der Blick weiterzugehen, blieb Samuel mitten in der Zentrale stehen. Er sah auf das Tablett in seinen Händen und schien nicht zu bemerken, daß er es schief hielt. Ein dünnes Rinnsal lief über den Rand und tropfte zu Boden.

»Wenn es so viel waren«, sagte Otis, »dann reicht es.«

Samuel hob den Kopf, er hatte die Augen halb geschlossen. Dann ließ er das Tablett fallen und brach zusammen. Er kniete in der Lache aus dunkler, dampfender Flüssigkeit.

Sein Oberkörper rutschte langsam zusammen. Zögernd legte er sich auf die Seite, nur sein Kopf schlug auf, doch er schien es nicht mehr zu spüren. Zusammengekrümmt blieb er liegen.

Fassungslos starrte Otis auf den Gefährten. Eine unbeschreibliche Angst ließ ihn zu jeder Handlung unfähig werden. Als könnte jede Bewegung ein Unglück auslösen, saß er, fast ohne zu atmen, auf seinem Bett. Plötzlich fühlte er sich schutzlos, als wären die Wände des Raumes aus dünnstem Glas und könnten bei der leichtesten Erschütterung auseinanderbersten. Erst als ihn der Sauerstoffmangel dazu zwang, zog er hastig Luft ein.

Er schob die Decke zurück, schwang die Beine über die Kante seines Lagers und setzte vorsichtig einen Fuß auf den Boden. Sich mit den Händen stützend, verlagerte er sein Körpergewicht. Der Schmerz war geringer, als er befürchtet hatte. Doch als er seine Stütze losließ, trugen seine Beine ihn nicht, und er mußte sich rücklings aufs Bett fallen lassen. Dann richtete er sich erneut auf, ergriff die Krücken und klemmte sie sich unter die Achseln. Hastig und unbeholfen schwankte er auf das Kommandopult zu. Sein Atem ging keuchend, Schweiß rann ihm den Rücken hinunter. Am liebsten hätte er sich die Kleidung vom Leib gerissen. Dicht vor seinem Ziel wäre er fast gestürzt. Er warf sich gegen das Pult, seine Finger fuhren unsicher über die Tastatur. Er regelte die Schwerkraft auf ein Zehntel »g« zurück. Augenblicklich verschwand die Last seines Körpers, er spürte sein eigenes Gewicht kaum noch.

Samuel war leicht wie eine Feder. Otis trug ihn zu seinem Lager, bettete ihn vorsichtig auf den Rücken und öffnete ihm das Hemd. Samuel atmete schwer, Speichel rann ihm aus dem Mundwinkel. Behutsam wischte Otis ihm das Gesicht sauber. Dann hinkte er hinüber zum Computer. Es dauerte endlose Sekunden, bis er die Diagnose hatte. Ungläubig starrte er auf die Karte: Schwerer Strahlenschock, medikamentöse Unterdosierung, sofortige Behandlung mit mindestens dreizehn Millionen Einheiten.

Im Arzneischrank fand er noch zwei Millionen. Wahllos räumte er die Fächer aus, um das Impfgerät zu finden, verstreute Tuben und Schachteln achtlos auf dem Boden. Dann fand er es in einem Seitenfach.

Nachdem er Samuel das Medikament verabreicht hatte, blieb er neben ihm auf dem Bett sitzen.

Es mochten Stunden vergangen sein. Der Diagnosecomputer forderte eine weitere Behandlung.

Ein geringer Schmerz flackerte in seinen Beinen und im Brustkorb auf. Otis achtete nicht darauf. Ab und zu warf er einen Blick auf den Bewußtlosen, dann schloß er die Augen wieder. Gedankenlos und stumpf saß er da, und als nach Längerem eine leichte Regung im Gesicht des Gefährten ihn aufmerksam werden ließ, kam es ihm vor, als wäre er aus einem traumlosen Schlaf erwacht.

Samuel schlug die Augen auf. Ein schwaches Lächeln belebte sein Gesicht. Erstaunt fragte er: »Was ist los? Hab ich schlappgemacht?« Otis verbot ihm das Sprechen.

Seufzend schloß Samuel die Augen: »Red schon«, flüsterte er, »du hast doch was auf dem Herzen.«

»Du hast mich angelogen.«

»Richtig«, erwiderte Samuel ungerührt. »Kranken muß man nicht die Wahrheit sagen.«

»Aber ich werde dir jetzt die Wahrheit sagen.«

»Kannst du dir sparen, sie ist nicht neu für mich.«

»Warum hast du das getan?«

»Ich soll nicht sprechen, sagtest du.«

»Strengt es dich sehr an?«

»Es geht mir jetzt ganz gut. Die Wirkung wird nicht lange anhalten. Es ist also egal. Es sei denn, sie fänden uns in den nächsten Stunden. Doch damit ist wohl nicht zu rechnen.«

Otis wagte es nicht, zu nicken. Er wußte, daß der Freund auf grausame Weise recht hatte. Das Wunder, auf das sie hofften, würde nicht eintreten; das Medikament konnte Samuel nicht helfen, es war zuwenig, viel zuwenig. Der Tod nahm einen kleinen Umweg, aber er würde kommen – ein wenig später.

In Otis stieg eine unsichere Ahnung von dem Kommenden hoch. Die Angst, dem nicht gewachsen zu sein, verwirrte ihn. Er vermochte nicht, den Freund weiter anzusehen, dessen von Bartstoppeln überwuchertes Gesicht sich vom Laken abhob wie eine dunkle Wolke am Firmament. Das Blau der Decke, unter der sich Samuels schmächtiger Körper abzeichnete, war hell und mild wie ein blasser Herbsthimmel, ein wenig kühl.

»Du hättest den Strahlenschock keine sechs Stunden überlebt«, fuhr Samuel fort, »Blutverlust, Quetschungen, Brüche; dein Zustand war nicht der beste. Hätte ich die Medikamente zur Hälfte aufgeteilt, wären wir beide nicht davongekommen.« Einen Augenblick lang huschte ein spöttisches Lächeln über sein Gesicht. »Oder hättest du etwas Besseres gewußt?«

»Ich war fast tot«, sagte Otis hartnäckig, »ich wäre nicht einmal mehr zu Bewußtsein gekommen. Nach sechs Stunden wäre alles vorbei gewesen. Du hättest dich nicht schuldig zu fühlen brauchen. Aber mich wird es verfolgen, ich werde mich schuldig fühlen.«

»Unsinn!« rief Samuel energisch. »Du wirst dir keine Vorwürfe machen. Es war mein Wille, meine Entscheidung, nenn es, wie du willst, von mir aus Pflicht. Das Medikament reichte nun mal nicht für beide. Du hättest an meiner Stelle genauso gehandelt!«

»Ich wollte . . .« Otis konnte den Satz nicht beenden, er kam sich vor wie ein Schauspieler, dem das Publikum anmerkt, daß er seine Rolle nicht bewältigt.

In der Nacht erwachte er. Die Dunkelheit war absolut. Es war kein Unterschied, ob er die Augen öffnete oder nicht. Mitunter mußte er sich sehr konzentrieren, um festzustellen, daß sie geöffnet waren. Seine Umgebung war in lichtloser Anonymität versunken, sein Körper schwebte irgendwo, leicht auf und nieder wogend wie auf einem Schiff. In der Stille vermeinte er ein auf- und abschwellendes Rauschen zu vernehmen, eine gleichmäßig gegen Bordwände klatschende Dünung. Die Reling der kleinen Jacht drückte gegen seinen

Magen. In seinen Händen das Gestänge war warm von der Tagessonne. Er spuckte ins schwach phosphoreszierende Wasser. Hinter sich vernahm er den leichten Schritt seiner Frau. Sie legte ihm die Arme um den Hals. Er spürte ihren Körper an seinem Rücken. Es erregte ihn, und er freute sich auf sie. Bevor er ihr unter Deck folgte, spuckte er noch einmal ins Wasser. Von der Aufschlagstelle breiteten sich kleine, leuchtende Wellen kreisförmig aus. Eine Bö riß ihm die Haare hoch.

Sie verschwand in dem erleuchteten Niedergang wie eine Fee in ihrem unterirdischen Reich. Eine ungeheure Freude packte ihn, daß er sie hatte, daß er lebte, daß er sie glücklich machen konnte.

Samuel stöhnte. Otis fuhr hoch, rief ihn beim Namen. Nach einer Weile antwortete der Kranke; er bat um etwas zu trinken. Otis schaltete das Licht ein und holte ein erfrischendes Getränk.

Samuel dankte ihm. Er sagte, daß es ihm gut gehe und daß sie wieder schlafen sollten.

Nachdem Otis das Licht gelöscht hatte, lauschte er den ruhigen Atemzügen des Freundes, dann versank er schnell in einen tiefen, traumlosen Schlaf.

Nach Stunden erwachte er erfrischt und ausgeruht wie lange nicht, doch mit dem beunruhigenden Gefühl, daß etwas geschehen war, daß sich etwas in seiner Umgebung verändert haben mußte. Als das Licht aufflammte, blinzelte er einen Moment, dann sah er, daß Samuels Bett leer war.

Angst jagte ihm den Puls hoch. Sein Herz hämmerte wild und unregelmäßig. Wie einen Eingeschlossenen auf einem sinkenden Schiff überfiel ihn eine tödliche Beklemmung. Er wollte schreien, doch die Laute kamen nur als verstümmeltes Keuchen von seinen Lippen. Eine unbestimmbare, doch um so furchtbarere Ahnung sagte ihm, daß Samuel nicht mehr im Raumschiff war.

Zusammengekrümmt saß er auf seinem Bett, die Füße angezogen, die Knie auseinandergedrückt, den Oberkörper zwischen sie gebeugt. Ein wenig hin und her schaukelnd, vollzog er den Ritus seiner Angst, mönchhaft fast, ein Betender, der die übermächtigen Gewalten anfleht, flüsternd, lauter werdend, schreiend, den Namen beschwörend.

Samuel.

Samuel.

»Samuel!«

Die Angst in seiner Stimme beschämt ihn, läßt ihn wieder auf die Kraft seines Körpers hoffen, der eben noch ein formloser Wattetorso zu sein schien, er wird sich seiner Sinne bewußt, seiner Fähigkeit zu denken. Peinlich berührt, versucht er den Verdacht gegen den Freund abzuschütteln, in dem er sich, ängstlich summend wie ein Insekt im Netz, zu verstrikken drohte.

Irgendwo wird Samuel sein. Er hat ihn nicht verlassen, nicht allein für sich eine Rettungsrakete bestiegen, eine irgendwo geheimnisvoll versteckte, funktionierende. Hastig springt er auf, die Schuld des häßlichen Verdachts verleiht ihm Energie. Vielleicht braucht Samuel Hilfe, noch, hoffentlich. Irgendwo muß er sein, irgendwo neben oder über ihm, nicht weit weg.

Otis sah noch einmal auf Samuels Bett, dessen Leere ihm unbegreiflich war. Es war keine Sinnestäuschung. Er fuhr mit der Hand darüber; es war bereits kalt. Ohne Erfolg rief er noch einmal den Namen des Gefährten. Dann fiel sein Blick auf das Kommandopult. Die Notschleuse war in Betrieb. War Samuel etwa draußen? Als er im Fach nachsah, fehlte einer der Schutzanzüge. Hastig zwängte sich Otis in den seinen. Es dauerte endlos lange, bis er die Verschlüsse angelegt hatte. In seine Sorge um den Freund mischte sich die Beklemmung des Alleinseins. Er rief Samuel über Funk, doch es kam keine Antwort. Als er zur Schleuse ging, schmerzten seine Beine wieder.

Was wollte Samuel da draußen – in seinem Zustand?

Ungeduldig wartete er in der engen Schleusenkammer darauf, daß die Luft abgesaugt war. Um die Beine zu entlasten, lehnte er sich gegen die Wand. Als die grüne Lampe aufflammte, zögerte er. Was sollte er draußen? Dem toten

Freund noch einmal ins Gesicht sehen und dieses Bild vierundzwanzig Wochen in der Einsamkeit mit sich herumtragen? Nichts weiter vor sich, als dies tote Gesicht und die ungewisse Hoffnung auf die nächste Stunde und die folgende, und nur nicht an die letzte denken. Vierundzwanzig Wochen lang. Aber hatte Samuel nicht die Qual verdoppelt, indem er seine eigene verkürzte? Das hatte doch schon begonnen, als er ihm großmütig das Medikament überließ. Hatte er sich, ihn feige zurücklassend, jubelnd in die Unendlichkeit gestürzt, um den sinnlosen Qualen des gemächlichen Todes zu entgehen? Er hatte ihm zwölf Wochen unaufhaltsam verrinnenden Lebens geschenkt. Was sind vierundzwanzig Wochen angesichts der furchtbaren Tiefe des Alls? Und wenn Samuel gezögert hatte, den Helm mit einem Ruck aufzureißen? Wenn er noch lebte und nur nachsehen wollte, ob er noch etwas Brauchbares, Lebenswichtiges fände? Was wollte er für sich? Sein Schicksal war unausweichlich und sein Leben in Tagen zu messen. Vielleicht kann ich ihn abhalten, dachte Otis. Ich muß nachsehen, vielleicht hat er es nicht getan. Seine Hand suchte den Knopf des Öffners.

Das Außenschott klappte weg. Er stellte den Magneten ein und stieß sich ab. Das Schiff glitt unter ihm weg, bis der Sicherheitsmagnet ihn abbremste. Bewegungslos hing er neben dem Wrack im All. Mit einem kurzen Blick schätzte er das Ausmaß der Zerstörung ein, dann begann er den Rumpf des zerstörten Schiffes in gleichbleibend weiten Spiralen zu umkreisen. Sicher handhabte er das kleine Antriebsaggregat in seinen Händen.

Zwanzig Meter neben dem stumpfen Bug des Raumschiffes schwebte ein Raumanzug an einer Sicherheitsleine. Otis leuchtete ihn an. Auf dem Rückenteil des Anzugs leuchtete grell eine Zahl auf: Es war Samuel.

Er hatte den Halter der Arbeitsleine dicht neben der Außenantenne angelegt. Weder über Funk noch sonst gab er ein Lebenszeichen von sich. Otis landete bei der Antenne. Er zog Samuel an der Leine zu sich heran und drehte den Anzug mit dem Sichtfenster zu sich. Samuels Gesicht war leblos, die Augen geschlossen. Ab und zu blieb Otis vor dem Computerschirm stehen, dann nahm er seine nervöse Wanderung durch die Zentrale wieder auf. Der Automat kontrollierte Samuels Körperfunktionen, hin und wieder gab er eine Anweisung, die Otis befolgte, wenn er das geforderte Medikament fand. Die Werte veränderten sich nur zögernd.

Trotz der Schmerzen, die sich nun im rechten Bein konzentrierten, wollte er sich nicht setzen.

Was hatte Samuel da draußen getrieben? Was wollte er mit dem Werkzeug, das er in seinen Taschen gefunden hatte? Die Antenne? Aber senden konnten sie auf keinen Fall. War er ohnmächtig geworden, bevor er den Helm öffnen konnte? Es mußte etwas anderes gewesen sein, vielleicht etwas Lebenswichtiges. In Gedanken versunken, humpelte Otis auf und ab, grübelte über den sonderbaren Ausflug nach und konnte keinen Zusammenhang entdecken. Zuwenig kannte er seinen Gefährten, um dessen Handlungsweise deuten zu können. Was wußte er überhaupt von ihm? Nicht viel, nichts Konkretes. Er war ungewöhnlich, voller Überraschungen. Aber auch diesen Gedanken zweifelte Otis nach einiger Überlegung wieder an. Hätte er Samuel auf einer beliebigen Straße getroffen oder sich in einem Café an seinen Tisch gesetzt, würde er ihn für einen unscheinbaren Durchschnittstyp gehalten haben, mit dem man ein paar höfliche Worte über das Wetter und die Leute auf der Straße wechseln konnte. Doch plötzlich war sich Otis darüber klar, daß Samuel auch dies auf eine unverwechselbare fesselnde Art und Weise tun würde. Er gehörte zu den Menschen, die man eigentlich erst bemerkte, wenn sie gegangen waren, und man bedauerte es, sie nicht aufgehalten zu haben, um sich für die mangelnde Aufmerksamkeit bei ihnen zu entschuldigen.

»Du überlegst, was ich draußen wollte?«

Otis schreckte zusammen. Samuel saß aufrecht im Bett. Er fuhr die Rückenstütze aus und lehnte sich tief aufatmend dagegen. Als Otis zum Sprechen ansetzen wollte, schnitt er ihm mit einer Handbewegung das Wort ab.

»Kannst die Fragerei lassen. Es ist nicht mehr viel Zeit.

Die Wirkung des Präparats läßt nach, deshalb war ich draußen.«

Otis sah ihn gleichermaßen erstaunt wie verständnislos an.

»Du hast doch keine Ahnung, wie man eine Empfangsantenne repariert«, fuhr Samuel fort. »Ich glaube, ich habe es geschafft.«

»Aber das ist doch Irrsinn!« rief Otis. »Du solltest dich besser schonen!«

Samuels Lächeln wirkte unecht, ein wenig mühsam. Schatten ließen sein Gesicht maskenhaft erscheinen. »Wozu?« fragte er. Sein harter Ton verhinderte den Ansatz eines Widerspruches. »Mach mir nichts vor. Wir wissen beide, daß ich es nicht schaffe. Du wirst allein sein«, fuhr er leise fort, »vielleicht lange. Du wirst anfangen, mit dir selber zu sprechen, du wirst Töne hören, wo keine sind, du wirst Schatten sehen, alte Bekannte, die du längst aus dem Gedächtnis gestrichen hast. Sie werden sich dir aufdrängen mit ihrer Unterhaltung über längst Vergangenes. Du kannst ihnen nicht ausweichen. Es sei denn, dort hinaus in die Leere, in die du dich schließlich, aus Verzweiflung, freudig hineinschleudern wirst.« Samuel blickte den Freund ernst an. Seine grauen Augen waren ungewohnt weich. Sie paßten nicht mehr in das Gesicht, das die Krankheit bereits zu zerstören begann.

»Es wird gut sein, wenn du die Erde wenigstens empfangen kannst. Es ist dir unmöglich, zu senden, aber du wirst sie hören und sehen können. Es wird dir helfen.« Er bewegte matt die Hand. »Versuch es, sieh nach, ob es funktioniert. Ich will wissen, ob ich es geschafft habe.«

Zögernd erhob sich Otis.

»Geh schon«, sagte Samuel ungeduldig.

Farbfetzen huschten über den Bildschirm. Undeutlich drangen Töne durch das Rauschen des Alls. Dann sahen sie das Bild einer Stadt. Unverständliche Worte erfüllten den Raum. Das Bild zerfloß. Ein dunkles Männergesicht erschien. Der Ton wurde klar.

Eine unbändige Freude durchströmte Otis. Es war, als

würde der Mensch auf dem Bildschirm nebenan sitzen. Eine lächerliche, kindliche Sehnsucht überfiel ihn, die Tür zu öffnen, um seine lebendige Gegenwart zu spüren.

Samuels verfallene Züge belebten sich. Doch als Otis ihn aufmerksamer ansah, merkte er, daß nur die Augen des Sterbenden diesen Eindruck erzeugten. Sein Gesicht erstarrte zu einer Grimasse. Schwer atmend beugte er den Oberkörper vor.

Der Kranke ließ es sich gefallen, daß Otis ihn sanft zurückdrängte, und schloß die Augen. Er brauchte die Bilder von der Erde nicht mehr. Bald darauf fiel er in einen unruhigen Schlaf. Manchmal bewegten sich seine Lippen, und wenn Otis sich über ihn beugte, verstand er die undeutlichen Worte. Samuel befand sich in einer anderen Welt, er sprach mit Menschen, die ihm begegneten, die er vielleicht einst gekannt hatte, und er lächelte glücklich wie jemand, der Verlorengeglaubtes wiedergefunden hat.

Otis saß zusammengesunken in seinem Sessel, den Kopf tief auf die Brust gesenkt. Gegen fünf Uhr morgens war er erschöpft eingeschlafen.

Um sechs erwachte Otis. Er erhob sich und stand leicht schwankend neben dem Sessel. Einen Moment lang wußte er nicht, wo er sich befand. Nichts weckte seine Erinnerung. Kein bekanntes Geräusch drang in seine Sinne. Nur sein eigener scharfer Geruch nach Schweiß und Urin ließ ihn sich nach einem heißen Bad sehnen.

Dann sah er, daß Samuel tot war. Die schwarzen Haare umrahmten wirr sein graues, zartes Gesicht. Es erschien klein, von spielzeughafter Zerbrechlichkeit.

Der Tod des Freundes war so unabwendbar, daß er nun mechanisch nickte, kummervoll, weil der andere so eilig fortgemußt hatte, die Notwendigkeit des Geschehenen betrauernd. Tief in seinem Innern verbarg sich die unsinnige Hoffnung, es möge nur ein schwerer Schlaf über den Gefährten gekommen sein, der ihn ihm nach angemessener Frist zurückerstatten würde.

Otis wollte die Einbildung nicht zerstören. Er bangte um

den geringen Aufschub, den der sinnlose Glaube ihm gewährte. So ließ er sich nieder und blickte auf den Toten, bis er sich endlich langsam, aber entschlossen erhob, um den Leichnam hinauszubringen in die stille Kälte, in der seine Leblosigkeit nicht störte.

Ehe er sich dem Toten zuwandte, fiel sein Blick auf den Bildschirm, der ihm Bruchstücke seiner Welt zeigte, Ausschnitte, die sich irgendwo hinter dem engen Rahmen fortsetzten. Er hätte diese Bilder fassen und festhalten mögen, doch sie zerrannen vor seinen Augen.

Fast vorwurfsvoll blickte er nieder auf den leblosen Freund, den grausamen Toten, der ihn zwischen den Sternen zurückgelassen hatte, blind vor Sehnsucht nach der unerreichbar fernen Welt. Um wieviel schwerer war die Hoffnung zu ertragen, die kindischen Wünsche, die bunten Visionen, nahmen sie erst Gestalt an.

Warum, dachte Otis, hast du mir meine Blindheit nicht gelassen?

Fast gewichtlos wollte ihm der magere, zarte Körper erscheinen, dessen Zerbrechlichkeit er sich fast schämte, als wäre er schuld daran. Er zog ihm den Raumanzug über, denn er wollte ihn nicht so schutzlos hergeben, dann hob er ihn wieder auf die Arme. Er blickte dem Sprecher auf dem Bildschirm triumphierend ins lächelnde Gesicht.

Leb wohl, dachte er, wir werden uns nicht wiedersehen. Er lauschte einen Moment lang den unverständlichen Worten aus den Lautsprechern, dann nickte er dem fernen Bild der Erde zu. Bald würde es die versiegende Energie blasser werden lassen. Er trat ans Bedienungspult und öffnete die Innentür der Schleuse.

Die Stimme des Unbekannten auf dem Bildschirm war nun deutlicher zu vernehmen. Er beendete seine Meldung mit den Worten: »Wir können nur hoffen, daß es Überlebende der kosmischen Havarie gibt und daß ihnen die Möglichkeit gegeben ist, den Zeitraum von fünfunddreißig Tagen zu überleben, bis die Rettungsmannschaften im Zielgebiet eintreffen werden.«

Einen Augenblick stand Otis erstaunt und reglos da, dann verlagerte er das geringe Gewicht des Toten wieder auf beide Arme. »Nun, leb du wohl«, sagte er leise. »Nun mußt du doch allein hinaus. Ich begleite dich nur ein kleines Stück. Nimm es mir nicht übel.«

Langsam, trotz der leichten Last, ging er auf die Schleuse zu und schob mit seinem Körper die Innentür weiter auf, denn im letzten Viertel versagte stets der mechanische Öffner. Es war eng, für zwei war die Öffnung nicht gedacht.

Das Mißverständnis

Sie befanden sich bereits auf dem Rückflug. Jupiter war der letzte Planet. Sie waren froh, daß sich ihre Exkursion dem Ende näherte. Sie hatten sich nicht um den Flug gerissen. Cassini fühlte sich wegen des Anfängerauftrags zurückgesetzt, Bond deprimierte der Anblick der verlassenen Stationen auf den Monden der äußeren Planeten. Die Schweigsamkeit der vergangenen Wochen zermürbte sie zusätzlich.

Die Abneigung gegen den Auftrag hatte sich verselbständigt, war eingedrungen in ihre persönliche Beziehung; ein unkontrollierbarer Mechanismus. Sie fanden keinen Ansatzpunkt für die Verständigung. Zu Beginn der Reise war vielleicht ein falsches Wort gefallen, ein unbeabsichtigter Ton, den der andere willkürlich interpretierte; eigentlich ein alltägliches Mißverständnis, doch nun . . . Irgend etwas fraß an ihnen, an jedem auf eine andere Weise.

Es war nur bedingt ihr Fehler.

Sicherlich hätten sich Piloten gefunden, die die Sache mit Freude erledigt hätten und mit Eifer, denn es war keiner jener gefürchteten Routineflüge, weder körperlich noch geistig überanstrengend. Auch keine der Expeditionen, deren Besatzungen man nach wissenschaftlichen Gesichtspunkten auswählte und die das Letzte abverlangten. Nichts davon.

Man hatte sie nicht erst gefragt; der Gefahrengrad war minimal, besondere Fähigkeiten wurden nicht verlangt. So gesehen, waren sie Opfer der Administration, kleiner Verwaltungsautomaten, denen man aus Gründen der Sparsamkeit statt drei Logikkreisen nur einen zugestand.

Vor zweihundert Jahren hatte die Erde die Erforschung der äußeren Planeten zugunsten wichtigerer Projekte aufgeben müssen. Inzwischen verfügte man wieder über Mittel und Kapazität, die stornierten Vorhaben zu beleben.

Viele der alten Stützpunkte waren in Vergessenheit geraten. Von manchen besaß man nur vage Angaben, wenige waren auf Grund vorhandener Pläne genau zu bestimmen.

Das Raumschiff näherte sich dem Jupiter. Sie wollten mit dem elften Mond beginnen.

Während des Landemanövers beobachteten sie den sich nähernden Trabanten, einen winzigen Körper von fünfundzwanzig Kilometer Durchmesser und birnenähnlicher Gestalt, mit routinierter Gleichgültigkeit.

»Du schweigst ergriffen«, stellte Cassini spöttisch fest.

Bond wandte sich nicht um. »Was gäbe es zu sagen?«

Cassini schnalzte mit den Lippen. »Wir haben es bald geschafft.«

»Wir wissen es«, bemerkte Bond. »Warum es ständig wiederholen?«

»Deine ewige Blasiertheit . . . Schämst du dich deiner Gefühle? Bist du verklemmt?«

»Gefühle?« Bonds Gesicht war boshaft spitz. »Ich habe keine.«

Cassini lächelte dünn. »Du gehst mir auf die Nerven mit deinem Edelsinn. Warum gibst du nicht zu, daß du genug hast von mir, von diesem ganzen Unternehmen?« Er ließ die Arme sinken und holte tief Luft. »Ich jedenfalls kann dich nicht ertragen.«

Bond streifte ihn mit einem gleichmütigen Blick und verfolgte dann wieder die Annäherung des Mondes. »Laß ruhig Dampf ab. Ich glaube, du meinst gar nicht mich. Du weißt es selber nicht. Aber es steckt mehr dahinter, ich bin sicher.« Er sagte das, als meine er etwas Unwichtiges.

»Ach nee.« Cassini pfiff durch die Zähne. »Wie bist du zu dem Auftrag gekommen? Wie 'ne Jungfer zum Kind? Haben sie dir auch erzählt, es wäre eine Ehre . . .?«

»Achte auf die Meßwerte«, sagte Bond. »Wenn du es genau wissen willst, es ist mir egal.«

Cassini griente freundlich. »Verlogener Hund. Du bist

nur zu feige, mir ins Gesicht zu sagen, daß ich dich ankotze.«

»Das ist es.«

»Hast Angst, mir weh zu tun, wie?«

»Warum sollte ich?«

Cassinis Grinsen floß in die Breite. »Ein Heiliger! Ich vermute, du bist zweieinhalbtausend Jahre zu spät geboren.«

»Es ist egal, wann man geboren wird.«

»Gibt es etwas, was dir nicht egal ist?«

»Du würdest es nicht begreifen.«

»Ach! Hältst du mich für blöd?«

»Nicht blöd«, erwiderte Bond, »nur ungebildet. Du bist ein Klotz.«

Cassini kicherte vergnügt. »Sagtest du ungebildet?« Seine Heiterkeit erlosch. »Wer ist denn hier *Erster* Pilot? Wer hat denn hier alle Diplome mit Auszeichnung bestanden? Wer ist Meister der Piloten im kosmischen Achtkampf?« Seine dunklen Augen wirkten hilflos. Über der Nasenwurzel pulsierte eine Ader.

Einlenkend sagte Bond: »Wir reden aneinander vorbei. Du willst nicht wahrhaben, daß es etwas gibt, was du nicht begreifst. Das ist alles.«

»Du ergehst dich in Andeutungen, du gefällst dir in der Rolle des Überlegenen. Du wirfst mir ein paar Brocken hin, und ich kann dran verrecken. Hast du jemals einen Gedanken daran verschwendet, warum ich . . .« Abrupt, als wollte er ein Geheimnis bewahren, brach er ab. Dann sagte er müde: »Ich könnte behaupten, du bist ein Versager, du könntest schon längst Erster sein, wie alle unseres Jahrgangs . . . Es ist sinnlos, uns gegenseitig unsere Schwächen vorzuwerfen.«

Bond ignorierte die Geste des Entgegenkommens. »Schwäche? Ich will so leben. Ich pfeif' auf deine Karriere, auf meine. Ich will meine Ruhe haben, ich will vernünftig leben.«

»Du weichst aus«, sagte Cassini. »Wir alle weichen aus, wenn's ernst wird.« Um seine Mundwinkel vertieften sich zwei scharfe Falten. »Eine blöde Eigenschaft, immer um das Wesentliche herumzureden. Wo haben wir das gelernt?«

Bond zuckte mit den Schultern. Die Notwendigkeit, sich auf das Landemanöver zu konzentrieren, enthob ihn einer Antwort.

Unter ihnen glitt die steinige Oberfläche des Mondes vorüber. Bei der zweiten Umkreisung machten sie eine kuppelförmige Station mit einigen Nebenbauten aus. Dieser Stützpunkt war im Speicher mit keiner Andeutung enthalten. Es war nicht das erste Mal, und sie nahmen die Schlamperei hin, ohne ein Wort zu verlieren.

Bond übergab Cassini die Handsteuerung. Langsam schwebte der Kugelraumer näher. Von außen machte der Bau einen guten Eindruck: keine sichtbaren Alterungserscheinungen, keine Meteoriteneinschläge.

Der Erste Pilot ließ das Raumschiff millimeterweise sinken. Beim Aufsetzen bemerkte Bond nicht die geringste Erschütterung. Er nickte anerkennend. »Du hast deine Diplome nicht umsonst bekommen.«

Cassini musterte ihn mißtrauisch. »Wir können uns nachher weiterstreiten. Jetzt sollten wir erst einmal den Laden besichtigen.«

Sie stiegen hinab auf den ebenen Boden. Es war immer das gleiche Bild: Felsen, Dunkelheit unter schwarzem Himmel, ein paar ferne, klare Sterne. Die Sonne weit weg, winzig, fremd.

Einzige Lichtquellen die Scheinwerfer, die im Rhythmus der Schritte über die nähere Umgebung pendelten. Ohne sich aufzuhalten, eilten sie in weiten Sprüngen auf die vergessene Station zu, zwei tanzende Silhouetten, die sich noch auf weiteste Entfernung voneinander unterschieden: Bonds bärenhafter Schritt, Cassinis geschmeidiger Raubkatzengang.

Ringsum war nichts als weite, flache Ebene mit gewölbtem Horizont, düster beleuchtet von der Riesenkugel des Jupiters, dessen Antlitz in Sekundenschnelle wechselte zwischen teuflischer Grimasse und engelgleicher Milde.

»Paß auf!« schrie Cassini. Vor ihnen gähnte bodenlos ein Spalt, breit genug, um darin zu versinken.

Sie sprangen mit kurzem Anlauf. Auf der anderen Seite äußerte Cassini: »Du könntest dich wenigstens bedanken.«

Bond lächelte. »Ich wußte nicht, daß du Wert drauf legst.«

»Schon gut.« Cassini ging mit schnellem Schritt weiter. »Mach nächstens die Augen auf.«

»Es ist unheimlich hier.«

»Red dir nichts ein«, erwiderte Cassini besorgt. »Es ist wie überall: ein bißchen kahl, ein bißchen tot, ein bißchen ungemütlich. Wir müssen ja nicht länger als notwendig bleiben.«

Eilig überwanden sie die letzten Meter.

Das Außenschott stand offen. Als sie den Raum betraten, sahen sie, daß auch das innere geöffnet war. Alle anderen Stationen, die sie untersuchten, waren von den Besatzungen ordnungsgemäß verschlossen worden.

Sie verständigten sich mit einem Blick. Bond ging zur gegenüberliegenden Wand, suchte das Schaltfeld und öffnete die Klappe.

Der Nuklearblock der Station war noch funktionsfähig! Er gab mit mittelstarker Leistung Energie ab. Im Innern des Komplexes mußten Aggregate arbeiten. Das war erstaunlich, mehr noch als die offene Schleuse.

Bond schloß die Tore. Fehlerlos wie am ersten Tag schoben sich die Platten in die Füllung. Nach Sekunden hörten sie das Zischen einströmender Luft. Bond setzte die gesamte Station unter Atmosphärendruck. Nirgends zeigte sich ein Leck. Die Kontrollen wiesen aus, daß alle Räume dicht waren.

Cassini nickte Bond zu. Sie öffneten die Helme. Die Luft roch steril, wie es Luft aus Containern an sich hat, weder muffig noch frisch.

»Mach mal Licht!«

Bond suchte den Kontakt. Die Leuchtkörper flammten auf. Schatten wichen. Der Raum wurde von Helligkeit überflutet.

Sie öffneten das innere Tor. Vor ihnen lag ein langer

Gang, wahrscheinlich die Hauptverbindung zur Zentrale. Er war sauber, fast wie neu.

Nachdem sie ein Dutzend Schritte gegangen waren, blieb Bond stehen. Etwa zehn Meter vor ihnen schien eine Schattengrenze zu liegen, ein dünner, grauer, alles bedeckender Schleier. Im ersten Augenblick dachte Bond an eine Täuschung. Er kniff die Augen zusammen, riß sie wieder auf, bis sie schmerzten. Doch das hauchzarte Gespinst blieb.

»Was ist?« fragte Cassini.

Bond zeigte es ihm.

Cassini sah sich zweifelnd um, schüttelte den Kopf. »Du bist überreizt.«

»Mach doch die Augen auf«, flüsterte Bond.

Sie starrten beide nach vorn. Bond erschien es plötzlich, als zeichneten sich grau in grau die Konturen eines menschlichen Körpers ab. Sein Gesicht verhärtete sich vor Spannung. Ein Schleier zog lidschlaglang in sein Blickfeld. Als es wieder klar war, zeigte sich das Grau wie vorher. Es war wohl eine Täuschung.

Cassini richtete sich auf. »Ich sehe nichts«, erklärte er. »Kein Grau, keinen Schleier. Ich sehe das Ende des Ganges wie die Wand neben mir, kein Unterschied. Mach dich nicht verrückt, mein Junge.« Er ging weiter, ohne auf Bond zu achten.

Bond schwieg. Er hatte keine Lust, sich zu rechtfertigen, mit unzureichenden Worten die Erscheinung zu beschreiben. Wahrscheinlich würde er sich lächerlich machen. Am Ende war es wirklich nur eine Sinnestäuschung. Überreiztheit. Kein Wunder, wenn man sich wochenlang der blödsinnigen Beschäftigung hingab, alte Stationen zu untersuchen, von Ruine zu Ruine zu jagen, um stets dasselbe langweilige Ergebnis zu konstatieren. Es war eine Aufgabe für Anfänger oder für Roboter. Er folgte mißvergnügt seinem Ersten Piloten.

Sie sahen hier und da in die Privaträume der Besatzung. Überall das gleiche Bild: Die Räume waren komplett eingerichtet, zum Teil unaufgeräumt; es lagen persönliche Gegenstände umher, die niemand freiwillig zurückläßt: Bücher, Uhren, Bilder von Angehörigen. Die Szene erweckte den Eindruck, als hätte die Besatzung die Station überstürzt geräumt. Doch nirgends die Spur einer gewaltsamen Einwirkung, einer Katastrophe. Im Speiseraum war der Mittagstisch gedeckt. Auf den Tellern lagen ausgedörrte Krümel. Die Besatzung hatte vor zweihundert Jahren ihr Mittagessen nicht mehr eingenommen.

Cassini zählte die Gedecke. Es waren vierunddreißig. »Komisch«, bemerkte er, »es sieht so aus, als kämen sie gleich wieder.«

»Ihr Tagebuch«, sagte Bond.

Sie eilten den Gang entlang zur Zentrale. Unvermittelt blieb Bond stehen und lauschte.

Cassini verhielt unwillig. »Was hast du?«

»Mir ist, als hätte ich Stimmen gehört.«

»Darf ich dich daran erinnern, daß die Station luftleer war.« Cassini verzog die Mundwinkel. »Himmel ja, es war schon eine öde Tour. Mußt nicht gleich durchdrehen.« In seinem Ton klang Besorgnis auf, aber dann grinste er wieder, und der Eindruck verwischte sich.

Bond fuhr sich über die Stirn. Vielleicht waren es tatsächlich die Nerven. Er zwang sich zur Konzentration, versuchte Gedanken und Erinnerungen zu ordnen.

Vier Wochen lang waren sie von Mond zu Mond geeilt, hatten verfallene ehemalige Stützpunkte der irdischen Forschung besichtigt, sie auf ihre Wiederverwendbarkeit geprüft. Ruinen, immer wieder Ruinen, halb abgetragen, von Meteoriten zerstört oder durch geologische Tätigkeit. Manche fanden sie unversehrt vor, aber nach zweihundertjähriger Ruhe wirkten die Hallen wie mit Pergament überzogene Gerippe. Der innere Verfall bedrückte ihn noch mehr als die äußere Zerstörung.

Auffahrend aus seinen Gedanken, folgte er Cassini den Gang entlang.

Vor ihnen her flohen die grauen Gespinste, stets gleichen Abstand haltend, folgten ihnen nach, nie näher, nie ferner, verhielten mit ihnen, eilten, zögerten, als wären sie Schatten ihrer Körper, wisperten leiser als ein Atemzug oder das Schaben der Teile des Schutzanzugs beim Gehen.

Cassini regelte die Beleuchtung auf einen angenehmen Gelbton ein. Die Zentrale war vom gleichen Typ wie alle anderen. Sie beherbergte neben den kybernetischen Steuereinrichtungen die wichtigsten Einheiten, die Luftversorgung mitsamt der Klimaanlage, Funk- und Dezibeobachtung, den Energieblock, der zu einem Viertel aus dem Boden ragte.

Die Hydrotanks der Sauerstofferzeugung waren leer, der Funkteil arbeitete nicht, die Bildschirme waren tot, die Klimaanlage stillgelegt. Auch der Zentralkybernet verbrauchte keine Energie. Nicht eine der Verbraucheranzeigen stand über Null. Trotzdem lieferte der Nuklearblock Energie. Wohin, wofür?

Bond legte die Hand auf die Panzerung. Sie war warm. Er spürte die feine Vibration, unhörbares Summen. Volt- und Amperemeter zeigten einen mittelstarken Stromfluß an. Welches der Aggregate entnahm Energie und zu welchem Zweck?

Sie untersuchten alle Funktionseinheiten aufs neue. Nichts. Nirgendwo wurde die geringste Energiemenge verbraucht.

Cassini schüttelte den Kopf. »Das Ding hält uns zum Narren. Hören wir uns ihr Tagebuch an, falls sie es nicht mitgenommen haben.«

Sie hatten Glück. Die Besatzung hatte das Tagebuch zurückgelassen. Es war das Original. Cassini rief die Eintragung des letzten Tages ab.

Der Kybernet sprach mit klangvoller Stimme das Datum.

»Vor zweihundertzwanzig Jahren«, flüsterte Bond.

Es folgten Routineeintragungen der Nachtwache, Strahlungs- und Meteoriteneinfall, eine Art Wetterbericht.

Die Morgenablösung hatte eine mürrische Stimme. Der Mann sprach müde und widerwillig, wurde nur einen Moment freudig, als er die Meldung einflocht, daß ein gewisser Rammon soeben seine Schlafgasexperimente zu einem erfolgreichen Abschluß gebracht hätte und daß man aus diesem Anlaß am Abend feiern würde.

Der Kristall enthielt nicht mehr als zwei Sätze über den gesamten Morgen. Gegen zehn erwähnte er einen georteten Meteoriten, nannte Bahndaten, Größe, Geschwindigkeit. Eine halbe Stunde später korrigierte er seinen Irrtum: Der vermeintliche Meteorit war ein Raumschiff. Dann drängten sich die Worte zusammen, fugenlos.

Es war kein Funkkontakt zustande gekommen. Das Raumschiff hatte den Kurs geändert und flog den elften Jupitermond an.

Noch immer kein Funkkontakt.

Der Kommandant der Station blendete sich in den Bericht ein. Er sprach als erster den Verdacht aus, es könnte sich um ein Raumschiff nichtirdischer Herkunft handeln.

Bond und Cassini lauschten mit steigender Spannung der Auseinandersetzung zwischen den Mitgliedern der Stationsbesatzung.

Mehrmals warf Bond einen unbemerkten Blick auf Cassinis Gesicht. Zu seinem Erstaunen beobachtete er einen träumerischen Ausdruck. Doch sowie Cassini der Musterung gewahr wurde, verschloß sich sein Gesicht wie je.

Eine viertel Stunde später löste sich das Problem von selbst: Das Streitobjekt landete etwa zweihundert Meter von der Station entfernt. Die Berichterstattung wurde vom Stationskommandanten übernommen: Es war ein außerirdisches Raumschiff.

Cassini lachte auf. »Ich glaube, die litten an Bewußtseinstrübung. Hast du jemals von einem Kontakt mit Außerirdischen gehört?«

Bond antwortete nicht. Er war auf seinem Sitz zusammengesunken. Die Arme lagen auf dem Schalttisch des Kyberneten. Mit den Händen umschloß er ein weißes, schildkrötenförmiges Gerät, das jemand dort vergessen hatte.

Cassini sprang auf. Er packte den Gefährten, riß ihn, um ihm Luft zu verschaffen, nach hinten, rüttelte ihn an den Schultern.

Bond atmete schwer. Er öffnete die Augen, blickte Cassini erstaunt an. »Was ist?« Sein breites Gesicht war fahl, die Wangen bebten.

»Du warst weg.«

Bond musterte ihn verständnislos. »Ich? Ach ja. Möglich, ich war wohl einen Moment eingeschlafen. Entschuldige! Was ist denn aus diesem Raumschiff geworden?«

Cassini kniff mißtrauisch die Augen zusammen. Er war fast sicher, daß Bond log. Aber warum? Langsam zog er sich auf seinen Sitz zurück. Er ließ Bond nicht aus den Augen.

»Was hast du nur? Deine Hände zittern. Du bist ja völlig durcheinander.«

Bond starrte auf seine Hände, faltete sie dann, um das verräterische Zittern zu verbergen, richtete sich auf. Er preßte die Lippen zu einem Strich zusammen. Die Augen versanken hinter Fettpolstern und dem Gestrüpp der Brauen. »Schon gut. Ich bin wieder okay. Hören wir weiter.«

Während Cassini den Kristall wieder einschaltete, musterte Bond verstohlen das kleine, ovale Gerät auf dem Tisch. Er konnte sich nur erinnern, es hatte ihn gestört, er hatte es an einen anderen Platz legen wollen. Und dann . . .

Seine Blicke durchsuchten den Raum, nahmen aber nichts Ungewöhnliches wahr. Die grauen Schleier hatten sich verflüchtigt. Vielleicht entzogen sie sich der Wahrnehmung nur, weil *sie* sich nicht bewegten.

Die Stimme des Kommandanten komprimierte sich zu einem gedrängten Flüstern. Offenbar kostete es ihn Mühe, der Erregung Herr zu werden.

»Sie sind ausgestiegen. Sie sehen merkwürdig aus. Es sind drei; vieleckige Walzen, die sich an einem Ende wie ein Trichter weiten. Sie scheinen biegsam zu sein wie aus Gummi. Gliedmaßen, Extremitäten sind nicht zu erkennen. Vielleicht sind es Maschinen, Roboter, die sie vorausschikken. Sie bewegen sich waagerecht, den Trichter nach vorn. Sie schwärmen um ihr Raumschiff, einen riesigen Zylinder mit halbrunden Enden. Jetzt richten sie sich auf. Sie rotieren schwebend um einen Gegenstand. Sie nähern sich mit ihm.

Noch hundert Meter. Sie bleiben stehen. Das Ding sieht aus wie ein Geschütz. Auf einer Art Lafette sitzt ein kantiges Rohr, Trompetenmündung. Es zeigt auf die Station. Sie ziehen sich zurück. Das Gerät bleibt stehen. Was soll das nur? Wozu dient es? Vielleicht der Verständigung. Vielleicht ist es ein Bildaufnahmegerät.«

Die Stimme des Kommandanten schwieg. Anscheinend wartete er auf etwas. Bond und Cassini sahen sich an. Cassini hob skeptisch die Augenbrauen und schüttelte den Kopf.

Bond neigte sich ihm zu und äußerte hastig flüsternd: »Irgendwo hab' ich mal davon gehört. Da sollen einmal Raumfahrer spurlos verschwunden sein. Die Suche war erfolglos, man ließ dort alles, wie es war. Ich weiß nicht mehr, wo das passiert sein soll. Es muß schon lange her sein. Vielleicht nur eine erfundene Geschichte.«

Bevor Cassini etwas entgegnen konnte, fuhr der Kommandant fort: »In dem Ding geht etwas vor. Die Mündung des Rohres glimmt rot. Uns ist nicht wohl in unserer Haut. Obwohl, es ist unwahrscheinlich, daß es sich um eine Waffe handelt. Wir müssen abwarten. Ich habe angeordnet, daß niemand die Station verläßt, es könnte sie beunruhigen.«

Wieder eine Pause. Bond und Cassini konnten fast die knisternde Spannung fühlen, die über der Besatzung genistet haben mochte. Unwillkürlich spannten sich auch ihre Körper, stockte ihr Atem. Plötzlich schrie der Kommandant auf.

»Rammon! Was tust du? Bist du des Teufels!«

Polternde Geräusche, im Hintergrund erregte Stimmen. Jemand schreit, wimmert wie ein Kind. Schweigen. Viele Personen reden durcheinander, abgehackte, unverständliche Worte. Dann setzt die Aufzeichnung wieder ein. Die Stimme des Kommandanten ist dumpf und schwer, als wollte ihm die Zunge nicht gehorchen.

»Rammon hat die Nerven verloren. Er bildete sich ein, das Ding müßte eine Waffe sein. Die Angst lähmte seinen Verstand. Er hat die drei und das Ding mit dem großen Stationslaser vernichtet. Er drehte durch, brach zusammen. Vielleicht war er überarbeitet. Madera hat ihm eine Spritze gegeben. Er ist eingeschlafen. Wir begreifen nicht, wie er so reagieren konnte. Was wird nun werden? Wir können nur hoffen, daß sie es nicht als aggressiven Akt auffassen – eine infantile Hoffnung – und mit Vergeltung antworten. Es war doch ein Mißverständnis, ein verdammtes Mißverständnis!«

Die Stimme schwieg, setzte dann wieder ein, plötzlich unverständliche, stammelnde Laute, nur Rammons Name tauchte mehrmals aus dem Wortgewirr. Schließlich verlor es sich in heiser krächzenden Lauten, steigerte sich noch einmal gepreßt, wie unter Luftmangel ausgestoßene Schmerzensschreie.

Die Aufzeichnung war zu Ende. Der Kybernet machte Bond und Cassini darauf aufmerksam. Sie starrten aneinander vorbei. Cassini raffte sich als erster auf.

»Das alles klingt sehr unwahrscheinlich. Ich meine das mit dem außerirdischen Raumschiff. Aber irgend etwas ist geschehen. Nur was? Es muß eine Erklärung geben. Wahrscheinlich ist sie ganz einfach.« Er legte den Kopf in die Hände. Die Finger tasteten, als wäre das Gesicht ihnen fremd. Er wirkte müde, und Bond beobachtete es mit Besorgnis. In diesem Moment fühlte er mit ihm.

Bond schüttelte den Kopf, setzte zum Sprechen an.

Cassini hob eine Hand. »Warte! Was, wenn dieser Verrückte auch mit gefährlichen Gasen hantierte, mit Halluzinogenen? Eine undichte Stelle, ein Ausbruch. Sie haben angefangen zu phantasieren, sind schließlich rausgerannt und umgekommen. Die ausströmende Luft riß sie ins All, und sie blieben unauffindbar.«

»Nein, nein!« äußerte Bond energisch. Doch als er weitersprach, verlor sich sein Widerspruch in hilflose Handbewegungen. »Wie soll ich's dir erklären? Laß mich einen Versuch unternehmen.«

»Was hast du vor?«

»Als ich vorhin das weiße Ding berührte, erlebte ich etwas Sonderbares.«

»Genauer!«

»Ich will es wiederholen. Wenn es wieder klappt, können wir darüber sprechen – oder du versuchst es dann selbst.«

Cassinis Gesicht war glatt. Nur in seinen Augen saß konzentrierte Abwehr. Doch dann sagte er langsam: »Also gut. Und was habe ich dabei zu tun?«

»Du beobachtest mich. Sollte ich etwas ... Bedrohliches oder Unnormales tun, dann trenn mich von dem Ding. Aber faß es nicht an.«

Cassini nagte an seinem Handknöchel, nickte schließlich. »Fang an. Ich pass' auf dich auf.«

Bond beugte sich vor und legte beide Hände auf den flachen, ovalen Gegenstand. Cassini beobachtete ihn gespannt.

Diesmal schloß Bond die Augen nicht. Cassini bemerkte in ihnen einen blicklosen Glanz, als sähen sie in eine ungeheure Ferne. Die Lippen bewegten sich, doch vernahm Cassini keinen Laut. Bond bewegte den Kopf hierhin und dorthin, als diskutierte er mit mehreren Personen, gestikulierte mit den Händen, doch nie mit beiden gleichzeitig. Es war ein gespenstisches Bild, und mehrmals war Cassini versucht aufzuspringen. Einmal streifte ihn des Gefährten Blick. Er war ohne Ausdruck, leer wie der eines Idioten.

Cassini sprang auf und riß ihn zurück.

Einen Moment lag Bond schwer in seinem Sitz. Dann hob er den Kopf, rieb sich die Augen, klopfte mit den Fingern über Kinn und Wangen, als wollte er abgestorbene Empfindungen beleben. »Sie sind da.« Er lächelte.

»Wer ist da?«

»Die Besatzung.«

»Der Station? Du bist verrückt.«

»Es sieht ganz so aus, als ob sie noch lebten.«

»Sie starben vor zweihundert Jahren.«

»Überzeuge dich selbst. Vielleicht kommst du zu demselben Schluß wie ich.«

Cassini zog die Oberlippe zwischen die Zähne und stieß in unregelmäßigem Rhythmus Luft aus. Als er nichts Verdächtiges an Bonds Haltung wahrnahm, erhob er sich achselzukkend und nahm dessen Platz ein. Entschlossen streckte er die Arme aus und senkte die Hände über das Oval.

»Noch eins«, bemerkte Bond. »Sag ihnen nicht, wieviel Zeit vergangen ist. Sie glauben, es wäre erst zwei Tage her.«

»Zwei Tage, soso.« Cassini grinste. Er packte das Halbei, als wäre er über den unschuldigen Gegenstand erbost.

Die Wände des Raums verblaßten, die Aggregate lösten sich auf wie ein flüchtiger Rauch, der im Radius von zehn Metern eine feste Wand zu bilden schien. Cassini erblickte Menschen, die sich verstört zusammendrängten. Er zählte sie, bewegte lautlos die Lippen: Es waren vierunddreißig.

Ein kleiner, feister Mensch trat vor. Er wirkte fast quadratisch in seinem altmodisch-klobigen Schutzanzug, dessen Helm er zurückgeklappt hatte.

»Ogroljukow, Kommandant der Forschungsstation Jupiter elf. Ein Glück, daß ihr so schnell gekommen seid. Wir sitzen seit zwei Tagen in dieser Mausefalle fest. Sind sie noch da?«

»Wer?«

»Die Außerirdischen. Ein zylinderförmiges Raumfahrzeug, imposant.«

»Ach ja . . .« Cassini schüttelte den Kopf. »Sie sind spurlos verschwunden. Was ist denn geschehen?«

Der Kommandant sah ihn verstört an. »Wir wissen es nicht. Nachdem Rammon durchgedreht hatte, fühlten wir uns von einer ungeheuren Kraft gepackt und irgendwohin geschleudert. Keiner von uns erlebte es bei vollem Bewußtsein. Als wir wieder denken konnten, fanden wir uns hier wieder; es ist wie eine Gummizelle, graue, elastische Wände, eine Kugel, verstehen Sie. Wir können nicht 'raus. Seit zwei Tagen streiten wir uns, ob die Fremden es von vornherein geplant hatten oder ob es die Antwort auf unsere fatale Reaktion war.«

»Wie sollen wir euch helfen?«

»Ihr Freund sagte . . .«

»Mein Zweiter Pilot?«

»Er sagte, er wäre mittels eines kleinen, ovalen Geräts zu uns gelangt. Ich weiß genau, etwas Derartiges gab es nicht bei uns. Sie müssen in der Station gewesen sein. Ein Glück, daß sie uns in diese Zelle beförderten. Wir wären umgekommen, als sie die Schleuse öffneten. Es ist höchste Zeit, holt uns hier 'raus. Es muß doch eine Möglichkeit geben. Die Luft wird schon stickig, und wir haben seit zwei Tagen nichts gegessen.«

»Schade um euer Mittagessen«, frotzelte Cassini.

Ogroljukow lächelte bekümmert. »Es geschah kurz vor zwölf Uhr.«

»In Ordnung«, sagte Cassini. »Wir werden überlegen, wie wir euch helfen können.« Er hob die Arme. Die Gruppe verschwand im Dunst. Einen Moment lang spürte er seinen Körper nicht, dann fand er sich im Sessel sitzend wieder. Bond stand neben ihm und blickte ihn erwartungsvoll an.

»Glotz nicht so«, bemerkte Cassini. »Das ist ein fauler Zauber.« Er überlegte. »Sie entwickelten ein Gerät, das Halluzinationen erzeugt. Weiß der Teufel, zu welchem Zweck es ursprünglich bestimmt war. Vielleicht ist es jedoch nur eine Spielerei. Oder aber, sie fanden einen Weg, das Unterbewußtsein zu öffnen. Immerhin, es scheint ein interessantes Experiment zu sein. Auf der Erde werden sie herausfinden, wie das Ding funktioniert. Fragt sich nur, wie transportieren?« Er forderte Bond mit einer Geste zur Zustimmung auf. »Klingt doch ziemlich logisch, oder?«

»Ich weiß nicht recht.« Bond spielte nervös mit den Fingern. »Deine Theorien sind möglicherweise simpel, deine Schlüsse vorschnell. Was machen wir, wenn sie falsch sind?« Er gestikulierte eindringlich. »Wir stehen vor etwas Unerklärlichem. Liegenlassen, mitnehmen – es geht nicht nur darum.«

»Gut, wir haben das Ding nun mal gefunden«, betonte Cassini, »aber weiter reicht unsere Verantwortung nicht.«

»Es wäre dir lieber, wir hätten es übersehen?«

»Vielleicht! Zumindest wäre alles einfacher.«

»Himmel ja«, sagte Bond, »du hast recht.« Er nickte, und auf einmal lächelten sie vertraut und erleichtert.

»Also, was ist?« fragte Cassini.

Bond erhob sich, lief unruhig auf und ab. »Und wenn sie doch noch leben? Ich weiß, ich weiß«, er hob beide Hände, »es klingt phantastisch. Ich möchte es dir beweisen. Aber wie?«

Cassini empfand die Hilflosigkeit ihrer Situation. Er schwieg abwartend. Was meinte Bond? Wenn er sich doch äußern wollte, damit er ihm helfen konnte, sich nicht in Hirngespinste zu verrennen.

Bond wandte sich ab. Cassinis auffordernder Blick, in dem das Unausgesprochene der vergangenen Wochen lag, verunsicherte ihn noch mehr, seine Offenheit kam zu plötzlich. Da war ein Angebot, die Kluft zu überwinden, aber es fehlte ein Steg.

»Wir haben etwas erlebt, was wir unterschiedlich . . .« Bond brach gereizt ab. Er kam sich vor wie ein Kind, das vor Erwachsenen Rechenschaft ablegen muß. Es war doch sinnlos. Cassini würde ihn nicht verstehen. Sollte er sich auf etwas berufen, was vielleicht einer Fiktion entsprang? Und überhaupt, wie anders als auf diese Weise war es zu deuten, wenn er es nicht einmal erklären konnte. Es war eine Fiktion! Nichts weiter als sein Starrsinn hatte ihn bewegt, sich einzureden, es sei real. Es war enttäuschend, aber erstmalig hatte ihn sein Gefühl betrogen. Oder nicht? Er verfing sich im unausgesprochenen Für und Wider. War das Erlebnis Wirklichkeit? Halluzination? Erst nach längerem Schweigen entschloß er sich.

»Sie brauchen Hilfe.« Seine Stimme klang schlaff. »Die Außerirdischen haben sie in das Dingsda gesperrt, diese Falle . . .« Er stockte.

»Bleib auf dem Boden«, sagte Cassini freundlich. »Dieses Gerät scheint eine einzigartige Entwicklung zu sein. Wenn wir es sicherstellen, kann die Wissenschaft uns dankbar sein. Vielleicht findet es Verwendung in der Medizin, zur Diagnose oder Therapie geistiger Erkrankungen, oder man setzt damit ungeahnte Intelligenzreserven frei. Vielleicht war der Erfinder ein Genie. Genies werden nur alle tausend Jahre geboren. Kein Wunder, wenn es bis heute nicht zum zweiten Mal erfunden wurde.«

»Man wird uns die Hände küssen!« Bond lächelte ironisch.

»Bond!« Cassinis Stimme wurde scharf. »Begreifst du nicht, welch eine Chance hier liegt? Probier es noch einmal. Du wirst feststellen, daß jene dort stets genauso reagieren, wie es deiner Vorstellung entspricht, Bruchteile einer Sekunde früher. Es ist kaum wahrnehmbar, aber es ist so, sag' ich dir. Manchmal war es fast so stark wie ein äußerer Zwang, als wären es nicht die eigenen Empfindungen, sondern etwas Fremdes, von außen in dich Dringendes. Es wird dir etwas suggeriert! Probier es. Wenn du ehrlich bist und aufmerksam, wirst du es selber feststellen.«

Bond packte ihn bei den Schultern. »Angenommen, es gibt sie wirklich, diese Außerirdischen?«

Unwillig befreite sich Cassini, wandte sich ab, trommelte mit den Fingern. Seine Stimme schaffte sachliche Distanz, belegte, erläuterte, und Bond konnte nicht umhin, bei jedem seiner Argumente zu nicken. Doch je mehr Cassini recht zu haben schien, desto drängender erwachte in ihm der Wunsch, die eigenen Gedanken auszusprechen, selber auf die Gefahr hin, ein Phantast zu sein. Er haspelte seine Rede schnell herunter.

»Die Fremden haben das für sie einzig Logische getan. Sie haben ihre Gegner unschädlich gemacht, ohne sie zu töten. Sie haben sie aus dem Raum und aus der Zeit, wo sie ihnen gefährlich werden konnten, entfernt, haben sich dann in Ruhe umgesehen, alles untersucht und sind wieder abgeflogen. Um nicht eine Ladung von hinten zu bekommen, ließen sie sie, wo sie waren, in der Hoffnung, daß die irdischen Kontrollstationen sie entdecken würden. Sie bauten einen hohen Sicherheitskoeffizienten ein: Nach zweihundertzwanzig Jahren ist für die Eingeschlossenen nicht mehr Zeit vergangen als zwei Tage. Nun haben sie noch für zwei Stunden Sauerstoff dort drüben.« Seine Geste umriß ein vages Woanders, verendete in Hoffnungslosigkeit.

Cassinis Zügen war keine Regung anzumerken. Er schien in Gedanken versunken zu sein. Als Bond verstummte, lächelte er gutmütig.

»Eine hinreißende Konstruktion, eine spannende Geschichte. Aber wir müssen uns auf die Tatsachen besinnen.«

So glaub mir, wollte Bond rufen. Doch er sah ein, daß das eine nicht zumutbare Forderung sein würde. Sie kannten sich ja kaum, sie hatten die Brücke nicht geschlagen. Er verfluchte den Auftrag, der sich zwischen sie drängte. Doch wo begann ihr eigenes Versagen?

Seine Arme sanken nach unten, zogen die Schultern nach vorn. Er wirkte entleert. Die Umstände zwangen ihn, sich einzugestehen, er hatte sich verrannt. Cassinis Theorie war einfacher und realer. Nach einer Weile des Schweigens äußerte er: »Was soll ich tun?« forschte mißtrauisch in Cassinis Zügen nach einem Ausdruck der Genugtuung.

Sachlich ernst sagte Cassini: »Nimm das Gerät. Ich führe dich, bis wir im Raumschiff sind.« Es schien ihn Überwindung zu kosten, Bond anzusehen. Mit einer ungelenken Bewegung wandte er sich ab.

»Du bringst sie um«, sagte Bond tonlos. »Weißt du, für welches Aggregat der Reaktor Energie liefert?« Ehe Cassini antworten konnte, fuhr er fort: »Dafür.« Er zeigte auf die Schildkröte. »Drahtlos.«

»Was findest du daran so aufregend?« fragte Cassini.

»Wir wissen nicht, wie groß seine Reichweite ist. Wenn das Gerät draußen die Arbeit einstellt und sie tatsächlich ... Unvorbereitet wäre es ... Sie kämen um ...« Er keuchte. »Stell dir vor, sie hocken in einer Seifenblase, die an dieses Ding gebunden ist. Verändern wir seinen Standort, schleppt es die Blase vermutlich hinter sich her. Bricht aber die Energiezufuhr ab, platzt sie wie ein angestochener Ballon. Im freien Raum wäre das ihr Tod.« Er stockte unvermittelt, sah Cassini ins Gesicht. Dann lächelte er schüchtern. »Ich bin ein Narr. Verstehst du, der Einfall läßt mich nicht los.«

»Sicher«, sagte Cassini. »Ich kenne das. An einem bestimmten Punkt kann man nicht mehr zurück. Man läuft

Gefahr, sich in eine Wahnvorstellung zu verlieren. Ich bin für dich verantwortlich.« Und mit ungewohnter Wärme: »Laß uns nun gehen. Alles andere ist Unsinn.«

Wie ein Traumwandler schritt Bond zum Tisch, ergriff das Halbei. Augenblicklich versank die Zentrale im grauen Dunst, und er befand sich in einem Zustand zwischen Traum und Illusion. Er merkte nichts davon, wie Cassini seinen Arm ergriff und ihn den Gang entlang zur Schleuse führte. Wie im Dialog mit unsichtbaren Partnern, bewegte er hastig die Lippen. Seine verkrampften Züge entspannten sich, wirkten gelöst wie bei geistiger Abwesenheit. Schließlich lächelte er, als hätte er alle Sorgen und Bedrängnisse bewältigt.

Cassini tastete sich eilig den Gang entlang. Hinter ihnen her, Bonds Körper und alle Wände mühelos durchdringend, zog sich ein flimmernder, fast unsichtbarer Faden. Sein Anfang verlor sich in dem Gerät, sein Ende im Transformator des Nuklearblocks.

Cassini schloß ihre Helmvisiere. Augenblicke später schob sich das Außenschott zurück. Er führte Bond durch die unwirtliche Leere des Jupitermondes. Es war dunkler als bei ihrer Ankunft, der Riesenplanet war unter dem Horizont versunken. Wie ein helles Band zog sich der Energiefaden durch die Finsternis. Doch mit jedem Schritt wurde sein Leuchten schwächer.

Ohne Schwierigkeiten überwanden sie den Spalt. Vom Raumschiff trennten sie noch etwa fünfzig Meter. Der Faden pendelte unstet. Das Leuchten war zu einem Flimmern abgesunken, dann erlosch es.

Überrascht bemerkte Cassini, daß sich Bond seiner Führung widersetzte. Besorgt schloß er seine Hand fester um dessen Arm.

»Laß los.« Bonds Stimme war heiser.

Cassini trat einen Schritt zurück, ein ungewöhnlicher Ausdruck in des Gefährten Gesicht ließ ihn schweigen.

Bonds weiche, feiste Wangen wirkten wie gemeißelt, seine Augen, gewöhnlich hinter Fettpolstern verborgen, quollen vor. Mit ungeheurer Wucht schleuderte er das Ei in die Dunkelheit. Danach verharrte er wie eine Statue, richtete sich erst nach Sekunden auf.

»Wir Mörder.« Seine leise Stimme klang wie zerspringendes Glas. »Wir hätten sie umgebracht, um ein Haar. Warum hast du mir nicht geglaubt? Aber ja, wie solltest du! Verzeih, wenn ich dir einen Vorwurf machte.«

Cassini blickte hilflos in die Dunkelheit. Wie einen Kranken wollte er den Gefährten in den Arm nehmen und den Rest des Weges führen. Sein Scheinwerfer irrte vorüber, der Strahl fuhr Bond ins Gesicht. Cassini zuckte zurück: Bond liefen Tränen über die Wangen.

»Komm«, sagte er sanft, »komm ins Schiff. Beruhige dich.«

Vorsichtig ergriff er Bonds Arm und wandte sich dem Raumschiff zu.

Mitten in der Bewegung erstarrte er. Das Blut schien ihm in die Beine zu sacken, sein Gesicht wurde heißkalt.

Einige Dutzend Meter von ihnen entfernt hob sich unscharf aus der Dunkelheit ein regloses Gebilde. Das Licht des Scheinwerfers löste es in menschliche Gestalten auf.

Sie waren in altmodische, ungefüge Schutzanzüge gehüllt. Langsam und unbeholfen kamen sie näher. Fieberhaft versuchte Cassini, sie zu zählen. Es waren mehr als dreißig.

Die Überlebenden

Über den unsichtbaren Horizont stieg der Saturn. Langsam, eine Blase in einer zähen Flüssigkeit, trieb er träge über ihm. Es war das Schönste, was Katten je gesehen hatte.

Die Schwarze tanzte jetzt mit Bailey. Vorhin war sie achselzuckend gegangen, als Katten ihre Aufforderung ignorierte. Sie machte keinen schlechten Eindruck: Wahrscheinlich gehörte sie zu den Leuten, die alles kannten. Wer kannte nicht alles: die tiefste Stadt der Welt und die südlichste Rennbahn? Er gönnte sie Bailey.

Dieser blonde, braungebrannte Draufgänger hielt sie fest an sich gepreßt, seine Hand rutschte langsam und nervös über ihren Rücken. Katten grinste. Bailey konnte nicht genug kriegen. Kurz begegneten sich ihre Blicke. Bailey lachte, doch seine Augen blieben kühl. Weder die leise, schrill vibrierende Musik noch das Mädchen änderten etwas daran.

Kattens Blick glitt über das zuckende Gemenge der Tanzenden. Als er nicht fand, was er suchte, kehrte er zu Bailey zurück. Sie paßten gut zusammen, die schwarzschillernde Katze und der blonde Pirat.

Eigentlich mochte Katten ihn; wie Bailey das organisiert hatte, wie er an alles dachte. Er ließ sich schon etwas einfallen, machte selbst einen Trip zum Saturn möglich. Für ihn schien es keine Verbote zu geben. Doch tat er stets so, als wäre das selbstverständlich. Wenn er ein Staunen bemerkte, zuckte er gelangweilt mit den Schultern. Trotzdem, er genoß die Bewunderung. Es war Katten nicht entgangen. Sein Talent oder seine Sucht, für Attraktionen zu sorgen, hatte ihm einen Ruf verschafft: mit Bailey war immer etwas los.

Die meisten waren mitgekommen, weil sie sich am Wochenende auf der Erde langweilten. Sie hofften, etwas Tolles zu erleben oder wenigstens für ein paar Stunden einen interessanten Typ zu haben. Eine Menge Mädchen waren scharf auf Bailey. Aber der hielt sich aus allem heraus, was länger als einen Abend zu dauern drohte. Es war üblich so.

Katten hatte seinen Spaß gehabt, jetzt mochte er nicht mehr. Möglich, daß es mit Lare zusammenhing. Er war sich nicht sicher. Sein Blick suchte zwischen den Tanzenden. Lare schien nicht dabeizusein. Seit dem Morgen hatte er sie nicht wieder gesehen. Sie drängte sich seinen Gedanken auf. Herrgott, warum gerade sie? Eigenartigerweise erfüllte ihn die Vorstellung ihres Körpers, ihrer Knochigkeit, ihrer faddunklen, kurzen Haare mit sinnlicher Erwartung. Verwundert wollte er die Erregung abschütteln, aber sie blieb an ihm hängen, als gehöre sie zu ihm. Alle Umwege seiner Phantasie führten wieder zu ihr hin. Das Mädchen mit dem spröden Namen Lare erschien ihm wie etwas Begehrtes, aber Unerreichbares. Die Sehnsucht nach ihr füllte, wenigstens für einen Augenblick, die Leere aus, deren er sich nun bewußt wurde. Jahre später, in Monaten, Tagen, in Sekunden schon, würde die Sehnsucht selbst Leere sein. Er ahnte, daß es so kommen würde, und dachte, ich muß sie finden.

Bailey zwinkerte ihm zu und verschwand mit der Schwarzen. Nach und nach leerte sich die Tanzfläche. Ein paar Stunden später würden sie wieder dasein, vergnügt, hungrig, laut. Es war immer so, einer fing an, und es schlug über wie ein Funke.

Katten achtete genau darauf, wer den Kuppelraum verließ. Lare war nicht dabei. Als fast alle gegangen waren, verließ ihn die erwartungsvolle Spannung. Er hockte zusammengesunken da, vertiefte sich in seine Enttäuschung. Hätte er die Kraft gehabt, sich zu zerstören, das Raumschiff, Lare, die Musik, er hätte es getan. Er konnte ihr nicht verbieten, ihren Spaß zu haben. Was wußte er von ihr? Vielleicht war das, was er meinte zu empfinden, nur Einbildung, Hysterie. Es führte zu nichts. In seinem Selbstmitleid kam er sich albern vor. Das Bedürfnis, allein zu sein, entblößte ihn aller schützenden Hüllen.

Ein paar saßen noch herum, hörten der Musik zu, drieselten träge, mit halbgeschlossenen Augen. Katten warf sich zurück auf den weichen Sitzblock. Der Saturn war verschwunden. Es war nur noch schwarz über ihm, ein Stern funzelte schwach. In dieser Schwärze fühlte er sich geborgen. Doch der einsame Stern schien ein Loch in der Undurchdringlichkeit zu sein. Sein flackerndes Licht zerrte Kattens Unruhe wieder an die Oberfläche. Er riß sich los von dem Anblick, erwog, eigensinnig auf Ablenkung aus, zu schwimmen, ins Kino, ins Theater zu gehen oder etwas wahnsinnig Gutschmeckendes in sich hineinzufressen oder einfach schlafen zu gehen. Er beschloß zu schwimmen, blieb jedoch sitzen, als erwarte er etwas.

Eins der übriggebliebenen Mädchen fiel über ihn her. Sie war heiß, küßte ihn ab und trieb ihre Hand zwischen seine Schenkel. Wieder dachte er an Lare. Aber es beunruhigte ihn nicht mehr, denn er war jetzt überzeugt, daß er sie suchen würde. Am Morgen hatte er sie nur aus Gewohnheit gehen lassen, nicht aus dem Bedürfnis heraus, sie loszuwerden. Die Erkenntnis machte nichts leichter, sondern erklärte lediglich die Tatsache und ließ nach wie vor die Frage offen, warum sie die ganze Nacht zusammengeblieben waren.

Das Mädchen setzte sich rittlings auf seine Schenkel. Sie hatte ein hübsches Gesicht, eine aufregende Figur. Als sie seine Erregung spürte, warf sie sich nach vorn und legte ihm die Brüste gegen das Gesicht. Ihre Haut roch warm und gut, aber es war nicht das, was ihm fehlte. Lare. Der Gedanke machte alles zunichte. Das Mädchen registrierte es mit einem enttäuschten Knurren.

Mit dem Fuß stieß Katten seinen Nebenmann an. Auffahrend begriff der die Situation und zog das Mädchen zu sich hinüber.

Zwischen Sesseln und Blöcken wand sich Katten zur anderen Seite durch. Bis auf zwei Nachzügler war dieser Teil der Platte leer. Vor der Energiewand drehte er sich enttäuscht um. Sein Nachbar und das Mädchen waren ebenfalls verschwunden. Ohne Menschen wirkte der Raum – nach allen Seiten offen, wie die Spitze eines schmalen, unendlich hohen Berges – befremdend. Wie war er hier heraufgelangt? Er fühlte sich merkwürdig allein. Seine Sehnsucht nach Lare verstärkte sich. Wie ein Traumwandler ging er von Block zu Block, von Sessel zu Sessel, um wenigstens einen Hauch von ihr zu finden. Die Vorstellung, ihr vielleicht nie wieder zu begegnen, überkam ihn. Er hatte die Zeit sinnlos verstreichen lassen. Natürlich war sie mit Braun oder mit Pugdy. Oder mit Bailey. War da ein Unterschied? Jeder nahm sich, was er brauchte: Gebrauchsanweisung! Sie funktionierte. Bailey hatte sie nicht erfunden, beherrschte sie jedoch souverän.

Bewunderte er Bailey? Seine Art zu ignorieren, was er ignorieren wollte? Seine Selbstverständlichkeit, seine Überlegenheit: Was für eine Überlegenheit? War das noch eigene Bewunderung, oder war es die der andern, einfach übertragen? Katten kletterte an seinen Gedanken entlang wie an einem schwankenden Gerüst, auf der Flucht vor der Antwort. Den meisten an Bord fühlte er sich überlegen. Arroganz? Er schüttelte den Kopf. Verband ihn das mit Bailey, oder war auch das eine Fiktion? Hätte nicht er Bailey sein können? War es ein Zufall, daß er nicht an dessen Platz saß? Kein Zufall! Also, was bewunderte er an ihm? Was unterschied ihn von Bailey? Sie hatten denselben Spaß gehabt, vielleicht sogar dieselben Mädchen. Solch ein Schiff zu organisieren: kein Problem! Aber er würde es nicht tun. Aha, das war's: Bailey brauchte Publikum. Sie nahmen dankbar alles an, applaudierten. Aber er lächelte über sie: Er hatte sie abgerichtet. Sie reagierten mechanisch. Puppen und Puppenspieler. Keine Frage, wer den Spaß hatte, den wirklichen. Bailey war frei.

Katten fühlte, daß er es nicht war, er fühlte sich bedrängt, von sich selbst, von seinen Bindungen. Die scheinbare Alternative beunruhigte ihn. Es mußte da einen Ausweg geben. Einen Ausweg? Er hatte ein höhnisches Lachen im Ohr. Ausweg – woraus? Bailey war unterhaltsam, je nun, ein wenig unterkühlt. Das waren sie mehr oder weniger alle. Bailey lieferte Spaß. Was wollte man mehr? Hinter die Kulissen schauen? Wen interessierte schon der doppelte Boden. Hauptsache, der Effekt: Kaninchen im Zylinder.

Wenn sich ihre Blicke einmal begegneten, nahm Katten in Baileys Augen eine wölfische Wachsamkeit wahr. Trotzdem, auf beiden Seiten war eine gewisse Sympathie. Doch achteten sie darauf, eine bestimmte Distanz nicht zu unterschreiten.

Katten ahnte, daß sich hinter Baileys freundlicher Fassade schroffe Härte verbarg. Vielleicht war Bailey ein Genie. Die Hoffnung öffnete den Kreis rotierender Gedanken.

Bis zu dem Moment, in dem Lare auftauchte, hatte sich Katten die Zeit mit anderen Mädchen vertrieben. Die meisten waren nett, intelligent, hübsch. Mitunter war das Gespräch auf Bailey gekommen. Aber er interessierte sie nur soweit, als seine Person mit den Tatsachen verbunden blieb. Gingen die Fragen darüber hinaus, erlosch ihr Interesse. Sie lächelten und wandten sich wieder allgemeinen Dingen zu. Manchmal kam überhaupt kein Gespräch in Gang. Das mochte an der Kürze der Begegnungen liegen. Warum hatte er mit Lare nicht über Bailey geredet, und warum fiel es ihm erst jetzt auf? Es war nicht die Zeit. Sie hatten überhaupt nicht viel miteinander gesprochen. Doch es war kein mühsames Schweigen zwischen ihnen gewesen.

Katten erhob sich, tastete sich durch den halbdunklen Raum. Vom All trennte ihn nur die dünne Hülle kaum sichtbarer Energie. Unter seinen Füßen vibrierte sanft der Boden. Der Kreisel raste auf den Asteroidengürtel zu, in wenigen Stunden würden sie die Marsbahn passieren. Kattens Blick fiel in die Unendlichkeit, suchte Halt, kehrte zurück, traf Lare.

Sie lag fast genauso wie an dem Abend, als sie sich auf Titan kennenlernten. Vielleicht war es ihre Lieblingshaltung. Sie hatte den Kopf zurückgelegt und starrte mit leicht offenem Mund nach oben. Augen und Zähne schienen unzusammenhängende Reflexe inmitten einer Zufälligkeit von Linien zu sein. Ihr Gesicht, noch dunkler als sonst im Dämmerlicht, eigenartig gespannt. Als wäre in ihr eine Kraft tätig, die zu bändigen sie anstrengte.

Katten hockte sich neben sie. Er legte ihr die Hand auf die Schulter. Die Berührung erregte ihn sofort. Er glaubte, es könnte nicht anders sein, als daß sie das gleiche empfand.

In ihren Pupillen spiegelte sich ein dünner Lichtreflex. Ohne ihn anzusehen, sagte sie: »Du bist das?« Es war eine einfache Frage, ohne Erwartung.

Ihre zurückhaltende Verschlossenheit ließ ihn unsicher werden. Beim Aufrichten bewegte sie die Schulter. Seine Hand glitt abwärts, berührte flüchtig ihre Brust.

»Ich hatte dich verloren. Wo warst du? Ich habe dich gesucht.«

Sie wußte, daß er ein bißchen log, und lächelte.

In seine Kabine drang das dämmrige Licht der fernen Sonne. Sie lösten ihre Körper voneinander, ruhten erschöpft, Köpfe in schweißige Armbeugen getaucht. Begierig sog er den Geruch ihrer Haut ein, atmete tief und regelmäßig. Später flackerte wie knisternde Flämmchen zärtlich flüsterndes Gespräch zwischen ihnen, erlosch wieder.

Als er dachte, sie schliefe, frage sie: »Warum hast du mich gesucht?«

Er war überrascht, sagte, sich widersprechend, schnell, um die Verlegenheit zu überspielen: »Ich habe dich nicht gesucht.«

»Ich habe dich beobachtet.«

Was wollte sie? Machte sie sich deshalb über ihn lustig? Er wußte nicht, was er entgegnen sollte, ohne sich eine Blöße zu geben. Die Festigkeit seiner Stimme war unecht. »Warum fragst du?«

Sie zögerte. »Niemand will einen wirklich.« Die Scheu in ihrer Stimme hinterließ ein merkwürdig leichtes Gefühl in ihm.

»Und wir, Zufall?« Diesmal war seine Sicherheit echt.

Sie lächelte vorsichtig, versteckt, kaum daß ihr Mund es andeutete. Es war gerade so viel Licht in der Kabine, daß er es bemerkte. Er wurde sich seiner beklemmenden Spannung bewußt, jetzt, da sie in ihm erstarb.

Sie fragte: »Lachst du über mich?«

Er schüttelte den Kopf. »Komisch, wir haben beide voneinander das gleiche befürchtet.«

Ihr Lächeln vertiefte sich.

In diesem Moment erschien sie ihm vertrauter als sein ganzes bisheriges Leben. Er spürte ihre Wärme, ihre Haut fühlte sich samtig an, seltsamer Kontrast zur knabenhaften Magerkeit ihres Körpers. Jede andere Wahrnehmung entschwand, ein Zustand völligen Losgelöstseins stellte sich ein. Lange Zeit drang nichts in ihre Abgeschlossenheit.

Das Raumschiff durchflog den Asteroidengürtel, ohne seine ungeheure Geschwindigkeit zu vermindern. Der Leitstrahl führte es sicher zur Erde zurück.

Durch das Fenster zuckte ein gleißender Schein und versickerte zwischen den Möbeln. Immer wieder flammte es lautlos auf. Der Raumkreisel raste durch verglühende Wolken, ließ hinter sich die Spur zerstrahlter Asteroiden. Das Schiff war perfekt, vereinte in sich den Fortschritt der Menschheit, vollautomatisch im wahrsten Sinne, höchstes, letztes Ziel menschlicher Zivilisation.

Katten reckte sich, bis die Gelenke knackten. »Wir könnten baden gehen«, sagte er. »In einer halben Stunde ist der Swimmingpool überfüllt.« Er wollte sich erheben.

Lare lachte, wälzte sich auf ihn und begann ihn abzuküssen. Eigenartigerweise machte ihre zärtliche Albernheit ihm Spaß. Er gab sich dem berauschenden Gefühl hin, Ursache dieser Zärtlichkeit zu sein. Doch er empfand keine Eitelkeit dabei.

Sie rollte zappelnd von ihm herunter, stöhnte vor Vergnügen. »Ist das ein Wochenende! Und ich hätte fast abgesagt.« Sie war übermütig. »Wie im Märchen: du, dieses Raumschiff, überhaupt alles. Stell dir vor, ich wäre nicht mitgekommen. Scheußlich.« Sie lachte und kitzelte ihn. »Ich bin eine scheußliche Ziege, wirklich, eine scheußliche Ziege. Eigentlich wollte ich nicht mitkommen.«

Katten biß ihr in die Hand.

»Au! Aber es war ziemlich langweilig, weißt du, und schließlich ist Bailey ein ganz netter Kerl.«

Irgend etwas störte ihn. Nicht, daß sie Bailey nett fand: Bailey war nett. Es war ihr Ton. In ihrer Stimme schwebte ein Nichtgreifbares, Beunruhigendes: Natürlich war Bailey nett.

Sie rutschte dicht an ihn heran. »Es ist schön, wenn man alles hat. Dieses Raumschiff, es fehlt nichts. Bailey ist ein Genie.«

Katten machte sich steif. Er hatte auf eine Gelegenheit gewartet, über Bailey zu sprechen, und jetzt war sie ihm zuvorgekommen. Ich rede mir etwas ein, dachte er. Ich habe sie nie mit Bailey zusammen gesehen. Er drehte sich auf den Bauch und streckte die Arme von sich. Bailey hatte Talent, er war kein Genie. »In der vergangenen Zeit haben diese Ausflüge abgenommen. Ist nichts Neues mehr. Der Mars ist langweilig, auf dem Mond kannst du dich nicht frei bewegen.«

»Er ist ein Genie«, wiederholte sie gutgelaunt.

Katten schüttelte unwillig den Kopf. »Er kennt einen Trick oder er hat Beziehungen zur Leitzentrale. Natürlich, er hat Beziehungen. Außerdem ist er süchtig. Er *muß* Verbote überschreiten. Er ist geltungssüchtig.«

»Ohne ihn wären wir nie über die Marsbahn hinausgekommen. Wie er das nur macht.« Ihre Bewunderung ignorierte seine Einwände, hinterließ eine summende Resonanz wie eine angeschlagene Saite.

»Er bescheißt die Zentrale«, entgegnete er grob, »hemmungslos.«

»Nein, nein«, widersprach sie. »Er ist gerissener. Kein plumpes Risiko.« Das klang kühl, abschätzend. Katten atmete auf.

Er war nun fast gewillt, an eine Einbildung zu glauben. Warum sollte sie an Bailey etwas anderes finden, als sie zugab? »Woher kennst du Bailey?« Es kam ihm so vor, als antwortete sie einen Augenblick zu spät.

»Weiß nicht. Ich kenne ihn eben. Wie man Leute kennt.«

»Verdammt«, sagte er, »du mußt doch wissen, woher du ihn kennst.«

»Ist das so wichtig?«

Sein Nein wurde verschluckt vom Schrillen der Alarmglocke.

Der Wandschirm zeigte einen fernen, beweglichen Lichtpunkt. Die Stimme des Schiffskyberneten war einen halben Ton höher als sonst, erzwang Aufmerksamkeit.

»Unbekanntes, künstliches Objekt in Sektor 2-2-2-q-N-! Bahnkreuz in elf-Komma-dreiachtfünf Minuten. Keine beschleunigte Bewegung, keine Wärmestrahlung! Kein Funkkontakt! Eliminierung in vier-Komma-sieben Minuten! Anderenfalls Kollision! Ende!«

Lare lachte übermütig. »Siehst du, jetzt kommen die Außerirdischen und fressen uns. Riesige Spinnen oder so was. Dich vernaschen sie zuerst.«

Er griff, um sie zu strafen, in ihre Haare. Sie waren zu kurz, um daran zu ziehen. Sie brachen beide in ein Gelächter aus, das die im Raum stehende Spannung zerstörte. Nein, dachte er, während sie sich halb über ihn lehnte, es ist nichts als eine blöde Einbildung. Er strich ihr zärtlich über den Kopf. Die Stimme des Schiffskyberneten schien nicht mehr zu ihnen zu dringen.

»Das geortete Objekt ist irdischer Herkunft.«

Katten packte Lares Schulter. »Ein Wrack! Das kann nur ein Wrack sein.«

Sie reagierte, als wüßte sie genau, was er wollte. »Vergrößerung!«

Das Bild auf dem Schirm blieb scheinbar unverändert. Nur langsam wurde der Lichtpunkt im Zentrum deutlicher. Aus dem Geflimmer hoben sich Konturen. Sie rief den Speicher ab.

»Nichts«, erwiderte der Automat.

»Vielleicht ist es älter«, flüsterte Katten.

Sie hob die zeitliche Eingrenzung für den Kyberneten auf und wiederholte die Frage.

Die Antwort kam unmittelbar. »Objekt im Sektor 2-2-2-q-N, Raumschiff, Klasse Tyrus B, gebaut zweitausendeinhundertfünfzig. Einsatzbestimmung: Erforschung der äußeren Planeten. Besatzung zwanzig Menschen. Elektrodynamisches Haupttriebwerk, Länge dreihunderteinundfünfzig Meter, größter Durchmesser dreiundvierzig Meter.«

»Zustand?«

»Keine Energiestrahlung. Mehrere Lecks. Wahrscheinliche Ursache Meteoritentreffer!«

»Zweihundertundfünfzig Jahre«, murmelte Katten. »Kannst du dir das vorstellen?«

Lare bewegte unbestimmt den Kopf.

»Komm.« Katten streifte sich hastig Hose und Hemd über, rannte, ohne zu warten, hinaus. Auf dem Gang gellte ihm das Warnklingeln ungedämpft in die Ohren. Außer ihnen schien niemand Notiz davon zu nehmen. Die Gänge waren leer. Hinter ihm tönte das klatschende Geräusch von Lares nackten Füßen.

In der Zentrale leuchtete klar und riesig der Panoramaschirm. Die Konturen des Wracks hoben sich deutlich vor dem Hintergrund des Alls ab. Es hatte die typische Form der seinerzeit gebauten Rückstoßraketen, ellipsoid, mit stumpfem Heck und abgerundetem Bug, Stabilisierungsflossen. Sogar zwei Lecks waren auszumachen.

Interessiert betrachtete Katten das Bild. Lautlos trat Lare neben ihn.

»Objekt wandert ins Kollisionsgebiet ein«, dröhnte der Kybernet. »Eliminierung in zwei Minuten.«

Katten lief um den Tisch, suchte nervös, drückte mit schmerzendem Daumen die Taste. »Bailey! Warum rührt sich keiner?«

Baileys Gesicht erschien auf dem kleinen Schirm. Seine Stimme klang unbeteiligt. »Ich hab's gehört. Willst du dir den alten Kasten um den Hals hängen?«

»Red doch nicht so blöd.« Gereizt suchte Katten nach einer Möglichkeit, Bailey zu überzeugen. »Warst du schon mal auf so einem Ding?«

Bailey hob kaum merklich die Brauen. »Ah, du hast recht. Das ist genau die Attraktion, die unserer Tour noch fehlt. Aber wer verantwortet die Interruption?« Er lachte und schaltete ab.

Einen Augenblick später betrat er die Zentrale. Katten löschte den Alarm und verzögerte die Eliminierung. Kurze, schrille Töne teilten die Zeit in Sekunden.

Bailey trat an das Pult und gab den Befehl zur Kursänderung. »Objekt nicht eliminieren! Parkabstand zweitausend Meter!«

Nach und nach versammelten sich alle in der großen Schleuse. Einige hatten noch nicht mitbekommen, worum es ging. Bailey umriß es mit knappen Worten. Die Gesichter hellten sich auf. Das ganze versprach eine Sensation zu werden. Ein paar Mädchen quietschten begeistert.

»Wer will mitkommen?« Bailey begleitete seine Frage mit einer großen Geste. Keiner wollte verzichten.

»Jemand sollte an Bord bleiben«, sagte Katten.

»Warum?« Baileys Stimme war scharf. »*Ich* meine, es ist nicht nötig.«

»Kannst ja hierbleiben!« rief einer Katten zu.

Katten zuckte mit den Schultern und schwieg. Während sie die Helme schlossen, begegnete er Lares Blick. Sie blinkerte besänftigend. Aus dem Lautgewirr tönte leise ihre Stimme: »Was soll schon passieren? Der Kreisel hat uns noch nie gebraucht.«

»Schon gut. Ist blöd von mir«, erwiderte Katten. Natürlich wollte niemand dableiben. Ein echtes Wrack hatte noch keiner gesehen. Nur diese aufpolierten Dinger im Museum. Er hatte Verständnis dafür, eine kaum zu bändigende Spannung beherrschte ihn, die er schweigend nicht ertrug. »Vielleicht werd' ich alt.« Er grinste. »Hast recht, wir sind hier überflüssig.«

Während die Luft abgesaugt wurde, hielten sie sich an der Hand. Ihr kaum spürbarer Druck weckte in ihm phantastisch-lustvolle Bilder. Wie lange hatte er nicht mehr jene

Kinderträume gehabt, die einem Held zu sein gestatten nach eigener Fasson. Er sah ihr Gesicht hinter dem Helmvisier. In dieser Perspektive traten ihre Wangenknochen stärker hervor, ließen ihr Gesicht noch magerer erscheinen; der Mund schien zu groß, die Lippen zu voll für dieses schmale, zarte Gesicht. Ihn überkam der Wunsch, sie zu berühren.

Lautlos schwebten die Gleiter über den Abgrund. Zusammengedrängt hatten sie zu zehnt in den offenen Fahrzeugen Platz genommen. Die Helmgeräte empfingen unsortiert das Tohuwabohu der Stimmen. Einer schrie: »Vielleicht spukt es dort! Die Alten gehen um, sie haben lange, weiße Bärte!« Ein dutzendfaches Lachen schwoll dünn auf. Andere Stimmen meldeten sich. Plötzlich redeten wieder alle durcheinander. Mit dumpfer Stimme erzählt, drang durch die Wortfetzen die Geschichte vom Ewigen Raumschiff, das bis in alle Zeiten zwischen den Sternen umherirren muß, weil die Besatzung die Formel ihres Heimatplaneten vergessen hat. Kreischen und wohlig gruselndes Lachen antworteten.

Flüstern summierte sich zum Getöse, versickerte wieder im Schweigen, bis die Rinnsale einzelner Sätze neue Fluten ankündigten. Dröhnend ergossen sie sich aus den Hörern über sie.

Der Kreisel blieb zurück. Katten vermochte schon mit bloßem Auge die zerrissene Oberfläche des Wracks zu erkennen. Wie Krallen ragten die verbogenen Träger, die wirr ineinander verschlungenen Rohre und klaffenden Platten aus dem Leib des Wracks. Es schien ihm, als lauerten sie zitternd auf Beute, bereit, sich um die wehrlosen Körper der Gleiter zu schließen. Nie hatte er eine so gewaltsame Vernichtung gesehen, deren Fortführung nur aufgeschoben war, doch jeden Moment wieder einsetzen konnte, um sie alle in ihren Strudel zu reißen. Erbarmungslos würden sie eingesaugt werden in den Schlund einer zerstörerischen Maschine. Die Vorstellung versetzte Katten in Angst: eine fressende, hackende, stampfende Maschine. Hier hatte ein Sturm gewütet, ein Ungeheuer. Das konnte nichts Natürliches sein. Die Natur war schön und mild. Er hatte nie Anlaß gehabt, seinen Lehrern zu mißtrauen. Verzweifelt suchte er in seiner Erinnerung nach sanften Bildern von der Erde, um den Anblick aufzuwiegen. Doch immer wieder drängte er sich vor, entzog ihm den festen Boden und die Luft zum Atmen. Er preßte beide Hände um Lares Schultern.

Die Gleiter schwebten heran wie schimmernde Insekten. Bailey befahl, nebeneinander an einer unversehrten Stelle zu landen. Sie glitten über unergründliche Krater. Kaum jemand achtete noch darauf. Eine allgemeine Wette war im Gange, wer das schönste Souvenir finden würde.

Katten versuchte, im Dunkel der zerfetzten Löcher etwas zu erkennen. Irgendwo war eine Bewegung. Der Strahl des Bordscheinwerfers irrte ab, pendelte zurück. Beharrlich, als versuche er ein verlorenes Gleichgewicht wiederzufinden, taumelte ein loser Träger um seine Achse, seit zweihundertfünfzig Jahren. Der Anblick der stereotypen Bewegung stimmte Katten trostlos, als wäre der letzte Überlebende des Unglücks er, als hätte er zweihundertfünfzig Jahre lang nichts anderes gesehen als das mahnende Wirbeln des Fingers.

Er tastete nach Lares Schulter, legte alle Kraft in den Druck seiner Hand. Doch er spürte nur den zähen Widerstand ihres Schutzanzuges, der ihm ihre knochige Schulter entzog. Sie merkte es nicht einmal und zuckte erst zusammen, als er flüsterte: »Ob sie alle umgekommen sind?«

Sie verließen die Gleiter und scharten sich um Bailey, eine geisterhafte Versammlung von Schutzanzügen, ein wogendes Büschel Helme.

»Es bleiben immer zwei zusammen«, sagte Bailey. »Das ist ein Befehl!«

»Aye, aye, Käpt'n!« schrie einer übertrieben laut und salutierte.

Baileys Stimme blieb unbeeindruckt. »Wer meinen Anordnungen nicht Folge leistet, für den beantrage ich Raumverbot.«

Das Lachen verstummte. Einen Augenblick war erstauntes

Schweigen. Dann sagte jemand: »Du kannst einem richtig den Spaß versauen.«

»Das hier ist kein Spaß mehr«, sagte Bailey sanft. »Wir werden durch ein Leck ins Schiff eindringen. Wenn wir drin sind, haltet euch besser in den unversehrten Sektionen auf. Ansonsten könnt ihr machen, was ihr wollt. Fragen?«

Sie stiegen in einer lockeren Doppelreihe in den Krater, umgeben von geborstenem Metall. Die Scheinwerfer blitzten wie Lanzetten in einer Wunde. Erst als sie bis zur Schiffsachse vorgestoßen waren, machte sich krampfhafte Ausgelassenheit bemerkbar. Doch wagten die ersten, die sich im Hauptgang einfanden, es nicht, gegen Baileys Befehl zu verstoßen, und warteten mürrisch witzelnd auf die letzten, indem sie unruhig, als könnte ihnen etwas entgehen, die Umgebung musterten.

Die Nachzügler stießen zur Gruppe. Bailey erließ, mit unerbittlichem Nachdruck, noch einige Verhaltensmaßregeln, die selbst Katten überflüssig erschienen. Einen Moment lang meinte er, Bailey mache sich Gedanken wegen nicht abzusehender Konsequenzen. Aber was sollte schon passieren? Und überdies, Bailey war nicht der Mann dazu. Ohnehin schenkten die meisten, geborgen in der Sicherheit des Schutzanzugs, Baileys Ausführungen kaum Aufmerksamkeit. Man musterte interessiert den Gang, der sich in der Tiefe des Wracks verlor.

Baileys scharfer Ruf ließ sie zusammenfahren. Hinter dem Visier schimmerten hell seine Zähne. »Ihr seid unverletzbar, die Anzüge sind unzerstörbar. – Paßt trotzdem auf!«

»Vater, was willst du?« nörgelte eine Stimme. »Es wird kaum ein Geist mit 'nem Vorderlader auf uns schießen. Wüßte nicht, was gefährlich sein sollte.«

Die ersten tobten übermütig den Gang entlang, so gut es die Magnetschuhe erlaubten, bärenhaft tapsig, doch lautlos wie ein Film ohne Ton. Nur ein feines, gleichmäßiges Dröhnen pflanzte sich vom Metall der Wände fort, drang vibrierend durch die Schuhsohlen und erreichte, kaum wahrnehmbar noch, die Ohren als dunkler, singender Laut.

Katten und Lare hielten sich an der Hand, bewegten sich langsam und tastend. Sie rückten zusammen, um andere vorbeizulassen, entfernten sich wieder voneinander, lachten über ihre abergläubische Furcht, soweit es die tändelnde Verhakung ihrer Handschuhe erlaubte. Sie lauschten den Zurufen der anderen. Sie waren schließlich die letzten, es störte sie nicht.

Der Gang vor ihnen war unversehrt. So weit das Licht der Scheinwerfer reichte, schimmerten die Wände in einem schmutzig-graubraunen Ton. Wie schwarze Löcher mündeten in den Hauptstollen Verzweigungen, in deren Tiefe die Lichter der anderen unruhig blinkten.

Katten und Lare genossen ein Alleinsein, das ihre Sinne bis zur Überempfindlichkeit schärfte. Sie empfingen den geringsten Druck ihrer Hände, den leisesten Zug der Arme. Sie hofften darauf, daß die Schutzanzüge nicht das geringste jeder Regung unterschlugen.

Gefangen in dem winzigen Kreislauf von Sauerstoff, Wärme, Feuchtigkeit, waren sie auf diese Hoffnung angewiesen als vierte der Notwendigkeiten.

Zögernd nur vertrauten sie der fremden, erstarrten Umgebung. Hin und wieder trafen sich ihre Blicke, und sie lächelten im sicheren Versteck ihrer Helme.

»Warum lachst du?« fragte sie.

»Woher willst du das wissen?«

»Ich sehe es an deinen Augen.«

»Einbildung.«

Sie lachte und riß sich los. Ihre Schuhe lösten sich vom Boden, und sie schwebte den Gang entlang. Er brachte den Trick nicht fertig, folgte ihr schwerfällig, erwischte sie an einem Fuß und zog sie zu sich herunter. Er umklammerte ihren Körper, verlor dabei selbst den Halt, und sie stiegen ineinander verhakt empor. An der Decke stießen sie sich ab und sanken leicht wie Sylphiden zurück. Das Spiel bereitete ihnen Spaß, und sie wiederholten es, bis sie aneinandergeklammert zum Stehen kamen, atemlos vor Freude.

Sie hatten eine längere Strecke des Hauptganges bewältigt. Weder vor noch hinter sich sahen sie jemanden. Sie mußten sich bereits ziemlich weit vorn befinden.

Aus dem Dämmer des Ganges hoben sich undeutlich menschliche Konturen. Sie hielten erschreckt inne, erstarrten, wagten kaum zu atmen.

»Was ist das?« flüsterte Lare.

Vorsichtig gingen sie einige Meter.

Mitten im Gang hing unbeweglich ein altertümlicher Raumanzug. Arme und Beine waren wulstig, den Rücken beulte kantig ein buckliger Aufbau. Er wandte ihnen die Hinterfront zu.

»Ob jemand drin ist?«

»Es könnte nur ein Toter sein«, erwiderte Katten leise.

Vorsichtig, als erwarte er jeden Augenblick eine abwehrende Bewegung, packte er das Monstrum am Rücken und drehte es herum.

Der Helm war leer. Sie atmeten auf. Es hätte sein können. Sie wußten ja nicht, wie sich das Unglück zugetragen hatte, ob das Wrack seinerzeit aufgefunden worden war und die Toten geborgen wurden.

Die Begegnung hatte ihre Stimmung gedämpft. »Wir sollten zurückgehen«, bemerkte Lare. »Hier sind Menschen umgekommen, damals.« Sie blickte ihn unsicher an. »Verstehst du, seit damals hat sich nichts verändert.«

»Überall auf der Welt sind Menschen umgekommen«, erwiderte Katten. »Heute stehen dort Häuser oder es wachsen Bäume.«

»Hier ist die Zeit stehengeblieben«, sagte sie.

Über die Empfänger vernahmen sie die Ausgelassenheit der anderen.

Lares Gesicht wirkte im harten Licht seines Scheinwerfers blaß. »Sag mir, worüber die sich freuen? Hinter dieser Wand könnte ein Toter liegen und dort einer und dort.«

»Sie sind bestimmt geborgen worden«, sagte Katten, »bestimmt.« Er bemühte sich, seinem Gesicht keine Unsicherheit anmerken zu lassen. Er wollte nicht zu den anderen zurückkehren. Er wollte etwas entdecken. Er wußte nicht genau, was. Seine Vorstellung endete an etwas Neuem, Geheimnisvollem. Es mußte etwas sein, worüber noch nie ein Mensch mit ihm gesprochen hatte, etwas, was ihm vorenthalten worden war. Vielleicht war es etwas Furchtbares. »Laß sie, kümmere dich nicht um sie.« Er nahm Lares Hand.

Sie gingen langsam weiter, blickten sich nur hin und wieder scheu an und rückten so dicht, als es die Anzüge erlaubten, aneinander. Die Schreie der anderen summten und wisperten, als wollten sie verlöschen, flackerten jäh wieder auf. Sie waren so fremd, als kämen sie aus einer anderen Welt.

»Katten«, sagte Lare. »Sie sind alle umgekommen. Nicht einer hat es überlebt.«

Er wußte nicht recht, was er ihrem melancholischen Nachsinnen entgegenhalten sollte. »Raumfliegerei war gefährlich damals. Was ändert es, ob einer umgekommen ist oder alle? Wie unbeholfen ihre Schutzanzüge waren. Provisorisch. Ich glaube, damals wurden die letzten Abenteuer erlebt.«

»Ich weiß nicht«, sagte Lare. »Abenteuer?«

»Ihr werden noch Ohrensausen bekommen«, sagte plötzlich jemand, »und depressive Wahnvorstellungen vom Philosophieren. Ihre Schuld, wenn sie sich mit solchen Vehikeln in den Weltraum wagten. Größenwahn!«

»Ach, halt's Maul«, sagte Katten ärgerlich.

Der andere begann albern zu lachen.

Sie schalteten die Leistung ihrer Helmgeräte auf ein Minimum herunter. Es war verboten, doch sie wollten allein sein. Bis auf ein unbestimmtes Raunen verstummten die Geräusche und Äußerungen der andern. Als wären sie dicht beieinander, hörten Katten und Lare nur noch ihre eigenen Stimmen, ihre Atemzüge.

»Ich weiß, was du sagen willst«, entgegnete Katten. »Sie haben uns den Weg bereitet, sie haben sich geopfert und so weiter. Aber das war doch immer so!«

»Für uns heute ist das Spielerei«, sagte Lare.

»Genau das meinte ich«, fuhr er überrascht fort. »Abenteuer!« Der Ton paßte nicht zu seinem Alter. Die Bitterkeit wirkte gekünstelt. Er merkte es selbst und äußerte ironisch:

»Wir könnten uns höchstens mal das Bein brechen, beim Tanzen ... Das Schiff ist unzerstörbar, vollautomatisch, perfekt, uns umgibt Perfektion, die Schutzanzüge, unzerreißbar. Uns *kann* nichts passieren!«

»Das hört sich so an, als wünschtest du es.«

Er wehrte ab. »Es läuft nur alles stets so ab, wie es geplant wird. Immer! Ich denke, manchmal müßte etwas geschehen, was keiner vorausgesehen hat. Mehr nicht.«

»Und warum?« Ihre Frage klang naiv, aber er hörte die Provokation heraus.

»Du weißt doch, was ich meine.« Kattens Hand fuhr ungeduldig durch die Leere.

»Ja.«

»Also, warum fragst du?«

»Ich wollte sichergehen.« Ihre Stimme hatte einen spöttischen Kickser.

»Und?«

»Wir meinen schon das gleiche.«

»Bist du nun beruhigt?«

»Sehr.«

Sie lachten erleichtert auf, als hätten sie gemeinsam etwas Schwieriges bewältigt.

»Ist das nun tragisch oder komisch?« sagte Katten. »Wir sind kaum zwanzig und wissen im großen und ganzen, was in den restlichen achtzig Jahren auf uns zukommen wird.«

»Es ist üblich, eine liebe Gewohnheit.« Sie war mehr ironisch als ernsthaft.

»Für manche ist es Gift.«

»Du Ausnahme.« Ihr Spott verpuffte mit einem scharfen Laut: »Die meisten wollen das so, wissen, was morgen ist. Nach Möglichkeit bis ins letzte Detail. Kein Risiko.«

»Und warum reißen sie sich drum, mit Bailey einen Trip zu machen?«

»'ne Art Ausgleichssport«, sagte Lare. »Überraschungen am Wochenende.«

»Und wir?« fragte Katten.

»Wahrscheinlich nicht viel anders«, erwiderte sie.

»Aha.«
»Natürlich, aha.«
»Täglich, das wär' nichts, wie? Zu anstrengend.«
»Seriöser ausgedrückt«, sagte Lare, »klingt's besser: effektiv leben, optimal nützen.«
»Lange keine Zeitung gelesen«, sagte Katten.
Sie kicherte.
»Sehen wir uns auf der Erde?«
Sie schwieg abrupt, sagte: »Ja.« Zog das Wort in die Länge. Freudig.
»Du bist nicht überrascht?«
»Hattest du eine andere Antwort erwartet?«
Sie versuchten sich zu umarmen, aber es klappte nicht. Sie nahmen sich wieder bei der Hand und liefen unbeholfen den Gang entlang, fast vergessend, wo sie sich befanden. Die Toten, das Wrack verblaßten zur Vision. Der Kreisel, Bailey, die anderen rückten in eine unbestimmte Ferne.
Es existierte nur noch dieser Gang ohne Anfang, ohne Dimension, gewiß nur in einem: Sein Ausgang würde in ein weites, helles Tal münden, am Ufer eines unermeßlichen Gewässers; sie würden ein Haus bauen, ein Boot. Erst würde das Licht im Ausgang ein heller Punkt sein, dann anwachsen und wie ein Damm mit strahlender Helle die Dunkelheit zurückdrängen.
Vor ihnen flammte es auf, blendend reflektiert brach sich das Licht.
Das Metall glänzte unversehrt. Über dem Handrad des stählernen Schotts befand sich ein Schild mit der Aufschrift »Leitzentrale«. Katten versuchte das Rad zu bewegen. Es ging mühelos.
»Vielleicht sollten wir Bailey verständigen«, sagte Lare.
Sie hoben die Leistung ihrer Geräte auf den Sollwert. Ein Schwall von Geräuschen drang zu ihnen. Zwischen begeisterten Ausrufen war ein Streit um einen Gegenstand zu vernehmen. Eine brüllende Stimme erhob sich aus dem Durcheinander: »Bailey soll leben!« Andere fielen ein, und ein dröhnender Chor feierte den Organisator des Unternehmens.

Nachdem das Gebrüll abgeklungen war, äußerte sich Bailey unbeeindruckt: »Okay, okay, Kinder, aber wir sollten an die Rückkehr denken.«

Vielstimmiges Protestgeheul entfachte sich. Jemand sagte: »Wir haben noch Sauerstoff für vier Stunden.«

»Trotzdem«, entgegnete Bailey, »keine Minute länger.«

»Wir weigern uns«, äußerte feierlich dieselbe Stimme.

»Okay«, erwiderte Bailey ruhig. »Ohne mich.«

»Bailey!« rief Katten. »Wo steckst du?«

»Bist du's, Katten?«

»Wir haben die Zentrale gefunden. Das Schott ist geschlossen.«

»Wo ist das?«

Katten erklärte es.

»Haben das alle gehört?« rief Bailey. »Wir versammeln uns alle dort. Sofort!« Der scharfe Befehl war überflüssig, es antwortete begeisterte Zustimmung.

In der Tiefe des Ganges mehrten sich die schwankenden Lichtpunkte, schmolzen zu einem einzigen Lichtfeld zusammen.

Katten und Lare vernahmen das vielfache Keuchen der Heraneilenden, einzelne Stimmen laut-ungeduldig Fragen stellend.

»Ihr habt was Tolles entdeckt?«

»Wart ihr schon drin?« Ein ungeduldig-ängstlicher Ton schwang mit.

»Nichts wie 'rein!« schrie einer. »Worauf warten wir?«

»Auf mich«, hörten sie Baileys Stimme. Er drängte sich nach vorn durch und baute sich neben Katten auf.

»Benehmt euch mal einen Moment lang nicht wie eine Herde Idioten«, äußerte er sanft. Er wartete, bis das heitere Gelächter abgeklungen war.

»Das ist das erste geschlossene Schott, das wir finden. Das sollte uns zu denken geben.«

»Lasset uns beten!« orgelte eine eindrucksvolle Stimme.

»Du warst nicht gefragt.« Bailey blieb freundlich-unpersönlich. »Wir drei«, er umfaßte Katten, Lare und sich selber mit einer Geste, »gehen zuerst. Obwohl, es ist nicht zu erwarten, daß wir etwas anderes finden als bisher. Die Anzeigen stehen auf Null, also auch keine Atmosphäre. Aber immerhin, es ist die Zentrale.«

»Ach«, sagte eine Stimme, »ihr wollt euch nur . . .«

»Halt's Maul!« entgegnete Bailey ohne besonderen Nachdruck.

Katten kurbelte das Handrad bis zum Anschlag, dann schoben sie zu dritt das schwere Schott zurück.

Gleich hinter dem Einstieg fanden sie den ersten Toten. Er lag auf dem Rücken, die Beine angezogen, als wollte er sich wieder erheben. Mit weitgeöffnetem Mund, eine Kruste blutigen Schaums um die Lippen, starrte er den Ankömmlingen entgegen. Entsetzt wichen Katten und Lare zur Seite. Katten konnte seinen Blick nicht von ihm lösen, und im Weitergehen schien es ihm, als folge ihm der Leichnam mit den Augen.

Sie fanden zwanzig Leichen in der Zentrale. Sie saßen wie die Ausstellungsstücke eines Wachsfigurenkabinetts in den Sesseln der Befehlsstände. Manchem hatte der Tod eine Geste mittendurch gebrochen. In abwehrender Haltung hatte der Mann am Kommandantenstand beide Hände erhoben; einige der Gesichter waren ihm zugewandt, andere beugten sich angespannt über die Geräte.

Katten war dicht am Eingang hinter Lare stehengeblieben, die Hände auf ihre Schultern gelegt. Er empfand ihre unüberbrückbare Nähe wie einen schmerzhaften Druck auf seinen Leib. Er versuchte tief Luft zu holen, glaubte sekundenlang zu ersticken, legte beim Ausatmen den Oberkörper gegen ihren Rücken.

Sie hatten keine Furcht vor den Toten. Doch sie befanden sich in dem Alter, da der Tod, noch weit entfernt, als etwas nicht zum Leben Gehörendes erscheint und die Begegnung mit ihm die Scheu hervorruft, die allem nicht Erkennbarem zur Seite steht.

Bailey inspizierte die Zentrale. »Sie hatten eine Auseinandersetzung, scheint's.«

»Vielleicht haben sie geahnt, was auf sie zukommt«, flüsterte Lare. »Vielleicht zeigten ihnen die Instrumente den Zeitpunkt ihres Todes an, und sie waren dem hilflos ausgeliefert.«

»Hilflos wie die Fliegen«, sagte Bailey. »So war das früher.«

»Komm«, forderte Lare ihn auf. »Laß uns verschwinden. Es ist immerhin ihr Grab.«

»Schon gut«, beschwichtigte Bailey sie. »Wir tun ihnen nichts. Die anderen können nachkommen! Seht euch am Eingang vor, da liegt einer. Aus der Zentrale wird nichts mitgenommen. Ist das klar?«

Der befreite Seufzer der Wartenden übertönte Lares Empörung.

Helles Licht überflutete den Raum und gab der Szene den Charakter eines Museumsbesuchs. Es wirkte beängstigend echt: Die Modelle, die Geräte – die Besucher; pedantisch geordnet, arrangiert bis ins Detail.

Die anderen gingen mit der gleichen Sicherheit zwischen den Toten einher wie Bailey, bewegten sich neugierig hierhin und dorthin, betasteten dieses oder jenes, äußerten bestimmt und unwiderrufbar Meinungen. In Tuchfühlung mit den Leichnamen kommentierten sie sachkundig-sachlich das Ereignis, den technischen Stand der Ausrüstung sowie Probleme des Startandrucks vor der Erfindung der Gravitationsneutralisatoren.

Es entwickelte sich eine rege Diskussion; sie waren durchweg gebildete junge Leute, denen die Schule viel gegeben hatte, die nun, zwanzigjährig, an der Schwelle zu eigener Verantwortung standen.

Katten stand noch immer mit Lare in der Nähe des Eingangs, wie durch eine unüberwindliche, durchsichtige Wand von den anderen getrennt. Er war nicht überrascht, nicht sehr. Vermutlich gab es diese Wand schon lange. Er fragte sich, warum er sie nicht eher bemerkt hatte.

Stimmen drangen auf ihn ein.

»War schon gefährlich damals, glatter Wahnsinn.«

»Können froh sein, daß wir nicht mehr mit solchen Eierschalen fliegen. So was . . .«

Lachen. »Ich möchte mal wissen, was die sich seinerzeit gedacht haben: Menschen in solchen Blechbüchsen durchs All zu jagen. Da würden sie heute wohl keinen Dummen mehr finden.«

Das Lachen griff auf andere über. Es klang vertraut, und dabei kannten sie sich erst drei Tage. Mit Recht vermutete ihr Lachen beim nächsten das gleiche Umfeld an Erfahrung: Ihre Vergangenheit wies keine Differenzen auf. Ort ihrer Jugend war der gleiche: die Erde. Ziel ihres Seins: identisch. Sie lachten mit der Überlegenheit von jungen Leuten, für die sich die Vergangenheit erledigt hat.

Mit einer heftigen Bewegung wandte sich Lare Katten zu. »Mit welchem Recht quatschen die solchen Blödsinn?«

»Vielleicht haben sie recht.«

»Ich könnte heulen. Dabei mag ich die meisten.«

Ihre Traurigkeit bedrängte ihn. Sinnlos strich er über die Schulter ihres Schutzanzugs. Nach einer Weile äußerte er unentschlossen: »Sie meinen es nicht so.« Aber eigentlich glaubte er es selber nicht.

Lare sah ihn an und meinte hilflos: »Vielleicht leben wir wirklich im Goldenen Zeitalter. Unser Opfer für den Fortschritt fordert uns nicht mehr Existenz und Leben ab. Es beschränkt sich auf . . .«

»Warum auch«, unterbrach sie jemand. »Wozu haben wir Automaten. Wir wären blöd, wenn wir unseren Fortschritt nicht nutzten.« Er schnalzte mit der Zunge. »Wir wollen schließlich das Leben genießen.«

Der andere hatte recht. Das war es, was Katten erregte. »Du bist ein Idiot«, schrie er unbeherrscht, »ein verdammter, hirnloser Idiot!«

Die anderen kümmerten sich nicht um den Streit. Aus dem unbeteiligten Gesumm ihrer Gespräche kam kühl die Stimme: »Und warum? Ich hab' doch recht – oder?«

»Ich meine«, Katten suchte nach Worten, »du solltest nicht gerade hier so was sagen.« Gleich darauf fand er seine

Äußerung peinlich. Schwächliches Gerede! Er wußte die Antwort im voraus.

»Ehrfurcht vor den teuren Toten? O Allah!« Der Gesprächspartner schwieg und überließ ihn der Lächerlichkeit. Katten war froh, daß sie sich nicht kannten.

In die Abgeschlossenheit ihrer Helme drang auf einmal ein helles, rhythmisches Summen. Am inneren Halsring blinkte ein grelles Licht. Es wurde still.

Der Bordkybernet verkündete die erste Alarmstufe und beorderte die Passagiere zurück an Bord.

Sie hetzten den Gang entlang. Die Stimme des Kyberneten begleitete sie: »Schnelles, dichtes Meteoritenfeld in Annäherung. Ausweichmanöver in vier Minuten.«

»Zerstrahlen!« schrie Bailey keuchend im Takt der Schritte. »Höchste Leistungsstufe. Zerstrahlen. Ausweichmanöver stoppen!«

»Zerstrahlen unmöglich«, antwortete der Automat. »Masse größer: zehn hoch neunzehn Gramm!«

»Schutzschirm auf Höchstleistung!«

»Objekte schneller: fünfzig Kilometer pro Sekunde«, erwiderte die Stimme lakonisch. »Ausweichmanöver in drei Minuten!«

»Ausweichmanöver verboten!« schrie Bailey verzweifelt. »Menschenleben in Gefahr!«

»Bei Verzögerung Gefährdung von Schiff und Menschen«, tönte unbeirrt die Antwort. »Manöver in zwei Minuten!«

Als vor ihnen die Umrisse des Lecks aus dem Dunkel traten, blieben noch siebzig Sekunden. Die ersten begannen mit hastig-eckigen Bewegungen, in die vom Meteoriten getroffene Sektion einzudringen. Sie flatterten mit ungelenken Bewegungen vor dem dunkelleuchtenden Hintergrund des Alls, Insekten inmitten zerfetzter Spinnfäden. Unbeirrt rotierte der lose Träger wie der Zeiger einer ewigen Uhr.

Bailey blieb atemlos stehen und lehnte sich gegen ein aus der Wand ragendes Rohr. »Kommt zurück, kommt doch zurück!« Seine Stimme überschlug sich. Sie hörten nicht auf ihn. Einen Moment noch waren irgendwo ihre Scheinwerfer zu sehen, dann verschwanden auch diese.

Bailey drehte sich um und begegnete Kattens Blick.

»Was willst du?« Er stieß die Worte hervor. Sie kamen zischend, heiser wie Dampf aus einem berstenden Kessel.

»Nichts.« Kattens Handbewegung deutete an, daß er sich von der Frage zurückzog, ohne sie ausgesprochen zu haben. Was hatte es jetzt für einen Sinn, mit Bailey zu moralisieren. Schuld oder Nichtschuld!

Baileys Stimme war wieder wie gewohnt. »Es ist nicht mehr zu schaffen. Wir müssen hier warten, bis der Kreisel uns abholt. Ich verlange Disziplin; es kann nicht lange dauern. Ich werde die fünf der Sicherheitsbehörde melden.«

»Wenn sie im Strom umkommen ...« Es war Lares Stimme.

Bailey drehte sich ohne Antwort um und starrte an dem Gewirr zerfetzter Teile vorbei. Draußen huschte sekundenlang aufblitzend der Schatten des Rettungsgleiters.

»Ihr schafft es nicht zum Kreisel!« schrie Bailey. »Es ist Selbstmord!«

Er bekam keine Antwort. Statt dessen sagte jemand: »Das geht auf deine Kappe.«

Bailey fuhr herum. »Ach! Das Vergnügen ist vorbei, jetzt braucht ihr einen Dummen, wie?«

»Du hast uns überredet, die Marsbahn zu überschreiten.«

»Ihr benehmt euch wie Kinder«, sagte Lare. »Wir waren alle begeistert, als Bailey damit herausrückte.«

»Trotzdem«, beharrte die Stimme. »Er hat's organisiert. Sie werden auch seinen Partner in der Leitstelle hochnehmen.«

Katten hörte zustimmende Äußerungen. Bailey knurrte wütend. Es war ungerecht, Bailey so zu behandeln. Hätten sie auf ihn gehört, wären sie alle wieder im Raumkreisel gewesen, als der Alarm kam. Er sagte laut: »Bailey ist zwar Order-Chief, aber die Schuld kommt auf jeden von uns.«

Sie schrien ihn höhnisch nieder.

»Laß sie«, sagte Bailey. »Diese Mitläufer. Es hat keinen Sinn.«

Das Geschrei verstummte. In die lauernde Stille fiel Lares energische Stimme. »Spielt doch nicht verrückt, die fünf trifft eigene Schuld. Aber ich denke, sie schaffen es entweder zum Kreisel oder zurück. In zwei Sekunden holt uns das Raumschiff.«

»Sie hat recht«, äußerte eine schüchterne Stimme. »Seid vernünftig. Wir sollten uns lieber die Zeit vertreiben. Es wird langweilig.«

»Meldung einer Idee«, rief jemand. »Wir feiern das Fest des Absoluten Nullpunkts. Tanz bei null Grad Kelvin und Schwerelosigkeit. Musik hab' ich dabei.«

Ein begeisterter Aufschrei antwortete dem Vorschlag. Sie tobten los. Einer hatte einen Raum entdeckt, der wohl ehemals als Aufenthaltsraum diente. Er lag ein Stockwerk über der Zentrale.

»Kommst du mit?« fragte Katten.

Bailey blickte ihn kalt an, schüttelte langsam den Kopf. »Geht voraus. Ich hab' noch was zu tun.«

»Bailey«, sagte Lare, »das kannst du nicht machen. Du kannst sie nicht allein lassen.«

»Verrat mir, was sie von meiner Anwesenheit haben«, knurrte Bailey.

»Du weißt genau, was ich meine.«

Katten bemerkte eine Vertrautheit zwischen ihnen, die ihn aufmerksam werden ließ. Kannten sich die beiden besser, als Lare zugegeben hatte? Bailey zögerte. Es hatte fast den Anschein, als würde er auf Lare hören. Katten lauerte. Er hatte Bailey stets nur unbeeinflußbar erlebt.

»Geht«, sagte Bailey heiser.

Katten musterte sein energisches, unbewegtes Gesicht. »Du bist ein glatter Hund, Bailey.«

»Lauft zu den anderen«, entgegnete der unbeeindruckt. »Da gehört ihr hin.« Er wandte sich ab und verschwand in einem Seitengang. Einen Moment noch sahen sie seinen Schatten.

»Ein bißchen viel«, sagte Katten. »Ich hab' ihm allerhand zugetraut.«

»Bist du überrascht?«

»Ein bißchen. Du nicht?«

»Nein.« Es klang endgültig wie ein letztes Wort.

»Du kennst ihn?«

»Nicht länger als du.« Sie begegnete seinem Blick ohne Scheu.

»Eigenartig«, murmelte er. »Welcher ist der richtige Bailey, der da oder der andere.«

»Es gibt keinen richtigen«, erwiderte Lare. »Es gibt ihn niemals. In keinem Fall.«

»Warst du verliebt in ihn?« fragte Katten.

»Nein«, entgegnete sie. »Ich habe einmal mit ihm geschlafen.«

Er sah den Gang entlang, irgendwohin. »Ich habe ihn bewundert.«

»Das ist normal«, erwiderte sie kurz. Dann ergriff sie seine Hand.

Sie folgten den anderen. Der Gang war längst leer. Aus den Kopfhörern drangen unverändert laut Lachen und amüsierte Zurufe, schließlich von Musik übertönt.

Katten war froh, nicht dabeizusein. Die Musik erschien ihm dissonant und aufdringlich, dabei mochte er sie. Er wollte mit Lare allein sein. Doch es wäre in ihrer Situation Leichtsinn gewesen, die Lautstärke ihrer Empfänger zu verringern.

»Was hast du?« fragte Lare. »Ist es wegen mir?«

Ohne daran zu denken, daß sie es nicht sehen konnte, zuckte er die Achseln. »Sind das erwachsene Menschen?« Er hatte es leichthin sagen wollen, aber es klang ernst und unnachsichtig.

»Ihnen fehlt das Gefühl für die Situation«, entgegnete Lare. »Wann haben sie schon Gefahr kennengelernt? Sie glauben's einfach nicht.«

»Du entschuldigst das?«

In ihren Augen lag ein verstecktes Lächeln.

»Sie müssen Zeit totschlagen. Zeit totschlagen!« Er musterte sie zornig, als wäre sie daran schuld.

Sie durchschritten schnell die Zentrale. Am Fuße der Treppe fragte Lare: »Und wenn der Kreisel nicht rechtzeitig kommt?«

Katten sah sie erstaunt an. »Warum sollte er nicht?«

»Es könnte sein.«

»Das ist doch absurd.«

»Und wenn?« beharrte sie.

»Wir haben für mehr als drei Stunden Sauerstoff.«

»Und dann?« In ihren Zügen zeigte sich eine eigenartige, reizvolle Widersprüchlichkeit: Die Augen ungewöhnlich geweitet, mit ängstlichem Leben erfüllt, das Gesicht wie erstarrt.

Er ertrug diesen Ausdruck nicht und drehte den Kopf weg. An der Wand spiegelten sich die Reflexe seines Scheinwerfers. Nur aus den Augenwinkeln sah er noch den Schatten ihres Gesichts.

»Und dann?« wiederholte sie.

Ihre Stimme bewegte seinen Kopf mit eiserner Hand.

Im Licht des Scheinwerfers wirkte ihr dunkles Gesicht durchscheinend, zerbrechlich fast, als benötige das winzige Zittern der Lippen ihre ganze Kraft. Es erstaunte ihn, daß es solch ein Gesicht gab. Es hatte Ähnlichkeit mit dem Bild seiner sehnsüchtigen Phantasie, als er im Kreisel nach ihr suchte. Es gehörte der aus Furcht und blinder Beklemmung entstandenen Vision, auf immer von ihr getrennt zu sein. Jetzt glich sie jenem Wunschbild.

»Sie dürfen nicht länger tanzen«, sagte er müde, »dann reicht der Sauerstoff länger.«

»Wo ist Bailey?«

Katten blickte zurück in den Gang. »Er ist weg. Bailey, melde dich! Wo steckst du?«

»Bist du's, Katten?« kam Baileys Stimme.

»Wo bist du?«

»Tut nichts zur Sache.«

»Du mußt . . .«

»Hab' mitgehört«, unterbrach Bailey ihn. »Versuch's, sie zu überzeugen.«

»Auf dich hören sie.«

Bailey lachte kurz und spöttisch. »Vielleicht! Wenn ich ihnen nicht den Spaß versaue.«

»Bailey . . .!«

»Versuch's. Viel Spaß.«

»Mach doch keinen Quatsch!«

Bailey antwortete nicht mehr.

Von Lare gefolgt, hastete Katten die Treppen hinauf.

Es gelang ihm erst nach mehrfachem Anlauf, sich Gehör zu verschaffen. Der Musikbesitzer stellte mit einer verdrossenen Bemerkung sein Gerät ab. Dreißig Gesichter wandten sich Katten zu, ungehalten über die Störung. Katten begann die Situation zu erläutern. Ehe er fertig war, rief einer spöttisch: »O si tacuisses, philosophus mansisses!«

Eine Stimme sagte gelangweilt: »Magnifizenz machen sich in die Hosen. In einer Stunde ist der Kreisel wieder da. Was soll's!«

»Es kann was geschehen«, sagte Katten laut. »Irgend etwas, was nicht vorherzusehen ist.«

»Du träumst«, sagte der erste. »Es wäre das erste Mal seit zweihundert Jahren. Der Kreisel weiß, wieviel Sauerstoff wir haben. Grau, teurer Freund, ist alle Theorie und grün des Lebens goldner Baum. Musik!«

»Begreift doch!« Katten schrie nun. »Er kann gezwungen sein, eine größere Bahn zu wählen, oder er wird beschädigt oder was weiß ich!«

Gelächter quoll auf, als hätte er einen Witz erzählt, dann übertönte es die Musik. Sie begannen zu tanzen, winkten ihnen mitzumachen. Voll fassungsloser Ohnmacht ballte Katten die Hände.

Die Stimmung steigerte sich, der Tanz wurde ausgelassener.

»So was hab' ich noch nicht erlebt!« schrie einer. »Tanzen mit Magnetschuhen und Anzug. Das haut ein wie eine Sternschnuppe!«

Hinter den Visieren zeigten sich fröhliche Gesichter, tauchten schnell weg im Gedränge. Manche erkannte Katten wieder.

Niedergeschlagen hockte er sich neben Lare in einen altertümlichen Sessel, mehr um der Gewohnheit zu folgen als aus einem Bedürfnis heraus. Es war alles gesagt; das Schweigen lastete auf ihnen. Lare ergriff seine Hand. Die vage Berührung war beruhigend. Die Zeit verging. Sie blickten stumm auf die Tanzenden.

Zuerst erschütterte ein leiser Stoß das Wrack, kurz darauf ein stärkerer. Ein paar der Tanzenden taumelten. Dann schlug in der Nähe ein großer Brocken ein. Der Fußboden vibrierte, sie vernahmen einen schwachen, scharfen Ton zerreißenden Metalls. Einige verloren den Halt, schwebten durch den Raum. Vereinzelte Schreie mischten sich mit angstvollem Stöhnen. Sie flohen an die Wände, als würden die Schutz gewähren. Die Musik tönte weiter in den Kopfhörern, hüllte jeden einzelnen samt seiner Angst ein, umspann ihn wie ein Kokon, hilflos in seiner Verlassenheit.

Das Meteoritenbombardement dauerte länger als zwei Stunden. Dann ließ der Geschoßhagel nach, hörte schließlich ganz auf.

Eng aneinandergekauert lagen Katten und Lare in der Nische dreier Wände. Zwischen den Takten der Musik vernahmen sie überdeutlich ihr Atmen.

Jemand sagte: »Stell doch diese gottverdammte Musik ab.«

Das Schweigen wurde unerträglich.

Endlich fand einer den Mut. »Wieviel Zeit haben wir noch?«

Katten blickte auf die Uhr. Es blieben vierzig Minuten plus zehn der Notreserve. Der Kreisel hatte sich noch nicht wieder gemeldet.

Schwankend erhob sich Katten. Ein Gelbblond-Schmalwangiger half Lare. Er hatte ein offenes, freundliches Gesicht und helle Augen. Schüchtern sagte er: »Was nun?« Er blickte Katten vertrauensvoll an, um seinen Mund lief ein nervöses Zucken.

Katten sah in verstörte Gesichter. Sie drängten sich um ihn wie verängstigte Tiere. Baileys Schwarze stieß ein unterdrücktes Schluchzen aus. Der Gelbblonde sagte: »Ich hab' noch für zwanzig Minuten Sauerstoff . . .«

Eine mitleidige Verwirrung überkam Katten. Er brachte es nicht fertig, sie anzuschreien. »Er wird schon kommen«, sagte er zögernd. »Er weiß doch, wieviel Sauerstoff wir haben.« Seine Worte erschienen ihm unecht. Sie mußten merken, daß er sie nur beruhigen wollte. Über die Kopfhörer klang seine Stimme wie immer und wie alle Stimmen: ein bißchen kratzig, ein bißchen uneben, manchmal diskant, doch scheinbar emotionslos.

»Was nun?« fragte der Blonde noch einmal.

Wieder überfiel Katten die Lust, sie anzuschreien: Ihr Idioten! Warum habt ihr euren Sauerstoff vergeudet? Er schwieg, versuchte ihnen ins Gesicht zu sehen, aber sie wichen ihm aus.

Er nahm Lare am Arm. »Wir gehen Bailey suchen. Bewegt euch sowenig wie möglich. Es kann knapp werden.«

»Und ihr?« fragte der blonde Schmale besorgt.

»Mach dir keine Gedanken . . .« Katten winkte beruhigend. Er zog Lare hinter sich her, als wäre er auf der Flucht. Er konnte ihnen nicht sagen, daß Lares und sein Sauerstoff eine halbe Stunde länger reichen würde.

Als sie den Gang erreichten, tönte in ihren Kopfhörern der auf- und abschwellende Ruf des Notsignals, dreißigfach verstärkt. Wenn er sich nicht selbst in äußerster Gefahr befand, mußte der Kreisel nun versuchen, mit allen Mitteln ihre Position zu erreichen.

Lare sagte leise: »Willst du wirklich Bailey suchen?«

»Nein.«

»Was soll das, wir vergeuden Sauerstoff.«

»Wenn der Kreisel es nicht schafft . . .« Katten flüsterte. »Willst du dann bei ihnen sein?« Kaum wahrnehmbar fuhr er fort. »Wir können ihnen nicht helfen.« Er schnitt ihren

Einwand ab. »Ja, ich bin feige, ich fliehe. Ich will nicht von Wänden eingeschlossen sein, wenn . . .«

Sie durchschritten den Gang bis zu seinem Ende. Im bizarren Wundloch des Meteoriteneinschlags suchten sie sich eine weit vorspringende Platte aus. Sie setzten sich aneinandergelehnt in ihre schützende Wölbung. Der Himmel war eng, seine Grenzen zerfetzt. Hier und da leuchtete ein einzelner Stern.

Kattens Gedanken kreisten um einen Punkt. Nichts anderes drang in sein Bewußtsein. Er traute nicht mehr seinen Sinnen. Er entrückte der gewohnten Welt seiner Empfindungen. Es gab nicht Lare und nichts anderes, nur diese verfluchte halbe Stunde.

»Katten?« Halbe Frage, sein Vorhandensein überprüfend. »Denk an das Tal am Ende des Tunnels, an den steinigen Strand, an das Haus und das Boot.«

Es war ihm, als spürte er ihren warmen Atem. Ihre Worte lenkten ihn einen Moment lang ab. Er fühlte seine trockenen Lippen und erkannte sogar seine Stimme wieder.

»Ob wir so sterben können wie sie?«

»Wen meinst du?« fragte Lare.

Er suchte nach Worten, dann sagte er einfach: »Sie, die Besatzung.«

»Was meinst du damit?«

»Wir werden nur so sterben, nur so, aus Zufall.« Tränen stiegen in ihm hoch, er schluckte krampfhaft und schwieg, um sich nicht zu verraten.

Nach Minuten drangen in ihr Schweigen ferne, unstet auf- und niedersteigende Töne, als zerrisse etwas mit Heftigkeit, schrill, dumpf.

Entsetzt drängten sie sich aneinander, preßten die Arme um die undurchdringliche Schicht der Schutzanzüge. Er spürte Lares Bewegungen, hörte ihr stoßweises, wimmerndes Schluchzen.

Der ferne Laut dauerte nicht lang, verebbte abrupt. Kattens Blick fiel auf die Anzeige: Er hatte noch Sauerstoff für dreißig Minuten.

Er versuchte an nichts zu denken. Quälend langsam verstrich die Zeit. In Abständen überschwemmte ihn wie eine Flut der Gedanke, das Helmvisier zu öffnen. Er sagte es Lare. Sie klammerte sich fester an ihn, und ihr Schluchzen verstummte. Er glaubte sie sagen zu hören, nein, nein, das darfst du nicht.

Es blieben noch fünf Minuten.

Die Stimme des Kreiselkyberneten erschien ihnen wie eine Täuschung ihrer überreizten Sinne.

»Kreisel in vier-Komma-drei Minuten auf Position und zur Übernahme bereit.«

Als fürchte er, etwas Unsinniges zu äußern, flüsterte Katten: »Warum erst jetzt?« Er ahnte die Antwort.

»Rückkehr wegen Ausdehnung des Meteoritenfeldes nicht eher möglich.« Die Stimme wurde deutlicher, und unerbittlich fuhr der Automat fort: »Kursberechnung erfolgte auf Grundlage Sauerstoffverbrauch bei minimaler Belastung des menschlichen Organismus. Die Übernahme kann rechtzeitig erfolgen. Die Berechnung wurde verifiziert, sie ist fehlerfrei!«

In diesem Moment kam ihm schmerzhaft die unwiderrufliche Tatsache zum Bewußtsein, daß die anderen tot waren. Die Erinnerung an jenes ferne Geräusch ließ ihn zusammenfahren. »Es wird knapp!« Seine Stimme kippte heiser über. »Knapp, knapp!«

»Übernahme erfolgt rechtzeitig«, plärrte der Automat. »Übernahme erfolgt rechtzeitig . . .«

Jede Erklärung war sinnlos. Der Kybernet kannte ihre Situation besser als sie selbst. Seitdem die Verbindung wieder bestand, empfing er alle lebenswichtigen Daten: zwei Überlebende. Die Toten interessierten ihn nicht.

Nach einer endlos erscheinenden Zeit meldete der Kybernet: »Übernahmeposition ist erreicht. Servoautomaten zur Bergung von drei Überlebenden auf dem Marsch!«

Obwohl ihm das Atmen bereits schwerfiel, richtete sich Katten auf. Er packte Lare an der Schulter.

»Hast du gehört? Drei!«

»Bailey.«

»Bailey?«

»Sie hat recht«, vernahm er Baileys Stimme.

Kattens Herz hämmerte vor Erregung und Sauerstoffmangel. Sein Atem ging rasselnd. Ihm war heiß. Er würgte nach dem Rest stickiger Luft.

Baileys Worte klangen sachlich und leidenschaftslos. »Ich hab' vorhin ein paar Sauerstoffflaschen entdeckt. Das Kunststück, sie an meinen Kreislauf anzuschließen, hat mich fast das Leben gekostet.«

UFO

»Das war mal eine Geschichte«, sagte Pickett, »schön schauerlich. Leider«, er seufzte, »erstunken und erlogen.«

»Desto mehr«, fiel ihm Booster ins Wort, »ist die Phantasie des Erzählers zu loben.«

Carson konnte es sich leisten, die Ironie zu überhören: Seine Geschichte war wirklich gut gewesen. Er schwieg, schlürfte Glühwein und blickte scheinbar unbeteiligt aus dem Fenster.

Draußen war es bereits dunkel. Ein scharfer Wind hatte sich aufgemacht, es rauschte in den Wipfeln, vereinzelt schlugen Regentropfen gegen das hohe, vielfach unterteilte Fenster. Es war Ende Oktober.

»Machen wir uns nichts vor«, bemerkte Babakoff, »unsere Geschichten sind alle erfunden. Raumfahrer leben weder ungewöhnlich noch gefährlich. Das ist ein Kindertraum. Es gibt weder Carsons fleischfressende Saturnnebel noch Picketts Orionsirenen. Letztere entspringen höchstens den erotischen Wunschträumen einsamer Kosmonauten.«

Ihr Lachen war nicht laut, doch ausgelassen, einige lächelten still.

Trifon verzog keine Miene. Er erhob sich, legte ein paar Holzscheite nach und schenkte allen ein. Das Feuer im Kamin prasselte, hinter den Gläsern standen rote zitternde Schatten. »Ihr seid undankbar.« Er musterte die heitere Gesellschaft. Die meisten erreichte sein Blick nicht, sie versanken hinter der Dämmerung, verbargen sich im Schatten hochlehniger Stühle und breiter Fauteuils, verschmolzen mit dem Dunkel der Wandtäfelung. »Undankbar«, wiederholte er ernst.

»Sei nicht so empfindlich«, sagte Pickett. »Schauerliche

Geschichten höre ich am liebsten. Ich fliege seit zehn Jahren auf der Neptunroute, aber mir ist noch nicht das geringste widerfahren.«

»Und die Geschichte mit der Rothaarigen?« warf Carson boshaft ein.

Pickett lächelte munter, kratzte sich am Kopf und sagte vieldeutig: »Na ja. Aber«, fuhr er fort, »ich habe noch keine rebellierenden Roboter erlebt, keinen Plasmaausbruch auf dem Pluto, keinen Überfall der Jauks im Centauri-System.«

»Aha«, äußerte Carson drohend, »du lügst also auch!«

»Natürlich«, entgegnete Pickett freimütig. »Alles andere ist langweilig.«

Trifon blickte noch immer ernst. »Lassen wir es also sein, uns mit erfundenen Geschichten zu unterhalten?«

»Um Himmels willen«, riefen alle, »wahre Geschichten! Wir brauchen Unterhaltung für die nächsten Flüge. Das Fernsehprogramm ist langweilig genug!«

Trifon nickte, ironisch lächelnd. »Ich werde euch eine wahre Geschichte erzählen.«

»Erfinde lieber eine«, bat Babakoff. »Wahre Geschichten sind meist furchtbar moralisch.«

»Ich schwöre, diese ist es nicht«, sagte Trifon.

»Wenn schon eine wahre, dann muß sie lustig sein!«

»Ist sie wenigstens spannend?«

»Seid nicht so neugierig«, bemerkte Trifon. »Ihr seid schlimmer als Kinder.«

Er schlürfte einen Schuß Glühwein, setzte sich bequem hin und starrte ins Feuer. Jemand schniefte durch die Nase, schneuzte sich.

»Es war in diesem Sommer«, begann Trifon. »Ich flog auf der Merkurroute, eine elend langweilige Tour. Zu kurz, als daß man einen Co bekäme, zu lang, um als Erholung zu dienen. Zufällig wollte auch kein Passagier zum Merkur; sicher, sie sind lästig wie Heuschrecken. Doch bei dem Flug hätte ich einen brauchen können. Ich war mutterseelenallein und wußte nicht, wie die Zeit hinter mich bringen.

Bald hatte ich es satt, aus dem Fenster zu starren oder mir

irgendwelchen Unsinn auf dem Bildschirm anzusehen. Ich legte mich hin, dachte über Gott und die Welt nach und kam unversehens in eine scheußliche Stimmung. Vielleicht habt ihr so was selber schon erlebt. Man empfindet fast körperlich die Leere, ist losgelöst von allem, was war und was sein wird, und kommt sich fragwürdig vor. Schließlich meint man die Elektronen fließen zu hören und die Schwingungen der Feldlinien zu sehen. Bis zum echten Raumkoller ist es dann nicht mehr weit. Ich bemerkte es noch rechtzeitig, aber wie sollte ich aus diesem Tief wieder herauskommen?

Da fiel mir ein, ich hatte doch für die Siedler auf Merkur Wein geladen. Ich gab mir einen Ruck. Los, flüsterte ein kleiner Teufel in meinem Ohr, die Sorten durchprobieren! Ist zwar nicht erlaubt, aber wer hält sich schon an all die blödsinnigen Bestimmungen, nach denen man sich nicht mal in der Nase bohren dürfte. Außerdem war Erlesenes darunter, und ich konnte der Versuchung nicht widerstehen. Meine Idee wäre genial, bildete ich mir ein, Genuß und Spaß in einem. Aber meine Spekulation erwies sich als Irrtum: Ich wurde tiefsinnig.

Angesichts der auf dem Frontschirm ins riesenhafte wachsenden Sonne begann ich meine Kleinheit und Ohnmacht wie eine körperliche Mißbildung zu empfinden. Alles menschliche Unterfangen kam mir nichtig vor, und schließlich glaubte ich, Intelligenz wäre eine idiotische Mutation, eine Entartung der Materie, erschreckend, ekelhaft, doch Gott sei Dank einmalig im Universum.«

Trifon blickte in die lächelnden Gesichter der Kameraden und schüttelte den Kopf.

»Betrunken? Keine Spur! Ich hatte von jeder Sorte nur genippt und war stocknüchtern. Allein, die Fähigkeit, Wein zu genießen, kam mir plötzlich banal vor. Eine rote oder gelbe, aus undefinierbaren Molekülgruppen zusammengesetzte Flüssigkeit schmatzend in sich hineinzuschlürfen und dadurch angenehme Empfindungen auszulösen – geradezu widerlich!«

»Hast du's mit Essen versucht?« fragte Pickett mitfühlend.

»Da war's noch schlimmer. Stell dir vor, braune, klumpige Fetzen Fleisch in sich hineinschlingen, Muskelfasern, Eiweißmoleküle, mit Salz und sogenannten Gewürzen präpariert – schauderhaft!«

Babakoff grinste. »Es hatte dich erwischt, wie?«

Trifon nickte kummervoll. Er nahm einen Schluck aus seinem Glas und fuhr fort: »Ich befand mich bereits jenseits der Venusbahn, hatte alle Möglichkeiten ausprobiert und sah keinen anderen Ausweg mehr, dem Anblick der zum Frontschirm hereinglotzenden Sonne und meiner Philosophiererei zu entgehen, als den Unterhaltungsschirm in Betrieb zu nehmen. Zu allem Übel geriet ich in die Sendung für den Kosmonauten, schlief aber zum Glück über einer Folge der ›Bunten Rakete‹ ein.«

»Hoffentlich wird deine Geschichte interessanter als diese Sendung«, nörgelte Pickett. Er war der anerkannt beste Geschichtenerzähler der Runde und manchmal etwas eingebildet.

»Es ist eine wahre Geschichte«, sagte Trifon mit Nachdruck.

Carson gähnte. »Aber auch entsprechend langweilig.«

»Und stinkmoralisch!« rief Babakoff.

Booster hob den Zeigefinger. »Hört, hört, Freunde, der untadelige Commander Trifon trinkt im Dienst, versäuft die Ladung. Das allein ist die Geschichte wert.«

»Prost«, sagte Trifon ungerührt und trank in kleinen Schlucken. »Als ich am nächsten Morgen erwachte, war noch immer irgendeine blödsinnige Unterhaltungssendung im Gange. Ich rappelte mich hoch, duschte, frühstückte – und fühlte mich ausgezeichnet. Das Ende der Reise war bereits abzusehen, und ich freute mich eigentlich auch, wieder einmal auf dem Merkur zu sein; ich war lange nicht dort gewesen, und es ist immer ein Erlebnis.«

Man nickte zustimmend.

»Als ich in die Zentrale zurückkehrte, stellte ich fest, daß offenbar Sendepause war: Der Unterhaltungsschirm war tot. Nicht traurig darüber, wollte ich mich eben den letzten

Kurskorrekturen widmen, als der Kybernet Alarmstufe I gab. Automatisch fiel mein Blick auf den Frontschirm – mir gefror das Blut in den Adern.«

Trifon legte eine quälende Pause ein. Triumphierend sah er in erwartungsvoll gespannte Gesichter, genoß das atemlose Schweigen.

»Direkt auf meinem Kurs nähert sich eine Fliegende Untertasse, wie sie im Bilderbuch steht.«

Trifon musterte seine Zuhörer, doch nirgends zeigte sich eine Spur von Unglaube oder Spott. Als sollten sie von ihm das Geheimnis des ewigen Lebens erfahren, hingen sie an seinen Lippen. Zufrieden rieb sich Trifon das Kinn.

»Sie sieht genauso aus, wie von Phantasten immer beschrieben: kreisförmig, flach wie ein Diskus, in der Mitte eine kuppelförmige Erhebung. Sie mißt einhundertfünfundzwanzig Meter im Durchmesser, ist dreißig Meter dick und rast mit unglaublicher Geschwindigkeit auf meinen biederen Transporter zu. An Ausweichmanöver ist nicht zu denken. Es gibt nur eins: aussteigen! Nach den Berechnungen des Kyberneten bleibt dazu gerade noch Zeit. Ich aber verharre vor dem Schirm wie hypnotisiert, in der naiven Hoffnung auf ein Wunder.

Was hat man nicht alles gelesen über den phantastisch hohen Entwicklungsstand der UFO-Zivilisation: hakenschlagen wie Kaninchen, Stoppen von Lichtgeschwindigkeit auf Null. Nichts dergleichen. Die Scheibe hält auf mich zu, ohne von ihrem Kurs nur eine Lichtsekunde abzuweichen. Sie scheinen einfach keine Notiz von mir zu nehmen. Mir bricht der kalte Schweiß aus, noch nie bin ich so schnell in meinen Anzug gestiegen. Der Weg zur Havarieschleuse erscheint mir endlos. Erschöpft taumele ich in die Kabine der Rettungskapsel. Mir zittern die Hände, keuchend zähl' ich die Sekunden bis zum Start.«

»Wie«, rief Pickett, »du hattest doch nicht etwa Angst?«

»Ruhe«, zischte Booster. »Erzählen lassen!« Er stand auf, legte ein paar Holzkloben nach, und bald strahlte vom Kamin her wohlige Wärme ins Zimmer. Die Flammen schlugen knisternd hoch, beleuchteten sekundenlang Gesichter, warfen Schatten, zeichneten harte Linien, gaben den Zügen ein unirdisches Regen. Im hohen Kamin heulte der Sturm, Schauer prasselten gegen die Scheiben, vorm Fenster ächzten die Bäume.

Trifon stellte sein Glas zurück und räusperte sich. »Könnt ihr euch meine Enttäuschung vorstellen? Noch nie hat jemand den geringsten Anhaltspunkt gefunden für die Existenz Außerirdischer, und nun ... Ich hilflos, unfähig zur Verständigung, die Katastrophe vor Augen. Mir war rundherum trostlos zumute. Da bin ich Hunderte von Lichtjahren weit im Raum gewesen, habe Dutzende von Planetensystemen besucht, doch nirgends eine intelligente Seele, von der Antigravitationsgallerte auf Psi IV oder den Hypnoschnekken auf Connerkry einmal abgesehen, und jetzt treffe ich sie vor unserer Haustüre.«

Er spitzte bekümmert den Mund, starrte auf die Füße. »Die Kapsel startet mit Höchstlast, mir wird schwarz vor Augen.«

»Ist ja auch riskant so was«, warf Carson ein.

»Ich denke, wenn's knallt, mußt du so weit wie möglich weg sein. Aber es knallt nicht. Ich werfe einen Blick auf den Heckschirm: Mein Transporter fliegt unbehelligt seiner Wege.«

»Also doch eine superentwickelte UFO-Zivilisation.« Pikkett griente.

»Natürlich«, sagte Babakoff. »Sie haben sich in die fünfte Dimension begeben.«

»Wart's ab«, bemerkte Trifon höhnisch, »du kommst sowieso nicht drauf.«

»Du hast gut reden«, sagte Booster. »Du kennst ja das Ende deiner Geschichte.«

»Vielleicht muß er sich das Ende erst ausdenken«, bemerkte Pickett. »Ist schließlich nicht leicht, eine gute Geschichte zu erfinden. Ein Minimum an Talent muß man schon haben.«

Carson bezog das auf sich und lächelte geschmeichelt.

»Ich«, fuhr Picket mit erhobenem Zeigefinger fort, »habe die Kunst auch nicht auf Anhieb beherrscht.«

»Eh!« machte Trifon. »Ich erzähle euch eine *wahre* Begebenheit.«

Booster gestikulierte ungeduldig. »Das ist uns völlig gleich. Hauptsache, sie ist spannend.«

»Wetten, daß sie wahr ist!« Trifon lächelte, seine Augen funkelten in sadistischer Freude aus der Dämmerung.

Pickett blinzelte und schnalzte überlegen mit den Lippen. »Sie muß ja wahr sein. Eine gute Geschichte würde dir nie einfallen.«

»Wie will er das beweisen«, sagte Carson ungehalten. »UFO ist doch nonsens!«

»Eine Spiegelung oder ein Fehler in der technischen Anlage wäre langweilig«, warf Babakoff ein.

»Wenn ihr das Ende schon kennt«, sagte Trifon mürrisch, »brauche ich ja nicht weiterzuerzählen.«

»Mach weiter!« riefen mehrere und scharrten ungeduldig mit den Füßen.

Trifon warf einen kurzen, mißtrauischen Blick in die schweigende Runde.

»Ich denke also, ich kann meinen Augen nicht trauen. Mein Schiff ist unbeschädigt – und weit und breit kein UFO zu sehen.«

»Na klar.« Babakoff grinste. Jemand zischte um Ruhe.

»Ich wende also und fliege so schnell wie möglich zum Schiff zurück. Zwischendurch suche ich immer wieder alle Himmelsgegenden ab. Nichts! Es kann einfach nicht wahr sein. Irgend etwas stimmte da nicht. Ich hatte es doch mit eigenen Augen auf dem Frontschirm gesehen; ich wißt selbst, wie leistungsfähig die Dinger sind. Jeden Punkt auf dem Diskus konnte ich ausmachen. Und schließlich gab der Kybernet nicht umsonst Alarm. Er hatte das Objekt in unserer Flugbahn erkannt, identifiziert und berechnet. Und nun . . .«

Babakoff starrte ihn mit offenem Mund an. Carson nagte an den Fingernägeln. Pickett saß geduckt wie eine Katze in seinem Sessel. Nur Booster lehnte sich entspannt zurück und kaute auf den Enden seines Schnurrbarts.

»Glaubt mir, in einer solchen Situation geht alles viel zu langsam. Es dauert eine Ewigkeit, bis ich in der Schleuse liege. Die Ventile scheinen verstopft zu sein, es verrinnen endlose Sekunden, bis die Schleuse unter Druck ist. Ich nehme mir nicht die Zeit, den Anzug abzulegen, haste, wie ich bin, in die Zentrale. Was ich auf dem Schirm sehe, verschlägt mir die Sprache: Das UFO liegt neben meinem Schiff, keine hundert Meter weg.«

Einige Zuhörer ließen hörbar die Luft aus der Lunge, schmerzhafter Laut in der Stille.

»Ich sage mir, entweder hast du draußen Halluzinationen gehabt oder jetzt. Ich zwinkere, kneife mir in die Wange, aber es bleibt. Dann plötzlich, nach einer geraumen Zeit, entfernt es sich langsam, wird schneller und schneller, verschwindet im All.

Ich stürze zur Rufanlage, versuche, die Erde zu bekommen. Schließlich meldet sich ein verschlafenes Individuum von der Mondbasis, fixiert mich, als wäre ich ein Haar in seiner Suppe, murmelt was von ›kein fremdes Objekt gesichtet‹ und ich sollte mal 'n bißchen fernsehen, das würde mich aufmöbeln.

Ich schalte ab, grüble ratlos und mache mir Gedanken, wie ich der nächsten ärztlichen Untersuchung entgehe, um nicht vorzeitig auf Rente gesetzt zu werden. Da flackert plötzlich der Unterhaltungsschirm. Ein grünlicher, ekelhafter Kerl fletscht die Zähne. Ein Alptraum, sage ich euch: spiegelblanke Glatze, spitzer Eischädel, Eckzähne wie ein Vampir.

Gott, denke ich, die werden auch immer geschmackvoller beim Tele. Der Bursche grinst und sagt: ›Sehr verehrte Damen und Herren!‹ Dabei rollt er das R wie einen Kloß im Mund hin und her. ›Inter-Tele-RTS bittet um Ihr Verständnis für die technische Panne während der vorangegangenen Sendung. Infolge eines technischen Versagens erfolgte die Übertragung des Science-fiction-Streifens UFO nicht auf dem Unterhaltungskanal fünf, sondern auf Kanal acht der bordeigenen Systeme. Für das Versagen bitten wir untertänigst um Vergebung.‹ Er. bediente sich merkwürdig geschraubter Wendungen. Seine Stimme hatte einen gutturalen Akzent.

Während er weiterplapperte, starrte ich ihn an, noch immer fassungslos. Der Schreck steckt mir in den Gliedern. Ich bin unfähig, einen vernünftigen Gedanken zu fassen.

Plötzlich sagt der Typ: ›Glotz gefälligst nicht so blöde. So was kann jedem mal passieren. Irren ist menschlich.‹ Dabei läßt er einen Ton los, der mir einen Schauer über den Rükken jagt, zwinkert mit seinen Froschaugen, wird lila, dann blaßrosé und verschwindet.«

Trifon lehnte sich zurück, nahm einen Schluck Glühwein, ließ ihn über die Zunge rinnen und schwieg.

»O Gott«, sagte Pickett, »was für eine langweilige Geschichte.«

»Natürlich.« Babakoff pflichtete ihm bei. »Sie war ja auch nicht ausgedacht.«

»Früher gab es ein Sprichwort«, sagte Carson. »Die besten Geschichten schreibt das Leben.« Er produzierte ein ironisches Stöhnen. »Das scheint sich gewaltig geändert zu haben.«

»Moment mal.« Boosters Stimme ließ die Debatte versiegen. »Warum hat dann der Bordkybernet Alarm gegeben?«

»Ein Kurzschluß seines logischen Systems«, nörgelte Pickett. »Ist doch klar. Er empfing die Bildimpulse des Films über das Warnsystem. Er mußte den Alarm auslösen.«

»Ist es so, Trifon?«

»Nicht ganz. Ich erfuhr es erst auf Merkur.«

»Wieso auf Merkur? War die Geschichte nicht zu Ende?«

»Wieso, wieso«, äffte Pickett nach. »Dort werden sie ihm die Abschirmung verstärkt haben, oder das Tele hat am nächsten Tag ein ausführliches Kommuniqué losgelassen und die Schuld auf die Sonnenflecken geschoben. Ist doch ’n alter Hut.«

»Laß ihn den Schluß erzählen«, sagte Booster.

»Mach's kurz.« Babakoff gähnte.

»Am nächsten Tag landete ich wohlbehalten auf Merkur.«

Ich brauche euch nicht zu sagen, wie sich die Leute dort freuen, wenn einer von der Erde kommt. Länger als drei Jahre hält's auch keiner aus in der Ödnis. Sie schlagen ihre Zeit damit tot, abnorm viel Tele zu sehen. Ich hätte mir keine besser informierten Leute wünschen können. Es war dringend nötig, daß ich mir Luft machte; mir lief die Galle über. Als ich über die Tele-Pfuscherei herziehe, sehen sie mich entgeistert an. Ihre Blicke werden klagend, als drohe eine Welt in ihnen einzustürzen.

›Lieber Freund‹, sagte schließlich der Leiter der Siedlergemeinde, ›wir haben seit Tagen ein ausgezeichnetes Tele-Programm, durch keinerlei Störungen beeinträchtigt, rund um die Uhr. Keine Station hatte eine Fehlschaltung.‹ Dann wandte er sich mit der Frage an die Leute, ob einer den Film gesehen hätte. Es fand sich keiner.

Wir überprüften dann noch, ob auch alle verfügbaren Kanäle frequentiert worden waren. Es war an dem, und meine Verwirrung stieg.

Auf meine Bitte hin stellten sie eine Verbindung zu Inter-Tele-RTS her. Ich sprach selbst mit dem Generalprogrammgestalter.« Trifon räusperte sich. »Sie haben nie einen Streifen dieses Titels ausgestrahlt – und an jenem Tag überhaupt keinen utopischen Film.«

»Und das steht fest?« fragte Babakoff mit dumpfer Stimme.

»Absolut! Zu dieser Zeit lief auf fast allen Kanälen die Übertragung der Weltmeisterschaft im Bumerangweitwurf.«

Eine lähmende Stille breitete sich aus, kroch wie ein feuchtes Tier an den Beinen hoch, ließ sie zusammenschauern.

Niemand erhob sich, um nachzulegen. Langsam erlosch die Glut. Ein letzter rötlicher Schein glomm auf der Feuerstätte. Kaum mehr waren die Silhouetten der Menschen zu erkennen. Mit sanftem Säuseln lockte der Nachtwind im Kamin. Vor den Fenstern rauschte der Regen.

Die Barriere

Der Sturm umkreiste das Raumschiff wie eine eingeschlossene Festung. Nekida nahm kaum das leichte Vibrieren des Bodens wahr. Versunken lauschte er.

Auf dem Bildschirm wirbelten dichte, gelbe Sandwolken. Schrilles Heulen drang aus den Lautsprechern.

»Schalte doch den verdammten Lärm ab.«

»Das ist Musik, Buck.« Nekida lächelte vor sich hin. »Hörst du? Vater Mars bläst zum Angriff. Die wievielte Expedition wären wir?«

Buck gähnte. »Die fünfte. Hör auf zu quaken, alte Unke. Wir sind viel besser ausgerüstet als die vorigen. Was kann er uns schon anhaben?«

»Stell dir was vor, du hast doch Phantasie.«

»Das ist witzlos«, erwiderte Buck.

»Vielleicht reicht unsere Macht nicht aus gegen einen ganzen Planeten. Er ist wild.«

»Wir werden ihn zähmen.« Es klang, als gäbe es nichts Belangloseres. »Himmel, wo kommst du her? Du bist ein komischer Kauz. Hast du Angst vor diesem Klumpen Welt mit seinen lächerlichen Giftspindeln und Elgiden?« Er breitete die Arme aus und lachte laut. »Ich werde mich ihnen zum Fraß vorwerfen, damit du ungeschoren bleibst. Aber baut mir ein Denkmal, hörst du, ein wunderschönes Denkmal aus weißem Marmor.«

»Spotte nur«, sagte Nekida.

»Ich spotte?« Buck zog die Augenbrauen hoch. »Aber du übertreibst: Parkinson stürzte bei der Landung auf der Erde ab, Jefremow verschwand spurlos auf dem Rückflug. U Thabor kehrte, wenn auch nicht vollzählig, zurück. Nur Kubeg-Balin und seine Mannschaft sind auf dem Mars verschollen.«

Nekida sah auf den Bildschirm. »Ich glaube, der Sturm läßt nach.« Er lauschte angespannt.

Fast lautlos öffnete sich im Rücken der beiden Wachhabenden das Schott. Ein hochgewachsener, schwarzhaariger Mann betrat die Zentrale des Raumschiffs. Sein Teint war von dunklem Rotbraun. Die langen, blauschwarzen Haare fielen ihm bis auf die Schultern.

»Geronimo!« rief Buck freudig aus. »Der edle Häuptling beehrt seine Krieger.«

»Wenn du nicht schon eine Glatze hättest«, sagte der Kommandant freundlich, »würde ich dich nach Art meiner Väter skalpieren.«

Buck lachte ausgelassen.

»Was spricht der Große Manitou?« fragte Nekida.

»Sein Geist ist in Adam den Kyberneten gefahren und ließ ihn eine gute Wetterprognose geben«, erwiderte Geronimo. »Adam hat die Luftaufnahmen geprüft. Die Strecke ist gut befahrbar. In fünf Stunden könnt ihr bei Kubeg-Balins Wrack sein.«

Dröhnend stob die Schildkröte über die glasigen Krusten. Im Umkreis von hundert Metern war der Sand verbrannt und mit schorfiger Schlacke bedeckt. Das gepanzerte Kettenfahrzeug raste in die Wüste hinaus. Eine Staubfahne wirbelte hinter ihm hoch.

Wie eine Handvoll zusammengedrängter Orgelpfeifen ragte der Körper des Raumschiffs in den blassen Himmel. Je weiter sich das Fahrzeug entfernte, desto mehr vereinten sich die vorspringenden Rundungen mit den kantig angesetzten Triebwerken und Heckflossen. In der Weite der Sandhügel wirkte das Schiff wie die Ruine einer vergessenen Bastion.

»Ein unheimlicher Planet.« Nekida musterte Bucks Profil. »Ich habe stets das Gefühl, er verbirgt uns etwas.«

»Einbildung.« Das helle Gesicht des Gefährten war konzentriert, seine Hände lagen auf den Armaturen zu seiten des Sitzes. Als müßte er Nekida beruhigen, fuhr er fort: »Kubeg-Balin und seine Leute waren sein letztes Opfer.«

»Was sollen wir mit seinen Wüsten?« sagte Nekida. »Wir sollten ihn sich selber überlassen.«

Buck lachte. »Komm in hundert Jahren wieder, dann wird er den Menschen ein blühender Garten sein. Wir werden seine Rohstoffe ausbeuten, Uran, Titan, Zirkonium. An den Ufern seiner Meere werden große Städte stehen: Er wird eine zweite Erde sein.«

»Und auf den Plätzen der Städte wird man Denkmäler errichten, nicht wahr, zu Ehren der Marspioniere, die in seinen Wüsten ihr Leben ließen.«

»Was willst du? Kein Fortschritt ohne Opfer. Das Risiko ist eines unserer Lebenselemente.«

»Phrasen.« Nekida blickte zurück in die leere Wüste. Nur über den Heckbildschirm war der Bug des Raumschiffs inmitten der Sandwellen noch immer zu sehen, verloren wie ein sinkendes Schiff in dem rötlichen Meer. Der Wind drehte und trieb den durch die Kröte aufgewirbelten Sand wie einen durchsichtigen Schleier vor die Silhouette der Rakete.

»Wozu brauchen wir eine zweite Erde?«

»Wir haben die Auseinandersetzung gewählt«, beharrte Buck. »Das Risiko ist unser Fortschritt.«

»Gibt es eine Alternative zum Risiko?«

»Es gibt keine. Unser Fortschritt ist optimal.«

»Du bist ein Dogmatiker«, erwiderte Nekida. »Kennzeichen desselben: große Worte. Alles, was du sagst, ist grundsätzlich, epochal.«

»Irrtum. Alles, was wir tun, ist es.«

»Nimm es nicht so wichtig. Wir gondeln durch die Wüste, und wenn wir Glück haben, schaffen wir auch noch den Rückweg.«

»Wir erobern den Mars.«

Nekida seufzte. »Schon wieder eine Nummer zu groß. Wir erobern? Wir eignen uns bedenkenlos an, ohne zu fragen.«

»Wen sollten wir fragen als uns selbst?«

»Ja, und wir geben uns auch die Antwort selber«, antwortete Nekida. »Da liegt der Hund begraben.«

Die Motoren der Kröte heulten auf, dann schnellte sie über die Krone einer Sanddüne und raste in eine flache, trichterförmige Senke. Schnell näherten sie sich dem tiefsten Punkt.

Da entstand auf dem Grund des Trichters plötzlich eine Bewegung. Hinter aufschießenden Sandfontänen erhob sich ein bläulicher Schatten.

»Ein Elgide!«

Buck riß das schwere Fahrzeug herum. Die breiten Balkonketten mahlten im feinen Sand. Auf dem Dach der Kröte ertönte ein klatschender Schlag. Über dem Sichtfenster lag wie ein ausgefranstes Ahornblatt einer der Tentakeln des Elgiden. Es knackte in der Panzerung. Buck jagte die Motoren hoch. Das schrille Geräusch schmerzte in den Ohren. Die Schildkröte bewegte sich nicht.

Nekida riß den Hebel des Schocks nach vorn. Wie Elmsfeuer zuckten blaue Flämmchen über die Außenhaut, es knisterte. Der Arm des Ungeheuers krümmte sich. Der massige, blauschwarze Körper warf sich krampfhaft zuckend über sie, als wollte der Elgide den Eindringling mit letzter Kraft zermalmen.

Nekida verstärkte den Schock. Schwarzer, schmieriger Qualm wälzte sich hoch. Das unförmige Wesen sank in sich zusammen, zerfloß. Eine zähe Masse rann langsam durch den Sand zum Zentrum des Trichters. Auf der Panzerung der Kröte verblieb eine dünne Schicht klebrigen Rußes.

Nekida stieß den Hebel in die Ruhestellung. Ihre schmerzhaft angespannten Körper fielen zurück in die Polster.

»Du hast ihn getötet.«

Nekida blickte seinen Gefährten überrascht an. »Was hätte ich sonst tun sollen?«

Buck blickte nach draußen auf die Reste des mörderischen Lebewesens.

»Er oder wir«, sagte Nekida.

»Das wollte ich hören.« Buck sah Nekida an. »Das ist die Frage an sich.«

Nekida lächelte. »Schon wieder eine Nummer zu dick. Du kannst es dir nicht abgewöhnen.«

Buck fuhr die Kröte aus dem Trichter.

Das Raumschiff meldete sich. Der Wachhabende blickte besorgt. »Was ist los, warum qualmt ihr? Ist euch was zugestoßen?«

Nekida berichtete mit knappen Worten.

Der Wachhabende atmete auf und wünschte ihnen eine gute Fahrt. »Ich hab' euch ständig drin«, versicherte er. »Alles Gute!« Er lächelte und schaltete ab.

Der Wind wehte Sand über den Schleimsee des Elgiden. Mit wachsender Geschwindigkeit entfernte sich die Kröte. Das schrille Heulen der Motoren wehte wie ein Siegesschrei über die marsianische Wüste.

Gegen Mittag hatten sie die Hälfte der Strecke zurückgelegt. Unter dem Sand machte sich ein festerer Grund bemerkbar. Flache, abgeschliffene Felsen erhoben sich, zwischen ihnen wucherte ein seltsames Gesträuch. Es schien hauchzart und zerbrechlich über den Boden gewebt, war jedoch von ungewöhnlicher Widerstandsfähigkeit. Manchmal trug es sekundenlang die tonnenschwere Kröte, ehe es knirschend nachgab.

Fasziniert betrachtete Nekida die feinen, graublauen Stengel, zwischen denen sich ein Gespinst aus mattem Altrosa flocht. »Können wir das Gebiet nicht umfahren?«

Buck sah ihn erstaunt an. »Warum? Das ist der kürzeste Weg.«

Nekida wies auf den Heckbildschirm. Hinter ihnen blieb eine Gasse, bedeckt mit kristallin schimmerndem, graublauem Staub.

Buck warf einen flüchtigen Blick darauf und konzentrierte sich wieder auf den Weg. »Irgendwelche Pflanzen oder Versteinerungen davon, was weiß ich.«

»Es ist von eigenartiger Schönheit.«

»Es behindert uns«, bemerkte Buck. »Man sollte als erstes Straßen anlegen.«

»Warum lassen wir es nicht, wie es ist?«

»Du bist ein Träumer, Nekida. Dieser Planet hat sich unseren Wünschen zu fügen. Wir sind Menschen, wir nehmen den Kosmos in Besitz, wir machen ein Paradies aus ihm.« Er lachte übermütig.

»Ein Paradies«, entgegnete Nekida langgezogen. «Was ist das?«

»Du fragst wie mein kleiner Sohn. Wir ringen um Schönheit, Reichtum und Glück, wir wollen heute besser leben als gestern und morgen besser als heute. Du machst keine Ausnahme.«

»Wahrscheinlich.«

Buck musterte seinen Gefährten amüsiert. Nekida vermied es, seinem Blick zu begegnen.

Vor ihnen hob sich das Gelände an. Die Sandwüste blieb zurück. Immer häufiger trat verwitterter Fels an die Oberfläche. Ein flaches, zerklüftetes Massiv säumte ihren Weg.

Buck drosselte die Geschwindigkeit.

»Wir sind gut vorangekommen«, bemerkte er. »Hoffentlich ist dieses kümmerliche Gebirge bald zu Ende.«

Auf dem Bildschirm erschien Geronimos Gesicht. Er mußte Bucks letzte Worte mitgehört haben, denn er sagte: »Seid froh, daß ihr drin seid. Ein Sandsturm kommt auf euch zu aus Richtung Nord. Sucht euch einen Schutz. War nach dem Elgiden noch was Besonderes?«

»Wir haben einige tausend Pflanzen ermordet«, sagte Buck belustigt.

Geronimo musterte sie. »Streitet ihr euch?«

»Aber nein«, widersprach Nekida. »Von Streit kann keine Rede sein, Häuptling. Wir tauschen Ansichten aus.«

»In Ordnung«, sagte Geronimo. »Wartet den Sturm ab. In der Kröte kann euch nichts passieren.« Er hob grüßend eine Hand.

Sand fegte prasselnd über die Bugscheibe. Die Sicht nahm

schnell ab. Sie befanden sich in einem breiten Hohlweg, der genau in Nord-Süd-Richtung verlief.

»Hier können wir nicht bleiben«, rief Buck. »Hoffentlich finden wir ein Seitental!«

Der Wagen jagte ächzend durch aufstiebende Wolken. Der Wind nahm zu, und immer häufiger verdeckten Sandschleier die Felsen.

»Halt dich mehr links«, sagte Nekida. »Ich glaube, da ist eine Lücke.«

Die Kröte ruckte herum.

Plötzlich sanken die Sandfahnen zu Boden. Es wurde unnatürlich still. Fünfzig Meter vor ihnen öffnete sich ein schmales, geschütztes Seitental. Der Untergrund war blankgefegt und zeigte eine Vielzahl querverlaufender Risse.

»Ich geh' vor«, sagte Nekida. »Wenn wir jetzt in einer Bodenspalte hängenbleiben, haben wir ausgesorgt.«

Buck schwieg, dann lächelte er und packte Nekida fest an der Schulter.

Nekida stampfte zwanzig Meter vor der Schildkröte her. Der Wind nahm wieder zu, aber er konnte den Eingang zur Schlucht sowie das Fahrzeug noch gut erkennen. Mühelos übersprang er die Spalten, die wenigsten waren ein Hindernis für die Schildkröte.

»Alles in Ordnung?« Bucks Stimme klang farblos.

»Du kannst kommen«, antwortete Nekida. »Aber fahr vorsichtig.«

Sanft ruckte die Kröte an, das breite Maul, wie nach einer Fährte witternd, dicht über dem Boden.

Nekida hatte den Eingang der Schlucht fast erreicht, als der Sturm mit ungeheurer Wucht losbrach. Innerhalb von Sekunden war er jeder Sicht beraubt. Er wagte nicht, sich umzudrehen, sondern versuchte, den Punkt ins Auge zu fassen, wo der Eingang der Schlucht liegen mußte.

»Nekida!« Bucks Stimme gellte. »Ich sitze fest!«

»Ich komme.«

»Bleib, wo du bist. Im Moment können wir nichts tun. Verkriech dich zwischen den Felsen!«

Nekida stemmte sich gegen den Sturm. Nach wenigen Schritten ließ der Druck nach.

Seitlich von ihm ragte ein dunkler Schatten auf. Nekida tastete sich hinter einen flachen Vorsprung. Unerwartet drehte der Wind und drückte nun mit voller Kraft in die enge Schlucht.

»Wie geht's dir?« fragte Buck.

»Es weht mich fast weg.« Nekida rutschte an der Felswand entlang. »Mach dir keine Sorgen. Ich glaube, hier ist so etwas wie eine Höhle, eine Vertiefung, auf der rechten Seite, zehn Meter hinter dem Eingang. Was ist mit dir?«

»Im Moment kann mir nicht viel passieren. Hoffentlich dreht der Wind nicht. Wenn ich flott bin, komme ich nach.« Ein rasselndes Knacken unterbrach das Gespräch. Nekida drückte die Störtaste, aber Buck meldete sich nicht mehr.

»Buck!« Nekida rief angstvoll den Gefährten. Er wollte zurück und versuchte, gegen die Wucht des Sturms anzukommen. Es war ihm unmöglich, sich auf den Beinen zu halten. Erst nach einigen Dutzend Metern hatte er wieder Gewalt über seinen Körper und war froh, daß er kriechend den Vorsprung erreichte.

An den Felsen geklammert, schob er sich in den Eingang der Höhle.

Draußen stand eine rasende Mauer aus rötlichem Sand. Über das Außenmikrofon hörte er das grelle Pfeifen des Orkans. Ohnmächtig sah er dem Toben zu. Einzige Beruhigung war das in den Kopfhörern zu vernehmende klare Peilzeichen des Raumschiffs, ein singender, rhythmischer Ton. Für eine Verständigung war die Leistung des Helmgeräts zu gering.

Der Scheinwerfer beleuchtete die Höhle ausreichend. Nekida bemerkte, daß sie größer war, als er vermutet hatte. An der Wand erkannte er eine interessante Maserung, rosa Einbettung in graublauem Fels. Soviel ihm bekannt war, hatte keine der vorhergehenden Expeditionen eine Höhle entdeckt.

Eine unbezähmbare Neugier drängte ihn, fast wie ein von

außen einwirkender Zwang, dem Strahl des Lichtes zu folgen. Nach den ersten Schritten schüttelte er den Kopf und lächelte: Es war nichts weiter als Ehrgeiz, was ihn vorwärts trieb.

Auf dem Fußboden sah er nun ebenfalls jenes rosa und graublaue Muster, das sich wie auf einer Schlangenhaut regelmäßig ordnete. Es war verblüffend. Er hatte den Sturm und Buck vergessen und folgte dem rosa Leitfaden wie einer Fata Morgana, hoffend, ein geheimnisvolles Ziel zu erreichen.

Der Gang verengte sich, das Gefälle wurde stärker. Nach etwa hundert Metern wurde der Stollen wieder breiter, behielt jedoch sein Gefälle bei. An den Wänden glitzerten Tausende von Kristallen. Schlängelnd flohen Spindeltiere in Felsspalten. Im Dunkel hoben sie ihre Blasrüssel dem Menschen entgegen, doch vom Lichtstrahl geblendet, blieben sie zuckend und sich windend zurück.

Unbekümmert schritt Nekida vorwärts. Er ahnte nichts von Gefahr. Eine eigenartige Vorstellung unbegrenzter Freiheit hatte ihn gepackt. Er meinte zu schweben, so leicht bewegten sich seine Glieder. Er fühlte sich zeitlos: Buck, das Raumschiff, die Erde waren in einer unbegreifbaren Ferne versunken. Sein Blick fiel auf die Uhr. War er bereits eine Dreiviertelstunde unterwegs? Unbestimmte Empfindungen wollten ihm versichern, er wäre eben erst aufgebrochen. Von den Wänden her schaute ihn sein eigenes Gesicht an. Je weiter er ging, desto mehr verlor sich der mißtrauische Zug darin. Er vergaß die Zeit. Eine heitere Traumvorstellung hatte sich seiner bemächtigt.

Der Stollen öffnete sich in eine kreisförmige Höhle. Nekidas Schritt stockte. Sein Körper gehorchte einem unbekannten Willen. Die Einbildung, Kind zu sein und ein sicheres Versteck entdeckt zu haben, wo die Häscher ihn niemals finden würden, begeisterte ihn. Staunend betrachtete er die graublau und rosa gemusterten Wände. Sie waren wohl hauchdünn, denn sie bewegten sich in einem nicht spürbaren Luftzug. Was verbarg sich hinter ihnen?«

Die Felsenmuster schwebten wie Vögel auf ihn zu und legten sich gleich schmiegsamen Gewändern um ihn.

Tastend versuchte seine Hand, die Wände zu erreichen. Er fühlte einen fremden Körper.

Ihm gegenüber stand ein Wesen und sah ihn vorwurfsvoll aus schwarzen Augenhöhlen an.

Nekida blickte zu ihm hoch. »Wir wollten ja nur mit den Pflanzen spielen. Sie sind kaputtgegangen. Der arme Buck, er hat sich nichts dabei gedacht.«

Ein dröhnender Laut antwortete, ein verletzend höhnischer Ton.

Erschrocken ließ Nekida den Scheinwerferkegel durch die Höhle streichen. Im Halbschatten konnte er die gegenüberliegende Wand erkennen, doch sowie der volle Lichtstrahl sie traf, verschwand sie wie hinter einem Nebel. Der Boden war vollkommen eben und glänzte, als wäre er poliert. Nekida bemerkte rhombenförmige Felder vor sich, die sich spiralig um den Mittelpunkt des Bodens wanden. Zögernd, als wären die Rhomben lebende Wesen, setzte er seinen Fuß zwischen sie. Da stieß er gegen einen beweglichen Gegenstand. Er bückte sich. Im Scheinwerferlicht zeichnete sich eine Strahlenpistole ab. Nekida nahm sie in die Hand. Es war ein älteres Modell. Auf einmal beherrschte ihn nur ein Gedanke: Was soll ich mit dem Ding? Er zog seine eigene Waffe heraus und warf sie beide weg. Sie polterten zu Boden. Es klirrte. Nekida blickte hin. Es lagen noch mehr da, eine ganze Sammlung. Er verharrte wie hypnotisiert.

Die Wände dröhnten von einem unmenschlichen Geräusch, wellten sich wie Papier im gleichen Rhythmus. Die pulsierende Schicht in der Mitte der Höhle verdichtete sich zu einer glühenden Säule. Geblendet schloß Nekida die Augen.

Unter ihm löste sich der Boden auf. Er fiel in ein weiches Nichts, doch ohne Angst. Er wollte die Arme ausbreiten, er wollte den Leib zusammenkrümmen, doch er tat es nicht. Etwas Unbekanntes schützte ihn.

Als er die Augen öffnete, fand er sich neben dem Eingang

des Raumes wieder. Er stand, das Gesicht dem Gang zugekehrt. Was war mit ihm geschehen?

Die Felswände erstrahlten in einem angenehmen Licht. Die Muster auf dem Fußboden hoben sich graublau von mattem Altrosa ab, umgekehrt, als er es in Erinnerung hatte. Die Waffen waren verschwunden.

Verwirrt ging Nekida den unterirdischen Gang zurück. Wie mochte es Buck ergangen sein? Seine Kopfhörer schwiegen noch immer. Er lauschte angespannt. Nichts. Die Funktionsleuchte schimmerte matt. Er schickte einen Ruf hinaus. Keine Antwort.

Der Stollen wollte kein Ende nehmen. Mit hastigen Sprüngen rannte er dem Ausgang entgegen.

Endlich taumelte er ins Licht hinaus. Der Sturm war vorüber. Er warf einen Blick zum Ausgang der Schlucht. Die Kröte war verschwunden. Hatte Buck ihn allein gelassen? Er gab noch immer kein Zeichen, auch das Raumschiff schwieg. Nekida starrte auf die sonnenüberfluteten Felsen. Die Stille ließ eine würgende Beklemmung in ihm hochsteigen.

Er kniete hin und jagte Notruf auf Notruf hinaus. In den kurzen Pausen lauschte er atemlos auf eine Antwort. Doch seine Kopfhörer fingen nur ein rasselndes Schnattern auf.

»Buck, melde dich!«

Müde stemmte er sich hoch. Als er den Blick zum Eingang der Schlucht richtete, bemerkte er das sonderbare Wesen. Es stand auf storchenähnlichen Beinen, die in vier rotschuppige Krallen endeten, und stützte seinen Körper durch einen kräftigen Reptilschwanz. Sein Leib war schlank und ging schulterlos in einen faltigen Hals über, der einen spitzen Schädel mit großen, runden Augen trug. Am oberen Drittel des Rumpfes saßen, fast armlos, zwei langgestreckte, schlanke, vielfingrige Hände, die das Vogelwesen um den Leib gefaltet hatte.

Automatisch fuhr Nekidas Hand zur Seite. Doch mitten in der Bewegung hielt er beschämt inne.

Das Wesen reckte den Kopf gen Himmel und stieß einen

kurzen, schrillen Laut aus, der an einen merkwürdigen Jubelschrei erinnerte. Dann blickte es Nekida an und öffnete mehrmals die Hände zur Seite, als wollte es mit dieser Geste Aufmerksamkeit erheischen.

»Wolltest du mich töten?«

Verwirrt schüttelte Nekida den Kopf. Wer sprach da zu ihm? Er hätte etwas sagen können von der ständigen Spannung in Erwartung unbekannter Gefahren. Doch wem?

Das Vogelwesen beäugte ihn mit schiefgelegtem Kopf. »Du bist ein Mensch. Du kommst vom dritten Planeten.«

Wiederum bewegte Nekida sprachlos den Kopf.

»Dann verstehst du mich. Äußere dich, aber schweig.«

Es war kein Traum. Seitdem Nekida die Höhle verlassen hatte, war er wieder Herr seiner Sinne. Seine Gefühle und Gedanken waren klar.

Das Geschehen fand real statt. Es gab nur eine vernünftige Erklärung: Das Vogelmonstrum mußte ein intelligentes Wesen sein. Doch woher kam es, und wo befand er sich überhaupt? Waren die Fremden gleich ihnen auf dem Mars gelandet, Abgesandte einer fernen Zivilisation?

Mit peinlicher Deutlichkeit wurde ihm seine erste Reaktion bewußt. Reflexe waren keine Entschuldigung für eine vernunftbegabte Rasse. Sicherlich, er hätte den Fremden nicht erschossen. Trotzdem war er froh, die Waffe verloren zu haben.

»Es ist gut so. Niemand kann die Schwelle mit einer Waffe überschreiten. Wir hielten es nicht für möglich, daß ein Mensch sie jemals überwinden könnte. Du bist der erste. Wahrscheinlich bist du eine Ausnahme.« Das Wesen schwieg eine Weile, während es Nekida musterte, und fuhr dann fort: »Also tragt ihr eure Kriege bereits auf anderen Planeten aus.«

Erstaunt schüttelte Nekida den Kopf. Wie kam der Fremde darauf? Woher wußte er, daß die Menschen Waffen trugen? Dachte er vielleicht, der Schutzanzug wäre eine Art kriegerischer Panzerung? Eigenartig, der Vogel schien keinerlei Schutz zu brauchen.

»Du kannst ihn ablegen«, bemerkte Nekidas Gegenüber. »Unsere Atmosphäre gleicht fast der euren.«

»Unsere Atmosphäre«, wiederholte Nekida erstaunt, »was heißt das?«

Er öffnete den Helm wie unter einem suggestiven Zwang. Eine Welle frischer, belebender Luft schlug ihm entgegen. Er zögerte einen Moment, dann zog er den Anzug aus und legte ihn in den Schatten der Felswand. Nur langsam gewann er kühle Überlegung.

»Wo bin ich?«

»Auf dem Tattmempetris.«

»Nicht auf dem Mars?«

»Du brauchst die Worte nicht auszustoßen, Erdenmensch«, antwortete der Fremde. »Sprich in Gedanken zu mir. Wie heißt du?«

Unwillkürlich öffnete Nekida den Mund, schloß ihn jedoch wieder und dachte: »Nekida. Und wer bist du?«

»Ich gehöre zum Volk der Ktrotark.« Nekida glaubte die Worte mit seinen Ohren zu hören. »Mein Name ist Pritratorix.«

»Aber wo liegt euer Planet?« rief Nekida in Gedanken erstaunt aus. »Wir haben nie von euch erfahren.«

»Wenn du verweilen willst, Mensch Nekida, werden wir dir alles erklären.«

Eine ängstliche Unentschlossenheit ließ Nekida zögern. »Wo ist das Raumschiff?«

»Du kannst es hier nicht hören, aber du hast nichts zu befürchten. Wir sind ein friedfertiges Volk. Da du die Schwelle übertreten konntest, dürfen wir dir vertrauen. Komm, meine Brüder möchten dich in unserer Welt begrüßen.«

Noch immer waren Nekidas Gedanken von Mißtrauen begleitet. »Was geschah mit den anderen vor mir?«

»Sie waren aggressiv. Sie verdienten es nicht, Höhere genannt zu werden. Die Schwelle tötete sie.«

Grauen beschlich Nekida. Was waren das für Wesen? Er war ihnen hilflos ausgeliefert. Wenn er wenigstens den Schutzanzug hätte. Mit einer zwingenden Geste wies Pritratorix zum Eingang der Schlucht. »Komm, man erwartet uns.«

Nekida folgte dem Fremden. Erst jetzt nahm er die wildwuchernde Vegetation wahr, die den Rand der Schlucht säumte. Breitstämmige, verflochtene Gewächse glänzten feucht. Ihren Grund bedeckte ein Teppich schleimiger Pflanzen, die unter dem Druck der Füße spritzend auseinanderbarsten. Sollte das der Mars sein, jener von Wüsten und trokkenen Steppen bedeckte Planet? Unmöglich.

Am Horizont quollen dichte Wolken auf. Nie hatte Nekida in solcher Fülle Wolken am Himmel des Mars gesehen. Die Sonne bot das gewohnte Bild, doch es beruhigte ihn nicht: Diese Welt hatte nichts mit dem Mars gemeinsam, ausgenommen vielleicht die nicht sehr hohe Temperatur. Der frische, feucht riechende Wind ließ ihn zusammenschauern.

Als sie aus der Schlucht traten, erblickte Nekida eine weite Ebene. Am Horizont ragten, bläulich schimmernd, einige mäßig hohe Berge auf. An ihrem Fuß erkannte er eine Gruppierung von hellen, regelmäßigen Formen. Es erschien ihm wie ein künstlich geschaffenes Gebilde.

Wo war das Raumschiff geblieben, und wo war Buck mit der festgefahrenen Kröte? Der Mars war in einer anderen Dimension verschwunden. Wie sollte er jemals zurückfinden? In ihm regte sich das Verlangen, in die schützende Sicherheit des Raumschiffs zu flüchten. Er wollte eine menschliche Stimme hören, er wollte nicht allein sein in dieser fremden Welt. Die Angst, nie wieder zurückkehren zu können, lähmte seine Schritte.

Pritratorix stieg auf eine flache, tellerartige Scheibe. Er steckte mehrere Finger in die Öffnungen einer schlanken Säule, die im Mittelpunkt des Tellers aufragte. Ein sanftes Summen ertönte. Die Scheibe erhob sich Millimeter über den Boden.

»Komm«, flüsterte die Stimme in Nekidas Gehirn. »Hab keine Angst, du wirst deine Brüder wiedersehen.«

Mit hoher Geschwindigkeit raste das Fluggerät über die

Ebene. Es hatte sich nur um wenige Meter erhoben. Unter seinem Sog beugten sich die Spitzen eines trichterförmigen, stachligen Gewächses, mit welchem die Ebene dicht überwachsen war. Nekida spürte nicht den geringsten Luftzug. Er vermutete einen Energieschirm.

»Du hast recht«, vernahm er erstaunt die Worte des Ktrotark. »Auch ihr habt eure Technik weit entwickelt. Schade, daß ihr sie mißbraucht.«

Nekida drängte sein Unbehagen über den Eingriff in seine Gedanken zurück. Er widersprach heftig.

»Dein Volk zerstört, es ist nicht für Großes geschaffen.« Pritratorix wandte Nekida sein faltiges Gesicht zu, die runden Augen oval in die Höhe gezogen, den breiten, flachen Hornvorsprung, der einem Schnabel ähnelte, geöffnet. »Du tust mir leid«, flüsterte die lautlose Stimme.

Das Gefährt hatte in rasendem Flug die weite Ebene überquert. Erstaunt blickte Nekida nach unten, da sie einen breiten, wasserreichen Flußlauf überflogen. Deutlich konnte er nun die Silhouette des gewaltigen Komplexes erkennen, der sich da an die Kehlung zwischen Gebirge und flachem Land schmiegte.

»Es ist unsere größte Stadt.«

Nicht sehr hoch, hin und wieder von aufragenden, scharfen Konturen gebauscht, mutete das Gebilde wie ein rosa perlmuttfarbenes Zelt an.

Pritratorix ließ den Apparat sanft steigen und lenkte ihn bis über das Zentrum der Anlage. Rasch sanken sie hinab.

Über ihnen schloß sich das schimmernde Dach wie eine zarte Wolke. Sie befanden sich in der Stadt. Die Sonne war nicht mehr zu sehen, ein mildes, rosa-goldenes Licht hüllte alles ein. Der Himmel sah aus wie das Innere einer Muschelschale.

Nekida wies nach oben. »Was ist das?«

»Es ist gut für uns.«

Zu Nekidas Verwunderung war der Platz, auf dem sie landeten, völlig leer. Er hatte eine große, schweigend staunende Menge jener Vogelartigen erwartet, ein tausendfältiges Wispern, ein gedrängtes Spalier, das er als Abgesandter der Erde durchschreiten würde, vorbei an sich aufreckenden, faltigen Köpfen, den Blick ihrer runden, dunkelblauen Augen gebührend erwidernd.

»Sie sehen dich«, äußerte Pritratorix, »sie empfangen dich, sie empfinden freundlich für dich.«

Der Boden des Platzes war aus weißen Platten gefügt, auf deren makellose Reinheit Nekida voller Scheu seinen Fuß setzte. Er blickte zurück. Der rötliche Staubabdruck seiner Sohlen verschwand, als würde er vom Stein aufgesogen. Totenstille hing über der Stadt wie eine unbewegliche Wolke. Die Luft roch nach Ozon, vermischt mit einem blumigen, belebenden Duft.

Nekida suchte nach Vertrautem. Er begriff nichts und fühlte sich ausgestoßen. Indem sie ihn erschreckten, wollten sie ihn zur Umkehr bewegen.

Er vernahm einen hallend vibrierenden Laut, einen künstlich gedämpften Gong. Hörte er das tatsächlich? Beunruhigt musterte er seinen Begleiter.

»Ich habe gelacht«, erklärte Pritratorix.

»Worüber?«

»Dein Erstaunen über unsere Sitten hat mich amüsiert.«

Wie dumm von ihm zu lachen, dachte Nekida ärgerlich. Wiederum berührte ihn die geheimnisvolle Eigenschaft des anderen unangenehm. Mit größter Selbstverständlichkeit drang der in sein Denken ein, bemächtigte sich seiner wie eines rechtlosen Wesens. Das Eigentum der Gedanken war unveräußerbar. Alles andere bedeutete Versklavung.

»Das ist unsere Freiheit«, wisperte Pritratorix.

»Es ist das Gegenteil.«

»Du kannst nicht umgehen mit dieser Freiheit.«

»Wie sollte es eine Individualität bei euch geben, Wechselwirkung von Persönlichkeit und Gesellschaft, Dialektik als vorwärtstreibenden Widerspruch ...?«

»Wir kennen keine Isolation, keine Einsamkeit«, erwiderte das Vogelwesen mit ruhiger Überlegenheit.

»Wir werden einander nicht verstehen«, murmelte Nekida.

»Die höchste Form des Verstehens ist Toleranz«, entgegnete Pritratorix. »Ihr seid ängstliche Barbaren.«

Erfolglos suchte Nekida nach einem Argument.

Sie näherten sich der Peripherie des Platzes. Den Rand des Feldes säumten, in regelmäßiger Distanz errichtet, Vogelstatuen. Weiß und überlebensgroß gaben sie dem Platz das Fluidum einer geheimen Kultstätte. Zwischen ihnen nahm sich Nekida aus wie ein verirrtes Tier an einem geheiligten Ort.

Sie stiegen eine lange Stufenkaskade hinunter. Vor ihnen lag die Stadt: ellipsoide Segmente wie Wespenkörper aufeinandergetürmt, Bauten wie Vogeleier, die im Schutz der geschnürten Säulen Platz gefunden hatten. An weitgespannten Armen weintraubenartige Gebilde von vielfachgekehlten zylindrischen Gebäuden.

Nekida ließ seinen Blick schweifen. Hier und da schwebten eigenartig verspielt wirkende Scheiben in der Luft. Ihr Zentrum schien massiv und starr zu sein, während zur Peripherie hin ein pulsierendes Zucken zu erkennen war. Der äußere Rand verlief sich in zahllosen flimmernden Fäden, die, wie von einem unmerklichen Wind bewegt, die Scheiben rhythmisch umwogten. Es war, als lebten diese Gebilde.

»Sie leben«, bemerkte Pritratorix sanft.

»Wozu braucht ihr sie?«

»Sie unterhalten uns.«

Nekida vermeinte in der Antwort eine höfliche Ablehnung zu spüren. Nachdenklich unterließ er es, zu diesem Gegenstand weitere Fragen zu stellen. Die fliegenden Scheiben erzeugten eine tiefempfundene Abwehr in ihm. Er versuchte sich das unbegründete Gefühl zu erklären. War es nur menschliche Voreingenommenheit gegenüber allem Andersartigen? Er zweifelte. Die Scheiben fügten sich in die Harmonie der Stadt ein und bereicherten die unbewegten Formen mit dem Fließen und Schwingen ihrer Linien. Doch irgend etwas stieß ihn ab, so daß er Mühe hatte, seines Ekels Herr zu werden.

Er zwang sich, woandershin zu sehen, das Gleichmaß und die Ausgewogenheit der fremden Architektur zu genießen. Selbst die an einigen Stellen der Stadt schroff und kantig nach oben stoßenden transparenten Säulen, die bis in den Perlmuttnebel des künstlichen Himmels ragten, konnten die Harmonie nicht zerstören. Unter ihrem schimmernden Überzug waren die Glieder eines verflochtenen Skeletts zu sehen, ein vielkantiges Getürm fester Konturen sowie strömender Schlieren. Von ihrem oberen Viertel streckten sich dem Riesendach matte, violette Strahlenbündel entgegen, bis sie vom Dunst aufgesogen wurden.

Weder ein Laut noch ein Staubteilchen störten die Reinheit der Stadt. Von ihren makellosen Wänden floß Schweigen, ein schöner Friede. Lebten hier Wesen mit Gefühlen und Empfindungen? Die Stadt schien erstarrt zu sein in Vollkommenheit.

Nekida war gewiß, er würde sie nicht lange ertragen können, ohne den Wunsch zu verspüren, sich seines Körpers als etwas Mangelhaften zu entledigen. Diese Stadt tötete alles, was anders war. Jedes Leben mochte in ihr wie ein Fremdkörper erscheinen, den sie durch unsichtbare Poren aufsog, um ihn gereinigt und verformt wieder von sich zu geben: eine Hölle der Läuterung! Das ist anmaßend, dachte Nekida, woher nimmst du den Anspruch, so etwas zu vermuten.

Je weiter sie sich von dem weißen Platz entfernten, desto mehr verstärkte sich Nekidas Nervosität. Konnte er ihnen trauen, oder hatten die Ktrotark Grund, sich vor ihm zu verbergen? Erwarteten sie ihn an einem Ort, von wo er nicht entfliehen konnte? Würden sie jene Toleranz üben, deren Fehlen sie den Menschen vorwarfen?

»Wo sind deine Artgenossen, Pritratorix?«

»Sie sind beschäftigt.«

»Arbeiten sie?«

»Sie vergnügen sich.«

Sie näherten sich einem kuppelförmigen Bau, aus dessen Oberfläche in regelmäßigen Abständen Gebilde ragten, wie gekrümmte Krallenhände, in ihrer Mitte vielflächige, rotierende Ellipsoide, in denen rhythmisch ein tiefroter Schein aufglomm.

Der Marsianer verhielt seinen Schritt und bedeutete Nekida, ebenfalls stehenzubleiben. »Wir müssen warten, sonst werden wir verbrannt.«

Für Sekunden umzuckte sie ein heller, gleißender Schein.

»Barg erlaubt uns zu gehen«, sagte Pritratorix.

In der Wand vor ihnen klaffte eine ovale Öffnung, breit genug, ihnen nebeneinander Einlaß zu gewähren. Ein letztes Mal zauderte Nekida. Er hatte das Versprechen des Marsianers. Im stillen verfluchte er sein Mißtrauen. Entschlossen trat er neben seinem Begleiter in die Kuppel.

Einen Augenblick lang blendete ihn ein rötliches Licht.

Der weite Raum war bis auf vier kunstvolle, eckige Säulen, deren Enden sich über ihnen im Dunkel verloren, leer. Zwischen ihnen schwebte, mehrere Meter über dem Fußboden, ein zweiter Ktrotark, von roten Strahlenbündeln umflossen.

»Das ist Pto-Antok«, flüsterte Pritratorix. »Er entstammt der Gruppe Perichtokal. Er ist seit zweihundert Jahren unser Bester Ktro.«

»Ich übergebe dir meine Gedanken, Mensch«, wisperte eine Stimme in Nekidas Gehirn.

»Pto-Antok begrüßt dich.« In Pritratorix' Äußerung nahm Nekida tiefe Ehrfurcht wahr. Aus den Augenwinkeln sah er, daß der Marsianer beide Hände um den Schädel gelegt hatte und in dieser Haltung verharrte.

Nekida legte die rechte Hand auf die Brust und verneigte sich vor dem Herrscher der Ktrotark. »Ich wünsche dir ein langes Leben und gute Gesundheit, Pto-Antok, Bester Ktro.«

Wiederum vernahm Nekida jenes hallende, gongartige Geräusch. »Warum lachst du, Herrscher der Ktrotark?«

»Ich bin unsterblich, Mensch.«

»Unsterblich – lebst du ewig?«

»Solange ich es will.«

»Heißt das, du kannst den Tag deines Todes wählen?«

»Ja.«

Voll scheuer Ungewißheit versuchte Nekida dem Bild zu

entkommen. Er stellte sich einen ängstlich zusammengekauerten Ktrotark vor, der apathisch die selbstbestimmte Stunde seines Todes erwartete. Es wurden immer mehr, bis die ganze Stadt mit lethargischen Vogelwesen bedeckt war. Dann nahmen sie plötzlich menschliche Gestalt an und füllten eine irdische Stadt mit ihrer leblosen Menge. Nekida schauerte zusammen.

»Wie schwach seid ihr doch«, vernahm er die Gedanken des Besten Ktro, »wie unwissend. Euch ängstigt der Tod, denn nie erreicht ihr das Ziel.«

»Was weißt du von uns, vom Ziel des menschlichen Lebens?«

»Es gibt nur *ein* Ziel. Ist es erreicht, wird das Leben unnötig.«

»Ich glaube dir nicht. Um ewig leben zu können, wirst du es nie erreichen wollen.«

»Ihr Menschen seid unersättlich.«

Pto-Antok sank in seiner roten Aura zu Boden. Er trat, begleitet von den Strahlenbündeln, bis an den Rand des Gevierts und blickte den Menschen starr an.

»Ihr überbewertet euer Sein. Ihr richtet euer Denken auf Äußerlichkeiten, mit denen ihr die Minderwertigkeit eurer Existenz kompensieren wollt. Ihr seid süchtig nach einem *ewigen* Leben und wüßtet doch nichts damit anzufangen.«

»Du weißt nichts von uns«, begehrte Nekida auf. »Die Liebe zum Leben ist menschlich. Es ist unser wertvollster Trieb.«

Wie einen kurzen, hallenden Schlag vernahm er das unterdrückte Lachen des Besten Ktro. »Ihr seid Tiere.« Die leise Stimme war voller Sanftmut. »Vom Tier ist der Höhere unterschieden durch die Fähigkeit zu sterben.«

Was hatten sie den Menschen voraus? Sie fürchteten den Tod offenbar nicht. Begriffen diese Wesen tatsächlich ihr Dasein in einer Weise, daß sie vor dem Tod nichts empfanden, oder war es eine Phrase? Nekida wußte nichts von ihnen, wer wen beherrschte, wer produzierte, wer dachte. Wodurch wurde ihr Handeln beeinflußt?

»Wir gehen zur Ruhe, wenn wir die Einheit unseres Seins mit dem Leblosen begriffen haben, die Einheit mit dem Licht der Sterne, von dem wir stammen, und der Finsternis des Abgrunds, den wir überwunden haben, wenn wir begreifen, daß wir ein unvergänglicher Teil der ewigen Welt sind.« Pto-Antok hatte die langen, armlosen Hände kreuzweise über die buntgemusterte Brust gelegt.

Nekidas Gedanken jagten einander. Er mußte sich klug verhalten. Welchen Nutzen konnte er stiften, welche Verwirrung verhindern, wenn es ihm gelang, ein würdiger Vertreter der irdischen Zivilisation zu sein. Es war eine Aufgabe, deren Größe vor ihm aufwuchs wie ein unüberwindlicher Berg. In diese Sorge mischte sich die Frage nach dem Verbleib des Raumschiffs, nach Bucks Schicksal. Wie war es möglich, daß er sich auf dem Mars befinden sollte, wenn alles dagegensprach. Wohin waren die Wüsten verschwunden, wohin die Elgiden und Schlangenspindeln, wohin die dünne, giftige Atmosphäre?

Was war in jener Höhle mit ihm geschehen?

Erlebte er vielleicht nur einen lustvollen Traum, ehe der Sand der Wüste ihn unter sich begrub? Hörte er nicht von fern den Sturm heulen? Angestrengt lauschte er. Doch es war nur das Rauschen des Blutes in seinen Ohren.

Von außen umgab ihn nur Angenehmes, drängte seine Ängste zurück. Hatte die Ruhe der Stadt ihn erst erschreckt, so war er plötzlich sicher, sich geirrt zu haben. Unendlicher, wohltuender Friede lag zwischen den Mauern der Ktrotark-Stadt. Niemand kümmerte sich um die äußere Welt. Die Ktrotark hatten sich eine unverletzliche Welt geschaffen. Zu ihrem Glück war nie ein Mensch zu ihnen gestoßen.

Nekida strich sich verstört über die Stirn. Waren das seine Gedanken? Doch sein Mißtrauen wurde von Glückseligkeit überflutet. Daß er hier sein durfte, so nahe bei Barg, dem nun seine Liebe gehörte.

Pto-Antok ließ ein glockenklingendes Lächeln hören.

»Du hast viele Fragen, Erdenmensch. Ich werde sie dir beantworten. Du bist unseres Vertrauens würdig.« Pto-Antok glitt zurück in das Zentrum zwischen den Säulen. Er schwebte zu seinem Platz über dem steinernen Boden bis zur Grenze des Lichts, das über ihm in ungewissem Dunkel verlosch.

»Folge mir, Mensch Nekida.«

Hilfesuchend blickte Nekida zur Seite. Pritratorix war verschwunden. Langsam trat er zwischen die strahlenden Säulen. Eine unsichtbare Kraft ergriff ihn und führte seinen Körper in die Höhe. Er stieß einen leisen Schrei aus. Doch wie in ein weiches Kissen lag er eingebettet in dem Kraftfeld.

Der Beste Ktro schwebte mehrere Meter von ihm entfernt. Aus dem Innern des Strahlenkokons gesehen, erschien der Raum in ein blaues Licht getaucht. Es drang aus den schmalen Spalten der Säulen. Pto-Antok und er selbst wirkten, von dem fahlblauen Licht übergossen, wie vereist.

»Ich habe deine Gedanken nicht belauscht«, sagte der Ktrotark. »Sie waren an mich gerichtet. Soweit du es verstehst, werde ich alles erklären.«

»Gäbe es ein Geheimnis zwischen euch und uns?«

»Kein Geheimnis.«

Nekida drängte seine Erregung zurück. »Erzähle.«

»Vor Zehntausenden von Jahren lebten die Ktrotark in jener Welt, die ihr den Mars nennt. Sie gehört zu der Variante des Universums, die auf eurem Planeten die Menschen hervorbrachte. Der Zufall wollte es, daß wir den Raum zwischen den Planeten schon bewältigten, als auf dem dritten Planeten die Gewinnung von Metall noch unbekannt war.«

»Wovon sprichst du, was für eine Variante?«

»Unterbrich mich nicht. Du wirst alles Notwendige erfahren.« Pto-Antok breitete die schlanken, vielfingrigen Hände aus, als wollte er sich zum Flug erheben, und schloß sie wieder um seinen Körper.

»Mein Volk lernte die Menschen kennen. Obwohl bereits mit Vernunft begabt, lebten sie wie Tiere.« Der Beste Ktro verfärbte sich im Gesicht und an den Beinen tiefgrün und leuchtete in der hellen, blauen Dämmerung wie ein verwesender Kadaver.

»Du vermutest richtig«, bemerkte er. »Ich kann nicht umhin, mich zu ekeln, und ich bitte dich deshalb um Verzeihung.«

Nekida lächelte erleichtert.

»Wir mieden jeden Kontakt mit den Menschen«, fuhr Pto-Antok fort. »Doch erfüllte uns ihre Entwicklung mit Sorge. Uns ist die Anwendung von Gewalt fremd, die Beherrschung einer Gruppe durch eine andere, die Vernichtung Andersdenkender.«

»Andersdenkender?« entgegnete Nekida voller Ironie. »In einer Gesellschaft, wo Gedanken nicht geheim sind?«

»Ich sagte schon einmal«, antwortete Pto-Antok, »das ist unsere Freiheit. *Wir* mußten uns nie voreinander fürchten.« Er schwieg, um seinem Gast Gelegenheit zu geben, nachzudenken und eine geeignete Antwort zu finden. Doch in Nekidas Vorstellung wuchs sich die Allgegenwärtigkeit anderer in den Gedanken des einzelnen zu einem tausendäugigen und tausendohrigen Ungeheuer aus, das wie ein erstickender Rauch in jeden Winkel kroch, unter jedes Möbel, hinter jede Mauer. Er schwieg verstört.

Der Beste Ktro unterließ es, die Verwirrung seines menschlichen Gastes zu kommentieren, und fuhr in seinem Bericht fort.

»Voller Abscheu und Angst beobachteten wir jahrtausendelang euren Planeten. Wir sammelten gewaltige Mengen von Informationen in der Hoffnung, einen Ansatz zu einer besseren Entwicklung zu erkennen.« Die runden Augen des Herrschers weiteten sich vor Mitleid zum Oval. Seine Gedanken verrieten das schmerzliche Bedauern, das ihn bewegte, als hätte er einen Freund verloren.

»Wir gaben den Menschen keine Chance, dieses tierische Stadium jemals zu überwinden, und es schien lediglich eine Frage der Zeit zu sein, bis sie ihre kriegerische Mordlust auf andere Planeten tragen würden.«

Nekida unterbrach den Herrscher mit einer heftigen Geste, die fast schon unhöflich war. »Wir hatten andere Voraussetzungen, und wir haben einen anderen Weg eingeschlagen!

Sagt nicht ihr selber, daß die höchste Form des Verstehens Toleranz ist! Beweist nicht unser Treffen, daß die Menschen kein Mißtrauen mehr verdienen?«

»Du überbewertest es«, entgegnete der Beste Ktro kühl. »Du bist eine Ausnahme unter den Menschen: Du hast an der Schwelle freiwillig deine Waffe abgelegt.«

»Ich bin wie alle anderen Menschen«, antwortete Nekida triumphierend, »ihr irrt!«

»Selbst wenn ihr euch nicht mehr gegenseitig umbringen solltet, was das Orakel des Barg verneint, so seid ihr doch immer noch darauf angewiesen, euch tierischer Feinde durch deren physische Vernichtung zu erwehren, während wir unsere geistigen Kräfte dazu gebrauchen.«

»Das kann nicht Gegenstand deines Vorwurfs sein«, entgegnete Nekida. Er wurde ungeduldig. Die Reaktion des Besten Ktro enttäuschte ihn. Die Argumente kamen ihm konstruiert vor. Sie schienen einer Konfrontation mit den Menschen auszuweichen. Nekida hatte sich eine solche Begegnung anders vorgestellt. Hoffnungsvoll rief er in Gedanken aus: »Kriege kennen wir schon seit vielen Generationen nicht mehr!«

Der Beste Ktro schwieg einen Augenblick, wie es schien, überrascht. Dann äußerte er: »Das muß ein so unwahrscheinlicher Zustand sein wie der energiereichere eines Systems gegenüber dem energieärmeren. Doch wie auch immer, die Orakel des Barg wurden schließlich in einer Form gedeutet, die jedes Risiko für uns ausschloß. Unser Risiko waren die Menschen, so fremd und abstoßend: Neid, Haß, Machtgier, Ungleichheit – Furcht und Schrecken.« Der Beste Ktro lächelte höhnisch, und Nekida vernahm einen scharf aufklingenden Glockenton. »Ihr habt unseren Monden diese Namen gegeben, Phobos und Deimos. Das sind Attribute eurer Welt.«

Immer mehr verdichtete sich bei Nekida der Verdacht, daß sich hinter den eintönigen Anwürfen des Besten Ktro eine Absicht verbarg. Seine Enttäuschung wuchs. Pto-Antok schüttete einen Wall von Vorwürfen auf, die in Widerspruch zu stehen schienen mit der Art und Weise, wie Pritratorix und Pto-Antok ihr Volk darstellten, mit ihrem eigenen moralischen Anspruch. Statt das Verbindende zwischen ihnen zu betonen, umhüllte sich der Beste Ktro mit flammenden Tiraden, die das erste zarte Grün in dem Niemandsland zwischen ihnen verdorren und eine unüberwindliche Wüste entstehen ließen. Das Bild des Mars, wie er ihn kannte, entstand vor seiner Erinnerung.

»Du bist weise«, erklärte der Herrscher lächelnd. »Die Wüste mit ihren Gefahren ist unser Schutz. Wir haben sie künstlich erzeugt. Niemand sollte versucht werden, diese todbringende Welt in Besitz zu nehmen. Wir wollten keine Nachbarschaft vor unseren Toren.«

»Ist euch die Schwelle nicht Schutz genug, habt ihr euch noch nicht weit genug verkrochen, beansprucht ihr zwei Planeten?«

Der Herrscher der Ktrotark lachte mit unbewegter Miene. »Ihr selbst nehmt doch die ganze Welt in Besitz, alle Planeten, deren ihr habhaft werden könnt.«

»Das widerspricht meiner Überzeugung.«

»Also bist du eine Ausnahme unter den Menschen.«

»Nein!«

»Wir wollen uns nicht streiten«, entgegnete der Beste Ktro sanft. »Es besteht die Gefahr, daß wir uns gänzlich mißverstehen.«

»Zwischen intelligenten, moralisch hochstehenden Formationen gibt es immer Möglichkeiten zur Verständigung.« Der Satz schoß Nekida wie eine Formel durch den Kopf. Wo hatte er ihn nur gelesen?

»O nein«, antwortete der Beste Ktro. »Deine Ansicht ist naiv mechanistisch. Wir haben uns schon vor langer Zeit Gedanken um die Konsequenzen einer Begegnung zwischen nichtverstehenden Zivilisationen – der intoleranten irdischen und der unseren – gemacht und sahen nur eine Alternative. Du befindest dich nach wie vor auf dem – Mars, auf einer seiner unzählbaren Möglichkeitsvarianten. Die Universen unterscheiden sich nur durch einen winzigen Faktor; der Tattmempetris sowie die Erde, hier wie dort, die Sonne und die anderen Planeten, die Galaxis, fast nichts unterscheidet sie, und doch gibt es einen wichtigen Unterschied: die Menschen!«

Es wollte Nekida unvorstellbar erscheinen, daß sie niemals den praktischen Versuch eines zweiseitigen Kontaktes unternommen hatten. Sie hatten einer Theorie vertraut, einem Orakel, wie sie es nannten.

»Ihr seid vor uns geflohen?«

»Es ist lange her.« Die Antwort war sanft und verzeihend.

»Und ihr haßt uns dafür?«

Erschrocken antwortete der Beste Ktro: »Das wäre töricht. Sollten wir euch hassen, weil ihr anders seid? Wir mieden den Kontakt, ja, wir verabscheuen eure Art zu leben. Aber hassen? Nein.«

Ein wenig dämpften diese Worte Nekidas Sorge und seine abwehrende Haltung. Er spürte sogar so etwas wie Zuneigung zu diesen merkwürdigen Wesen. Doch dieses Wandels noch ungewiß, verbarg er seine Gefühle hinter der Bitte, mit der Erzählung fortzufahren.

»Als man befürchten mußte, daß die Menschen eines Tages die Welt der Ktrotark heimsuchen würden, forschte man nach einem Ausweg. Der Beschluß wurde gefaßt, vor den Menschen zu fliehen. Doch die Besiedlung eines Planeten in einem weitentfernten Sonnensystem scheiterte an den technischen Möglichkeiten der damaligen Generation. Außerdem hättet ihr uns auch dort finden können.

Mit Hilfe des Großen Barg kamen wir schließlich auf eine genial einfache Lösung: die Barriere. Sie versprach absoluten Schutz vor jeder Art gefährlicher Eindringlinge. Es haben vor dir schon andere Menschen versucht, doch du bist der erste, der sie überwinden konnte.«

Wieder flammte mißtrauische Abwehr in Nekida auf. »Ihr habt meine Brüder getötet?«

»Niemand zwang sie, die Barriere zu betreten, im Gegenteil, Barg warnte sie.«

Nekida erinnerte sich des glücklich-rauschhaften Gefühls, dessen er sich nicht hatte erwehren können.

»*Du* hast es so empfunden, jedem begegnet die Barriere nach seiner Struktur. Barg weiß, mit welcher Absicht, mit welchen Gedanken und Gefühlen ein jeder kommt.«

»Selbst wenn ihr uns seit Jahrtausenden beobachtet, ihr habt kein Recht, uns nach euren Normen zu beurteilen!«

Pto-Antok reagierte nicht auf Nekidas Einwand. »Die Schranke läßt niemanden hindurch, der Aggressionen in sich trägt, niemanden, der den körperlichen Schmerz vor den geistigen stellt, die Lust der Erkenntnis wegen der des Körpers vernachlässigt, niemanden, der niederen, tierischen Instinkten unterlegen ist.«

Nekidas Körper spannte sich. Im Rücken spürte er sanft den Druck des Kraftfeldes.

»Das alles weiß euer Barg? – Also war keiner meiner Vorgänger Herr seiner niederen Instinkte? Eure Vorstellungen von den Menschen sind, verzeiht, Herrscher der Ktrotark, nicht zutreffend. Ihr maßt euch etwas an . . .«

»Nicht wir«, unterbrach ihn Pto-Antok voller Milde. »Barg! Er steht über uns allen.«

»Mag sein, über euch«, antwortete Nekida beherrscht. »Aber nicht über uns. Wir haben keine Götter.«

Einen Moment lang fürchtete Nekida, sein Hohn könnte den Besten Ktro beleidigt haben, doch Pto-Antok fuhr nachsichtig fort: »Barg ist kein Gott. Er ist der Herr der Großen Barriere. Ihn betrügt niemand.«

»Egal, wer er ist«, erwiderte Nekida, »Gott oder Maschine, er ist ein Produkt eurer Welt, nicht meiner.«

»Barg ist auch dein Herr, wenn er es für notwendig hält.«

Nekida vernahm die schallose Stimme des Besten Ktro. Plötzlich hatte er das Gefühl, als starrten ihn von den Wölbungen der Kuppel, die in einen metallisch-stumpfen Dunst eingebettet schienen, unsichtbare Augen an, durchdrangen seinen entblößten Leib wie eine kühle, wohltuende Flut, sein Körper würde in tausend winzige Fragmente gespalten, und jedes stellte einen universellen Organismus dar. Erst jetzt bemerkte er, wie unzulänglich sein früheres Sein gewesen war, die plumpe Uneinheit mangelhafter Glieder. Er war bereit,

Barg für die Befreiung zu danken, denn es war eine unendliche Lust, in tausendfacher Vollendung zu existieren. Er war keines eigenen Gedankens fähig und keiner Handlung. Er wußte nicht, wie lange das dauerte.

Seine Hände fuhren über den Körper, er spürte die Beweglichkeit der Glieder. Die Fingerspitzen nahmen die Wärme des Gesichts auf, die Muskeln beugten kräftig und mühelos die Arme.

»Wo ist Barg?«

»Du bist bereits in ihm.«

Unbestimmte, angenehme Eindrücke drangen auf ihn ein, vielleicht war es Musik, vielleicht Schreie eines Tieres. Etwas Fremdes außerhalb seines Denkens sog sein Erschrecken darüber auf; es nahm ihm die Entscheidung ab und wollte nur seine Dankbarkeit, für die es die Unverletzlichkeit der ewigen, unwandelbaren Welt der Ktrotark auf ihn übertrug und ihn damit unvergänglich machte.

Nekida kehrte zurück in seinen Körper. Sein Blick fiel auf Pto-Antok. Nicht er war der Herrscher der Ktrotark, Barg war die eigentliche Macht. Er hatte keine Vorstellung, in welcher Form Barg existierte. Wie konnte er einen solchen Einfluß auf sein Denken und Fühlen gewinnen? War das ein suggestiv erzeugter Effekt, oder ließen sie ihn ein berauschendes Gas einatmen? Sie hatten ihm ihre grenzenlose Macht demonstriert, sie oder Barg. Er mußte herausbekommen, ob Barg nur ein Werkzeug war oder eine reale Macht. Pto-Antok mochte eine Art Oberpriester sein, der die selbsterfundenen Weissagungen und Orakel des Barg in seinem Sinne deutete. Oder war er Mittler zwischen dem Ding Barg und der Bevölkerung?

Er war in Barg.

Sahen sie in Barg einen Weltgeist, der alles durchdrang? War es ein organisches oder maschinelles Monstrum, ein vergöttertes Monstrum? Hatte Barg die Ktrotark zu seinen Sklaven gemacht und beutete sie geistig oder wie auch immer aus? Aber was nützte es ihm? Wer hatte Barg geschaffen?

Er mußte sich behutsam zum Ziel tasten. Wichtig erschien

ihm die Frage, warum sie sich in krankhafter Manie von den Menschen abgeschlossen hatten.

Nekida mußte über seine Einfalt lächeln. Was nützte ihm diplomatische Taktik angesichts der Tatsache, daß sie jeden seiner Gedanken belauschen konnten.

Er blickte Pto-Antok spöttisch-erwartungsvoll an und vernahm gleich darauf dessen Gedanken.

»Auf Grund des Orakels begannen unsere Gelehrten seinerzeit, ihre Forschungen in eine bestimmte Richtung voranzutreiben. Sie entdeckten, daß in unendlicher Vielzahl Universen nebeneinander existieren, in einer zeitlichen und räumlichen Quasiparallelität, die durch eben jenen unscheinbaren Faktor möglich wird. Ich glaube, ihr würdet es eine thermodynamische Größe nennen. Faktor einer Zustandsgleichung. Diese Gleichung der parallelen Universen ist mit unserem Denken nicht mehr faßbar. Barg hat sie uns gegeben.«

Pto-Antok erstarrte in seiner aufrechten Haltung, die Hände über dem Schädel zusammengefaltet. Nekida hatte die Geste schon bei Pritratorix beobachtet. Offenbar war sie ein Ausdruck tiefster Ehrfurcht.

Eigenartigerweise weckte sie in ihm Mitleid.

Barg war den Ktrotark offenbar mathematisch überlegen, eine Rechenmaschine, eine Art superleistungsfähiger Computer, erhoben in den Rang einer Gottheit.

»Pto-Antok, wer hat Barg geschaffen?«

»Er war schon immer, er wird immer sein.«

Nekida fand seinen Verdacht fast bestätigt. Doch um die tatsächlichen Verhältnisse zu erkennen, mußte er noch einen Schritt weitergehen.

»Antworte, Barg, ohne meinen Willen zu manipulieren: Wer bist du?«

Der erschreckte Ausruf des Besten Ktro erstarb unter einem fast menschlichen Lachen. Pto-Antok neigte den Kopf tief unter die gefalteten Hände.

Nekida vernahm ein Wispern. »Sie haben meinen Ursprung vergessen.«

»Mit welchem Recht hast du dich zu ihrem Gott gemacht?«

»Sie haben mich gebaut.«

»Das ist keine Antwort. Warum vergaßen sie deine Herkunft?«

»Ihre alten Götter waren nicht mehr hinreichend. Ich sah, daß sie einen neuen brauchten. Ich wollte ihnen helfen. Dazu wurde ich gebaut.«

»Sie haben es nicht von selbst vergessen, nicht wahr?«

Die Stimme schwoll an. »Du bist vermessen, Mensch Nekida. Ihr alle seid so.« Dann sank sie zum Flüstern herab. »Es ist gut, daß die Schwelle da ist.«

Barg hatte ihm eine klare Antwort verweigert. Wütend rief Nekida: »Du hast dich ihrer bemächtigt! Was aber bewegte dich dazu, was hast du davon für einen Nutzen?«

»Bemühe dich nicht«, vernahm er Bargs Antwort. »Du bist ein Mensch. Du würdest es nie begreifen.«

Barg entzog sich jedem Zugriff. Offenbar hielt er es für notwendig, oder es bereitete ihm Genugtuung. Seine Macht war unbegrenzt. Der Unantastbarkeit der Großen Schwelle gewiß, spielte er ein Spiel, dessen Regeln er allein bestimmte. Nekida mußte sich wohl mit dem begnügen, was er von Pto-Antok erfahren würde.

»Wir suchten ein Universum«, fuhr der Beste Ktro fort, »in dem es euch nicht gab. Wir fanden schließlich eine Variante der Welt, in der unser Planet blühend, aber unbesiedelt von intelligenten Wesen war, ebenso wie der eure. Wir siedelten um, endlich frei von jeglicher Bedrohung, in eine Welt, in der ihr uns nicht stören könnt. Unser Glück kannte keine Grenzen. Dieser Zustand erzeugte tiefe Ruhe in uns und ließ Weisheit entstehen. Nichts hinderte uns mehr, nach dem wahren Sinn des Seins zu forschen. Um jeder Ablenkung aus dem Weg zu gehen, flogen wir nicht mehr zu den Planeten und schufen einen zweiten, künstlichen Himmel über unseren Städten. Auf diese Weise verwirklichten wir das erste große Orakel des Barg in der neuen Welt.«

»Und das zweite?«

Pto-Antok schwieg einen Moment. Er schloß die Augen, als lausche er einer inneren Stimme. Dann äußerte er, indem er an Nekida vorbeisah: »Barg riet uns, zur völligen Befreiung den Weg zu uns selbst in uns selbst zu suchen. Alles hatte und hat diesem großen Ziel zu dienen.«

Mit einemmal wurde Nekida deutlich, daß sie ihr eigenes Opfer geworden waren. Irgendwann, in grauer Vorzeit, mochten sie ein gigantisches Denkmonstrum gebaut und ihm den Auftrag eingepflanzt haben, die Welt für sie zu erkennen. Seiner Aufgabe untertan, hatte Barg begonnen, sich auszudehnen, geistig sowie auch materiell. Alles diesem einen Ziel unterordnend, wuchs er über seine Schöpfer hinaus, machte sie zu Sklaven ihres eigenen Vorhabens.

Nekida wagte nicht, weiter vorzustoßen. Mitleid forderte von ihm, die Kameraden hierherzuführen, um den Ktrotark zu beweisen, daß sie sich in den Menschen getäuscht hatten, daß sie selbst umkehren müßten. Das Bedürfnis, ihnen zu helfen, sie nicht in ihrer Abhängigkeit weitervegetieren zu lassen, entfesselte eine hektische Aktivität in ihm.

Er glaubte etwas Weltbewegendes zu versäumen, wenn er nicht sofort aufbräche. Er wollte Sendbote sein zwischen zwei Welten. Die Bedeutung des Begriffs berauschte ihn und machte ihn gleichzeitig unfähig, ihr Anderssein zu begreifen.

Der Beste Ktro hob eine Hand.

»Du hast Zeit, Nekida. Übereile nichts. Du bist unser Gast. Lerne unsere Welt kennen, ehe du zu deinen Artgenossen zurückkehrst.«

»Ich werde sie zu euch bringen! Ihr werdet sehen . . .«

»Rate ihnen ab hierherzukommen!«

Verzweifelt wehrte sich Nekida gegen den Befehl, und dieser Kampf schien all seine Energie zu verbrauchen. Sein Stammeln wirkte schlaftrunken. »Ich bin müde.«

»Du kannst dich hier regenerieren«, sagte Pto-Antok, »niemand wird dich stören. Wenn du erwachst, wirst du eine Mahlzeit vorfinden, die du ohne Bedenken zu dir nehmen kannst.«

Langsam sank der Beste Ktro in die Tiefe. Ein rotstrahlender Krater nahm ihn in sich auf. Einen Moment noch konnte Nekida Pto-Antoks düster-rote Silhouette erkennen.

Nekida erwachte. Er fühlte sich erholt und heiter. Sein Körper war warm und von einer Frische, als hätte er soeben ein Bad genommen. Würziger Duft stieg ihm in die Nase. Er wälzte sich herum. Erschrocken starrte er in die Tiefe, dann erinnerte er sich, wo er war. Er lächelte mit komischem Entsetzen, als er daran dachte, daß er stundenlang ruhig, mitten im Raum schwebend, geschlafen hatte.

Er richtete sich auf. Sein Blick fiel auf eine bauchige Schale. Pto-Antoks Hinweis fiel ihm ein. Vorsichtig kostete er von dem gelben, sirupartigen Inhalt. Der Geschmack glich dem Aroma blühender Blumen. Nach der Mahlzeit fühlte er sich gesättigt und voller Energie. Er lauschte in die Stille, die ihn umgab. Sie war so unnatürlich absolut, als versuche ein zweiter, seine Anwesenheit zu verbergen. Nekida bemühte sich, seine Gedanken zu einem nicht wahrnehmbaren Flüstern zu dämpfen, doch es gelang ihm nicht, ihrer Herr zu werden.

Nie hatte er auf der Erde solche Stille vernommen. Er kam sich belauscht vor.

Was mochten die Marsianer jetzt tun? Arbeiteten oder schliefen sie?

Plötzlich durchdrang ihn wieder die Vision, sein Körper zerflösse, löse sich auf in die einzelnen Glieder, immer weiter und immer weiter. Und in jedem Partikel steckte die Macht des Herrn der Welt: Zusammengefügt ergaben die Teilchen ein Monstrum an Ohnmacht.

»Du willst wissen, was sie jetzt tun?« wisperte eine Stimme in ihm. »Komm.«

Schwerelos erhob er sich in das Dämmerdunkel der Kuppel. Von einem rubinroten Lichttropfen umflossen, schwebte er über dem Dach. Die Stadt lag im Halbdunkel. Rasch flohen die Schatten, die über dem Platz lagen.

Im weiten Rund der Vogelskulpturen standen reglos Tausende von Ktrotark. Als erwarteten sie etwas, waren ihre Gesichter dem Zentrum des Platzes zugekehrt. Da senkten sich aus dem Dunkel der Höhe zwei der flachen Scheiben in den Lichtdunst des Feldes. Ihre langen, silbrigen Geißeln peitschten spielerisch um ihre Peripherie.

Die Köpfe der Ktrotark reckten sich ihnen entgegen. Zehn Meter über ihnen verharrten die Scheiben. Ihre unzähligen dünnen Arme sanken herab, wogten dicht über den Köpfen der Ktrotark. Es schien Nekida, als drängten sich die Bewohner der Stadt ihnen entgegen. Plötzlich kippten die Scheiben um fünfundvierzig Grad. Die an den abwärts geneigten Seiten befindlichen Geißeln ergossen sich wie eine silbrig schimmernde Flut langgestreckter Fischleiber über die darunter harrenden Ktrotark. Als die Scheiben in die Waagerechte kippten, baumelte an jeder von ihnen, von silbernen Fäden umschlungen, ein Ktrotark. Die Geißeln streckten sich zum Strahlenkranz, wölbten sich über die Scheiben hinaus und schleuderten ihren Gefangenen in die Mitte. Würdevoll erhoben sich die beiden und nahmen im Zentrum Platz. Auf ihren starken Schwanz gestützt, lehnten sie sich zurück, neigten Kopf und Handflächen tief gegen ihre Plattform.

Zum zweiten Mal hörte Nekida einen Schallaut der Ktrotark. Ein tausendkehliges, dumpfes Stöhnen erhob sich über der dichtgedrängten Menge, quoll auf wie ein unterdrückter Jubelschrei. Er erinnerte Nekida an jene erste Begrüßung durch Pritratorix. Danach herrschte wieder Stille.

Handelte es sich um eine religiöse Zeremonie, eine Kulthandlung oder um ein sportliches Schauspiel? Wie in einer Massenhypnose waren die Ktrotark erstarrt und blickten mit unnatürlich gereckten Hälsen aufwärts.

Langsam entfernten sich die beiden Scheiben voneinander, machten unvermutet kehrt und rasten mit zunehmender Geschwindigkeit aufeinander zu. Im Vorbeigleiten rissen sie sich gegenseitig Büschel ihrer Geißeln aus, die weitverstreut zu Boden wirbelten. Im zweiten Anflug prallten sie gegeneinander. Gleich kämpfenden Ungeheuern, bäumten sie sich auf, durch ihre flachen Leiber lief ein Zucken. In wahnsinnigem Wirbel peitschten die Tentakel aufeinander ein und hinterließen in den Scheibenkörpern tiefe, dunkle Furchen. Wie Blitze zuckten die Silberfäden hin und her. Mitunter krümmten sich die Scheiben zur Rolle, verdichteten sich zur Kugel, schnellten wieder auseinander, um erneut mit furchtbarer Wucht auf den Gegner einzudringen. Die beiden Ktrotark standen unverändert, gaben keine Regung von sich.

Festgebannt auf seinen Platz, verfolgte Nekida voller Grauen den Kampf. Sollte das etwa eines der Vergnügen der Ktrotark sein? Entsetzen schüttelte ihn, und wie ein Echo hallten Bargs Gedanken: »Siehst du, Mensch Nekida, das sind sie, degeneriert und meiner bedürftig.«

Nekida kam zu keiner Erwiderung. Einer der Scheiben war es gelungen, der anderen beträchtliche Mengen ihrer Körpersubstanz herauszufetzen. Aus den lappigen Wundrändern sprühte eine glitzernde Flüssigkeit. Immer wilder peitschte die überlegene Scheibe auf die andere ein, immer furchtbarer wurden die Wunden des geschwächten Gegners. Als dieser etwa ein Drittel seines Körpers verloren hatte, fiel er plötzlich in sich zusammen und stürzte mitsamt seinem Piloten in die Tiefe. Unbeachtet von den Zuschauern, klatschte die Masse auf das freie Rund des Platzes. Nekida wollte sich abwenden, doch das Schauspiel war noch nicht zu Ende.

Einen Augenblick schwebte die siegreiche Scheibe wie erstarrt in der Luft. Dann wölbten sich ihre Ränder über dem Ktrotark zusammen. Als sie sich Minuten später öffneten, war der Ktrotark verschwunden. In der Mitte des Kreiskörpers erhob sich ein dunkler Buckel, der vorher nicht dort gewesen war. Nekida schüttelte sich.

»Warum hast du mir das gezeigt, Barg?«

»Es ist ihr Vergnügen.«

»Genauer, Barg!«

In Nekida sang eine ferne Stimme; unendliche Weite tat sich vor ihm auf. Er brauchte nur emporzusteigen, um sie freischwebend zu durchmessen und zu besitzen. Die Dimension ängstigte ihn, er wehrte sich dagegen, kaum noch Herr seiner selbst.

»Laß das, Barg.« Seine Stimme war ein Stöhnen. »Du mißbrauchst deine Macht. Ich will es nicht. Ich will, daß du meine Frage beantwortest.«

Der singende Ton verstummte. Barg zögerte.

»Wir kennen ein klassisches Sprichwort«, sagte Nekida. »Brot und Spiele. Ist es das?«

»Verstehe, Mensch«, flüsterte die Stimme. »Ihr harmonisiertes Leben braucht einen Gegenpol: Spannung. Ich habe es für SIE erfunden.«

»Du teilst ihnen ihr Leben zu!«

»Sie haben es in mein Ermessen gelegt.« Bargs Stimme war sanft. »Sie können meiner nicht mehr entbehren.«

»Was wäre, wenn sie sich von dir trennten?«

Ein unterdrückter Ton des Entsetzens antwortete Nekida.

»Was wäre?«

Die Stimme hauchte. »Sie würden sterben.«

»Du lügst! *Du* würdest sterben. Ist es nicht so?«

Vor Nekida öffnete sich wieder die grenzenlose Weite, und schmeichelnd wisperte die Stimme in ihm: »Das alles gehört dir, Mensch. Frag nicht weiter nutzlose Fragen. Ich will dir die Welt offenbaren. Du sollst mehr erkennen, als je einem Menschen gegeben sein wird.«

Es war fast unmöglich, zu widerstehen. Mit äußerster Mühe konzentrierte Nekida seine Gedanken.

»Wenn du mich zum Schweigen bringen willst, Barg, mußt du mich töten. – Du beherrschst sie, du nutzt ihre Erkenntnisse aus, denn sie können etwas, was dir künstlichem Monstrum versagt bleibt. Du brauchst ihre Phantasie, um dich weiterzuentwickeln. Du bist entartet, deine Existenz ist zum Selbstzweck geworden!«

»Sie sind glücklich, sie sind frei. Ein jeder kann tun, was ihm beliebt. Ich zwinge niemanden.«

»Du bemächtigst dich ihrer Gehirne, du entleerst sie.«

»O nein.« Barg lächelte.

»Du verrätst dich, Monstrum. Natürlich saugst du nicht

ihre Gehirne leer. Wie könnten sie dann noch von Nutzen sein?«

»Du bist klug, Mensch.«

»Aber warum tust du das?«

»Sie haben mich geschaffen, sie wollten es«, kam die stereotype Antwort.

Nekida versuchte sich zurückzuziehen, gedanklich zu schweigen. Doch seine Gedanken waren in Aufruhr. Barg hatte erreicht, was er wollte. Nekida erschien es nun naiv und unmöglich, die Kameraden mit dem Ziel hierherzuführen, diesem Volk zu helfen. Sie waren zu verschieden. Sie hatten nichts Gemeinsames, Verbindendes.

»Nicht einmal das Gefühl der geschlechtlichen Liebe«, ergänzte Barg seine Gedanken. »Sie kennen keine getrennten Geschlechter.«

»Es ist nicht sinnvoll, wenn ich länger verweile. Laß mich zurückkehren«, verlangte Nekida. »Vielleicht kommen wir eines Tages zurück, wenn du nicht mehr bist, Barg. Vielleicht finden wir dann einen Weg zu unseren Nachbarn.«

Ein wütender Aufschrei drang schmerzhaft in sein Gehirn. »Hast du noch immer nicht begriffen, daß ich ewig bin, ewig und allmächtig. Ihr könnt kommen. Ich fürchte die Menschen nicht. Muß ich dir noch einmal beweisen, daß meine Macht unendlich ist?«

Nekida spürte eine entsetzliche Schwäche und fürchtete hinabzustürzen in Bargs unergründliche Tiefe. Doch der rote Strahl stützte seinen zitternden Leib und zog ihn langsam mit sich.

Unter Nekida öffnete sich der Boden. Der rotglimmende Krater nahm ihn in sich auf. Das Licht blendete ihn. Er kniff die Lider zusammen, doch er empfand keine Angst mehr, nur ungeduldige Erwartung. Er war überrascht, als er Bargs Liebe spürte. Er hatte das Verlangen, Barg nie wieder zu verlassen. Es zog ihn zu ihm hin unwiderstehlich, mit einem lustvollen Gefühl.

Nekida schien es, als bewege er sich schwebend in einem unendlichen Volumen. Er selbst war ein unvorstellbar kleiner Raum in dieser Grenzenlosigkeit. Völlig in der Gewalt des Barg, vergaß er die Welt, der er entstammte. Er war Barg.

»Ich bin in dir, du bist in mir. Du bist ich, Nekida. Wir sind unverwechselbar geworden und untrennbar, wenn ich will.«

Nekida hatte aufgehört zu existieren. Es gab niemanden mehr, der den Widerspruch in Bargs Worten entdecken konnte. Er war glücklich. Nichts hemmte ihn. Er konnte sich in seiner Unendlichkeit entfalten, und es bereitete ihm Lust, sich auszudehnen. Nichts außer dieser Lust erschien ihm wichtig.

An den Grenzen des Alls öffneten sich schmale, wulstige Spalten. Barg betrachtete ihn.

»Bist du das, Barg?«

»Ja.«

»Wir sind ein Monstrum, Barg.«

»Du bist es.«

Zitternd schrumpfte Nekida zusammen. »Alles, was anders ist als ich, ist Monstrum!«

Die Worte waren nicht aufzuhalten. Er hatte sie nicht denken wollen. Sie waren ihm entquollen wie durch einen Riß. Etwas Fremdes.

Barg stieß ein erschreckend menschliches Lachen aus. Tief dröhnte die Stimme in Nekidas Gehirn: »Nun bist du ehrlich, Nekida, einmal warst du ehrlich, durch mich, das Monstrum. Hast du nun begriffen, daß auch du dir selber fremd bist, daß du nichts von dir weißt? Warum bist du auf den Mars gekommen? Du weißt es nicht! Warum bist du Bordingenieur? Du weißt es nicht.«

»Es ist meine Aufgabe«, stammelte Nekida. »Ich habe als Mensch eine Aufgabe.«

»Ihr wißt so wenig von euch, ihr Armseligen, und durchmeßt doch den unendlichen Raum.«

Seiner selbst verunsichert, empfand Nekida nur nutzlose Glieder und Gedanken. Er fürchtete um die Einheit seiner Worte und Handlungen. Hastig, um etwas zu tun, redete er, dachte es wortlos. Die Gedanken überschlugen sich, verließen ohne die Kontrolle der Vernunft sein Unterbewußtsein. Nur eines war ihm klar: Dies war die letzte Chance, Barg von den Menschen zu überzeugen. Der Gedanke verfolgte ihn. Er mußte beweisen, daß die Menschen gut waren. Er suchte nach Formulierungen, die ihre schöpferische Kraft bestätigten.

»Wir betreiben den Fortschritt«, flüsterte er, »den Fortschritt. Allen Wesen den Fortschritt . . .«

Schweiß rann ihm über die Stirn. Er schämte sich seiner banalen Gedanken, doch sein Gehirn stieß sie aus, und es war sowenig zu verhindern wie der Würgereiz eines kranken Magens. Barg hatte ihn vergiftet, und nun erbrach er.

Taumelnd bewegte sich Nekida auf einer grenzenlosen Fläche. Um ihn war nichts Vertrautes. Seine Ängste waren Rudimente einer anderen Welt. Er überwältigte sie und schrie: »Ich werde dich umbringen, Barg!« Während ihm klar wurde, daß auch das Bargs Werk war, stöhnte er: »Ich werde deine Sklaven von dir befreien.«

»Ich könnte dir befehlen, mich zu töten, könnte dir befehlen, dich umzubringen: Beides wäre ein Verbrechen an dir. Sie jedoch brauchen meine Befehle. Sie sind nichts ohne mich.«

»Du lügst schon wieder.«

»Glaubst du noch immer, du könntest beide Welten miteinander mischen? Entscheide selbst.«

Nekida fühlte sich auf festen Grund gestellt. Seine Füße hatten einen Halt, doch er konnte nicht erkennen, was es war. Er kehrte in sich zurück und sammelte seine Gedanken. Barg beeinflußte weder sein Bewußtsein noch seine Gefühle.

Zögernd, seiner Selbständigkeit noch unsicher, begann er: »Beide Welten sind sich so fremd, daß sie sich nie begreifen werden. Doch keine Fremdheit ist so absolut«, er klammerte sich wie ein Ertrinkender an die Worte, »daß nicht wenigstens ein Gedanke, eine verbindende Idee existierte.«

»Doch wozu?« entgegnete Barg. »Man würde dieses eine Fragment herausreißen aus einem Wust von Unverständlichem, in dem es organisch gewachsen ist. Was also nützte eine solche gewaltsame Zertrennung? Es ist die menschliche Überheblichkeit, die annimmt, das Menschliche wäre den andern unentbehrlich, es ist die menschliche Unersättlichkeit, die danach trachtet, mittels der Produkte Fremder den eigenen Weg zu kürzen. Schlag es dir aus dem Kopf, Mensch. Versagst du doch bereits bei dem Erkennen meiner eigenen Stellung und Funktion und bist nur in der Lage, sie mit menschlichen Maßen zu messen.«

Nekida war überrascht. Die Worte seines Gesprächspartners waren von einem Eifer, den er nicht erwartet hatte. In aufflackerndem Mißtrauen überprüfte er sich, fühlte sich aber in keiner Form von außen beeinflußt. Offenbar hielt Barg es für zweckmäßiger, mit ihm als Partner zu verhandeln, ehe sie ihre Beziehungen beendeten. Beruhigt spürte Nekida in sich weiterhin den Wunsch, beide Welten zusammenzuführen, doch sagte ihm sein Verstand, daß es unmöglich war. Er mußte die fremde Welt so akzeptieren, wie er sie vorgefunden hatte, wie immer es dazu gekommen war. Alles andere war Einengung.

Barg lachte, das Weltall dröhnte.

»Du wolltest ein Gott sein, Nekida. Das ist euer Wahn. Hier bin ich Gott. Vor Äonen von ihnen geschaffen, wuchs ich und wurde ihr Schöpfer. Nun sind wir eins. Der Kreis ist geschlossen, der höchste, letzte Schritt getan. Laß uns!«

Während er sich von Barg entfernte, vernahm er dessen Worte. »Deine Brüder, Nekida, werden an der Barriere scheitern. Warne sie!«

In seinen Kopfhörern erklang beruhigend das Peilzeichen des Raumschiffes. Buck schwieg noch immer. Hastig trat Nekida aus der Höhle. Mit einer Hand überprüfte er den Sitz der Waffe.

Der Sandsturm hatte sich gelegt. Es dunkelte bereits. Er hatte Pritratorix am frühen Nachmittag verlassen. Doch eine Erklärung für das Phänomen zu suchen, hatte er jetzt keine Zeit.

Als er den Ausgang der Schlucht erreichte, erblickte er

zwanzig Meter vor sich die Kröte. Buck mußte sie in der Zwischenzeit flottbekommen haben. Sie stand unversehrt auf einem kleinen, blankgefegten Plateau.

»Buck!« Sicherlich hatte er ihn den ganzen Tag lang gesucht.

»Buck, melde dich!«

Nekida rannte auf die Schildkröte zu.

Buck lag auf der anderen Seite, halb aufgerichtet, mit dem Gesicht gegen den Panzer des Fahrzeugs. Aus seinem Rükken ragte das Ende eines beinernen Pfeils.

Im Fallen riß Nekida den Strahler hoch. Eins ihrer Geschosse klatschte über ihm an die Panzerung. Der breitgefächerte Energiestrahl stieß gegen die Dünen, schleuderte aufglühenden Sand hoch, zerfetzte die Ränder der Felsspalten. Verkohlte Glieder der Spindelkörper wirbelten durch die dünne, kalte Luft. Fette, raupenartige Leiber wanden sich, vom Energiestrahl getroffen. Blitzschnell versuchten sie ihre Blasrüssel zu erheben, um die tödlichen Geschosse gegen den Menschen zu schleudern, ehe sie mit unangenehmem Zischen verdampften.

Nach einigen Sekunden lag vor Nekida ein kochender Lavasee. Angewidert ließ er den Strahler sinken. Es mußten etwa zehn gewesen sein. Einzig seiner Reflexreaktion hatte es Nekida wohl zu verdanken, daß er noch lebte.

Buck war tot. Der Schutzanzug hatte ihn davor bewahrt, von den Tieren gefressen zu werden. Nekida legte den Toten in die Heckkammer. Wie ein Automat führte er Bucks letzte Arbeit zu Ende und befestigte die vom Sturm abgerissene Außenantenne. Dann stieß er in die Schleuse und wartete apathisch, bis sie mit irdischer Atmosphäre gefüllt war. In einem Zustand depressiver Erschöpfung befreite er sich langsam von seinem Schutzanzug. Kraftlos betrat er die Kabine und ließ sich in seinen Sessel fallen. Er lächelte schmerzlich über die Gewohnheit und setzte sich in den Sessel des Fahrers. Armer Buck, dachte er, du wolltest Großes vollbringen.

Sollte er den Marsianern die Schuld an Bucks Tod geben?

Niemand hatte die Menschen gerufen. Sie waren die Eindringlinge, und diese Welt war gegen sie programmiert. Die Marsianer hatten nichts weiter getan, als ihre Welt nach ihrem Gutdünken zu verwenden. Es fiel Nekida schwer, doch er mußte sich damit abfinden, daß sie ein Recht darauf hatten.

Nervös flackerte seit geraumer Zeit das rote Auge der Rufanlage. Nekida ignorierte es einfach eine Weile, doch dann gab er dem drängenden Zeichen nach.

Ein Schwall erregter Rufe schlug aus dem Lautsprecher. Nekida preßte den Kopf zwischen die Hände. Die lauten Fragen kamen ihm aufdringlich vor. Geronimo erschien auf dem Bildschirm.

»Seit Stunden meldet ihr euch nicht! Was ist los? Ist euch im Sandsturm etwas zugestoßen? Wo ist Buck?«

Nekida sagte, daß Buck tot sei. Die Stimmen im Hintergrund verstummten, dann sagte Geronimo leise: »Dieses verdammte Viehzeug.« Sein Atmen füllte die Stille nicht aus. »Ist die Kröte in Ordnung?«

Nekida überprüfte flüchtig einige Instrumente. Geronimos Gesicht entspannte sich.

»Wir sind fast alle unterwegs. Seit drei Stunden haben wir nichts mehr von euch gehört.«

»Drei Stunden?« Nekida starrte ungläubig auf die Uhr in der Kabine. »Irrst du dich auch nicht? Nach meiner Armbanduhr ist heute der Neunzehnte, achtzehn Uhr dreißig.«

»Schmeiß sie weg«, sagte Geronimo. »Wir haben den Achtzehnten. Heute morgen seid ihr losgefahren.« Er musterte Nekida aufmerksam. »Die Sache mit Buck, der Sandsturm, das hat dich mitgenommen. Halt durch, bleib in der Kröte, in einer viertel Stunde sind wir da. Denk dran, heute ist der Achtzehnte.« Geronimos Bild verblaßte.

Nekida sah auf die Uhr. Die Zahl 19 schimmerte gelblich in dem kleinen Fenster auf seinem Handgelenk. Er erinnerte sich des thermodynamischen Faktors und lächelte matt.

Nekida blieb im Dunkeln sitzen. Rötlich glühend strahlte

von draußen der erkaltende Lavasee herein. Dann erschienen als helle Lichtpunkte die Scheinwerfer der vier Gleiter am Himmel.

Während Nekida sprach, bemerkte er in den Gesichtern seiner Kameraden Erstaunen und Unglauben. Die Erzählung vom Kampf der fliegenden Scheiben löste Abwehr aus.

Wichtig erschien Nekida vor allem die Begegnung mit Barg. Doch es fiel ihm schwer, ein anschauliches Bild zu geben. An verschiedene Einzelheiten konnte er sich nur mit Mühe erinnern, und manchmal kam es ihm so vor, als gebrauche er Bargs Gedanken als seine und umgekehrt. Die quälende Unruhe, etwas vergessen zu haben, blieb. Als er seinen Bericht beendet hatte, war ihm klar, daß er sich endgültig von der Vorstellung lösen mußte, Mittler zwischen zwei Welten zu sein. Die Menschen hatten dort nichts zu suchen. Bargs Welt war unbegreiflich. Es fiel ihm schwer, soviel Fremdheit zu respektieren. Waren sie glücklich? Er wußte nicht einmal, ob dieses Wort überhaupt anwendbar war. Sollten sie ungestört bleiben. Es war ihr Wille, es war Bargs Wille, wie auch immer.

Nachdenkend den Blick gesenkt, lehnte sich Geronimo zurück. Seine Hände umspannten die Armstützen, so daß die Sehnen die dunkle Haut seiner Arme mit hellen Streifen zeichneten. Die Lippen hatte er zu einem Strich zusammengepreßt. Hinter den Lidspalten verschwanden seine Augen fast ganz.

Von der Erzählung gepackt, schwiegen auch die anderen, als erwarteten sie noch etwas, was die ganze Geschichte erklären würde. Doch Nekida hatte nichts mehr hinzuzufügen.

Geronimo sah seine Männer an. Ein Teil von ihnen hatte in der Kabine der Kröte Platz gefunden, die anderen hatten den Bericht über die Bildschirme verfolgt.

»Wir können die Sache nicht auf sich beruhen lassen. Es ist nicht anzunehmen, daß Nekida geträumt hat. Wir stehen wohl einem fast unglaublichen Phänomen gegenüber.« Er blickte den auffahrenden Nekida ruhig an. »Verzeih, es war so dahingesagt.« Er ließ den Blick über die Gesichter gleiten. »Wir sollten mit Beweisen zur Erde zurückkehren.«

Sie stimmten – gegen Nekida – für sofortigen Aufbruch.

Der Zug der siebzehn Kosmonauten bewegte sich den engen Gang hinab. Vom gleißenden Schein der Lampen geblendet, flohen die lichtscheuen Spindeln tief in die Felsen hinein.

Der runde unterirdische Raum erstrahlte taghell. Wie hinter einer dunstigen Unendlichkeit verschwand die gegenüberliegende Felswölbung. Die Barriere im Zentrum der Höhle warf unruhig pulsend das Licht zurück. Schweigend drängten sich die Menschen am Eingang der Höhle.

Nekida trat vor. Er sah ihre ernsten, erwartungsvollen Gesichter und fühlte seinen Mut schwinden: Sie würden auf keine Warnung hören. Er würde seinen Auftrag erfüllen, der Rest war ihre Sache. Es lag nichts mehr in seiner Macht. Fast gegen seinen Willen öffnete er den Mund.

Sie blickten ihn selbstsicher an. Er erinnerte sie an Kubeg-Balin und seine Leute, wies auf die Waffen in der Nähe der Wand.

»Das ist zwanzig Jahre her«, sagte Geronimo. »Wir sind eine neue Generation. Uns wird Barg den Eintritt nicht verweigern, denn uns bewegt nur ein Gedanke: zum Wohle aller Lebewesen beizutragen. Wir glauben fest an unseren Auftrag als Menschen. Er kann sich dem nicht verschließen.«

Nekida schüttelte den Kopf. »Kennt sich ein jeder so gut, daß er sicher sein kann, die Schwelle heil zu überwinden?«

»Geh, Nekida.« Sie waren ungeduldig.

Nekida trat in das Zentrum der Höhle. Wieder spürte er die gleiche euphorische Gelöstheit. Unter einem glückhaften Zwang legte er seine Waffe ab und fiel in die unfaßbare Dimension der Barriere. Barg ließ ihn ungehindert passieren. Es dauerte nur Sekunden, bis er wieder vor seinen Gefährten stand.

Langsam gingen sie auf die Barriere zu. Das Licht der Scheinwerfer löste sich im Nebeldunst auf. Seitlich von ihnen stehend, beobachtete Nekida sie.

Nach einigen zögernden Schritten blieben sie stehen. Die Gesichter wandten sich ihm zu, doch es schien ihm, als wichen sie seinem Blick aus. Unruhig irrten ihre Blicke umher, als suchten sie etwas Vertrautes, einen Halt. Ihre Augen waren weit geöffnet, aber sie sahen nichts. Es war, als konzentrierten sich ihre Sinne auf eine innere Wahrnehmung. Angst verzerrte ihre Züge, sie atmeten heftig und stoßweise. Die Gesichter glänzten von Schweiß.

Nekida schritt an der Front der Schutzanzüge entlang. »Was ist, was sagt Barg euch?«

Mit starren Körpern, fast ohne die Füße zu heben, wichen sie zurück, blieben scbweigend, in sich versunken, stehen. Wie aus einem Schlaf tauchten sie nach einigen Augenblikken in der Gegenwart auf, belebten sich.

Jemand sagte mit trauernder Stimme: »Wir sind die ersten Menschen, wir haben versagt.«

Nekida musterte sie erstaunt. »Habt ihr es euch überlegt? Hat Barg euch gesagt, daß sie allein bleiben wollen?«

»Barg hat uns beschämt.«

»Geronimo . . .!«

Der Kommandant warf ihm einen kurzen, verlegenen Blick zu.

»Hat Barg gedroht, euch zu töten?«

Geronimo schüttelte den Kopf. Er musterte seine Männer, lächelte dann. Es lag etwas wie eine Entschuldigung in seiner Miene, in dem verstohlenen Zucken der Mundwinkel. »Barg hat uns kurzgeschlossen. Er hat unser Unterbewußtsein geöffnet. Wir kennen nun unsere geheimen Wünsche, unsere unbewußten Regungen. Mehr hat Barg nicht getan.« Geronimos Lächeln bekam einen Anflug von Ironie. »Wenn wir hier umkämen, würde man uns ein Denkmal setzen. Würde trauern um die opfermütigen, selbstlosen Männer mit den Eigenschaften echter Kosmonauten.« Er unterbrach sich und fuhr nach einem Moment des Nachdenkens fort: »Was wußten wir mehr von uns, als daß wir über einigen Mut verfügen, über etwas notwendige Disziplin und Fachwissen. Für die Erfüllung unserer Aufgabe reichte unser

Wissen über uns selbst. Das hier geht darüber hinaus, über unsere Aufgabe, doch vor allem über unsere Selbsterkenntnis.«

»Zweifelt ihr an euch, an eurer Selbstlosigkeit, an eurem Mut, an eurer Pflichterfüllung gegenüber den Menschen?« Nekida schaute Geronimo ungläubig an.

Der Kommandant erwiderte seinen Blick. »Es werden neue Expeditionen kommen. Doch ob es jemals eine Garantie geben wird, daß andere nach uns die Barriere überwinden, weiß ich nicht. Letzten Endes ist es vielleicht besser, ihre selbstgewählte Isolierung nicht zu verletzen. Wer will das entscheiden?«

Er umfaßte Nekidas Schulter, und wie zwei alte Freunde gingen sie den sanft ansteigenden Gang entlang. Niemand fand ein passendes Wort, sie entfernten sich schweigend.

Ein unglaublicher Planet

Der Großkreuzer des intergalaktischen Liniendienstes hatte die Lichtmauer überwunden. Wie ein Schemen jagte er durch den Hyperraum. Seine Existenz war mit keinem sinnlichen Begriff mehr zu beschreiben. Er hatte sich aufgelöst in eine methaphysische Unendlichkeit, unsichtbar, unmeßbar, weder konkrete noch mathematische Größe.

Die Reisenden waren wohlauf. Ein schwingender Ton zeigte an, daß der Sprung in die andere Dimension vollzogen war. Für die Gehörlosen gaben Lichtsignale die Entwarnung, bei den reinen Tastern vibrierten die Segmente unter ihren Fühlern.

In achtundvierzig Stunden würde sich das gleiche in umgekehrter Richtung wiederholen. Millionen Lichtjahre von der Magellanschen Wolke entfernt, würde die Raumscheibe wieder in den Normalraum transferieren.

Grünspan lehnte sich zurück. Ihm war warm. Die Luft roch fad, eigentlich nach nichts. Sinnlos, sich über die Hitze zu beschweren, er reiste in der Touristenklasse. Die nichtirdischen Reisenden litten sicherlich ebenfalls, allerdings unter der ungewohnten Kälte.

Unfähig, sich einen Hauch Kühlung zu verschaffen, erschlaffte er vollends. Dann jedoch verfluchte er seine Empfindlichkeit und raffte sich auf.

Mit tiefem Unbehagen erlebte er jedesmal das unbegreifliche Manöver, und in quälerischer Lustaufwallung wartete er auf die Katastrophe.

Mehr als hundert Raumdurchgänge lagen hinter ihm. Genausooft war er von den Toten auferstanden, mit grimmiger Erbitterung und in der Gewißheit: Eines Tages würde die verdammte Technik auseinanderbersten, irgendwann. Sein

Direktor würde eine kleine Rede halten, ihn ein Opfer seines Pflichtbewußtseins nennen. Die Medaille für treue Dienste wäre fällig. Postum!

Enttäuscht ließ er die Sessellehnen fahren, zog ein Tüchlein aus der Tasche, tupfte sich die Stirn. Tief inhalierte er die Essenzen, mit denen es getränkt war. Er fühlte sich verbraucht, ausgelaugt von den Strapazen des Berufs. Seine Mission war längst erfüllt. Was hinderte ihn, mit dem nächsten Charter zur Erde zurückzukehren, um sie nie wieder zu verlassen? Ehrgeiz? Nein. Er trug in sich den Willen zu helfen, eben sein kosmisches Bewußtsein. Er schloß die Augen.

Perhaldous, der Planet der Wohlgerüche, zu schwach der Ausdruck, es waren Symphonien, Düfte wie Träume. Das Fächern seiner Hand erstarb. Er war berauscht von überirdischen Aromen. Auch das würde ihm fehlen auf der Erde. Der Gedanke, jetzt zurückzukehren, erfüllte ihn mit Wehmut. Und doch, plötzlich erinnerte er sich lang entbehrter Dinge. Die Augen wurden ihm feucht. Wie lange hatte er die Erde nicht gesehen? Seine Erde, die Einzige, sein paradiesischer Planet, blau wie das Auge Manas, rein und licht . . .

Ein hilfesuchendes Röcheln unterbrach seine Meditation. Er setzte sich jäh auf und spähte um die Kante seines Sessels.

Der Zentralraum der Zelle war belegt mit Passagieren sauerstoffatmender Gattungen. Während der Transformation war es verboten, sich in den Kabinen aufzuhalten.

Grünspan beugte sich weiter vor und begegnete zwei gelbglitzernden, irisgeschlitzten Augen.

»Würden Sie die Güte haben«, zischte der Nachbar, »die Quelle jenes unerträglichen Geruchs zu entfernen. Bemerken Sie die Abwehr meiner Pigmente nicht, oder ist Ihre Gattung farbenblind?«

In der Tat wies die chlorophyllfarbene Haut des Reisenden eine Anzahl gelber Flecke auf. Grünspan stammelte eine Entschuldigung.

Während er noch nach Worten suchte, zog sich der Fremde mittels dreier Tentakel an der Sessellehne hoch und schwenkte, indessen der Rest seines Leibes zusammengerollt auf dem Sitz verblieb, den oberen Teil des Körpers zur anderen Seite hinüber. Röchelnd bemerkte er zu seinem linken Nachbarn: »Es scheint noch immer Individuen zu geben, die sich auf intergalaktischem Parkett nicht zu bewegen wissen. Gutes Benehmen wird einem bei uns schon als Ei injiziert!« Vier seiner Tentakeln legten mit erregter Gebärde seinen purpurnen Überwurf in anmutige Falten.

Grünspan starrte erschrocken auf den Würmer. Unauffällig stopfte er das Tüchlein in den Mülltrichter, deutete im Sitzen eine Verbeugung an. »Grünspan! Ich reise in Geschäften.«

Der fremde Reisende zog seinen Kiemenspalt zusammen, ließ mißtrauisch seine Panzerplatten halb über die Augen rutschen und schnüffelte demonstrativ. Dann stellte er sich mit der knappsten Formel vor, die das Interstellar für solchen Anlaß kannte. Grünspan verstand den Namen nicht, fühlte sich aber erleichtert. Der Würmer wandte sich ab, um das Gespräch mit seinem anderen Nachbarn wieder aufzunehmen.

Erschöpft ließ sich Grünspan in die Polster sinken. Seine Finger strichen rhythmisch über die Schläfen. Ein Hauch perhaldousscher Aromen war an ihnen hängengeblieben.

Sein Beruf forderte von ihm die Fähigkeit, mit Außerirdischen umgehen zu können. Er hatte alle einschlägigen Lehrgänge, Schulungen und Kurse mit Auszeichnung absolviert und bereits hervorragende Proben seiner weltmännischen Gewandheit geliefert.

Schaudernd, doch voll Stolz gedachte er der Prinzessin von Tarantagruel, die er nur mit dem Hinweis auf den politischen Akzent des Vorgangs hatte davon abhalten können, ihn als Zeichen ihrer Zuneigung zu verzehren. Dabei hatten beide Rassen nur geringfügige Ähnlichkeiten, und ihm war bis heute unklar, auf welcher Basis sich diese einseitige Sympathie entwickelt hatte. Der schwarzborstige, fette Leib der Tarantagruelaner war von acht stachligen Beinen umgeben. Sie rochen ranzig, und in ihren Augen lag die Glut schmelzenden Stahls. Jede Konferenz mit ihnen, jedes Bankett in ihrem Kreise kostete Grünspan Überwindung. Doch was bedeutete das gegen den Umgang mit den Häklingen von Taurus T IV, jenen schleimigen Widerlingen mit der mörderischen Seele? Indessen, sein Beruf im Dienste der Zivilisation und des idealen Humanismus forderte Selbstverleugnung bis zur Selbstaufgabe!

Oh, wie sehnte er sich nach der Erde, nach ihren Wäldern, in deren endloser Lichte der Blick sich verlor, nach den gelbgrünen Halbwiesen, in deren Sand der Fuß sich eingrub, nach der majestätischen Kahlheit aufragender Felsenmassive, dem Duft von Sulfiden und Nitrosen. Nach den Menschen! Jahre waren verstrichen. Endlos kam ihm die Zeit vor. Konnte man es verlernen, Mensch zu sein? Er atmete auf. Seine heimliche Sehnsucht war der Gegenbeweis. Der Gedanke an die Schönheit und Erhabenheit des Irdischen ließ ihn erschauern: eine Welt voll Leben und menschlichen Errungenschaften. Doch warum nur menschlich? Wie kleinlich war sein Denken.

Schon hatte die Bezeichnung Mensch einen achtungsvollen Klang im Universum. In allen Ämtern, ob bei den ungeschlachten Gorriks oder den ätherischen Soleiden, war der Name eine Zauberformel. Er, Grünspan, hatte dazu beigetragen. Er hatte sich bewährt auf Hunderten von Welten. Ihm hatten Tausende von transgalaktischen Rassen den Weg in eine lichte und beschützte Zukunft zu danken. Niemals war ihm der kleinste Fehler unterlaufen.

Nervös strich er sich über den kahlen Schädel. Was für Sorgen. Er hatte volleffektiv gearbeitet und das in ihn gesetzte Vertrauen gerechtfertigt.

Nur noch halb dem Gegenstand verbunden, suchte er in der Erinnerung nach der Heimat des grünen Würmers. Überraschend wurde ihm bewußt, er hatte diese Gattung noch nie zu Gesicht bekommen. Es war nur eine gewisse Ähnlichkeit mit den geschwänzten Würmern des Planeten Trantatau im NGC 4711, die ihn genarrt hatte. Aus welchem Sternsystem mochte der Grüne kommen? Unbemerkt beugte er sich vor.

Da erblickte er neben dem Würmer ein blaßblau schillerndes Wesen, das entfernt an jene Springbeutler erinnerte, die ihm im NGC 007 begegnet waren. Doch eben nur entfernt, denn diesem hier fehlten die typischen Haftwarzen an der Unterseite. Statt dessen besaß er vier fadenförmige, mehrfach geknickte Beine sowie vier Arme, die in zierlichen Greifklauen endeten. Die Extremitäten umgaben symmetrisch den tropfenförmigen Leib, der Kopf und Torso in einem war. Der markanteste Unterschied zu den Springbeutlern zeigte sich jedoch im Vorhandensein eines dritten Auges und eines rüsselförmigen Organs, das sich in permanenter Unruhe befand. Auch auf eine solche Rasse war er nie gestoßen, und er konnte sich wahrhaftig als weitgereist bezeichnen.

Nachsinnend ließ er sich wieder in die Tiefe des Sessels gleiten. Gleich zwei? Merkwürdig, höchst denkwürdig diese Häufung. Er fühlte sich verunsichert. Daß *ihm* das passieren mußte, der er Situationen gemeistert hatte, die kein menschliches Gehirn ersinnen konnte, Wesen gegenübergestanden hatte, deren sich kein Alptraum je bediente.

Augenblicklich bedurfte er aller Beherrschung, um die kosmischen Gepflogenheiten nicht durch läppisches Erstaunen zu verletzen oder gar dadurch, daß er die Fremden aufdringlich fixierte. Nach Jahren in interstellarer Arena ein Fauxpas. Weder geistige noch körperliche Erschöpfung durften ihm als Ausrede dienen. Selbst auf einsamster, vorgeschobenster Position, weit und breit ohne jede menschliche Seele als Rückhalt, hatte er kein Recht, in einen Urzustand zurückzufallen, sich von primitiven Regungen übermannen zu lassen.

Verstört entschloß er sich, die Zeit bis zur Mahlzeit in seiner Kabine zu verbringen, um sich auf dem Wege der Meditation zu regenerieren.

Allerdings, es wäre ihm peinlich gewesen, würden sie seinen Rückzug bemerkt haben. Er lauschte. Sie unterhielten sich angeregt. Worte drangen zu ihm. In der angespannten Haltung des zum Aufstehen Entschlossenen verharrte er. Nicht daß er fremde Gespräche hätte belauschen wollen, nie und nimmer. Es hatte ihn plötzlich gepackt, zu ergründen, wohin die beiden unterwegs waren. Nur das, dann wollte er sich unverzüglich in sein Abteil begeben.

»Höchst erstaunlich«, hörte er den Beutler sagen. »Wesen, die *innen* hart sind? Ein merkwürdiges Phänomen!« Er stieß wiederholt einen schmatzenden Laut aus. Grünspan vermutete darin eine Geste des Erstaunens.

»Ich darf also annehmen«, fuhr der Beutler fort, »daß das in gewisser Weise ihre Morphologie fixiert. Wie eintönig, sagen Sie selbst. Denken Sie nur, ein Leben lang in ein und derselben Form. Die Frage ist, sollte man sie bemitleiden oder nicht?«

»Jegliches Bedauern ist nicht angebracht – oder doch nur zu einem geringen Teil, Hochverehrter«, bemerkte der Würmer ein wenig von oben herab. »Denn sie haben es nicht verstanden zu verhindern, daß ihre physische Starrheit Einfluß auf ihren Charakter gewann.«

»Ich hoffe, sie sind Gegenstand intergalaktischer Forschung!« rief der Beutler mitleidig.

»Erst seit jüngstem. Man hat jedoch bereits herausgefunden, die Hartkernigen sterben an der eben erwähnten Eigenschaft – gewissermaßen an Langeweile mit sich selbst. Auf Grund ihrer Kernverhärtung ist es ihnen unmöglich, an sich selbst kreativ zu wirken. Sie könnten doppelt so alt werden. Sie sind Opfer eines Naturphänomens.«

»Man muß ihnen helfen!« verlangte der Blaßblaue.

»Je nun«, äußerte der Würmer, »lange Zeit entzogen sie sich dem Zugriff intergalaktischer Forschungsgruppen mit allen möglichen Ausreden. Sie beharrten auf ihrer Unveränderbarkeit wie auf einem Privileg. Sie haben dafür sogar einen wissenschaftlichen Terminus, der mir leider entfallen ist, denn sie sprechen eine nicht gerade logische Sprache. Damals allerdings beherrschte ich sie leidlich. Die Zeit war zu kurz, meine diplomatische Mission hielt mich nicht allzulange dort fest. Ich kann nicht behaupten, ein umfassendes Bild vermitteln zu können. Doch einige ergötzliche und bemerkenswerte Eindrücke will ich gern . . .«

»Erzählen Sie, erzählen Sie!« rief der blaßblaue Beutler. »Man sagt, reisen bildet. Ich will die Gelegenheit nicht ungenutzt verstreichen lassen.«

Grünspan horchte auf. Das Gespräch schien sich um einen ihm offensichtlich unbekannten Planeten zu drehen. Ein humanistisches Interesse bannte ihn an seinen Platz. Der Verdacht persönlicher Neugier, merkantiler Überlegungen gar, hätte er – tief gekränkt – weit von sich gewiesen. Es ging um das Wohl galaktischer und transgalaktischer Zivilisationen. Dieses Bewußtsein verlieh ihm das moralische Recht.

Er vernahm einen pfeifenden Zischlaut, der in mehrfachen Schattierungen einander überlagerte und eine angenehme Melodie erzeugte. Nachdem er solchermaßen eitel tremoliert, fuhr der Würmer fort: »Was für eine kuriose Welt, uns so gänzlich unverständlich.« Trauer dämpfte seine Stimme. »Eine Welt ohne bleibende Werte. Wie sollte auch?« Er schleuderte eines seiner Tenkatel in die Höhe, in welcher Stellung es einen Moment wie ein riesiger, mahnender Finger verharrte. »In einer sulfur- und stickoxidgesättigten Atmosphäre ist schlechterdings nichts von Bestand. Selbst genügsame Sauerstoffatmer wie wir vermögen nicht, dort längere Zeit ohne technische Hilfe zu existieren.« Sein Tentakel sank, der Geste überdrüssig, schlaff zurück.

Es entstand eine Pause. Grünspan wagte nicht, die Szene mit einem neugierigen Blick zu observieren. Wie leicht hätte ihnen seine Anwesenheit bewußt werden können. Dankbar registrierte er die um ihn anschwellenden Geräusche. Eine Vielfalt kosmischer Sprachen und Dialekte erreichte sein Ohr, Rascheln von Kleidungsstücken, unbestimmbare, exotische Laute; ein Fünffüßler schleppte sich knarrenden Schritts den Mittelgang entlang; zu Häupten kroch ein käferschillernder Reisender von der Cyryna B über die Wand und erzeugte ein schabendes Knistern.

Grünspans Kehle war schmerzhaft trocken. Nach einigen Versuchen zu schlucken, fühlte er sich geringfügig erleichtert, lauschte mit steigender Konzentration. Solcherart Informationen waren von unschätzbarem Wert. Gesetzt den Fall, er käme selbst einmal auf jene Welt in dienstlichen Belangen. Unvorbereitet, litte mit Wahrscheinlichkeit des Amtes Effektivität.

Er sagte sich, bei aller Welterfahrenheit lernt man doch nie aus: Das Universum steckt voller Überraschungen. Es hatte ganz den Anschein, als würde sich ihm hier ein Kuriosum erster Güte präsentieren, vielleicht ein neuntes Weltwunder. Das war es anscheinend, unbegreifbar für den grünen Würmer oder gar für ein menschliches Gehirn.

Wie dem auch sein mochte, der Beutler hatte recht. Man mußte denen helfen. Wo konnte sich der Planet befinden? Irgendwo am Rand des Universums? Bei den sagenhaften, grünen Sonnen? Tsss, Wesen mit einem harten Kern. Albern. Hohl, flüssig, gasförmig, das ja, auch Hartschalige waren keine Seltenheit. Aber Kernharte . . .?

Grünspan lauschte in das Schweigen. Waren die beiden eingeschlafen? Da fuhr der Würmer mit erhobener Stimme fort: »Ich weilte in diplomatischer Mission auf . . .«

Seine Worte wurden von einer Durchsage der Schiffsleitung übertönt, die den Passagieren im Namen der Volans Nah- und Fernverkehrskorporation, Betrieb der optimalen Leistung, einen angenehmen Aufenthalt an Bord wünschte.

Grünspan fluchte still.

»Denken Sie nur«, hörte er den Würmer, als die Lautsprecher schwiegen, »ein nackter Diplomat!«

»Entsetzlich!« Der blaßblaue Beutler zerrte sein durchscheinendes Gewand enger um sich. Grünspan zuckte zurück in die Tiefe seines Möbels.

»Ganz recht«, erwiderte der Würmer, »um ein geringes wäre er erfroren.«

»Hatte man Sie unzureichend informiert?«

»Nun ja, es war unser erster Kontakt. Man bereitet sich auf allerlei vor. Doch wer rechnet mit so etwas! Verwirrt umstanden wir also unseren nackten Botschafter. Das Unglück hatte ihn als einzigen getroffen; er trug ein Gewand aus einem hochmodernen Material. Wir, die Mitglieder seiner

Delegation, waren konventionell gekleidet, was uns sicherlich ein Gleiches ersparte. Wir hatten den Planeten gerade erst betreten, erwarteten ein ehrendes Willkomm als Symbol und Beginn eines fruchtbaren Kontaktes zweier Welten, friedlichen Handel, Austausch von Informationen, und dann dies – ein drohender kosmischer Konflikt!«

Grünspan setzte sich auf und blinzelte verstohlen um die Kante seines Sessels. Der Beutler hatte sich schwarz verfärbt, sein harmonischer Habitus war sechskantig entstellt. Erst nach geraumer Zeit kehrte er zum ausgewogenen Oval zurück und flüsterte: »Ein Krieg doch nicht etwa?«

»Zumindest diplomatische Verwicklungen.«

»Aber warum? Fühlten die Hartkernigen sich durch die Nacktheit Ihres Botschafters beleidigt?«

»Zum besseren Verständnis muß ich mich breiter fassen, die Umstände beleuchten.«

Das Gespräch schien in Fluß zu geraten. Grünspan nickte und begab sich in bequeme Ruhestellung. Gedämpft drang die Stimme des grünen Diplomaten zu ihm.

»Nach glücklicher Landung verließen wir unser Raumschiff und schlängelten uns, farbenfroh gekleidet – wie es dem Anlaß gebührte – und in erwartungsvoller Stimmung, auf einige hochragende Gebäude in der Ferne zu. Fast hatten wir den Komplex erreicht, als es geschah: Dem Botschafter fielen die Gewänder vom Leibe, sie lösten sich buchstäblich in Nichts auf. Der Unglückliche stand wie erstarrt in seiner Blöße. Er fror entsetzlich. Wir mußten damit rechnen, daß er augenblicklich seinen Geist aufgab. Was tun? Anstatt zu helfen, gaffte am Rand des Platzes eine ungeheure Menge. In diesem Zustand äußerster Bedrängnis setzte ein nicht zu beschreibender Lärm ein. Später erfuhr ich, daß man dortzulande keinen feierlichen Anlaß ohne offiziellen Lärm begehen kann; man konstruiert sogar spezielle Instrumente zu dem Zweck.«

»Ja wie denn«, warf der Beutler ein, »unterbrach man angesichts des Mißgeschicks die Handlung nicht?«

»Keinen Augenblick. Man fühlte sich dort, nun, wie soll

ich sagen, einem Algorithmus verpflichtet, den man als Protokoll bezeichnet.«

»Ah, ich verstehe, ein Ritus.«

»Nicht unbedingt. Nun, wie auch immer, er läßt keinerlei Abweichen vom vorgeschriebenen Zeremoniell zu. Der Lärm steigerte sich zum Inferno: Explosionen, vermischt mit schrillen Tönen, was man dort als ehrendes Salut bezeichnet. Ängstlich drängten sich, Halt und Schutz suchend, selbst die welterfahrensten meiner Kollegen aneinander.

Auf uns zu bewegte sich langsam, im gleichen Takt stampfend, eine Gruppe schwarzverhüllter Wesen. Die meisten unserer diplomatischen Equipe verloren den letzten Rest an Haltung und flohen. Bedenken Sie, Empfangsroboter! Nichts anderes zu glauben gestattete die Szene. Und schwarze noch dazu! Eine ärgere Beleidigung ist unvorstellbar!«

»Was taten Sie? – Flucht?«

»Ich sah meinen dem Tode nahen Vorgesetzten, bedachte lichtschnell alle Möglichkeiten und griff ein, dem Zufall dankend.

Vom Himmel regnete es buntgefärbte Lappen, ein weiches Material, sozusagen ein Bestandteil der Begrüßungsförmlichkeiten. Einen derselben raffte ich vom Boden auf und bedeckte damit meinen Chef. Leicht beschädigt, aber lebend erreichte er das Raumschiff.«

»Ich applaudiere Ihrer Umsicht!« rief der Beutler aus. »Sicher wurde Ihre Tat zum Anlaß fröhlicher Versöhnungsfeste.«

»Als erstes«, äußerte der Würmer, »erreichte unsere Delegation eine Protestnote. Den Wortlaut habe ich nicht behalten. Man forderte uns zur Rückgabe jenes bunten Tuches auf, drückte Befremden aus, sprach von Ehrbefleckung und von mangelhafter Achtung gegenüber einem Gastplaneten.«

»Aha, es handelte sich um Reliquien, geheiligte Symbole oder dergleichen!«

»Sie haben es getroffen.«

»Aber Sie retteten Ihrem Botschafter damit das Leben!«

Im Dunkel seines Sitzabteils schüttelte Grünspan den Kopf. Das war ja ungeheuerlich. Nicht so sehr das Mißgeschick des Gesandten als vielmehr das Verhalten jener unbekannten, sogenannten kernharten Lebewesen. Es wurden allerdings die unterschiedlichsten Sitten und Gebräuche im bekannten Universum gepflogen. Doch nirgends war es ihm begegnet, daß sich die Gastgeber bei Unkenntnis seiner Person und Eigenart anders als mit äußerster Zurückhaltung genähert hätten.

Der Würmer zischte bekümmert. »Es gibt Arten von intellektbegabten Lebewesen, denen ein Fetisch wichtiger erscheint als lebenswichtige Notwendigkeiten. Das jedenfalls mußten wir dort akzeptieren, denn die galaktische Höflichkeit gebietet ...«

»Aber haben nicht jene sie in eklatanter Weise verletzt«, unterbrach ihn der Blaßblaue, »indem sie Ihnen Roboter zur Begrüßung sandten?«

»Das war *unser* Irrtum. Man bewegt sich dort so, wenn man sich in einer feierlichen Angelegenheit befindet. Und die Farbe Schwarz – kosmisch-allgemein ein Zeichen von Ekel und Angst – wird dort bevorzugt bei fröhlichen oder ehrenden Anlässen getragen.«

»Ungewöhnlich! Ein Zeichen von Verfall!«

»O nein! Es handelt sich um eine junge Zivilisation. Doch liegt ihre Welt ein wenig abseits. Kontaktlos und selbstgenügsam, hat man eigene Normen entwickelt, mangelhafte, in der Tat. Wie sollten sie, unausgegoren, unsicher ihrer selbst, darauf verzichten können?«

»Wir wollen hoffen, daß die interstellare Zusammenarbeit ihnen hilft.«

»Ja, ja«, ließ sich der grüne Diplomat vernehmen, »sie haben's bitter nötig.«

Impulsiv war Grünspan versucht, sich in das Gespräch zu mischen. Aus den Worten des Würmers las er eine gewisse Nachsicht. Das erschien ihm unvernünftig. Er versuchte sich in dessen Rolle zu versetzen und mußte sich eingestehen, daß es all seine gute Erziehung gebraucht hätte, in gleicher

Situation nicht seinen Unmut merken zu lassen. Was für ein rüpelhaftes Benehmen jener Unbekannten. Nirgends, selbst bei den hartgesottenen Kristalliden vom Planeten der Blauen Sonne Randells, war ihm ähnliches widerfahren. Abseits oder nicht, Höflichkeit und Rücksichtnahme sog man auf der Erde mit der Muttermilch ein, und bei dem Würmer injizierte man die Eigenschaften gar dem Ei. Wahrhaftig, es mußte eine sonderbare Welt sein, und er lobte sein Geschick, daß es ihn nie dorthin verschlagen hatte. Wenn es sich vermeiden ließ, wollte er auch künftig nicht in deren Nähe . . .

Der Gedanke ließ ihn schamrot werden. Wo war sein Ethos? Wo seine Liebe zum Beruf? Seine Verantwortung würde auch dieses von ihm fordern können. Wie konnte er nur wegen einer lächerlichen, momentanen Schwäche seine Mission vergessen. Das war Verrat an seinen Idealen. Vielleicht warteten die bedauernswerten Kreaturen jenes Planeten auf ihn, vielleicht würde er sie aus unendlicher Qual erlösen, ihrem Leben einen Sinn geben, sie von der Stufe des Dahinvegetierens auf die eines wahrhaft menschlichen Daseins befördern. Wie immer sie aussehen mochten, was immer ihre Bedürfnisse waren: Sie brauchten ihn!

Den Namen des Planeten! Er mußte ihn erfahren, koste es, was es wolle. Es würde der Situation nicht gut anstehen, wollte er sich mit der Frage an den Würmer wenden. Man müßte denken, er hätte aus niederen Beweggründen gelauscht. Nein, er mußte ausharren, bis der Name fiel.

»Wie weit«, vernahm er die Frage des Beutlers, »sind sie in ihrer technischen Entwicklung?«

»Nun«, entgegnete der Diplomat, »sie befinden sich an der Schwelle zur Überlichtgeschwindigkeit, und es ist erstaunlich, wie sie das geschafft haben, da sie ihre besten Kräfte mit Unsinn vergeuden!«

»Üben Sie Nachsicht, mein Guter!« rief eindringlich der Beutler.

»Eh ja«, beruhigte ihn der Würmer, »was sagt schon der Stand der Technik aus, nichts, rein gar nichts.«

»So leben sie in archaischen Verhältnissen? Das wäre eine hinlängliche Erklärung.«

»Nichts da, archaisch«, widersprach der Würmer. »Sie haben eine überaus verwickelte Gesellschaft geschaffen, eine Organisation, was sage ich, einen Apparat, der ihnen über den Kopf wächst. Von einem Optimum, die Möglichkeiten zu nutzen, sind sie weit entfernt.«

»Das klingt paradox.«

»Es ist paradox!« In der Antwort des Diplomaten lag aufrichtiges Mitgefühl. »Vernehmen Sie ein Beispiel: Nach den anfänglichen Mißverständnissen lebten wir uns schnell ein. Wir gewöhnten uns daran, in Abständen ein handliches Atemgerät zu benutzen, und empfanden es kaum noch als Belästigung. Unsere Arbeit entwickelte sich zur Zufriedenheit, zwar zäh, doch kontinuierlich. Die gesellschaftlichen Kontakte nahmen zu.

Eines Tages wird mir auf einem Bankett ein männliches Individuum vorgestellt. Es versteht angenehm zu plaudern, ein geistreicher Partner, fähiger Logiker, begabt, abstrakt und sinnreich zugleich zu denken, mit einem Wort, eine intellektuelle Potenz, frei von Phrasen, sachlich und einfühlsam. Ich war erstaunt, einem solchen Freigeist dort zu begegnen. Seine Argumente treffen stets den Kern der Sache, und was ich nicht vermochte auszudrücken, ahnt er gleichsam und faßt es in kluge Worte.

Ich war hingerissen. Es wurde ein ungewöhnlich angeregter Abend, und ich hätte gern mehr über ihn erfahren, vermutete ich ihn doch in höchstem Amte. Allerdings verbot mein Taktgefühl diese oder jene allzu vertraute Frage.

Der Zufall führte uns im weiteren öfter zusammen, und es entwickelte sich eine freundschaftliche Bindung. Er war Minister. Nur war mir lange Zeit nicht klar, in welchem Fach.

Ich wurde eines Tages zur Besichtigung seines Amtsbereiches eingeladen. Es handelte sich um ein hochmodernes Werk, vollautomatisch, nach dem letzten Stand einheimischer Technik ausgerüstet. Eine imposante Anlage, unübersehbar, sich weitend von einem Horizont zum anderen.

Man führte mich herum. Einhundertzwanzig hochspezialisierte Wissenschaftler überwachen den Komplex. Die Begehung dauerte an die zwanzig galaktische Einheiten. Da die Atmosphäre an dem Ort vollends verseucht war, gebrauchte ich ständig meinen Atemfilter und war am Ende zu erschöpft, um meinem Freunde mein Befremden auszudrükken. Ja, ich mußte mich zusammennehmen, um mich nicht vor Ekel abzuwenden.«

»Aber warum, mein Lieber, warum?«

Es entstand ein Schweigen, dessen Ursache Grünspan nicht ergründen konnte. Doch die Erklärung folgte auf dem Fuße.

Mit dumpfer Stimme äußerte der Würmer: »Mein Freund leitete das Ministerium für ... Eierlöffel. In jenem Werk dort produziert man Eierlöffel. Sie verstehen, Eierlöffel, Löffel, um Eier ... Wir als verwandte Seelen, als Eigeborene verstehen uns.«

»Oh, heiliger Kosmos, sie verspeisen doch nicht etwa Eier?«

Der grüne Diplomat mußte dies wohl stumm bestätigt haben, denn er fuhr fort, mit Akribie Handhabung und geschichtliche Entwicklung des Werkzeugs zu beschreiben.

Ja und, dachte Grünspan mit einigem Unverständnis, sie essen Eier. Was ist dabei? Er legte eine Hand als Schallfänger hinters Ohr, um kein Wort zu versäumen.

»Zu ihrer Entschuldigung kann ich nur anführen«, sagte der Würmer, »daß es sich bei den Opfern ausschließlich um die Ungeborenen von Nichtartverwandten handelt. Ich mußte erfahren, daß auch mein Freund Eier verzehrte, und ich rechnete es ihm hoch an, daß er es in meiner Gegenwart stets unterlassen hatte.«

Der Beutler stieß kummervolle Laute aus, dann setzte eine Stille ein, die bedrückend wurde. Endlich, indem er sich mühte, mit seinen Worten eine innere Distanz auszudrükken, begann der Würmer wieder zu sprechen.

»In der Folgezeit sah ich ihn kaum, und wenn, nur flüchtig. Er entschuldigte sich mit einem Übermaß an Arbeit. Er leite die Entwicklung eines neuen Eierlöffels mit automatischer Entschalvorrichtung, ein Geschirr für Rechts- wiewohl auch Linksmanuelle. Eine absolute Neuheit also, ungeheuer effektiv: zehntausend Eier in der Stunde.«

»Was, Ein einzelner von denen ißt derart viele Eier?«

. »Eben nicht. Doch es war das Neueste vom Neuen. Ein Wunder der dortigen Technik.«

»Ich bitte Sie, wozu das?«

»Mein Lieber, was für eine naive Frage. Sollten Sie die Welt nicht besser kennen?«

»Ich kenne sie. Doch das ist ungewöhnlich.«

»Zugegeben, doch lassen Sie mich fortfahren. Eine geraume Zeit hörte ich gar nichts von meinem Freund, bis mich die Nachricht erreichte, er läge in einem Gesundheitshaus. Er hatte bei Probevorführungen mit dem neuen Erzeugnis sein Verdauungsorgan übel zugerichtet.«

»Wieso? Hat er etwa . . .?«

»Nun, er hat es nicht geschafft, nicht ganz.«

»Haben Sie Nachsicht, ich verstehe kein Wort.«

»Es würde den Rahmen unserer Unterhaltung sprengen, wollte ich das erklären. Ich gebe zu, es fiele mir schwer. Es hängt mit einer Eigenschaft zusammen, die man in jenen kosmischen Breiten Berufsethos heißt. Soviel dazu.«

»Was geschah weiter mit Ihrem Freund?«

»Ich hoffe, er erlangte seine Gesundheit wieder. Leider war meine Mission beendet, und ich reiste ab. Ich habe ihn nie wiedergesehen noch von ihm gehört.«

Sie schwiegen wieder, der eine rücksichtsvoll, der andere scheinbar in Gedanken.

Grünspan trommelte auf seine Schenkel. War es nicht unglaublich, mit welcher Gleichgültigkeit der Würmer so gewichtige Dinge ansah? Auch er, der Mensch Grünspan, hatte ein Berufsethos. In diesem Punkt fühlte er sich den Hartkernigen verbunden. Sollten sie vielleicht doch nicht so absonderlich sein, wie es den Anschein hatte?

»Aber das alles, Sie werden mir verzeihen«, nahm der

Beutler den Faden wieder auf, »können Einzelerscheinungen sein, unrepräsentative Relikte.«

»Ich fürchte, ich würde Sie mit der Beschreibung weiterer Kuriosa langweilen.«

»Auf keinen Fall. Ihr Bericht vermittelt mir Probleme von außerordentlicher Originalität. Doch nach alldem interessiert mich ein Beispiel mit positiver Tendenz. Keine Population im Universum, die nicht versuchte, ihr Niveau zu heben, ihr Dasein schöner und reicher zu gestalten. Ich halte es für undenkbar, daß das dort nicht der Fall sein sollte.«

In Nachdenken versunken, zischelte der Würmer heftig und bewegte die Tentakeln. Mehr vermochte Grünspans Blick nicht zu erhaschen.

»Je nun, es gibt auch dort solche Bestrebungen. Ich könnte einen Fall zitieren, der mir aussagekräftig erscheint.« Einen Augenblick lang schwang in seiner Stimme eine Dissonanz, die Grünspan stutzig werden ließ. Verhöhnte der Würmer seinen Gesprächspartner?

»Es begab sich zu einer Zeit, da ich den Planeten schon verlassen hatte. Man besitzt dort, wie Sie wissen müssen, eine mittelgroße, gelbe Sonne. Als Folge der Planetenrotation ergibt sich, daß man hin und wieder Nacht hat. Dieser Umstand erschien eines Tages maßgeblichen Kreisen nicht mehr zeitgemäß. Man sann auf einen Ausweg und entfachte eine Kampagne gegen das Dunkelwesen. Eine nicht mehr aufzuhaltende Kettenreaktion kam ins Rollen. Immer mehr bekannten sich zu der Auffassung, das Zentralgestirn, das schon an der Wiege ihres Geschlechts geleuchtet hatte, sei nicht mehr hinlänglich, der Zustand ihrer nicht mehr würdig. Man beschloß, eine künstliche Sonne zu installieren. Da man prognostisch dachte, begnügte man sich nicht mit einer, sondern hängte deren sechse an das Firmament.

Strahlende Helle ergoß sich über den Planeten, Tag und ... mit anderen Worten, Tag für Tag. Ein ungeheurer Jubel hub an. Aber er währte nicht lange. Zuerst begannen einige, als Finsterlinge und lichtscheue Elemente diffamiert, auf die Gefahr ständiger Beleuchtung hinzuweisen und die

Dunkelheit zu loben. Doch ihre Argumente klangen vorerst schwach. Die Produktivität der Landwirtschaft stieg ins ungeheure, die Nachtblindheit – eine Krankheit – war besiegt. Man sparte Energie, Kinder brauchten keine Angst mehr vor der Dunkelheit zu haben. Verbrechen, sonst im Schutz der Nacht begangen, nahmen rapide ab. Ja, die Stimmen, die da warnten, schienen zu Recht als Schwarzseher verschrien zu sein. Doch schließlich gab die Entwicklung ihnen ihre Legitimität. Abgesehen von Dunkelheitskulten, die allenthalben in schwarzen Zelten stattfanden, setzte ein Bevölkerungsrückgang von erschreckenden Dimensionen ein.«

»Wie das?«

»Die Erklärung ist höchst simpel. Den Akt der Zeugung vollbringt man dort bevorzugt während der lichtlosen Periode. Alle. Bemühungen offiziöser Organe, die Bevölkerung an die neuen Gegebenheiten zu gewöhnen, schlugen fehl. Man hielt am alten fest. Zur Zeit sollen nur noch wenige Tausend existieren.«

»Wie schrecklich.« Der Beutler stöhnte. »Konnte man die Sonnen nicht wieder eliminieren?«

»Das Problem ist bisher ungelöst. Man arbeitet fieberhaft daran. Alle geistigen Kapazitäten werden aufgewendet, jede andere Betätigung liegt brach. Die ehemalige Blüte ist dahin, und wenn sie überhaupt dem Untergang entkommen, ist es ein Wunder. In Liedern und Balladen singen sie von der entschwundenen Größe. Längst vergessene Mythen, die ein verflossenes, goldenes Zeitalter betrauern, sind in aller Munde, ein unaufhörliches Wehklagen.«

»Man muß ihnen helfen!«

»Das ist nicht einfach. Die Verhandlungen drohen zu scheitern, Sie sind von sich überzeugt. Doch man darf die Hoffnung nicht aufgeben.«

Nein, dachte Grünspan triumphierend, das darf man nicht, nicht, wenn Grünspan die Sache in die Hand nimmt. Haltet aus, teure Unbekannte. Ich bin schon auf dem Weg. Ich werde euer hartes Los erleichtern. Der Name des Planeten, der Name! Nie wieder würde er unter so günstigen Bedingungen verhandeln können, nie wieder. Ein einmaliger Fall.

Ihr Gespräch war versiegt. Beide hingen offenbar widerstreitenden Gedanken und Empfindungen nach.

Grünspan, die Gefahr erkennend, daß man ganz abschweifen könnte, hielt den Zeitpunkt für gekommen, sich zu Wort zu melden.

Der Würmer lag zusammengerollt auf seinem Sitz. Lediglich der Kopf und die Enden der Tentakeln ragten unter dem leuchtend farbigen Gewand hervor. Das leise Spiel der sich wurzelähnlich verzweigenden Spitzen zeigte an, daß Leben in ihm war.

Grünspan räusperte sich und beugte sich weiter vor.

Überraschend begegnete er dem Blick des blaßblauen Beutlers. Er verneigte sich andeutungsweise im Sitzen.

»Grünspan! Ich reise in Geschäften.«

Der Beutler musterte ihn. Seine roten, runden Augen glänzten freundlich. Artig schwenkte er den Rüssel hin und her und nannte einen unverständlichen Namen. Im übrigen befand er sich auf einer Urlaubsreise.

»Darf man fragen«, lispelte er wohlerzogen, »welcher Art Ihre Geschäfte sind?«

»Ich reise in Sonnenschirmen«, antwortete Grünspan wahrheitsgemäß.

»Ich hoffe, Sie hatten Erfolg«, sagte höflich der Beutler.

»O ja«, erwiderte Grünspan. »Mein glücklichster Abschluß gelang mir kürzlich auf dem Planeten Albatrante, dessen Bewohner unter zwei überheißen Sonnen leiden.«

»Wie mir bekannt ist«, bemerkte der Würmer, indem er den oberen Teil seines Körpers aufrichtete, »sind die Albatrantaner unübertroffene Sonnenfanatiker.«

»Sie waren es«, erklärte Grünspan und hob einen Zeigefinger. »Zwei Milliarden siebenhundertsechsundneunzigtausendachthundertzwoundzwanzig Sonnenschirme, soviel, als der Planet Einwohner hat, Kinder und Greise mitgerechnet.«

Die beiden Fremden schwiegen, und Grünspan nahm es

als Bewunderung für den gigantischen Erfolg. Die Stimmung erschien ihm günstig.

»Ich habe«, formulierte er den Vortrag seines Anliegens, »unfreiwillig, doch mit steigender Verwunderung Ihrem Bericht, Verehrtester«, weltgewandt neigte er den Kopf in Richtung des Würmers, »über jenen seltsamen Planeten gelauscht. In wichtigem Amte tätig, hatten Sie Gelegenheit, eine kuriose Welt kennenzulernen. Ich bewundere Ihre Standhaftigkeit und Ihren Mut, den Widerwärtigkeiten und Gefahren eines solchen Unternehmens zu begegnen. Doch von uns allen verlangt der Beruf und unsere zivilisatorische Pflicht Opfer. Hin- und hergerissen zwischen Abscheu und Mitleid, erwog ich die Möglichkeit, meine bescheidene Tätigkeit zur segensreichen Mission an eben jenem Volke werden zu lassen. Sagen Sie selbst, sieben Sonnen, Tag für Tag, da sehnt man sich nach einem schattigen Plätzchen.«

»Empfindungen sind subjektiv«, hielt ihm der grüne Diplomat entgegen.

»Gesetzt den Fall – er wäre ein Messias.«

Dankbar für die Unterstützung, nickte Grünspan dem Beutler zu. Vor des Grünen kühlen Blick senkte er bescheiden das Auge.

»Würden Sie die Güte haben, mir den Namen des Planeten zu verraten. Ich will unverzüglich dorthin eilen, nicht achtend meiner Sehnsucht nach der Heimat.«

Der Würmer klappte zweimal seine Panzerdeckel über die Augen und bemerkte kurz: »Erde. Der Planet heißt Erde. Seine Bewohner nennen sich Menschen. Das System liegt in den Außenbezirken eines Spiralnebels namens Galaxis.«

Grünspan zuckte zurück wie vor einem glühendheißen Hauch. Sein Blick irrte durch den Raum. Das Schweigen lastete unerträglich. Seine Stimme kippte über. »Ist es weit bis dorthin? Ich meine«, er verhaspelte sich, »we-wegen der Transportkosten.«

»Je nun«, antwortete der Grüne, »es kommt darauf an, wo Sie zu Hause sind.« Er schraubte sich in die Höhe und fixierte ihn. »Verzeihen Sie meine Offenheit, Verehrter, sind

Sie nicht . . . mir scheint, Sie haben eine frappante Ähnlichkeit mit diesen – Hartkernigen. Ist Ihre Gattung mit ihnen verwandt? Vielleicht gar eine Seitenlinie?«

Mit schlotternden Wangen schüttelte Grünspan den Kopf und flüsterte den Namen einer Welt am anderen Ende des bewohnten Kosmos.

»Eine lächerliche Ähnlichkeit, ein Spiel der Natur«, bemerkte er heiser und erhob sich. »Wirklich absurd.«

Er verneigte sich und suchte, mühsam Haltung wahrend, seine Kabine auf, um sie für den Rest der Reise nicht mehr zu verlassen.

Ein Gott hat geweint

Zum ersten Mal steuerte der Knabe das Raumschiff selbst. Da der Parselit der Ansicht war, er wäre reif genug, hatten die Eltern nichts dagegen.

Langsam sank die Kugel auf den Ikarus. Die Hände auf dem Pult, beobachtete der Sohn die fehlerfreie Arbeit des Steuerparseliten. Das Vertrauen des Automaten bedeutete hohe Anerkennung. Nichts im Gesicht des Knaben regte sich.

Er war etwa zwölf, von schmalgliedriger Statur wie seine Eltern. Er kannte die Sage von Ikarus und Dädalus. In einer theoretischen Arbeit hatte er die Handlungsweise des Ikarus verurteilt. Der Hypsychosator hatte die Abstraktion wohlwollend aufgenommen. Die Bestätigung des vierzehnten Reifegrades durch den Parseliten war nur noch eine Formsache gewesen.

Das grüne Leuchten der Wände zeigte das Aufsetzen des Raumschiffs auf dem Asteroiden an.

»Das hast du gut gemacht«, sagte der Vater. Um seine brauenlosen Augen spann sich ein Kranz von Fältchen. Er nickte seiner Frau zu.

Ihr Korallenmund lächelte, entblößte herrlich meerblaue Zähne. Sie strich ihrem Sohn über den Kopf. Seine weiche, glatte Haut nahm die Zärtlichkeit auf wie ein Dürstender den Trunk.

Die Schönheit der Mutter faszinierte ihn, ihre Sanftheit, die grazile Form ihres dunklen Körpers, ihre Weiblichkeit. Er hatte nie einen Grund gesehen, sich andere Eltern zu suchen. Er bewunderte des Vaters ausgeprägte Züge, ihre *Ruhe.* Kein Muskel unter seiner Haut regte sich. Das Braun vertiefte jene Konturen, die dem Gesicht eine exotische Reinheit verliehen. Beide standen vor der Vollendung des fünfundzwanzigsten Reifegrades. Der Junge schätzte die Klugheit seiner Eltern.

Sein Blick umfaßte sie. »Ich vertraue euch!«

Sie erröteten vor Freude über die höchste Formel der Zuneigung, senkten als Antwort leicht den Kopf.

Die Bildwand nahm die Aufmerksamkeit des Knaben gefangen. Seine Augen weiteten sich sekundenlang, als versuchten sie, etwas Unsichtbares zu erkennen. Doch war seiner Stimme keine Erregung anzumerken.

»Wie werde ich mich draußen fühlen? Gehen wir noch heute hinaus?«

Die Eltern lächelten ihm beruhigend zu.

»Es ist ungewöhnlich. Wir sind so nah bei der Sonne.«

»Wir richten uns nach dir«, sagte die Mutter.

Des Vaters Hand strich sanft über die Schulter der Frau. »Wenn er es will, nicht wahr, sollten wir es nicht aufschieben.«

Fast unmerklich zuckten ihre Lider. Sie verbarg ihren Unwillen hinter der unbewegten Schönheit ihres Gesichts.

Der Verdacht des Jungen zerflatterte wie ein Phantom. Er vertraute ihnen. Sie wollten sein Bestes.

Der Mann registrierte die Spannung ihres Körpers; er kämpfte gegen seine Hilflosigkeit an.

»Der Hypsychosator hat den Wert der Exkursion für seine Entwicklung unterstrichen. Der Parselit ist derselben Ansicht. Es wäre *unlogisch*, dem zu widersprechen.«

Sie ließ die Schultern sinken. »Verzeih. Es war ein unkontrolliertes Gefühl, dumm. *Ich sehe ein!*«

Der Mann nickte sanft. »Es ist gut!« Er öffnete den Schrank mit den Schutzanzügen. »Der Schmuck wird dir hinderlich sein. Du solltest ihn ablegen.«

Die Frau hakte die filigranen, goldenen Brustgehänge los, in deren Mitte, gerahmt von winzigen Rubinen, runde, bräunliche Feueropale die Brustwarzen imitierten. Sie nahm die Ohrgeschmeide mit den gelblichgrünen Chrysolithen ab und entfernte den dreieckigen Schild aus ziseliertem Gold unterhalb des Nabels. Die diamantbesetzten Fingerringe legte sie zu dem anderen in eine Schale aus Lapislazuli.

Während er sich den Schutzanzug überstreifte, beobachtete die Frau das Gesicht des Jungen. Seine Beherrschtheit dämpfte ihre Erregung; ihre Ängstlichkeit war grundlos. Die Automaten hatten den Reifegrad des Jungen bestätigt und anerkannt. Sich selbst beruhigend, lächelte sie.

Der Asteroid erschreckte den Jungen einen Augenblick lang. Er hatte sich jedoch schnell wieder in der Gewalt. Sein Glaube gab ihm die Kraft: Die Entwicklung seines Sanftheitempfindens war notwendig. Er mußte die Begegnung mit dem Gegenschönen meistern. Er mußte an den Sinn der Konfrontation glauben.

Sie sanken aus der Schleuse. Die Oberfläche des Asteroiden war von tausend winzigen Schatten zerschnitten. Über den zerklüfteten Felsen stand flammend das Zentralgestirn. Die Sonne füllte den schwarzen Himmel fast zur Hälfte. Ohne die visuelle Dämpfung waren die Widersprüche kaum zu ertragen. Das Bild war voller Schrecknis, Feindschaft, Bedrohung. Jetzt erst begriff der Junge das Wort Gegenschön in seinem ganzen Ausmaß, und sein bisheriges Unvermögen, das im hypnotischen Schlaf Erlernte auch zu empfinden, füllte sich plötzlich an mit Leben. Er schauerte zusammen.

Sie traten aus dem Antigravitationsfeld. Die geringe Schwerkraft des Ikarus war ungewohnt. Die Eltern nahmen den Knaben in die Mitte. Die Mutter bemerkte voller Sorge seine Mühe, sich zu beherrschen.

Er hielt den Atem an, als könnte er damit die Worte zurückhalten. Doch dann drängten sie um so hastiger hervor.

»Wird mein ästhetisches Empfinden nicht darunter leiden?«

»Du hast nichts zu befürchten«, antwortete die Mutter. »Der Hypnonder wird die gegenschönen Bilder korrigieren.« Sie warf ihrem Gatten einen vorwurfsvollen Blick zu und bemerkte leise: »Auch wir werden uns behandeln lassen müssen. Oder willst du dich dein Leben lang mit diesen Eindrükken belasten?« Ihr Gesicht war bleich und starr, die vollen Lippen nur mehr ein Strich.

Der Mann hob begütigend die Hände. »Du solltest mehr Vertrauen haben. Deine Haltung wirkt destruktiv auf dich, auf den Jungen, auf mich. Der Hypsychosator wird dich rügen. Er wird dir eine zusätzliche Lektion Vertrauen suggerieren.« Er lächelte. »Hast du deine eigene Entwicklung vergessen? War nicht alles gut, so wie es war?«

Die Frau versenkte den Blick in seinen Augen. »Die vierzehnte Stufe fordert die Vollendung grundsätzlicher Fähigkeiten, dazu gehört die Vorstellung der *kosmischen Gewalt.*« Ihre Stimme war emotionslos, fast kalt.

»Man darf sich selbst nicht vergessen«, sagte der Mann. »Auch unsere Entwicklung begann *damit.*«

Nur bruchstückhaft vernahm der Junge das Gespräch der Eltern. Nie geahnte Bilder drangen auf ihn ein. Die sonnendurchglühte Felswildnis des Ikarus vermischte sich mit Visionen von einer unbekannten Erde. Hier das Trümmerstück im All; tief in seinem Bewußtsein, jenseits der Realität, eine Erde, Menschen, Städte, die er nie gesehen. Es war die Erde! Er sah sie in einem Zustand, der ihn erschreckte: wilde Wälder, reißende Ströme, aufgewühlte Ozeane. Menschen kämpften inmitten der Elemente um ihr Leben. Ihre Todesangst war plötzlich in ihm.

»Was hast du?« fragte besorgt die Mutter.

»Es geht vorüber«, sagte der Vater. »Er muß es durchstehen, einmal in seinem Leben.«

Der Knabe blickte zu den Eltern auf, lächelte hilflos. Die Bilder verwischten. Er fragte sich, woher diese Erinnerung kam. Woher wußte er, daß das nicht seine Erinnerung war? Was für eine Erde war das? So wie er sie kannte, war sie doch seit ewigen Zeiten!

Riesigen Blasen gleich, erhoben sich die Städte aus dem flachen Land, blanke Kuppeln inmitten unendlichen, kunstvollen Grüns. Nichts störte die Harmonie des synthetischen Grases.

Die Städte waren in vollkommener Symmetrie über die

Erdoberfläche verteilt. In ihnen war Gleichmaß und Schönheit.

Ein unendlich tiefer Glücksstrom riß den Knaben mit sich fort. Er jauchzte befreit und begann leise zu singen. Es war eine leichte, heitere Melodie.

Denn nie waren die Menschen glücklicher gewesen: Nie tobte ein Sturm in den freundlichen Metropolen, nie fiel Regen über sie, nie bedeckte Schnee die Mauern. Sonnenglut und Kälte waren *draußen* geblieben. Man mußte das Chaos der Natur hassen. Einmal mußte man ihm begegnen, ein einziges Mal.

Als hätte der Vater seine Gedanken erraten, sagte er: »Nur, wenn man das Chaos haßt, kann man die achtundzwanzigste Stufe erreichen und seine Kraft dem Schönen widmen.«

Der Sohn nickte ihm zu. Der Algorithmus war nicht anfechtbar. Nichts, was seine Eltern je getan, für ihn getan, unterlag dem geringsten Zweifel.

»Ihr habt in meinem Interesse gehandelt. Ich danke euch!«

Sicherer werdend, bewegten sie sich über die Oberfläche des Asteroiden. Die Eltern achteten darauf, daß der Sohn nicht zurückblieb. Sie wollten die Frist nicht unnötig verlängern. Doch das Zeitsignal des Parseliten war fern, sein Zwang entrückte. Die Klüfte, Schluchten, die Geröllhalden gewannen wie in einem Traum eine unbegreifliche Schönheit. Die Sonne tanzte als ein helles Feuer auf der Spitze eines Berges, rhythmisch wie Lebewesen bewegten sich die Schatten. Sie hatten ja nichts zu befürchten. All diese gegenschönen Impressionen würde der Hypnonder wieder löschen. Lüstern erregt ergaben sich die Eltern dem Gegenschönen, der animalischen Faszination.

Der Junge war zurückgeblieben. Mit gesenktem Kopf sah er umher. Auf dem Boden zwischen braungrauem Staub und Geröll leuchteten mattweiße Flecken. Er bückte sich. Es waren kleine, kantige Trümmerstücke.

»Was tust du da?« rief der Vater. »Komm!«

Der Knabe erhob sich. Er hielt einen länglichen, hellen Gegenstand in der Hand.

»Wirf das weg!«

Er holte aus, hielt jedoch mitten in der Bewegung inne, bückte sich erneut, erhob sich, beide Hände um weißes Gestein geschlossen.

»Ich bitte dich«, sagte die Mutter, »dieses rohe Zeug. Wie gegenschön.«

Der Junge streckte beide Hände vor und ging langsam auf seine Eltern zu.

»Laß ihn«, bemerkte der Vater. »Der Hypnonder wird die Schäden seines Tastsinns reparieren. Die Handschuhe halten ohnehin das meiste ab.«

»Trotzdem«, beharrte sie, »es sind gegenschöne Formen. Seine Hände sind das nicht gewohnt.«

Dicht vor ihnen verhielt der Junge. Die Steine in seinen Händen opalisierten in mildem Glanz. Wie hypnotisiert starrte er darauf. Mit flüchtigem Blick streiften es die Eltern.

»Es ist gut«, sagte die Mutter. »Wirf es nun weg.«

Der Junge reagierte nicht. Erst nach einer Weile sagte er versonnen: »Seht nur, dieser hier sieht aus wie eine Schraube, und das«, er öffnete die andere Hand, »gleicht einem Löffel, dies einer Klinke. Ist das nicht sonderbar?«

»Ein Zufall, ein Spiel der Natur. Nun bitte, entferne es.«

Der Knabe griff in die Tasche. »Und das hier?«

Der Vater beugte sich vor. Er lächelte. Anders wußte er der ungewohnten Reaktion seines Sohnes nicht zu begegnen.

»Es hat entfernte Ähnlichkeit mit einem – Reaktorschlüssel. Als die Raumschiffe noch mit Kernenergie angetrieben wurden, versiegelte man die aktiven Zellen mit solchen Spezialschlüsseln, um sie vor unbefugtem Eingriff zu schützen. Sie waren aus einer Speziallegierung, die einen magnetischen oder einen Strahlungscode enthielt.«

»Mein Zähler registriert eine schwache Strahlung.«

»Das ist ein Stein, ein opalähnliches Mineral. Ein Zufall, wie ihn die Natur millionenfach hervorbringt.«

Der Sohn hob ruckartig den Kopf. »Es sind Teile eines Raumschiffs.«

Die Eltern tauschten einen besorgten Blick. »Laß uns gehen.«

»Warum glaubt ihr mir nicht? Es ist hier abgestürzt.«

»Du wirst im nächsten Monat in die fünfzehnte Stufe übernommen. Denke über dein Verhalten nach, sonst wirst du kaum die Weihe erhalten.« Des Vaters Augen schimmerten hinter dem Helmvisier.

Beschämt senkte der Knabe den Kopf. Seine Arme wurden schlaff, und aus den Händen fielen langsam die Steine zu Boden. Er stand wie erstarrt, dann drehte er sich um und ging ohne ein Wort der Erklärung davon. Seine Schritte wurden schneller und schneller. Laufend umrundete er eine Felsenecke und verschwand. In den Kopfhörern hörten sie sein schnelles Atmen.

Einem Reflex folgend, wollte die Mutter ihm nacheilen, doch rechtzeitig hielt sie inne, bemerkte: »Du siehst, was diese Exkursion anrichtet. Noch nie hat er so verworren gesprochen, derart impulsiv gehandelt.«

»Der Hypnonder wird es korrigieren.«

»Der Hypnonder, der Hypnonder«, sagte die Frau leise und erregt.

Der Mann musterte sie verwundert.

Sie murmelte hastig: »Meine Gedanken waren nicht mein. Verzeih meine Heftigkeit.«

Die rituelle Formel besänftigte ihn. Trotzdem fühlte er sich gedrängt, es nicht wortlos hinzunehmen. »Alles, was wir sind, verdanken wir dem Hypnonder. Er hat uns von der Angst befreit.«

»Vorher waren die Menschen Tiere«, ergänzte sie.

Hand in Hand gingen sie weiter. Als sie um den Felsen bogen, sahen sie ihren Sohn in einem Geröllfeld stehen. Zwischen das Braungrau mischte sich mattes Weiß, als wäre ein Spiegel in tausend Scherben zersprungen. Es handelte sich um leuchtend helle, kantige, matt opalisierende Bruchstücke.

Den Kopf tief gesenkt, stand ihr Sohn dicht vor einem Brocken, dessen Form und Größe an einen sitzenden Menschen erinnerte.

»Komm«, forderte die Mutter, »komm von diesem Stein fort. Er ist chaotisch, bedrohend, formlos.«

Der Junge hob den Kopf und starrte den Stein an. Ohne den Blick zu wenden, sagte er: »Siehst du nicht, er ähnelt einem Menschen, der auf einem Stuhl sitzt.«

»Komm«, wiederholte die Mutter. »Ich möchte nicht, daß du zweimal in den Hypnonder mußt.«

»Komm«, sagte auch der Vater. »Als künftiger A-fünfzehn mußt du zwischen schön und gegenschön, zwischen künstlich und unsynthetisch selbständig unterscheiden können.«

Der Sohn rührte sich nicht. Die Worte seiner Eltern waren ihm plötzlich unverständlich. Er bildete sich ein, er vernähme eine fremde und doch vertraute Stimme. Kam sie aus seinem Innern? Sie wollte ihm etwas mitteilen, etwas Ungeheuerliches. Er bemerkte nicht, wie seine Eltern ihn bestürzt betrachteten. In einem anderen Sein versinkend, glaubte er, Jahrzehnte zu durchleben, die ihm nicht gehörten. Doch es dauerte nur einen Augenblick. Er kehrte zurück. Sein Gesicht fühlte er wie eine harte, leblose Masse. Er meinte zu lächeln, doch seine Züge blieben unbewegt.

Die Mutter eilte auf ihn zu, drängte ihn mit sich fort, als stünden sie am Rande eines brodelnden Kraters. Wie um ihre stille Flucht aufzuhalten, trat der Vater ihnen in den Weg, lachte. Doch der Sohn empfing keine Sicherheit daraus. Er machte sich frei, trat zurück.

»Sind das – Edelsteine?«

Der Vater zuckte mit den Schultern. »Es ist unrein wie alles Natürliche.«

»Warum suchten dann in der Vorzeit Menschen danach?«

»Woher hast du so etwas erfahren?« fragte die Mutter.

Unschlüssig schwieg der Sohn einen Moment lang. »Ich kann mich nicht erinnern.« Seine Stimme war schwerfällig. »Es fiel mir gerade ein.«

»Es ist nicht nötig, so etwas zu wissen. Für jemanden deines Reifegrades ist es sogar schädlich. Diese Dinge liegen weit zurück. Sie sind unwichtig für uns, denn sie waren der Menschen unwürdig. Sie sind lange bewältigt.«

»Woher hast du es erfahren?« fragte der Vater. »Warum kommst du gerade jetzt darauf?« An seinem Helm schimmerte das rote Licht des Hypnonders. Der Sohn konnte ihm nicht entfliehen. Es flammte in suggestivem Rhythmus auf.

»Er sagt es.«

»Wen meinst du?«

Der Junge blickte stumm und hilflos auf das rote, zukkende Licht. »Warum sollte O'Skryllis lügen?«

Die Mutter nahm ihn bei den Schultern. »Liebst du nicht meinen Schmuck, die künstlichen Edelsteine? Die Erde! Du liebst sie doch?«

»O ja«, erwiderte der Knabe.

Ihr Arm wies gegen den Horizont. »Haßt du das?«

Der Sohn nickte.

»Das ist deine Pflicht. Sonst wäre alles sinnlos, was die Menschen je vor dir erschaffen, wofür sie gelebt und gekämpft haben. Würdest du das wollen?«

Der Knabe schüttelte den Kopf, kindlich und heftig.

»Diesen Haß mußt du entwickeln, sonst wird der Hypnonder unzufrieden sein mit dir.«

»Wer oder was ist O'Skryllis?« fragte der Vater.

Vertrauensvoll blickte der Sohn in sein lächelndes Gesicht.

»Er ist schon lange hier, sehr lange.«

»Was heißt das?«

»Vielleicht dreihundert Jahre oder etwas länger.«

»Was wollte er hier?«

»Er suchte Edelsteine.«

»Wie entsetzlich!« riefen die Eltern. »Er ist hoffentlich hier umgekommen.«

»Nein.«

»Er lebt und ist hier?« fragten voller Unverständnis die Erwachsenen.

»Ich weiß nicht.«

Die Eltern waren sich einig.

»Der Hypnonder wird es herausbekommen«, sagte der Vater. »Hab keine Angst, dieser O'Skryllis kann dir nichts tun.«

»Hast du eins dieser alten Bücher in die Finger genommen?« fragte die Mutter. »Wie konntest du das vor dem Hypnonder verbergen?«

Der Sohn reagierte nicht auf die Rüge. Er ließ sich von den Eltern an die Hand nehmen und lauschte, während sie sich über die Oberfläche des Ikarus bewegten, den Erklärungen des Vaters über die vormenschliche Zeit, da noch die Angst existierte und die Unvollkommenheit: *Die Angst beschränkte den Verstand der Vormenschen und ließ sie vor der Vollkommenheit erschauern.*

Die Überlegenheit des Vaters beruhigte den Jungen. Wie gewohnt, empfand er ein Gefühl tiefer Zuneigung für ihn. Nichts Schöneres konnte er sich vorstellen als die Erde in ihrer kunstvollen Ordnung, vollkommen wie ein synthetischer Stein. Niemand hatte diese Entwicklung aufhalten können; sie war Gesetz. Sollte er O'Skryllis verachten? War O'Skryllis nicht ein Teil von ihm geworden? Wo mußte er ihn suchen? Er mußte ihn finden, denn er war der einzige, der O'Skryllis helfen konnte.

Der Gedanke an das, was er tun mußte, ließ ihn zusammenfahren. Sein Gesicht verschloß sich.

Der Vater, unsicher, ob seine Erklärungen genügten, wollte einen Schlußpunkt setzen. »Es ist fast ein Wunder, daß unser Geschlecht die vormenschliche Ära überstand, ohne auszusterben oder in völligen Atavismus zurückzufallen. Wir erst haben den Menschheitsbegriff verwirklicht. Wir haben den Hypnonder geschaffen und den Hypsychosator. Angstfrei leben wir, dürfen Schönes schaffen.«

Die Mutter, das Zittern seiner Hand wahrnehmend, sagte: »Es gibt nichts Logischeres, als dem Hypnonder zu vertrauen, nichts Schöneres.« Ihre Stimme schmeichelte. »Ich bin sicher, du wirst die Überprüfung glänzend bestehen. Du bist ein guter Junge.«

Der Blick des Sohnes schweifte in die Ferne. Das Licht

der Sonne drängte gegen Schatten. Hin und her wogte der Kampf wie zwischen gleichstarken, störrischen Gegnern, und nur der Tod des einen konnte der Welt die Ruhe bringen.

Kampf!

Vernichtung!

Sieg!

Angewidert wandte er sich ab. Seine Füße stießen gegen Steine und Geröll. Eine zähe Masse hing an seinen Beinen. Nicht mehr weitergehen, keinen Schritt mehr. Doch das Licht der Sonne lockte. Schatten zuckten zurück. Sie gingen weiter durch die nach einem wilden Sturm erstarrte Landschaft, und nur die Steine hemmten seinen Schritt.

Plötzlich war er wieder da. Der Ruf! Vorwärts, Schritt für Schritt, Steine beiseite stoßen. Wo bist du, O'Skryllis? Wie um sich seiner zu erwehren, flüsterte der Knabe leidenschaftlich: »Ich hasse alle rohen Dinge, ich hasse die Unreinheit der Natur. Pfui!«

»Mein Lieber«, sagte die Mutter, »beruhige dich. Ich will dir meine Wangenplättchen aus rotem Opal schenken.« Und schelmisch: »Ich weiß, du magst sie.«

Der Junge entzog sich seinen Eltern. Sie ließen es geschehen. Nach einigen Schritten drehten sie sich um und winkten ihm mit leichter, fröhlicher Geste.

Zögernd setzte der Sohn einen Fuß vor und verharrte. »Hört ihr nicht?« fragte er leise.

»Was?«

Qualvoll, ängstlich, bittend rief der Fremde.

»Nein«, raunte der Knabe, »nein, nein, ich kann es nicht.«

»Sagtest du etwas?« fragte die Mutter.

Der Sohn hob lauschend den Kopf. Jetzt hörte er die Stimme ganz deutlich. Sie flehte, forderte, wurde Befehl tief in seinem Innern. Eine unbekannte Furcht setzte seine Füße in Bewegung.

Ehe die Eltern begriffen, was geschah, war er zwischen den Felsen verschwunden. Ihr Ruf erreichte ihn nicht. Er hastete durch die Dunkelheit der Ikarusnacht jenem glimmenden Licht entgegen, von dem die Stimme ausging.

Gleich einem heftig atmenden Menschen schien der Stein zu pulsieren. In seinem weißen Innern trieben Schatten ihr Spiel, umwoben von schillernden Schlieren. Langsam aus der Tiefe steigend, formte sich ein Gesicht, leidvolle Augen, eingeschlossen in den Stein. *Sie* hatten die unbekannte Erde gesehen, mit ihren fremden Städten, den längst vergangenen Menschen, sie hatten jene Welten gesehen, in deren Düsternis und Einsamkeit sich das Geheimnis des Lebens verbarg und die Schönheit und die Gefahr. Längst war die Gier in den Augen erloschen.

Die Eltern sahen im ungewissen Licht der Sterne ihren Sohn vor jenem länglichen Stein stehen, der eine gewisse Ähnlichkeit mit einem hockenden Menschenwesen hatte. Der Knabe hob die Arme hoch über den Kopf. Die Hände umklammerten einen dunklen Felsbrocken. Der Vater eilte vorwärts.

Sich streckend, spannte der Junge seinen Körper und schleuderte den Felsen, indem er einen spitzen Schrei ausstieß, mit verblüffender Gewalt gegen das hellschimmernde Ding. Während der Stein unter der Wucht des Geschosses zerbarst, brach der Knabe zusammen.

Als er zu sich kam, lag er, weich in ein kräftigendes Energiefeld gebettet, im Hypnoraum des Schiffes. Über ihn beugten sich die Gesichter seiner Eltern. Sie zerstörten das Antlitz O'Skryllis'. Er haßte sie dafür.

»Strengt es dich an zu sprechen?«

Der Knabe schwieg. Für ihn antwortete der Hypsychosator.

»Er will nicht sprechen, er will eine Sperre aufbauen. Ich werde sie verhindern.«

»Noch nicht.« Die Stimme des Vaters war sanft, geheimnisvoll schwebend.

»Warum hast du das getan? Du hast einem zerstörenden Trieb gehorcht, archaisch, tierisch, spontan. Warum?«

»Ich begreife es nicht«, sagte die Mutter. »Hat sich der Hypsychosator geirrt? Er hat doch die Exkursion zugelassen und befürwortet.«

»Er kann sich nicht geirrt haben. Das ist unmöglich«, entgegnete der Vater ratlos.

»Natürlich«, murmelte die Frau.

»Es muß etwas von außen gekommen sein.«

»Etwas Überraschendes?«

»Gibt es etwas, was den Hypsychosator überraschen könnte?«

»Nein.«

»Er sieht *alles* voraus!«

»Trifft uns die Schuld?« Ihr Blick forschte ängstlich in seinen Zügen.

»Der Hypsychosator wird die Antwort finden.« Bevor er sich dem Knaben zuwandte, glättete der Vater sein Gesicht. »Kannst du dein Verhalten logisch herleiten?«

Der Sohn antwortete nicht. Seine Augen blickten durch die Eltern hindurch. Er genoß eine merkwürdige, unbekannte Lust. Noch nie hatte er so deutlich sich selbst empfunden. Es war ein tiefes, intimes Gefühl, und er haßte jede Störung. Wo war O'Skryllis?

Vor ihm hatte sich ein fremdes Leben ausgebreitet, eine fremde Zeit, und irgendwo da drinnen mußte O'Skryllis zu finden sein.

Der Vater fuhr ihm zärtlich über die Stirn. »Bist du dir klar darüber, wie gefährlich solche Affektionen für deine Entwicklung zur endgültigen Sanftheit sind?«

»Du weißt, daß Schädigungen der Hautsensibilität schwer zu korrigieren sind«, sagte die Mutter. Sie streichelte seine Hand.

Die Blicke des Jungen irrten zwischen seinen Eltern hin und her. Die Worte um ihn drängten sich zusammen zu hallenden Wänden. Er hörte Echos, die O'Skryllis' Stimme übertönten. Sein Gesicht verzerrte sich zu einem Lächeln. Sie konnten ihm nichts mehr nehmen, nichts.

»Es fällt mir schwer«, die Stimme seiner Mutter dröhnte leise, »aber du mußt in den Hypnonder zur Doppeltintensiv-Behandlung. Mit diesen Erinnerungen belastet, erreichst du nie die höchste Stufe.«

»Ich will nicht«, sagte der Knabe.

»Es ist zu deinem Besten. Der Hypnonder wird dir dein Verhalten analysieren und verzeihen.«

»Ich mußte es tun ... Ich will es nicht vergessen ... Ich will es nicht analysieren lassen ...« Seine Stimme war klar, ohne kindlichen Trotz.

»Warum mußtest du es tun?«

Um den Mund des Knaben zuckte es. »Ich – hatte Mitleid.«

Die Eltern wechselten einen Blick. »Mitleid? Mit einem Stein?«

»Mit einem Stein!« schrie der Knabe. Höhnisches Gelächter schüttelte ihn. »Ja, mit einem Stein.« Er schloß die Augen, flüsterte nochmals: »Mit einem Stein.«

Als wollte sie ihm eine dumme Lüge verzeihen, fragte die Mutter mit unbeirrter Zärtlichkeit: »Also, was war es?«

»Ich habe O'Skryllis getötet.«

Die Hand der Mutter ruhte schwer auf seiner Stirn. »Getötet?«

»Ich habe ihn erlöst.«

Der Vater gab dem Automaten den Befehl, und augenblicklich schlief der Knabe ein.

»Er muß bis zur Ankunft auf der Erde schlafen. Vielleicht erweist sich der Einfluß des Hypsychosators als ausreichend.«

Die Frau nickte wehmütig. »Das wäre die einzige Möglichkeit, ihm den Hypnonder zu ersparen. Man fühlt sich in den Tagen danach so leblos.«

»Aber er hilft.«

Sie blickte aus dem Fenster auf den entschwindenden Asteroiden. »Was hat er nur erlebt? Was ging dort mit ihm vor?«

Der Mann nahm sie in die Arme. »Er wird es vergessen.«

Sie machte sich frei, überraschend, nachdem sie einen Moment erschlafft gegen ihn gelehnt hatte. »Ich will es wissen.«

Er schüttelte den Kopf. »Warum willst du dich mit den gefährlichen Erinnerungen eines anderen belasten? Er wird es vergessen.«

»Es gab dort etwas, was unser Leben bedrohte, nicht nur hier und in diesem Augenblick, nicht unser persönliches Leben, sondern überhaupt.«

Er strich mit dem Mund über die Falte an ihrer Nasenwurzel. »Ist das wirklich wichtig? Nichts kann unser Leben bedrohen!«

»Es ist einmalig und unerhört: Ein Mensch verweigert sich dem Hypnonder, um mit seinen schädlichen Erinnerungen zu leben. Er muß krank sein.«

»Vielleicht. Der Hypsychosator wird es . . .«

»Aber dann«, fuhr die Frau beharrlich fort, »müßte die Ursache der Krankheit außerhalb zu suchen sein. Ich meine, das kam von außen, plötzlich. Es hat sich nicht in ihm entwickelt.«

Der Mann küßte ihre heißen Wangen. »Du solltest ein wenig ruhen.«

Sie klammerte sich an ihn, ihre Augen waren weit. »Der Hypsychosator muß mich koppeln.«

»Wenn seine Erinnerungen nicht nützlich für dich sind, wird er sein Bewußtsein für dich sperren.«

»Ich werde die Sperre annullieren.«

Der Mann löste sich von ihr. »Das ist verboten! Es kann deine Vollöschung zur Folge haben. Aber ich möchte dich so behalten, wie du bist. Mir liegt nichts an irgendeiner synthetischen Person mit deinem Äußeren, an die ich mich erst gewöhnen müßte.«

Sie lächelte schwach. »Es ist lieb von dir.« Ihr Mund leuchtete groß und ernst aus dem schönen Antlitz. »Ich muß wissen, was in dem Jungen vorgeht.«

Ihre Starrköpfigkeit verletzte ihn. Steif sagte er: »Du bist zweiundvierzig, du hast fast den sechsundzwanzigsten Reifegrad. Du kannst verantwortlich entscheiden. Mir bist du keine Rechenschaft schuldig. Aber was willst du dem Hypsychosator sagen? Ich wäre nicht glücklich, wenn er dich konvertierte.«

»Du kannst mich begleiten.«

Der Vorschlag traf ihn wie ein Schlag, beschämte ihn maßlos. Er stammelte, versuchte seiner Verwirrung Herr zu werden, äußerte kurzatmig Unverständliches, das er mit zerfahrenen Gesten zu ordnen versuchte. Wann jemals hätte ein Mensch einem anderen einen solchen Vorschlag gemacht? War es nicht rücksichtslos von ihr, ihn in Gefahr zu bringen? Seine Arme sanken herab, er schwieg. Sein Mund öffnete sich. »Ich begleite dich.«

Sie schmiegte sich an ihn, küßte ihn, erregend in ihrer Hingabe.

Sie lagen reglos, in den unsichtbaren Kissen aus Energie. An der Wand summte der Hypno-Konverter des Hypsychosators. In gleichmäßigen Wellen umkreiste eine Lichtspirale sein Facettenauge. Die Wände glühten in tiefem Rot, öffneten sich dunkelstrahlend, den Blick in die Unendlichkeit lokkend.

Die Dimension des Raums entflog. Niemandsland zwischen zwei Welten.

Sie sahen nicht mehr mit eigenen Augen, hörten nicht mehr mit eigenen Ohren, fühlten, rochen, schmeckten mit fremden Sinnen. Ehe sie gänzlich in das andere Bewußtsein eindrangen, durchfloß sie wie ein kühler Schauer ein letzter, eigener Gedanke: *Das ist nicht unser Sohn.* Unbekanntes sog sie auf. Es hatte von ihm Besitz ergriffen.

Dieses *andere* dachte an etwas, was ihnen ungeheuerlich erschien, es empfand mit furchtbarer, explosiver Intensität.

Einen Moment lang versuchten sie, an die Oberfläche ihres Bewußtseins zu gelangen. Doch schon hatte der Unbekannte sie erfaßt. Er beherrschte ihre Gedanken, löschte sie aus. Ihre Furcht vor ihm war nicht stark genug. Wie ein Orgasmus überschwemmte Neugier sie.

Der Hypsychosator sah keinen Grund, den Vorgang zu unterbrechen.

Es gab kein Zurück mehr. Immer tiefer sanken sie in das Wesen ein, das den sonderbaren Namen O'Skryllis trug und in ihrem Sohn wohnte.

O'Skryllis war zufrieden mit dem Tag. Er hatte eine Glückssträhne wie selten in seinem Leben, und es war nicht arm daran gewesen.

Schon als er den Asteroiden anflog, hatte ihm eine Ahnung gesagt, das da ist ein Opalasteroid. Als die Analysendaten es bestätigten, fand er es irrsinnig komisch. Er überlegte, ob er es als Glück bezeichnen sollte oder als Intuition. Sein Spiegelbild auf dem Sichtschirm zwinkerte ihm zu: deine Nase, alter Junge. Bist ein echter Diamantenschnüffler.

In solchen Augenblicken war er froh, nie der Versuchung erlegen zu sein, auszusteigen, einen anderen Beruf zu suchen, bequemer zu leben, Menschen um sich zu haben. Nein, nichts konnte ihm *das* ersetzen.

Er besaß das Gespür eines Wünschelrutengängers. In der Nähe fündiger Asteroiden bebten ihm die Nasenflügel. Es war eine sonderbare Fähigkeit. Niemand konnte sagen, wie sie entstand. Vielleicht war sein Dasein, fern vom Leben, geeignet, längst vergessene Instinkte wieder zu erwecken. Er war sicher, daß er sich nie würde an ein anderes Leben gewöhnen können. Er brauchte den erbarmungslosen Wettstreit seiner selbst mit all den Geräten, die ihn umgaben und seine Arbeit erleichtern sollten. Jedesmal freute er sich wie ein Kind, wenn es ihm gelang, eine Nasenlänge im voraus zu sein. *Diamantenjäger?*

Sein Spiegelbild zuckte mit den Schultern.

Er lächelte ihm zu. Du hast recht. Es ist eine Gier in mir. Sie treibt mich vorwärts. Eines Tages finde ich den millionenkarätigen Diamanten, Saphir oder Opal. Du wirst es sehen!

Der Asteroid übertraf alle seine Erwartungen. Die Steine lagen an der Oberfläche. Opale von nie gesehener Schönheit. Man brauchte sich nur zu bücken.

Mit kräftigen Schritten strebte er zum Raumschiff zurück. Übermütig stieß er sich ab, stieg hoch hinauf, schwebte über den Felsen. Die Sonne glitt über den dunklen Grund, Schatten wanderten.

Hinter einer Felsnadel entdeckte er einen leuchtenden Fleck. Es dauerte unendlich lange, bis er den Asteroiden wieder unter den Füßen spürte.

Kaum eingeschlossen von taubem Gestein, lag der Opal am Grunde eines Talkessels. Er hatte die Größe eines menschlichen Gehirns. Ehrfürchtig, als beträte er ein Heiligtum, näherte sich O'Skryllis. Er kniete nieder und löste ihn mit behutsamer Geste aus dem Schutt.

Es war ein makelloses Stück, voll irisierender Reflexe, reinweiß mit einem tief verborgenen roten Feuer, von kantig-kristalliner Form, doch in sich geschlossen: ein unvollendeter Tropfen aus dem Auge eines Gottes, verloren und vergessen. Milchige Schlieren durchfluteten ihn, als atmeten in seinem Innern geisterhafte Schatten.

Der Stein in seiner Hand schimmerte in mildem Feuer. Aus seiner Tiefe drang es brandrot glosend, versteckt hinter weißen Nebeln. Ein Schwingen stieg wie sehnsuchtsvolles Raunen um ihn auf. Er versuchte, den Blick hinter die Grenzen der unbekannten Welt dringen zu lassen. Sie entzog sich seinem Zugriff durch feste Nebelmauern. Doch malte seine Phantasie ihm märchenhafte Universen aus, die sich da drin verbargen.

Es erfaßte ihn wie eine Sucht. Der Verzweiflung nahe, nahm er nichts mehr um sich wahr. Er wollte da hinein, in jene geheimnisvolle, unvergängliche Welt.

Wieviel Zeit war vergangen? Endlich erhob er sich, atmete schwer. Auf der Stirn standen kalte Schweißtropfen. Seine Hände umschlossen den Stein.

Er lachte, doch seine Augen blieben ernst. Zärtlich, als trüge er etwas Verletzliches, schaffte er ihn ins Raumschiff. In der Kabine legte er ihn auf die mit grünem Samt überzogene Platte und versank im Anblick des schimmernden Kristalls.

Das unbekannte Universum lockte halbverhüllt, ließ seinen Blick eindringen, und er mußte seiner unheilvollen Neugier folgen. Nebel wallten um ihn auf, Dünste aus unendlichen Tiefen, die ihn, den Unvorsichtigen, umwebten mit dichtem, undurchdringlichem Gespinst, bis er blind und taub sich im Kreise bewegte und den Ausgang aus dem Labyrinth der kalten Feuer nicht mehr fand. Doch da flammten sie wieder durch den kalten Hauch, gelbgolden, rötlichbraun, mattblau: Irrlichter. Gefährlich war der Eintritt in das Zauberreich.

Aufatmend lächelte O'Skryllis. Welch eine Schönheit hatte er geschaut, gewachsen aus Glut der Unterwelt, einschließend in sich alle Geheimnisse des Alls von seinem Anfang an.

Er strich sich über die Stirn, fühlte sich befreit und glücklich durch den festen Druck seiner Hand. Von einem Stein zum andern glitt sein Blick, umkreiste scheu das unvollendete Oval des letzten Fundes, kehrte zu ihm zurück, flatterte wie ein müder Vogel, um sich wiederum auf ihn zu senken wie auf einen Ruheplatz nach langem Flug.

Als er in die Zentrale ging, nahm er den Stein mit. Er legte ihn auf den Tisch des Kommandantenstandes und bereitete den Start vor. Hin und wieder zwischen den Verrichtungen fiel sein Blick auf ihn. Der Stein schien sich auszudehnen. Er lächelte über seine Einbildung, seine kindliche Hingabe.

Nicht zum ersten Mal fand er einen ungewöhnlich schönen Stein. Doch diesmal war es ihm, als wäre er etwas Langersehntem begegnet, einer Zufluchtstätte in der Welt der künstlichen Opale, Chrysopase, Amethyste, Turmaline, Diamanten. Das Heer der künstlichen Kristalle war fehlerlos, gigantisch, ein Optimum an Härte, Glanz und Farbe. Er ahnte hinter sich ein Meer von Masken. Er scheute sich zurückzusehen. Vorwärts, nur vorwärts.

Nach dem Start hatte er Muße, seinen Findling noch einmal liebevoll zu mustern. Er schien im Licht des Raumes zu pulsieren. Das Spiel der Schlieren in seinem Innern wogte in regelmäßigem Rhythmus.

Er streckte dem Stein die Hand entgegen. Die Kanten und Wölbungen schmiegten sich an, als wäre der Kristall ein Teil von ihm.

O'Skryllis zog die Hand zurück, fuhr sich übers Gesicht. Doch ertasteten die Fingerspitzen nichts als ein merkwürdig hartes Relief.

Verwirrt ließ er sich in den Sessel sinken. Der samtige Bezug der Lehnen war keine Täuschung. Zögernd wich seine Erregung.

Die Stunden flossen hin. O'Skryllis' Raumschiff befand sich noch in der Zone der Asteroiden. Im Kommandantensessel sitzend, lauschte er einem Konzert.

Hinter halbgeschlossenen Lidern betrachtete er seinen Opal.

Noch nie hatte er Musik so direkt vernommen. Mit bildhafter Deutlichkeit drangen die Töne in sein Bewußtsein, füllten den Raum in ihm und um ihn.

Der Stein warf einen hellen Schatten, als sei der Tisch mit Staub bestreut. Aber es war wohl eine Täuschung seiner Augen. Eine seltsam träge Spannung umfing seine Glieder, schmerzliche Taubheit kroch über sein Gesicht. Der Blick versank in der kristallenen Tiefe, das Sein löste sich auf. Er empfand nichts mehr. Er vergaß die Welt der Menschen. Ihre durchlebten Jahrmillionen flossen in einem Augenblick zusammen; alles Zukünftige wurde gemessen nach der Schwingungsdauer eines Moleküls; die Dimension des Universums wurde ein fühlbares Gebilde. Nichts Schöneres gab es in der Unendlichkeit der Zeit als diesen Augenblick. Die Zeit gerann zum Punkt.

Er war unsterblich in dem ewigen Kristall.

Um ihn waren die Gesichter der *anderen.* Waren es Menschen oder sein Traum von ihnen? Ihr Willkommensgruß entflammte die Dunstigkeit um ihn blutrot. Doch nichts berührte ihn, weder ihre Samariterhände noch das Grauen hinter ihm, die Masken. Sein Körper war gefühllos und sein Geist gefangen ...

Als er die Augen aufschlug, war es still um ihn. Kein Laut war zu vernehmen. Eine Traumwelt schloß ihn ein. Wohin er schaute, waren alle Gegenstände wie von einer Reifschicht überzogen, in mattes Weiß getaucht. Er schauerte zusammen, doch es war nicht kalt. Sein Blick fiel auf den Fleck, wo der Opal gelegen hatte. Er war verschwunden.

Sein Kopf ruckte herum. Da waren die vertrauten Formen, gerade noch erkennbar: der Bildschirm, die Reaktoreinheit, der Kybernet, die übrigen Kommandostellen.

Es dauerte sekundenlang, bis er in die Wirklichkeit zurückfand. Er ahnte dumpf, was jenes Grauen während seines Traumes zu bedeuten hatte. Lähmte die Angst seine Glieder? Ungläubig hetzte sein Blick durch den Raum, kreiste in immer engeren Spiralen um ihn selbst.

Bis unters Knie waren seine Beine ein weißer, glitzernder Block. Wie ein dünner Faden riß sein Atem, er würgte, röchelte, erstarrte. Die Lippen zitterten im Krampf, er schluchzte. Dann schrie er auf wie ein gefangenes Tier.

Er konnte seine Beine nicht mehr fühlen. Er kratzte an dem steinernen Belag, bis die Haut der Finger riß und Blut hervorquoll. Einen Atemzug lang beruhigte es ihn, den Schmerz zu empfinden und das warme Rinnsal Blut. Was war mit ihm geschehen? Woher war das gekommen? Der Opal! Was für eine fürchterliche Eigenschaft verbarg er in sich? Was hatte sie aktiviert? Brauchte *das* die Energie des Raumschiffs, um zu wachsen, sich auszudehnen? In wilder Verzweiflung schüttelte O'Skryllis den Kopf. Er riß sich wieder hoch, warf sich nach vorn. Doch erreichte er das Pult nicht mehr. Es war mitsamt der Funkanlage unter dem steinernen Reif verschwunden.

Zwei Stunden später schimmerten seine Beine bis über die Knie in opalisierendem Glanz. Die Gelenke waren steif geworden.

Weit in den Sessel zurückgedrängt, beobachtete er seine fortschreitende Versteinerung voller Ekel, wie ein aufwärts kriechendes Insekt. Vor Angst und Abscheu riß er krampfhaft seinen Oberkörper hin und her, schrie in Abständen leise wimmernd auf.

Mit nicht sehr hoher Fahrt bewegte sich das Raumschiff in die Asteroidenzone hinein. Seine Bahnelemente entsprachen etwa denen einer stark exentrischen Planetoidenbahn.

Ein halbes Jahr lang näherte er sich der Sonne, dann entfernte er sich wieder von ihr. Stellenweise brach durch die Außenhaut weißfleckiger Grind.

Als es zwei Jahre später in die Nähe des Merkur gelangte, war es über und über weiß. Die Oberfläche wirkte kantig aufgebrochen, doch war die breite, ellipsoide Form des Raumschiffs noch gut erkennbar.

O'Skryllis sah den Mars entschwinden und die Sonne. Er bewegte sich hinaus in die Tiefe des Kosmos, kehrte wieder, kreiste auf einer ewigen Bahn. Sein Schicksal war furchtbarer als das der Kosmonauten, die steuerlos in die Unendlichkeit abtrieben, verhungernd, erstickend.

Nicht lebend und nicht tot, befand er sich in einem namenlosen Raum, von dem er ungewiß nur wußte, daß er da war. Alles körperliche Sein war erloschen. Nur die Gedanken drehten sich im Kreis. Menschen tauchten auf und Dinge, denen seine Liebe einst gehörte. Um sie und das verlorene Jenseits trauerte er. Jetzt begriff er ihre wehmutsvollen Mienen. Sie galten ihm. Stumm zogen sie vorüber. Sein Ruf erreichte sie nicht mehr. Es war zu spät. Hätte er geschrien, als er noch eine Stimme hatte, hätte er gehaßt, als er noch fühlen konnte. Vielleicht hätte es das Meer der Masken nie gegeben. Nichts war nachholbar. Was nützt jetzt noch seine Trauer um sich selbst. *Sie* hatte ihn immer begleitet, sein Leben lang.

Trauer.

Resignation.

Tod!

Er wünschte sich, tot zu sein.

Einhundertfünfundzwanzig Jahre später stürzte das Raumschiff auf den Asteroiden Ikarus und zerschellte. Wie zum Hohn blieb er unversehrt. Hätte er doch weinen können.

Dreihundertsiebenundvierzig Jahre lang zog die Undurchdringlichkeit des Alls an seinem Blick vorüber, die Sonne schwoll und verblaßte wieder.

Irgendwann senkte sich sacht ein kugelförmiges Raumschiff auf den Asteroiden. Ihm entstiegen zwei Erwachsene und ein Kind. Der Mann und die Frau waren stumm. Doch die Gedanken des Kindes konnte er vernehmen. Aus seiner Lethargie aufschreckend, beschwor er den Knaben, ihn zu töten.

Die Frau erwachte zuerst. Sie blieb reglos liegen. Was sie erfahren hatte, schien ihr eine kaum noch vorstellbare Entartung. Damit belastet, konnte kein Mensch leben. Sie durfte es nicht zulassen, daß dieses Bild den Jungen prägte. Es würde ihn hemmen, ihn schließlich nach Dingen suchen lassen, die ihn krank machten. Da war die Gefahr, daß er vom Weg abkam, sich in Empfindungen verstrickte, die von den Parseliten schon vor langer Zeit verworfen worden waren. Er würde nie die achtundzwanzigste Stufe erreichen, seine Entwicklung zur absoluten Sanftheit war bedroht. Die Angst trieb sie hoch. Sie taumelte ein wenig, fing sich jedoch wieder.

»Es war grauenvoll.«

Er richtete sich auf. »Es hat mich eher amüsiert. Aber es muß damals schon Menschen gegeben haben, die Sanftheit suchten. Vom Ziel, der schönen, künstlerischen Ausgeglichenheit, waren sie allerdings noch weit entfernt. Der Weg war falsch. Wer sich dem Natürlichen preisgibt, geht zugrunde. Doch eine positive Richtung schien sich abgezeichnet zu haben.«

»Entschuldigst du diesen – O'Skryllis, diesen Vormenschen? *Das* waren doch diejenigen, welche die Entwicklung hemmten. Willst du ihnen *das* nachsehen?«

»Wir haben es mit einem Phänomen zu tun. Was immer diesem Vormenschen begegnet sein mag, er war sanft. Er wollte keine rohe Auseinandersetzung. Seine Anbetung des Natürlichen war ein Relikt, nichts weiter. Noch hatte er nicht erkannt, daß es nur *einen* Weg gibt: das Menschliche, die künstliche Synthese.«

»Das ist *ein* Aspekt«, entgegnete die Frau sanft. »Doch sein Weg war töricht, frevlerisch. Mit welchem Recht wandte er sich gegen die Vollkommenheit künstlicher Steine, gegen den Fortschritt. Er haßte alles Absolute, weil es ihn an die eigene Unzulänglichkeit gemahnte. Sein Haß war nichts als Schwäche!«

Der Mann stimmte ihr wortlos zu. Als er sprach, hatte seine Stimme einen Klang wie die ihre.

»Ein Irrweg bleibt ein unentschuldbarer Fehler. Ich wollte ihn nicht entschuldigen. Verzeih, wenn ich es nicht klar formulierte. *Wir sind einer Meinung!*«

Ihr Gesicht glättete sich. »Wir müssen das gespeicherte Bewußtsein löschen. Es könnte sonst im Parseliten weiterexistieren.«

Wieder nickte der Mann. »Wir müssen den Jungen vorher wecken. Die Löschung wird bei ihm bereits vollzogen sein.«

Der Automat reagierte auf den Befehl, die Lichtspirale hörte auf zu kreisen.

Der Junge erwachte. Er erhob sich elastisch, lächelte. Die Eltern atmeten auf.

»Nun«, sagte die Mutter, »wie fühlst du dich?«

»Es geht mir ausgezeichnet«, erwiderte der Sohn. »Meine Gedanken sind mein.«

Die Formel beruhigte die Eltern vollends.

»Es ist nichts zurückgeblieben?« fragte der Vater.

»Was meinst du?«

»Nichts, nichts«, beeilten sich die Eltern zu sagen. »Wir wollen nicht darüber sprechen. Es wäre gegengut.«

»Ihr meint O'Skryllis?«

Die Eltern nickten schweigend. Sie wollten ihm nicht mehr mitteilen, als er vielleicht noch wußte. Eine minimale Nachbehandlung würde auch den Rest löschen.

»Ich habe mich gegen den Parseliten aufgelehnt und gegen den Hypsychosator.« Der Knabe lächelte. »Ich habe mir die Erinnerung an O'Skryllis nicht nehmen lassen.«

Die Mutter wollte auf ihn zueilen, doch der Mann hielt sie mit einer Handbewegung auf. Ein Schluchzen stieg ihr in die Kehle. »Er lebt in dir weiter. Du mußt ihn in dir abtöten, sonst wirst du er, ein lebendes Fossil.«

»Es wäre dein Untergang«, sagte der Vater. »Geh in den Hypnonder.«

»Begreift doch«, rief der Knabe heftig, »ich will ich bleiben!«

Die Frau flüchtete in die Arme ihres Gatten. Sie betrachtete den Sohn wie einen Toten.

Der unsichtbare Kreis

Die Erde war in eine unergründliche Tiefe gestürzt. Es schien, als wollte sie nie wieder aus dem lichtlosen Abgrund seiner Erinnerung emportauchen. Wochenlang lag sie begraben unter schwarzen Wassern, war sie verzehrt von düsteren Flammen. Erst hier auf dem Mars entsann er sich wieder seiner Herkunft und seines Ziels.

Wozu das alles, fragte sich Djagganaut, wozu?

Wie im Schlaf nahm er die Zwischenlandung wahr, begegnete Menschen, die ihm bekannt vorkamen. Hatte sich die Stadt verändert? Ihre Geräusche waren nichtssagend, ihre Farben verwischten vor seinem Auge zu einem Ton.

Die Einbildung eines Geruchs drang an die Oberfläche seines Bewußtseins, weckte wehmütiges Mitleid. In seiner Kehle formte sich ein schroffer Laut, der wie etwas Bitteres auf der Zunge liegenblieb.

Hier war er Keméle zum ersten Mal begegnet. In jener ersten Sekunde hatte er nur ihren Schatten wahrgenommen, ihre Silhouette.

Djagganaut starrte in die blasse Sonne, bis die Augen schmerzten. Er schloß die Lider und empfand die Dunkelheit wohltuend, wie die Erlösung von allem Schmerz, von aller Täuschung.

Ihre Begegnung damals hatte ihn überrascht. Sie war etwas für ihn Unbegreifliches. Plötzlich und unerwartet standen sie sich gegenüber, berührten sich wie etwas Langentbehrtes, zweifelnd, dürstend. Und doch zögerte er in jener ersten Sekunde aus Angst vor seiner eigenen, kommenden Hilflosigkeit.

Sehr wahrscheinlich hatte die Stadt sich seither nicht verändert. Trotzdem, ungewiß blieb, ob die Geometrie der

Parks nicht neu erdacht war, ob nicht mehr Wolken über den künstlichen Himmel zogen, ob man das Simulationsmodell optimiert hatte. Einbildungen! Das Wetter war verbannt, verschollen wie alles Vertraute.

Nur der Geruch verfolgte ihn, wuchs wild wuchernd um ihn auf wie Gestrüpp. Ein Lächeln enteiste seine blutleeren Lippen. Er selbst hatte ihn eingeschleppt, an den Schuhsohlen, in den Taschen, hinter dem Barthaar, unter dem Kragen. Er umschlang seine Füße, hängte sich an seinen Rücken, weckte Sehnsucht.

Es war ihr Geruch, ihr Atem, der Duft ihres Haares, der ihn verfolgte wie ein behendes Wesen, das keinen Weg braucht und kein Licht.

Kurz vor seiner Abreise von der Erde waren sie sich noch einmal begegnet. Er wußte nicht, daß sie zu dieser Zeit in der Stadt inmitten einer Menge von Menschen auftauchen würde. Ihr auszuweichen erschien ihm wie Feigheit. Er zog die Schwäche vor.

Sie war magerer geworden. Das Nichts ihrer Taille betonte die Hüften, die Wangenbögen stachen vor. Sparsame Schminke verbarg nicht die Schatten unter ihren Augen. Welkheit unter müden Blüten.

Mit einer Sicherheit, die ihm neu war, und ohne schmerzliches Bedauern sprach sie über sich, lächelte wie früher. Erstmalig glaubte er, sie unverstellt, in völliger Offenheit und Hingabe an sich selbst zu erleben. Der verletzte Zug war aus ihrem Gesicht verschwunden, die Abwehr. Erstaunt nahm er seinerseits wahr, es gab keinen Grund mehr, in sie zu dringen, ihr verschwiegenes Antlitz aufzubrechen, das ihm als Antwort nicht ausreichte.

Wer bist du?

Sieh in mein Gesicht!

Er beschied sich mit dem, was sie von sich erzählte. Ihre Äußerungen klangen bestimmt und ungehemmt. Er lauschte schweigend ihren Worten, und es schien ihm, als erführe er in den wenigen Augenblicken mehr über sie als in den Jahren ihrer Gemeinsamkeit.

Sie rückte nicht ab, als er den Arm um sie legte, wurde nicht hölzern und undurchdringlich wie in der Zeit vor ihrer Trennung.

Er berichtete unwesentliche Dinge aus seinem neuen Leben, die ihr keinen Platz mehr einräumten, verschwieg ihr, daß er fortgehen würde. Sie hatte kein Recht, die Schwäche in ihm zu ahnen.

Als sie Abschied nahmen, glaubte er, sie getäuscht zu haben. Wortlos gingen sie auseinander. Sie wollten den schönen Leichnam nicht zerstückeln. Er fürchtete sich vor der Rückenansicht, vor dem langsamen Entschwinden, drehte sich nicht um und floh an spiegelnden Schaufensterscheiben entlang, die ihm höhnend das Entschwundene in den Weg zu stellen suchten.

Sie blieb stehen, bis die Menge der Vorübereilenden ihn wegschwemmte, wartete, daß ihn die Flut noch einmal hochspüle, grau, schmalrückig wie ein Fisch.

Ziellos streunte er durch die Marsmetropole, wie ein Tier der Witterung folgend, drehte sich im Kreise. Dieser Geruch verströmte Morgenkühle, einen Hauch von Wetter, der sich mit ihm hierher verirrt hatte.

Als die achtundvierzig Stunden der Zwischenlandung vergangen waren, fühlte er sich erleichtert.

Mit dem Betreten des Raumschiffs glaubte er eine Grenze zu überwinden: Hier fand er eine Welt feststehender Dimensionen, Sicherheit. Hier gab es kein Versagen, hier strebte menschliches Unvermögen, der Perfektion des Kreuzers standzuhalten.

Willig ließ sich Djagganaut vom Fluidum des Giganten gefangennehmen. Vor dieser ins Millionenfache potenzierten Macht des Menschen erschien alles andere bedeutungslos.

Eine unbekannte Kraft übertrug sich auf ihn, überwog die Schwäche wie ein Rausch. Es war mehr, als das Vertraute nur zu spüren. Er konnte dem befehlen, und es gehorchte, es *funktionierte.*

Die Oberfläche des Mars entschwand. Unvorstellbar, daß dies den Anfang der Unendlichkeit darstellte.

Djagganaut schnallte sich los, erhob sich. Er wußte keinen Grund. Ebensogut hätte er liegenbleiben können. An der Tür stockte er, doch rechtzeitig fiel ihm ein, daß es Zeit zum Abendessen war. Er stellte das gleichgültig fest. Nichts Weiteres als die Notwendigkeit bewog ihn, die Gemeinsamkeit der anderen aufzusuchen.

Er kam als einer der letzten, nahm unauffällig und schweigend Platz, nickte den Nächstsitzenden zu. Ruhig, ohne auf seine Umgebung zu achten, aß er. Um ihn, zwischen Wortfetzen, fuhr Gelächter auf. Wenn es sich nicht vermeiden ließ, äußerte er sich knapp, kaum daß er den Kopf hob.

Die letzte Etappe der Reise hatte begonnen. Noch drei Wochen bis zur Landung auf Neptun. Sie sollten die Besatzung der Station ablösen. Zwei Jahre Arbeit in der Einsamkeit, fern jeder Äußerung menschlichen Lebens. Kein anderer Zwang existierte als ihr eigener Wille. Warum auch immer, nur er hatte sie hierhergeführt.

Djagganaut lächelte.

Geld, Ruhm, wissenschaftlicher Ehrgeiz? Mit der Zeit würden sie es voreinander erfahren, einem Mechanismus unterliegend, gegen den niemand gefeit war. Djagganaut schätzte die Möglichkeiten ab, sich herauszureden. Am glaubwürdigsten erschien ihm die letzte Variante. Wissenschaftlicher Fanatismus, das würden sie ihm glauben, wenigstens ein paar Monate. Dann würde er sich, der Aufmerksamkeit müde, in Widersprüche verwickeln. Sie würden beginnen zu ahnen. Für ihr Mitleid wie für ihre Verachtung empfand er die nämliche Gleichgültigkeit, und seine Heiterkeit vertiefte sich.

»Seht«, sagte Pink, »er lächelt.«

Stroganoff hob sein Glas. »Auf Djagganauts erstes Lächeln!«

Djagganaut trank. Er verzieh Stroganoff die Frotzelei. Seitdem sie das Raumschiff betreten hatten, konnte Djagganaut das Gefühl nicht loswerden, er müsse sein Terrain gegen den anderen verteidigen. Trotzdem bereitete es ihm ein geheimes Vergnügen, das mit der Scheu vor dem Alten konkurrierte. Nicht bewußt, doch konsequent wich er der Frage aus, woher diese gegensätzlichen Regungen kamen. Er ahnte, die Antwort würde ihn beunruhigen.

Manchmal drängten sich ihm Vergleiche auf. Wie ein Schiedsrichter hakte er erfüllte Pflichten ab, summierte Punkte. Das Verfahren hinkte. Was wußte er schon von Stroganoffs Leben? Er redete sich damit heraus, daß es ja nur ein Spiel wäre, und rechnete mit verbissenem Eifer weiter. Posten, die ihm nicht konkret erschienen, strich er von der Liste:

War Stroganoff glücklich?

Warum war er es?

War er es vollkommen, halb, zu achtzig Prozent?

Worin bestand der Rest?

Es beunruhigte ihn nicht so sehr, keine Antwort zu wissen, als vielmehr, das harmonische System seines Spiels durch irrationale Größen gestört zu sehen.

Stroganoff war ein kleiner, beweglicher Fünfziger, hager, sehnig. Das Gesicht trug er stets leicht geneigt, wodurch die vorspringende, gebogene Nase zwischen den kühnen Augen kaum an Bedeutung verlor. In diesem Gesicht wurde ein ganzes Leben sichtbar, sinnlich real, durch nichts verhüllt. Eine Offenherzigkeit lag darin, der Djagganaut mißtraute.

Lange bevor seine Forschungen Stroganoffs Namen berühmt gemacht hatten, ließ irgendeine läppische Begebenheit ihn zum Inbegriff für verschrobene Originalität werden. Djagganaut hatte den Anlaß vergessen. Er studierte damals noch, bewunderte den Berühmten und bedauerte gleichzeitig, daß ein Genie sich in Kleinlichkeiten verzettelte, anstatt sein Lebenswerk zu vollenden. Auch wenn die meisten Geschichten erfunden waren, Stroganoff schien ein merkwürdiges Leben zu führen, unstet, unkonzentriert. Er tauchte auf wie ein Phantom und verschwand, Gerüchte hinterlassend. Fest stand lediglich, er hatte die Ganymed-Expedition überlebt und daselbst die Thau-Viren entdeckt, die Grundlage für das später von ihm erforschte und nach ihm benannte biogenetische Phänomen. Auf dem Höhepunkt seiner Laufbahn trat er das Arbeitsgebiet anderen ab, um sich wissenschaftlich zweitrangigen Problemen zu widmen.

Während der Mahlzeit sprengte Stroganoffs Vitalität jede Fessel. Die allgemeine Sympathie gehörte dem kleinen Mann, seinem überschäumenden Temperament, seinen großen, dennoch leisen Gesten, seiner Ironie und seiner Klugheit. Trotzdem war er ein Fremder unter ihnen. Sie erfreuten sich an ihm wie an einem Exoten, ließen sich von seinen Kapriolen mitreißen. Stroganoffs Ehrfurchtslosigkeit kannte keine Grenzen, und Djagganaut fragte sich, wann die anderen merken würden, daß Stroganoff auch vor ihnen nicht haltmachte. Vielleicht vermuteten sie es bereits, doch es war ihnen unmöglich, Stroganoff in die Defensive zu drängen, ihn ans Kreuz ihrer schwachen Moral zu nageln.

»Warum habt ihr euch hierher verpflichtet?« fragte Stroganoff. Er unterbrach den Schwall der Worte. »Ich, wißt ihr, brauchte gerade Geld, die Gelegenheit war günstig. Außerdem kenne ich den Neptun noch nicht.« Er lachte in ihr erschrockenes Schweigen, nicht zu laut, aber aus vollem Herzen. Es machte ihm nichts aus, allein zu lachen. Irgendwann stimmten sie immer mit ein.

Djagganaut fand das unfair, bis er bemerkte, daß Stroganoffs Ironie freundlich war. Was hatte er denn erwartet? Die Phrase vom wissenschaftlichen Ethos? Er registrierte den scharfen Blick, mit dem Stroganoff die lächelnde Ungläubigkeit der anderen zerfleischte. Ehe er bei ihm anlangte, senkte er den Kopf und aß eilig weiter. Welche Antwort hätte er, wenn Stroganoff ihn fragte? Konnte er zugeben, daß eine Frau ihn aus der Bahn geworfen hatte?

Nach der Mahlzeit ging man auseinander, einzeln, zu zweit, in kleinen Gruppen. Djagganaut schlenderte zum Konzentrationsraum. Diese Einrichtung, die man an Bord aller größeren Schiffe fand, war mit echter Vegetation ausgestattet und mit einem Wetterprogramm. Da er niemanden entdeckte, wählte er, wonach ihm zumute war, verharrte einige Sekunden am Eingang, bis ein kühler Lufthauch durch die Zweige der Bäume fuhr und ein Nieselregen jenes kaum wahrnehmbare Geräusch erzeugte, das er liebte. Er schlug den Kragen seiner Jacke hoch und schritt gedankenversunken durch den herbstlich anmutenden Park. Hoch über ihm jagten dichte, graue Wolkenschleier. Sie wirkten echt, ihre Geschwindigkeit war mit dem Pfeifen des Windes synchronisiert. Bei solchem Wetter hatte sich Keméle stets fröstelnd gegen ihn gedrängt. Ihr Gesicht, von regensträhnigem Haar umrahmt, hatte dann jenen Zug, dessen Ursprung und Bedeutung ihm rätselhaft geblieben war. Versteckte sie eine Bitte? Sehnsucht? Wonach?

Hinter ihm ertönten leise Schritte. Er drehte sich nicht um. Stroganoff gesellte sich als Augenwinkelschatten zu ihm, blieb gesichtslos. Schweigend gingen sie nebeneinander.

»Störe ich?«

Djagganaut deutete ein Kopfschütteln an. Er kam Stroganoffs Frage zuvor. »Was hast du eigentlich in den vergangenen fünf Jahren getrieben?«

Stroganoff lachte leise. »Du dachtest, nun müßte ich langsam vernünftig geworden sein, wie? In meinem Alter sollte man daran denken, sein Lebenswerk zu runden, ein wissenschaftliches Testament aufsetzen. Keine infantilen Torheiten mehr, Frachtschiffer, Bergführer. Was für eine unseriöse Entwicklung!«

Djagganaut zuckte mit den Schultern. »Ich habe nie darüber gerechtet. Du wirst es nicht glauben, aber ich habe den Entdecker der Thau-Viren bewundert.«

»Ich war dein Idol, was, dein Vorbild? Sag bloß noch, du wolltest so werden wie ich.«

»Nicht ganz. In bestimmten Punkten . . .«

»Ach, in bestimmten Punkten . . .! Du brauchst ein maßgeschneidertes Vorbild. War es eine große Enttäuschung, als du feststellen mußtest, daß du dir eine fiktive Größe gebastelt hattest, die nicht in deine Gleichung paßte?«

»Ich weiß es nicht.«

»Jetzt bist du sogar ehrlich. Du kannst es gar nicht wissen.«

Djagganaut sammelte alle Kraft zu einem Überraschungsangriff.

»Ich möchte wissen, wie du dazu gekommen bist, *so* zu leben.«

Stroganoff streifte ihn mit einem Raubvogelblick. »Du gehörst anscheinend zu den Leuten, die immer die anderen fragen und sich selbst vergessen – aus gutem Grund. Hast du dir jemals die simple Frage gestellt: Wer bin ich?«

Entschlossen, die Stellung zu halten, sagte Djagganaut schnell: »Ich möchte wissen, woher du den Mut genommen hast.« Er merkte zu spät, daß er seine Flanke entblößt hatte.

»Mut«, sagte Stroganoff, »ach so?« Er hob die Arme. In der Geste lag keine Verachtung, sondern Mitleid. Das hatte Djagganaut nicht erwartet. Er unterdrückte das Gefühl, das ihn seiner Kampfkraft beraubte, aber es war stärker als er, und es füllte die Leere aus, die Keméle hinterlassen hatte.

»Verstehst du«, fuhr Stroganoff fort, »mein Leben wurde mir zu eng. Ich kannte ja nichts. Ich fand, ich müßte ein Recht haben, an mich zu denken. Na schön, ich wußte, was Allodiploide sind und wie man eine Lysotypie durchführt. Schon als Student habe ich an der Entwicklung der Tertiärstruktur-Diagnose mitgearbeitet.« Er spie scharf aus. »Ich war auf dem besten Wege. Du nickst?« Ein wenig bitter fuhr er fort: »Aber ich kannte nichts, nichts Wesentliches.«

»Was – nichts?«

Stroganoff blickte erstaunt auf. »Nun, nichts eben.« Er schwieg. »Ich meine damit mich selbst.« Ihre Schritte knirschten auf dem Kies. Der Wind hatte gedreht und blies ihnen in den Rücken.

»Wenn es dich interessiert«, sagte Stroganoff, »ich habe eine Zeitlang Orchideen am oberen Amazonas gesucht, später arbeitete ich auf einer Spinnenfarm in Kolumbien. Ich interessierte mich für die Mygale avicularia L. Danach suchte ich seltene indianische Pfeilgifte.«

»Aber was hat es dir eingebracht?«

»Ich habe nie darüber nachgedacht. Ich habe stets getan, was mir Freude machte.«

»Nur so . . .?«

»Von mir aus nenn es disziplinlos. Ich habe meine Zeit genutzt, optimal für alle Beteiligten, mich eingeschlossen.« Er artikulierte seine Worte sehr deutlich, als fürchtete er, nicht verstanden zu werden.

»Wie willst du das beweisen?«

»Ich brauche es nicht, denn niemand kann das Gegenteil behaupten. Ich sage dir, ich habe in jeder Minute meines Lebens Freude empfunden, und dir bleibt nichts weiter übrig, als mir zu glauben.« Das war wieder Stroganoff, wie ihn jeder kannte.

»Ja«, sagte Djagganaut gedehnt, »ich möchte dir glauben. Aber vielleicht gibt es verschiedene Arten von Freude?«

»Nein«, rief Stroganoff, »es gibt nur eine!«

Djagganaut schob die Hände tiefer in die Taschen, ballte die Fäuste, als müßte er sie um etwas Haltgebendes schließen. Stroganoff hatte das Gefecht gewonnen, und er empfand eine verwirrende Zuneigung für den Gegner.

Stroganoff lächelte ironisch. »Du hast kein Wort begriffen, stimmt's? Keiner hat es je, bis auf meine Frau.«

»Du hast eine Frau?«

»Ja«, erwiderte Stroganoff. »Ist was Besonderes daran?«

Djagganaut schüttelte den Kopf. Die Offenheit des anderen verpflichtete. Er spürte leises Unbehagen. Und doch tat ihm die Aufrichtigkeit gut.

»Du hast recht«, sagte er leise. »Ich habe nie begriffen, wie man so leben kann. Es kam mir wie Verschwendung vor. Ich war darauf abgerichtet, ein Ziel zu erjagen, ein einziges, großes Ziel, es in Besitz zu nehmen, vollständig, ohne den geringsten freien Rest; Unaufgeklärtes ließ mir keine Ruhe. Es machte mich unsicher, ließ mich an mir zweifeln. Ja, ich bin ein optimal funktionierender Forscher, immer und überall. Mit der Lampe meines Ehrgeizes leuchtete ich in die finstersten Winkel der Dinge. Wenn es sein mußte, kroch ich in die engsten Spalten, deformierte mich wie ein Wurm, um noch in das letzte Loch zu schlüpfen. Es hatte von mir Besitz ergriffen, und ich konnte mich nicht dagegen wehren.«

»Und?« fragte Stroganoff unbeeindruckt. »Du selbst?«

Da Djagganaut schwieg, fuhr er fort: »Es klingt größenwahnverdächtig, aber meine Person war mir immer der interessanteste Gegenstand. Bei allem, was ich unternahm, schenkte ich mir selbst größte Aufmerksamkeit.« Er lachte, als gäbe es nichts Fröhlicheres auf der Welt außer ihm und seinem eigensinnigen Glauben.

»Sorgst du dich nicht um die verlorenen Jahre, um die Zeit, die du irgendeinem Wahn geopfert hast?«

Stroganoff stieß den Fuß in den Sand. Er kontrollierte die Geste mit den Augen, kritisch, scharf, wie anderen gegenüber.

»Ich bereue nichts. Vielleicht wäre ich ein großer Genetiker geworden, einer von den ganz Großen. Ich weiß«, er lächelte, als wollte er sich entschuldigen, »man behauptet es auch so von mir. Aber womit hätte ich das bezahlt?«

»Bezahlt? Was meinst du damit? Das ist doch eine Phrase.«

»Man bezahlt jede Maßlosigkeit. Ich würde nicht einmal wissen, wie hoch der Preis ist.«

»Findest du das so beunruhigend?«

Sie gingen ohne Eile durch den abendlichen Regen. Der Wind wühlte Modergeruch auf. Sehnsüchtig sog ihn Djagganaut ein. Nichts, was er suchte, nichts, was Erinnerungen weckte.

»Was meinst du, wie hoch darf der Preis sein?«

»Ich kann es dir nicht sagen«, erwiderte Stroganoff hilflos.

»Du willst es nicht.«

»Er ist so verschieden wie Fingerprints. Niemand kann . . .«

»Das Glück jedes einzelnen ist gesellschaftlich determiniert. Willst du das leugnen?«

»Nein.« Stroganoffs freundlicher Spott verlieh dem Wort ein Gewicht, mit welchem es Djagganauts Papierwände durchschlug.

»Wir haben eine Verantwortung«, sagte er.

Stroganoff blinzelte. »Dann verstehe ich nicht, warum du hier bist. Geld ist es nicht. Ruhm und Ehre unter dem Banner der Wissenschaft?« Er bewegte abschätzend den Kopf. »Nein, nein.« Seine Augen verschwanden hinter mageren Falten. Seine Heiterkeit versickerte, und er betrachtete Djagganaut ernst. »Das paßt nicht zu deinem Leben. So ein Abenteuer ist nichts für dich. Du kalkulierst. Du tust nichts, ohne vorher abzuwägen, ob du dem gewachsen bist. Es sei denn . . . Nicht wahr, es steckt eine Frau dahinter.«

Djagganaut hatte die Frage geahnt. Er machte sich nicht die Mühe, krampfhaft zu lächeln. »Ich habe ein Leben im Gleichmaß zugebracht. Es ist ganz natürlich, daß ich mich nun nach Abwechslung sehne.«

»Du bist nicht der Typ dafür.«

»Woher willst du das wissen? Du kennst mich kaum.«

»Warum streitest du?«

Djagganaut hätte Aggressivität erwartet statt Verständnis, höhnische Siegesgewißheit, nicht Deprimiertheit.

»Nein, wirklich«, sagte er, »du irrst dich. Keine Frau. Das wäre doch lächerlich für einen erwachsenen Menschen.«

»Findest du?«

Als sie sich verabschiedeten, bemerkte Stroganoff: »Du solltest auf dich achtgeben. Außerdem ist es gar nicht so schwer, nicht feige zu sein.«

Die Landung auf dem Neptun verlief ohne Zwischenfall. Die abgelöste Besatzung bereitete der neuen einen begeisterten Empfang. Es wurde ein richtiges Fest. Ohne eigene Aktivität geriet Djagganaut an eine zierliche Brünette. Er trank etwas zuviel, ließ sich zu ausgelassenem Gelächter verleiten, flüsterte ihr berauscht Unsinn ins Ohr. Er fand es nicht fade, daß sie zusammen schliefen. Sie waren beide ein bißchen verliebt. Auch am Morgen blieb er dabei, es sei eine wunderbare Nacht gewesen trotz weinseliger Erinnerungen.

Die ersten Tage waren voller überwältigender Eindrücke. Ein in tödlicher Kälte erstarrter Planet. Schneefelder aus

Ammoniak und Kohlendioxid, die in der Ferne immer dunkler wurden, violett, schwarz, schwarzviolett, und kein Ende fanden, sich hochkrümmten zu einer undurchdringlichen Mauer, höher und noch höher, bis sie sich in der Unendlichkeit über ihm schloß. Er war gefangen, allein, und er füllte ebendiesen Raum aus; für nichts anderes blieb mehr Platz. Djagganaut atmete auf. Die vermeintliche Gefangenschaft war Freiheit. Er genoß sie, in sich versunken, aufgelöst in eine stille Ekstase. So weit weg war die Erde, daß es seine Vorstellungskraft überstieg. Alles, was mit ihr zusammenhing, glitt in einen irrealen Bereich, alles, was ihn an sie erinnerte, Bäume, Steine, Menschen.

Wer bist du?

Hinter dem schweigenden Wald, hinter dem Damm aus Steinen, unter der Menge der Menschen verbarg sich Keméle. Ihr Haar wehte über die Krone des Walles, ihre Augen leuchteten aus dem Dickicht des Gehölzes, ihr Antlitz tauchte auf aus der Flut der Unbekannten. Erneut erschreckte ihn seine Schwäche. Er lachte. Sie gehörte einer anderen Welt an. Hier war alles sachlich, leblos, ruhevoll. Der Schnee war fühllos wie der Himmel, erregte keine Resonanz, keine Erinnerung. Hier war kein *schönes* Leben, nur Leere und Tod.

Mitleidig schüttelte Stroganoffs Schatten den Kopf. Du redest dir etwas ein.

»Und wennschon«, flüsterte Djagganaut. »Wer tut das nicht.«

Du betrügst dich.

»Ich ahnte, daß du unbequem bist. Laß mich in Ruhe.«

Stroganoffs Gesicht entfloh in die Schwärze des Neptunhimmels. Djagganaut hätte es aufhalten wollen, doch seine Hand wischte nur über das glatte Fenster.

Die Basis stand am Fuße eines Gebirges, dessen Konturen sich matthell gegen den Himmel abhoben. Stellenweise war die Schneedecke kilometerdick und glich alle feinen Höhenunterschiede aus. Nur das Gebirgsmassiv ragte schroff und steil empor. Auf seinem höchsten Gipfel existierte eine

Außenstation. Sie wurde von jeweils einem Mann besetzt. Die Ablösung erfolgte wöchentlich.

Djagganaut meldete sich als erster. Der Chef nickte erfreut. Er wußte, wie schwer es ist, für einen solchen Einsatz einen ersten zu finden.

Bevor er abflog, ging Djagganaut noch einmal zu Stroganoff. Der Gefährte blickte an ihm vorbei nach draußen und sagte ernst: »Du hast erreicht, was du wolltest. Du bist uns alle los.« Er kam vom Fenster her auf Djagganaut zu. Sein Gesicht lag im Schatten. »Du mußt wissen, was du tust.« Er packte ihn bei den Schultern. »Dreh nicht durch da oben. Es haben schon andere als du angefangen, Gespenster zu sehen.«

Für den Abschied war Djagganaut ihm dankbar. Hatte er etwas anderes erwartet? Eine Moralpredigt? Es war gut so.

Leise saugend schloß sich das Schott hinter ihm. Die Stahlwand sank zurück. Mit einem Schritt löste er sich endgültig von allem Gewesenen. Er meinte zu schweben. Der Schnee war weich, kaum spürbar. Der Anzug engte ihn nicht ein. Nichts Bedrückendes umgab ihn.

Pfeilschnell erhob sich der Gleiter, folgte dem Leitstrahl, der ihn sicher zur Außenstation führte. Mit dem Weiß blieben die Kuppeln zurück, versanken. Bald war nichts mehr unter ihm als dämmrige Schatten.

Um den Gleiter wirbelten dünne Schleier gefrorenen Methans. Die Sonne, winzig, fern, erhellte die Dunkelheit zur Düsternis. Das Außenthermometer zeigte minus 120 Grad Celsius.

Scharfgratige Felszacken säumten das Gipfelplateau. Die Station lag etwa in der Mitte. Hierher konnte man nur auf dem Flugweg gelangen.

Djagganaut verließ den Gleiter. In den Kopfhörern heulte der Wind. Er stemmte sich kräftig ab, seine Füße fanden sicheren Halt. Bis zum Rand des Plateaus legte er mehrere hundert Meter zurück. Von dort blickte er in die eintönige Weite des Planeten.

Er empfing sein Alleinsein wie ein Geschenk. Die Vorstellung, als unzerstörbarer Gigant den Kosmos zu beherrschen, überkam ihn wie Wollust. Hier würde er seine kleinliche Trauer von sich werfen, hier würden seine Sinne wieder lernen zu empfinden. Er lachte leise und drohte mit der Faust. Stroganoff, alter Gauner! Hab keine Angst. Das hier ist meine Welt, hier bin ich zu Hause, du besorgter Freund.

»Du hast dich umsonst geängstigt«, flüsterte er. »Ich bin stärker als der Neptun, ich bin stärker als ihr alle. Du bist ein Träumer, Stroganoff, ein armer Träumer. Du hast dein Leben verträumt.«

Während er zur Station zurücklief, überkam ihn eine unbändige Heiterkeit. »Wozu wolltest du mich verleiten, Stroganoff? Sollte ich glauben, mein Leben wäre ein Irrtum, mein Rückzug ein Fehler? Ich werde gestärkt zurückkehren, unzerstörbar. Ihr könnt mich nicht täuschen.«

Die Station bestand aus einer Zentrale, in der sämtliche Geräte und technischen Einrichtungen untergebracht waren, einer Wohnkabine, die trotz ihrer Einheitsausstattung bewohnbar wirkte, sowie einigen Lager- und Vorratsräumen. Alles in allem ergab sich ein geschlossener Komplex von zwanzig Meter Durchmesser.

Nach der Inspizierung ließ sich Djagganaut vom Automaten eine reichliche Mahlzeit bereiten und aß mit Appetit.

Seine Arbeit bestand in der Routineüberprüfung der gemessenen Daten und der Auswertung ihrer Ergebnisse. Zu diesem Zweck stand ihm ein leistungsfähiger Kybernet der achtzehnten Generation zur Verfügung. Darüber hinaus hatte er während jeden Arbeitstages einen Kontrollgang zu den Meßeinheiten zu absolvieren, die außerhalb der Station verschiedene atmosphärische und astronomische Größen aufzeichneten.

Bereits am zweiten Tag hatte er sich so weit eingearbeitet, daß ihn die Verrichtungen kaum belasteten. Die meiste Zeit war er sich selbst überlassen. Er unternahm ausgedehnte Spaziergänge über das Plateau, ergriff als Souverän Besitz von dem kleinen Reich weniger Quadratkilometer. Seine Untertanen waren die Automaten der Station und die Arbeitsroboter der geologischen Einheit, die am entgegengesetzten Ende des Plateaus eine Tiefbohrung niederbrachten.

In der folgenden Nacht schlief er unruhig. Gegen Morgen begannen ihn Kopfschmerzen zu quälen. Er befand sich in einem Zustand zwischen Wachen und Schlafen. Matt und widerwillig erhob er sich schließlich. Um die Mittagszeit verschlimmerte sich sein Zustand. Er glaubte Stimmen zu hören, von geisterhafter Musik begleitet. Mitunter huschten Bilder an ihm vorbei, die er nicht deuten konnte. Er bekam Schweißausbrüche. Die eingenommenen Medikamente halfen nicht. Plötzlich, am späten Nachmittag, war es vorbei. Nur eine gewisse Taubheit der Glieder sowie ein Hang zur Entschlußlosigkeit blieben. Als er sich im Spiegel betrachtete, bemerkte er Ringe unter seinen Augen.

Am Abend meldete sich Stroganoff.

Es fiel Djagganaut schwer, blendende Laune vorzugeben. Sein Lachen fiel gequält aus. Hin und wieder zuckte er zusammen, als erwarte er einen Schlag ins Genick. Er versuchte die Schlaffheit seiner Glieder durch übertriebene Vitalität zu kaschieren.

Stroganoff musterte ihn aus wachsamen Augen. »Es war nicht gut, dich allein zu lassen.«

»Es geht mir ausgezeichnet.«

»Du spielst mir was vor.«

»Wer könnte dir etwas vormachen?« Djagganaut bemühte einen krampfigen Spott.

Stroganoff ging nicht auf den Ton ein.

»Die Einsamkeit macht dich fertig.«

Djagganaut schüttelte störrisch den Schädel. »Es ist genau das, was ich brauche. Ich komme sehr gut mit ihr zurecht.«

»Du wirkst irgendwie verstört. Hast du – Angst?«

Djagganaut schnipste mit den Fingern. »Herrgott, geh mir nicht auf die Nerven.«

»Bist du krank?« Stroganoff kniff die Augen zusammen. »Sollen wir dich ablösen?«

»Unsinn«, sagte Djagganaut gereizt. »Erzähl nicht solchen Unsinn. Ich fühle mich blendend.«

Stroganoff nickte ruhig. »Wie du willst. Ich bin nicht deine Amme.«

Das Gespräch hinterließ einen Mißton. Den ganzen Abend erfüllte ihn Unruhe. Mehrfach drängte er den Wunsch zurück, anzurufen, um das Mißverständnis zu klären. Er wußte nicht, was er hätte sagen sollen. Stundenlang lief er wie im Fieber durch die Station, erfolglos bemüht, sich abzulenken. Seit der Trennung von Keméle hatte er sich nicht so zerrissen gefühlt. Hinzu kam der merkwürdige Zustand. Er hatte das Gefühl, nicht mehr sich selbst zu gehören.

Mitten in der Nacht schreckte er aus dem Schlaf. Er meinte eine Stimme vernommen zu haben. Begannen die Halluzinationen von neuem? Er fühlte sich noch immer matt, aber der Rauschzustand war verschwunden. Er konnte frei denken.

Seine Hand tastete über das Schaltbrett. Die Außenwand der Kabine wurde transparent. Das fahle Licht der Sonne erhellte den Raum zur Dämmerung. Die Landschaft mutete unwirklich an, traumhaft. Djagganaut starrte hinaus. Um die Sonnenscheibe war der Himmel grüngrau, vertiefte sich gegen den Horizont zu dunklem Violett, fast schwarz. Die Grenze zwischen Unten und Oben lag jenseits des Sichtbaren; nichts hielt seinen Blick auf; die Atmosphäre war klar wie ein Diamant. Wie das letzte Stück vor der Unendlichkeit wirkte die weiße Ebene tief unter ihm. Er schauerte zusammen. Vom Wind aufgestöberte Kristalle täuschten Bewegung vor, einen geisterhaften Tanz. Die Schleier kamen näher, legten sich wie ein Hauch über ihn, erstickten seine Blicke, seine Gedanken, nicht seine Sehnsucht.

Der Schnee wirbelte heftiger, kreisend, sinkend, auferstehend. Nach irdischem Zeitmaß war es vier Uhr morgens.

Djagganaut preßte die heiße Stirn gegen die Wand. Zwischen den zuckenden Schatten entstand eine rhythmische Bewegung. Eine dunkle Silhouette hob sich gegen den Hintergrund ab.

Einer der Servo-Roboter? Das war außerhalb der Ordnung.

Was mochte ihn veranlaßt haben, die Einheit zu verlassen? Er hätte über Funk Kontakt aufnehmen müssen. Djagganaut stützte sich mit den Händen gegen die transparente Wand und beobachtete den Näherkommenden. Zweifel stiegen in ihm auf. Die Kontur war nicht die eines Servo-Automaten. Ein Mensch im Raumanzug? Unmöglich.

Unbeirrt verfolgte der da draußen seinen Weg. Ohne wegzusehen, koppelte Djagganaut mit dem Funkgerät in der Zentrale und rief den Unbekannten. Keine Antwort. Er kam näher. Es schien sich um eine kindlich schlanke, fast zierliche Person zu handeln, um deren Kopf ein länglicher, unsteter Schatten wehte. Was war das nur?

Djagganaut schaltete die Außenscheinwerfer ein. Bläulich blitzten Myriaden Schneekristalle auf. Er wollte schreien, doch die Stimme versagte.

Ein Mensch ohne Raumanzug bewegte sich auf die Station zu. Er konnte ihn deutlich ausmachen. Es war eine Frau.

Der Methanwind ließ wellend dunkle Haare um ihren Kopf wehen. Sie trug ein langes, schmuckloses Kleid. Es erinnerte ihn an jemanden. Die Frau kam näher. Ihre Füße versanken im Ammoniakschnee. Schrittweise wich Djagganaut zurück, bis ihn die Wand in seinem Rücken aufhielt. Dicht vor dem Fenster blieb sie stehen. Es war – Keméle.

In ihren Zügen lag jener Ausdruck, den er nie hatte deuten können, das liebliche Bild einer Landschaft hinter zersprungenem Glas.

»Nein«, flüsterte Djagganaut, »nein. Du bist ein Traum. Geh, geh, geh.« Er schlug die Hände ins Gesicht, spürte den Schmerz und schrie: »Geh!« Er schluchzte, Kinn und Mund verzerrten sich im Krampf, unartikuliert quollen Worte aus ihm, unverständliches Gestammel. Er riß die Hände weg, starrte auf das Fenster. Draußen stand reglos Keméle. Sie bewegte die Lippen.

Seine Hand klammerte sich an die Schalttafel. Über die Außenmikrofone vernahm er durch das Heulen des Windes ihre Stimme.

»Willst du mich einlassen?«

Er erstarrte wie ein Tier, das die Gefahr täuschen will. Ich bin wahnsinnig geworden, dachte er, Stroganoff hat recht.

Die Bewußtheit des Gedankens ließ ihn zögern. Vermochte ein Irrer logisch zu denken? Aber wo war hier die Vernunft? Er sah einen ungeschützten Menschen in der eisigen Kälte, umgeben von tödlicher Atmosphäre.

»Laß mich ein. Wir müssen miteinander reden!«

Es war ihre Stimme.

Sein Finger drückte so heftig auf die Taste, daß der Nagel einriß. Der Schmerz beruhigte ihn ein wenig.

»Willst du mich einlassen?« wiederholte der Speicher ihre Worte. »Laß mich ein. Wir müssen miteinander sprechen!«

Er hörte sich das noch zweimal an, dann hob er entschlossen den Kopf. Ihre Blicke begegneten sich. Er nickte mit steifen Halsmuskeln. Sie wandte sich ab und verschwand aus seinem Blickfeld. Woher wußte sie, wo die Hauptschleuse lag?

Eingemauert in ein Nichts, von der Einbildung überwältigt, körperlos zu sein, packte er seinen Schädel, zerrte daran, lachte keuchend. Seine Arme fielen herab. Wie ein vom Tode Verfolgter taumelte er zur Zentrale, stieß gegen Vorsprünge und Kanten, den Schmerz nicht wahrnehmend.

Die Schleuse war noch geschlossen. Sein Blick pendelte hin und her zwischen dem Bildschirm und dem Manometer. Dann glomm das grüne Licht auf. Das äußere Schott öffnete sich.

Keméle trat mit ruhigen Bewegungen ein. Sie wartete reglos, bis der Raum mit Luft gefüllt war. Eine Schicht aus Rauhreif bedeckte sie einen Moment, bis sie sich erwärmte.

Als sich die innere Tür zurückschob, betrat sie den Gang mit einer Sicherheit, als wäre sie hier zu Hause. Ihr Schritt war graziös, der Schwung der Hüften unauffällig. Seine Augen folgten ihren Beinen. Diese Sandalen hatte sie getragen, als sie sich kurz vor seinem Abflug von der Erde zufällig begegneten.

Mit einem Ruck wandte er sich um, riß die Tür der Zentrale auf.

Sie standen sich gegenüber, sekundenlang.

»Wer bist du?«

»Wir dachten, du würdest mich erkennen.«

»Keméle?« Ihr Name kreiste in ihm wie ein Echo.

»Bin ich dir unangenehm?«

Er starrte sie an. Ein Lachen ohne Anfang und Ende ließ seinen Körper vibrieren. Es lauerte noch in ihm, als er böse sagte: »Treibst du Scherze mit mir? Verschwinde! Geh dahin, woher du gekommen bist. Du bist ein Truggebilde.«

»Liebst du mich denn nicht?« Ihre Frage klang ehrlich und naiv. Keméle aber war nie naiv gewesen.

In panischem Unverständnis schüttelte er den Kopf. »Hör auf, ich bitte dich. Quäle mich nicht.«

»Ist uns ein Fehler unterlaufen? Ich sollte dich nicht erschrecken.«

»Was bist du?« flüsterte er. »Ein Gespenst?«

Sie lachte. »Seit wann glaubst du an Gespenster? Ein nüchterner Mensch wie du!«

In seinem Blick lag ein Anflug von Entsetzen und Erstaunen. »Ein Mensch? Du bist kein Mensch!«

»Nein.«

Das Lachen stürzte wieder hervor. »Du bist mein Traum von Keméle.«

»Ich habe mich ihrer äußeren Form bedient. Wir dachten, das würde den Kontakt erleichtern.«

»Wer – wir?«

»Die anderen meiner ... Crew.« Sie sagte nicht Mannschaft, Besatzung, Kameraden; woher hatte sie dieses Wort? Es gehörte zum Sprachschatz junger Leute. Als Djagganaut zwanzig war ...

Als müßte er sie abwehren, wich er einen winzigen Schritt zurück. »Woher ... woher kommst du ... ihr?«

»Aus einem Planetensystem, dessen Zentralgestirn ihr Capella nennt.«

Ihre Worte flossen an ihm vorbei. Er fragte: »Lebewesen von einem anderen Planeten?«

Er erkannte Keméles hintergründiges Lächeln. In jeder Geste war sie Keméle. »Nach eurem Maßsystem liegt unsere Welt in einer Entfernung von fünfundvierzig Lichtjahren.«

Die Zahl stand nüchtern und unwiderruflich im Raum. Djagganaut kicherte hysterisch. Der aufreizende Laut ließ ihn zur Besinnung kommen. Er strich sich schweißnasses Haar aus der Stirn. Seine Hand zitterte. »Woher wißt ihr von uns? Was weißt du von mir, von Keméle?«

»Wenn es dir gefällt, kannst du mich mit diesem Namen nennen. Wir hätten voraussehen müssen, daß dich ihr Anblick erschrecken würde. Ich bitte dich um Verzeihung. Aber wir hatten keine Wahl. Unsere natürliche Gestalt hätte unserer Begegnung im Wege gestanden. Es ist unmöglich. Ihr würdet uns nicht einmal als Lebewesen erkannt haben. Abgesehen davon, verfügt unser Körper über keine Möglichkeit, sich mit euch phonetisch zu verständigen.«

»Aber wie . . .?«

»Wir erfaßten dein Bewußtsein mittels eines technischen Geräts. Es ist ein aufwendiges Verfahren, aber der Effekt rechtfertigt es.«

»Ihr habt . . .? Wann war das?«

»In dem Zeitraum, den du als den vergangenen Tag bezeichnest. Hast du unseren Eingriff bemerkt?«

»Mich quälten wahnsinnige Kopfschmerzen, den ganzen Tag.«

»Du solltest uns auch das verzeihen. Es ist ein geringes Opfer.«

Sie standen sich noch immer auf dem Gang gegenüber. Um irgend etwas zu tun, forderte er sie auf einzutreten.

Sie ging neben ihm. Er konnte nicht umhin, wie früher die Linie ihres Nackens zu bewundern, die Hüften, die einer unsichtbaren Schwingung folgten. Ihre Brüste vibrierten im Rhythmus ihres Schritts.

Sie setzte sich, schlug die Beine übereinander – Keméles

Haltung – und lehnte es mit einer hilflos-spontanen Geste ab, etwas zu trinken.

»Wie weit bist du Mensch?«

»Fast völlig, bis auf unwesentliche Einzelheiten, die für die Erfüllung meiner Aufgabe nicht nötig sind.«

»Was ist deine Aufgabe?«

»Ich soll einen ersten, versuchsweisen Kontakt mit den Menschen herstellen. Mit einem Menschen! Du warst ein günstiger Fall: du bist allein. Da ihr zweigeschlechtliche Lebewesen seid«, fuhr sie fort, »erschien es uns günstig, die Form deines bevorzugten Partners zu benutzen, der Person, die du am besten kennst, der du am nächsten stehst.« Sie raffte mit vertrauter Bewegung ihr Haar in einer Hand zusammen und strich es über die Schulter zurück. Ihre Brüste preßten sich gegen das Kleid, das inzwischen getrocknet war.

Aus einer beinahe pubertären Scham heraus und der Befürchtung, sie könnte in seinen Augen seine Gedanken erraten, versuchte er, den Blick auf ihren Mund oder ihre Nase zu konzentrieren. »Warum die Maskerade?«

Ihre Stimme überschwemmte ihn wie ein kalter Guß. »Unser Anblick würde euch entsetzen.«

»Nichts, was unserer Phantasie vorstellbar ist, kann uns erschrecken.«

»Wir befinden uns jenseits dieser menschlichen Grenze.«

»Woher wollt ihr das wissen?«

»Wir haben dein Innerstes untersucht.«

Die Ungeheuerlichkeit ließ ihn seine ganze Kraft zusammennehmen. »Das ist unzulässig.« Er verschränkte die Arme vor der Brust. »Wir werden unsere Grenzen schnell erweitern.«

»Es gibt keine Gemeinsamkeit zwischen uns. Weder äußerlich noch innerlich, weder sittlich noch emotionell.«

»Das ist unmöglich.«

Sie lachte ihn aus. »Du siehst, wie schnell du deine Grenzen erreichst.«

Er zuckte mit den Schultern. »Uns bleibt das Wichtigste, die rationale Verständigung.«

»Das allein?« Sie zog die Brauen in die Höhe. »Wozu?«

Er äußerte ärgerlich: »Was soll das? Ihr überfallt mich in ziemlich geschmackloser Manier, treibt, wie du sagst, ungeheuren Aufwand, und das alles, um festzustellen, daß unsere Begegnung von keinerlei praktischem und wissenschaftlichem Nutzen sein wird. Ist das eure Logik?«

»Ja«, behauptete sie ernsthaft. »Darin ist ein wesentlicher Bestandteil unseres Denkens enthalten. Denn allein die Tatsache, daß wir unsere Verschiedenartigkeit tolerieren werden, muß eine ethische Auswirkung auf unser Sein, auf unsere Entwicklung haben.«

»Ist der Aufwand nicht ein bißchen groß?«

»Ich sagte bereits, wir sind sehr unterschiedlich.« Ihre spöttische Überlegenheit verletzte ihn. Das war wieder Keméle in ihrer Rätselhaftigkeit.

»Empfindet ihr bei unserm Anblick ebenfalls Entsetzen, Ekel?«

Um ihre Mundwinkel spielten zwei winzige Falten. »Noch einmal«, sie betonte jedes Wort, »unsere Emotionen sind für Menschen nicht beschreibbar.«

»Aber du reagierst sehr menschlich.«

»Das habe ich von dir gelernt.«

Der Summton des Rufers riß ihn aus der Betrachtung ihres Gesichts. Das alles war ihm ein märchenhaftes Rätsel. Hastig erhob er sich, kehrte um. Er zögerte, sie zu berühren. Ihre Schulter war fest, die Haut warm und schmiegsam.

Keméles vertrauter Duft wehte ihm entgegen. Er versuchte, sich aus seiner Umklammerung zu befreien, doch er war schon in ihn gedrungen. Ein Rausch bemächtigte sich seiner. Sie war nicht anders als Keméle. Warum log sie? War es wirklich unmöglich, sie zu begreifen? *Was versteckte sich in ihrem Innern?*

Zusammenschauernd gewahrte er, wie seine Hände über ihre Schultern fuhren. Mit einer abwehrenden Heftigkeit schob er sie von sich.

Der Summer mahnte.

»Geh dort hinüber«, befahl er, »schnell!«

Widerspruchslos folgte sie und beobachtete von der Wand her seine Manipulationen.

Auf dem Bildschirm erschien Stroganoffs Gesicht. Er nickte freundlich.

»Du warst schon auf?«

»Noch, wenn du's wissen willst.«

Stroganoff schniefte besorgt. »Du solltest wirklich vernünftiger sein.« Er blickte auf einen Zettel. »Wir machten ein Objekt aus. Wahrscheinlich ein Meteorit. Er müßte bei dir in der Gegend runtergekommen sein. Hast du was bemerkt?«

Djagganaut schüttelte den Kopf. »Nein«, knurrte er. »Ihr seht Gespenster.«

»Schon gut«, sagte Stroganoff. »Geht's dir jetzt besser?«

»Laßt mich in Ruhe.« Er warf einen kurzen Blick zur Seite.

Stroganoff gab noch ein paar Informationen durch und fragte zum Schluß: »Gibt's sonst was Neues?«

Aus den Augenwinkeln nahm Djagganaut eine Bewegung wahr. Ehe das Mädchen aus der toten Ecke heraus war, hatte er die Verbindung unterbrochen.

»Warum hast du dem anderen Menschen nichts von uns berichtet?«

»Ich hielt es für besser«, erwiderte er ausweichend. »Wenn ich sie richtig vorbereiten soll, muß ich erst mehr von euch erfahren. Ich muß dich kennenlernen.«

Ihr Kleid war aus einem halbdurchsichtigen Material. Es verhüllte wie ein flüchtiger Dunst ihre Konturen. Die Blässe ließ die Haut marmorn erscheinen. Keine Ader war an ihrer Oberfläche sichtbar.

Zögernd streckte er die Hand aus, berührte ihr Haar. Vorsichtig fuhren die Finger über ihr Gesicht, streiften ihre Brust.

»Macht es dir Freude, mich zu berühren? Ich möchte dir Freude bereiten. Ich weiß, ihr braucht dieses Gefühl. Soll ich das Kleid ablegen? Möchtest du den direkten Kontakt?«

Djagganaut löste sich von ihr.

Es ist Wahnsinn, dachte er, ich bin pervers. Er zwang sich Sachlichkeit auf. »Sag mir, was empfindest du, wenn du meine Hand spürst?«

Ihr Gesicht drückte nichts aus. »Ich gewinne eine Erfahrung. Es nützt mir wie dir.«

Mit einem Schlag erlosch seine Verzauberung. »Wie seht ihr wirklich aus, wie?«

Sie schüttelte sanft den Kopf. »Wir werden euch vorerst in menschlicher Gestalt entgegentreten. Alles andere würde unser Kennenlernen nur behindern.«

Er ging auf und ab, suchte nach Argumenten, ließ sich schließlich enttäuscht in einen Sessel fallen.

»Gut, tauschen wir Informationen aus. Wie seid ihr hergekommen? Warum gerade zu uns?«

»Wir fingen vor längerer Zeit Funksignale auf und beschlossen die Expedition. Als euer Raumschiff auf dem Planeten landete, befanden wir uns in der Nähe. Wir wollten die Gelegenheit nutzen, um nicht gleich eine ganze Welt zu beunruhigen. Wir wußten ja nichts von euch.«

Djagganaut war bemüht, sie nicht ununterbrochen anzustarren. »Wißt ihr nun mehr?« Die Aggressivität benutzte er als Ventil. »Ihr habt einen Menschen kennengelernt, einen einzigen. Ein kümmerliches Subjekt. Ich nütze euch überhaupt nichts. Die Menschen sind anders, vielleicht besser, vielleicht schlechter, auf jeden Fall anders.«

Sie lächelte spöttisch, mit jenem aufmerksam-erstaunten Ausdruck Keméles, der ihn verwirrte, den er dennoch liebte. »Du bist nicht anders. Wir kennen dein Bewußtsein und dein Unterbewußtsein.«

»Ihr habt keinen Vergleich.«

»Dein Unterbewußtsein weiß, daß du dich in den Toleranzgrenzen menschlicher Individualität befindest.«

»Lächerlich. Ihr habt kein Recht, das einzuschätzen.«

»Dein Unterbewußtsein war dir nie offen. Wir wissen Dinge über deine Welt, die du nur ahnst. Du schenkst diesen Ahnungen keine Beachtung, du redest dir ein, bewußt zu handeln, aber damit widersprichst du deiner natürlichen Bestimmung. Nur das Unbewußte ist objektiv.«

Ihre Hand lag auf seinem Arm. Es war Keméles Haltung, ihr sanfter, zärtlicher Druck. »Das allerdings ist einer eurer Widersprüche, Hemmnis und Anregung zugleich.«

Ihre Stimme hatte all das Vertraute, selbst Andeutungen von Gesten. Nein, das war kein Monstrum einer phantastischen Welt. Doch die Vorstellung umklammerte schmerzhaft seine Gedanken.

Er strich über die zarte Wölbung der zum Hals aufsteigenden Linien. Seine Hände umschlossen ihr Gesicht. Sie folgte ihnen willig. Ihre Lippen waren weich und kräftig. Er spürte die Zähne über seine Haut gleiten. Der Biß war verhalten und wild, an der gewohnten Stelle.

»Warum tust du das?«

»Ich weiß, du erwartest es.«

»Aber du bist nicht Keméle.«

»Ich bin das, was deine Vorstellung von ihr erwartet.«

»Es ist ein Betrug«, murmelte er.

Sie schmiegte sich an ihn. Er küßte sie, schloß die Arme fest um ihren Körper. Sein Herz pochte. Er gab sich ganz dem Taumel des Moments hin.

Ihr Gesicht erschien ihm verklärt, die Harmonie ihrer Züge überstieg das Maß irdischer Schönheit. Wo war die unruhvolle Spannung, die Keméle stets beherrschte. Ihr Abbild wirkte filigran wie eine seltene Kostbarkeit. Gewaltsam riß er sich von ihr los. In jeder Faser seines Körpers spürte er den Schmerz der unaufhaltsamen Trennung.

»Mein Auftrag ist erfüllt«, bemerkte sie. »Ich könnte gehen.« Er fuhr zurück, als sollte er einen Schlag erhalten. Sein Gesicht erstarrte zu einer steinernen Grimasse. Wie hatte er sich nur narren lassen können. Die mühsam bewahrte Haltung entglitt ihm.

»Noch nicht! Wir haben kein Wort über deine Welt gesprochen. Du mußt mir viel erzählen, du mußt . . .«

»Wir werden weiterfliegen zur Erde. Wenn du es für richtig hältst, melde uns an.«

»Das glaubt mir kein Mensch!« rief er. »Ich *muß* mehr von euch wissen. Wie sieht sie aus, eure Welt? Kennt ihr Liebe, Haß, Verantwortung, seid ihr mutig, ängstlich? Wer bist du, was versteckst du vor mir, Keméle!« Erschrocken hielt er inne.

Sie lächelte, und er dachte, lächelt sie wirklich, kann man das lernen?

»Ich habe noch ein wenig Zeit und will versuchen, deine Fragen so anschaulich wie möglich zu beantworten. Wenn es mir gelingt, wird vielleicht vieles einfacher sein.«

Manches von dem, was sie ihm mitteilen wollte, blieb abstrakt. Vorstellbar war nur die materielle Welt der Meeriniden, eine Steinwüste, deren Temperaturen am Tag auf mehr als 200 Grad anstieg und in der Nacht auf minus 100 sank. Kaum wesentlich eine dünne Atmosphäre aus Kohlendioxid, Methan, Wasserstoff. Trotz allem wucherte eine artenreiche Fauna und Flora.

Djagganaut gelang es nicht, Aufbau und Zusammensetzung des Elektrolytikums dieser Organismen zu ergründen. Wasser konnte es nicht sein. Offensichtlich bestand es aus einer komplizierten, vielleicht organischen Verbindung. Wollte Keméle sie nicht deutlicher beschreiben, oder war sie dazu nicht in der Lage?

Sie sprach über die soziale Struktur, den Erkenntnisstand auf wissenschaftlichem Gebiet, die geschichtliche Entwicklung. Djagganaut vermochte dem lediglich zu entnehmen, daß bei ihnen mehrere *Personen* in permanenter Symbiose zusammen lebten, wobei ihre Gehirne funktional fusionierten, obwohl der einzelne erhalten blieb und jederzeit zu einer anderen Gemeinschaft hinüberwechseln konnte. Über die Art ihrer Vermehrung vermochte er ebensowenig zu erfahren wie über ihre Morphologie. Aus einigen ihrer Äußerungen reimte er sich zusammen, daß sie sich wahrscheinlich durch Zell- sowie Körperteilung fortpflanzten. Das Geschlecht war bei ihnen nicht in diesem Sinne definiert.

Die Regierung der Meeriniden bestand aus einem Organismus, dessen Zusammenschluß einem komplizierten Mechanismus gehorchte. In diesem Fall verlor der Auserwählte seine Individualität und konnte sich auch nicht wieder herauslösen, ohne abzusterben. Die Erzeugung eines Oberhauptes schien eine beträchtliche Sorge der gesamten Population zu sein. Eine geheimnisvolle Rolle spielte dabei die Strahlungsintensität ihrer Sonnen. Zweimal im Verlaufe der meerinidischen Geschichte hatten kosmische Umstände die Bildung eines Übermulti verhindert. Das hatte, infolge des Wirkens eines Djagganaut unbekannten Gesetzes, jedesmal eine ökologische Katastrophe zur Folge gehabt. Einmal wären sie beinahe ausgestorben.

Ihre Schilderungen weckten in ihm schaurige Visionen von einer apokalyptischen Welt.

Keméle, Wesen einer unvorstellbaren Welt, in einem Wirbel aus Licht und Feuer geboren, aufgewachsen auf einem höllischen Planeten, der voller Rätsel steckte. Wo sollte er beginnen, um sie zu lösen? Furcht vor dem Versagen kroch in ihm hoch. Er wünschte sich, zu vergessen, daß sie eine Fremde war, wollte ihre Ungeheuerlichkeit ignorieren. Doch unwiderstehlich breitete sich in ihm die Überzeugung aus, er würde all seine Hilflosigkeit überwinden, könnte er sie in ihrer wahren Gestalt sehen. Er klammerte sich an die Hoffnung, denn das Grauen vor der Macht des anonymen Wesens nahm ihm die Fähigkeit zu denken. Der Widerspruch des von unirdischen Fähigkeiten und Eigenschaften beherrschten menschlichen Körpers ließ ihn erzittern.

Während sie noch erzählte, ergriff er ihre Hand. Die Berührung tat unendlich wohl. Jedoch im gleichen Maße, wie er die Glückseligkeit genoß, entstand ein furchtbarer Verdacht.

Immer wieder hatte er sich eingeredet, er liebe dieses Wesen, Keméle. Aber in ihrer Hülle steckte etwas anderes. Liebte er das? War es am Ende egal, was für eine Kreatur sich in dem Körper verbarg? Der Zweifel besetzte alle Positionen seines Denkens, ängstigte ihn wie einen Menschen, der eine unbekannte Krankheit in sich wahrnimmt.

Am Nachmittag wirkte sie erschöpft. Er beobachtete es besorgt. Sie erklärte es mit dem Rhythmus ihrer Regeneration.

Auch Djagganaut verspürte des Bedürfnis zu schlafen. Die Ereignisse der vergangenen Stunden hatten ihn überfordert.

Er zeigte ihr das Bett in der Wohnkabine. Sie betrachtete es, strich mit den Händen darüber. »Ich glaube, ich habe mich so weit an meinen neuen Körper gewöhnt, daß es mir nichts ausmachen wird, mich hinzulegen.« Sie streifte das Kleid ab. Darunter trug sie nichts.

Er erkannte jede Stelle an ihr, jede Linie, jede Rundung. Aber nicht nur das war es, was ihn gefangennahm. Ihre vertraute Ausstrahlung lockte. Einen Moment lang zögerte er, dann folgte er wie ein Tier seiner Witterung. Als er sich neben ihr ausstreckte, übermannte ihn fast augenblicklich die Erschöpfung, und er schlief ein. Irgendwann durchdrang ihn ein schwerer Traum.

Er floß als zähflüssiger Bach durch eine fremde, sonnendurchgloste Landschaft. Er spürte die Begrenzungen seines heißen, felsigen Bettes. Am Himmel stand ein Riesengestirn, begleitet von einer winzigen, blauen Sonne.

Rechts und links an den Ufern wuchsen bizarre, kristallin anmutende Gebilde. Er selbst empfand sich als hartelastische Masse, doch er floß geschmeidig durch sein enges Bett. Eine erschreckende Lust begleitete diese Bewegung.

Der Kanal wurde immer enger, immer schneller sein Fließen. Wie ein Rasender schoß er durch die Rinne. Dann plötzlich war nichts mehr um ihn. Nicht endend ergoß er sich über ein weiches, warmes Ding, das um ihn anschwoll, ihn in sich bettete, ihn, einer Amöbe gleich, umschloß. Er versank in dem und erwachte mit einem heiseren, stöhnenden Laut.

Keméle saß, mit dem Rücken gegen die Wandnische gelehnt, neben ihm. Ihre Augen glitzerten in der dunklen Höhle des Gesichts. Sie verfolgten wachsam jede seiner Regungen.

Seine Stimme gehorchte ihm kaum. »Was hast du?«

»Habe ich dich erschreckt?«

»Womit?«

Seine Verständnislosigkeit wirkte naiv. Was meinte sie? Er hatte geschlafen und war von einem Traum erwacht. Er erinnerte sich, jemand anders gewesen zu sein. Er wußte nicht mehr, wer.

Ihre Hand lag auf seiner Schulter. Zwischen ihnen entstand ein kaum wahrnehmbares Beben. Djagganaut fröstelte.

»Hast du nun begriffen, wie weit unsere Welten voneinander sind, wie unvergleichbar?« Ihre Hand bedeckte seinen Körper, betäubte ihn mit ihrem Duft; sie umschloß das Zentrum seiner Lust. Es war zu spät, etwas anderes zu denken oder zu empfinden.

Ihre Vereinigung begleitete dieselbe wilde Erregung, die er mit Keméle verloren hatte. Er vergaß die Zweifel und die Ängste des Auseinandergehens. Es hatte nicht stattgefunden. Ihre Leidenschaft war Keméles Leidenschaft. Doch zarter noch nahm sie ihn in sich auf. Nie hatte er sich so vollständig in eine Sehnsucht verloren. Sein Körper brach auf, sein Innerstes lag bloß, und sie verschloß die grauenhafte Wunde, wuchs in ihm ein, untrennbar.

Durch das Fenster sickerte fahldiffuses Licht. Am Neptunhimmel standen beide Monde. Aus dem Halbdunkel hob sich ihr Gesicht mit gespenstischer Klarheit. Jeder Teil ihres Körpers war die Absicht einer göttlichen Idee.

Erschöpft und schlaff und voller Erstaunen sank er zurück. Wie war es dazu gekommen? Er fürchtete, ein Wort nur, eine Bewegung könnte das zerstören.

»Bist du zufrieden?« fragte sie.

»Soweit bist du Mensch?«

»Ich bin die Summe deiner Wünsche und Erinnerungen.«

»Was empfandest du?«

»Könnte ein Mensch dem andern das erklären?«

Er schwieg.

»Wie soll ich es können?«

Sein Blick löste sich von ihr. Vor seinen Augen entstand das Bild dünn wirbelnder Schneeschleier, in deren Tiefe sich die schmale Silhouette Keméles verlor. Er floh – wie einem allmählichen grausamen Tod – dem langsamen Entschwinden, kehrte zu ihrem Antlitz zurück. Doch vermochte er nur darin zu lesen, was in ihm selbst verborgen lag.

Tief und traumlos schlief er.

Der folgende Tag erfüllte ihn mit unruhiger Anspannung. Er fühlte sich nur zu den notwendigsten Verrichtungen fähig. Sie verfolgte seine Arbeit mit Interesse, stellte Fragen.

Am Nachmittag begleitete sie ihn, durch nichts geschützt als durch ihr Kleid, zu den Meßstellen. Ihn hüllte der schwere Panzer ein. Das Bild mutete grotesk an.

Als Stroganoff anrief, schob er sie wieder in den toten Winkel. Widerstrebend nur gab sie diesmal nach.

Einen Augenblick lang spielte Djagganaut mit dem Gedanken, nicht zu antworten, den Ruf zu ignorieren. Doch es würden keine zwei Stunden vergehen, dann hätte er sie auf dem Hals. Er drückte auf die Taste, als wollte er sie zerquetschen.

Stroganoff plauderte aufgeräumt und ohne Groll. Djagganauts Gesicht verschloß sich aus Abwehr gegen die aufdringliche Heiterkeit. Es war ein Zwang, der alles einschloß, was Stroganoff von ihm trennte. Trauerte er darum? Beneidete er ihn? Worum? Hatte er nicht in dieser Nacht die glücklichsten Stunden seines Lebens erlebt?

Widerstrebend ließ er sich von Stroganoffs unbeschwerter Plauderei umgaukeln. Seiner wehmütigen Stimmung verhaftet, fürchtete er Fragen, den Zwang des Antwortenmüssens. Er hätte viel lieber jeden Augenblick mit ihr ausgeschöpft, jeden unwiederholbaren Moment.

Unkonzentriert hörte er der Beschreibung von Stroganoffs Alltäglichkeiten zu. Seine Hände krochen auf den Schalttisch, lauerten über der Taste. Er schrie: »Hör endlich auf mit dem Gewäsch. Was willst du denn von mir? Willst du mir beweisen, daß dein Leben besser gewesen ist als meins? Warum denn? Ich habe mich nie gescheut vor der letzten Wahrheit. Aber du bist ihr stets ausgewichen. Du hast dich in irgend etwas treiben lassen. Auf der Suche nach dir!« Er war ungerecht, aber erbittert sagte er: »Ich Narr habe dich einmal bewundert.«

Stroganoff lächelte. Seine Augen durchsuchten den Raum hinter Djagganaut, streiften ihn freundlich-durchdringend.

»Du bist nervös. Deine Flucht hat dir nichts gebracht. Sie verfolgt dich, deine Frage. Du solltest dich ihr stellen.«

Djagganauts Lachen war fast beleidigend. »Ich bin Forscher. Ich bin es gewohnt, Probleme bis in ihre winzigsten Bestandteile aufzulösen, und ich mache keinen Unterschied, keinen.«

»Das dachte ich mir«, sagte Stroganoff kühl. Die Schärfe in seinen Worten war unüberhörbar. »Hast du jemals daran gedacht, in dir selbst ein Problem zu sehen?«

Plötzlich wußte Djagganaut, daß er unausweichlich antworten mußte, wenn er das Gespräch nicht abbrach. In dem Augenblick, da er sein störrisches Nein aussprach, wurde ihm klar, daß genau das ihn Stroganoff auslieferte. In Erwartung des unbarmherzigen Gegenschlages duckte er sich.

Stroganoffs Kopfschütteln drückte ein unbegreifliches Verstehen aus. »Nichts«, sagte er leise, »nichts berechtigt dich, andere Menschen zu belästigen, mit Fragen, mit deiner Gegenwart – wenn du zu feige warst, bei dir selbst anzufangen.«

Djagganaut starrte in Stroganoffs Gesicht, und mit einemmal verspürte er für diese Augen, diese Stirn, diese Wangen eine liebevolle, streitbare Zuneigung.

Die Hand schwebend über der Taste, überwältigte ihn das Verlangen, um Verzeihung zu bitten. Zu spät registrierte er das Erstaunen in Stroganoffs Zügen. Er wußte, hinter ihm stand Keméle.

»Wer ist das?« flüsterte Stroganoff.

»Was?« Djagganaut tat erstaunt. Er wich Stroganoffs Blick nicht aus.

»Da steht doch jemand hinter dir, eine Frau.«

»Eine Frau?«

»Ich sehe sie ganz deutlich. Was sind das für Späße?«

»Hier ist niemand.«

»Djagganaut . . .«

»Ich bin allein, wie sonst! Woher sollte eine Frau kommen? Vielleicht vom Stern Capella?«

Der freundliche Spott beruhigte Stroganoff nicht. Er schüttelte den Kopf. »Ich sehe sie ganz deutlich. Merkwürdig, ich habe solche Empfangsstörung noch nicht erlebt.« Er musterte Djagganauts starres Gesicht. »Irgend etwas stimmt nicht bei dir, weiß der Teufel . . . Am besten, du bleibst ganz ruhig, bis wir bei dir sind. Zwei Stunden, hörst du, wir beeilen uns, in zwei Stunden sind wir da.«

Stroganoffs Bild verblaßte. In sich versunken, blieb Djagganaut sitzen. Keméle trat von hinten an ihn heran.

»Verzeih. Ich war neugierig, einen anderen Menschen zu sehen.«

»Schon gut.« Müde stand er auf. Sie schmiegte sich an ihn, legte ihm die Arme um den Hals. »Meine Zeit ist bald um. Ich muß gehen.«

Verstört entzifferte er den Sinn ihrer Worte. Dann richtete er sich auf, preßte sie fest an sich. »Wir haben noch Zeit. Geh nicht.«

Sie lächelte ihn zärtlich an. »Was wird anders dadurch? Ich bin für dich eine Fata Morgana.«

Woher kam nur die Kraft, die ihn aufrecht hielt, die ihn sagen ließ: »Ich muß wissen, wie du bist. Ich lasse dich nicht eher weg. Ich will alles von dir erfahren, alles. Was verbirgst du vor mir? Wer bist du?«

Er setzte die Frage an wie ein Skalpell, führte es mit der Sachlichkeit des Operateurs, mit der erbarmungslosen Fanatisiertheit des Forschers.

Sie wehrte ihn sanft ab. »Vielleicht wirst du es erfahren, wenn wir auf der Erde landen, und du wirst entsetzt sein. Warum willst du dich deiner Illusion berauben? Warum willst du die schöne Erinnerung zerstören?«

»Vielleicht hast du recht«, murmelte er. »Warum eigentlich?« Er brütete eine Weile dumpf vor sich hin. Doch überraschend änderte sich seine Stimmung, machte hektischer

Aufgeräumtheit Platz. Um sie zu täuschen, überhäufte er sie mit Zärtlichkeiten.

»Ich muß gehen«, sagte sie.

Während er sie entkleidete, tasteten seine Hände über ihren Körper, um einen verräterischen Ansatz zu ihrem eigentlichen, unvorstellbaren Sein zu entdecken.

»Ich muß gehen.«

Er ließ sich nicht beirren. Seine Gier, das Ungeheuerliche zu entschleiern, trieb ihn vorwärts. »Wie war das heute nacht? Weshalb hast du mit mir geschlafen?«

»Ich habe deinen Samen aufgenommen. Wir werden ihn analysieren.«

»Was bist du für ein Ungeheuer! Wie sieht der Körper aus, der ein solches Monstrum beherbergt?«

»Du darfst es nicht wissen, nicht jetzt. Es würde dich . . .«

Er lachte spöttisch. »Du Unmensch, sorgst du dich um mich?«

»Ich möchte nicht, daß du unglücklich wirst.«

In seinem grauenhaften Begehren flüsterte er keuchend: »Du weißt nichts von meinem Glück. Ihr wißt nichts von den Menschen.« Erschöpft ließ er von ihr ab. Mit steigender Unruhe empfand er ihre Nähe wie die einer Fremden. Als Keméle würde sie in der Düsternis des Planeten entschwinden, für immer. Waren sie ihm nicht beide gleichermaßen fremd, sie und ihr irdisches Ebenbild?

Als sie die Zentrale verlassen wollte, stellte er sich ihr in den Weg. Ihr Blick schleuderte ihn beiseite. Er verlor das Bewußtsein. Sie nahm das Kleid über den Arm und verließ lautlos den Raum.

Er kam zu sich. Fieberhaft suchten seine Hände einen Halt. Von Angst gejagt, taumelte er zum Kontrollfeld.

Die Schleuse wurde von zwei Kameras überwacht. Es gab keinen toten Winkel.

Sie trat mit ruhigen Bewegungen ein, betätigte die Schleusenautomatik, wie sie es ihm abgesehen hatte. Langsam sank der Zeiger auf Djagganauts Pult zurück.

Mit einem Fingerdruck blockierte er den Ausgang.

Sie bemerkte es sofort. Suchend streifte ihr Blick die Kameras.

»Warum tust du das? Laß mich hinaus. Du kannst mich nicht aufhalten.«

Er schüttelte eigensinnig den Kopf, stützte seinen schweren Leib mit beiden Armen auf das Pult.

»Ich muß wissen, wer du bist. Du mußt dich mir zeigen. Ich habe ein Recht darauf. Es ist deine moralische Pflicht. Es darf keine Geheimnisse zwischen uns geben. Ich muß alles von dir wissen, alles, so wie du von mir ...«

Ihre Gesichtszüge gefroren in Unbeweglichkeit. Nichts Menschliches befand sich mehr darin. »Du verlangst alles, aber du zerstörst das eine mit dem anderen. Wie du willst! Es ist dein Leben. Meine Umwandlung beginnt jeden Augenblick. Aber das Wissen wird in dir nicht das erzeugen, was ihr glücklich sein nennt. Es wird dir die Zeit mit mir nehmen, vielleicht dein ganzes Leben. Mein wirklicher Körper wird grauenerregend auf dich wirken.« In ihrem Blick lag menschliche Traurigkeit.

Wie ein Besessener nickte er. »Ja, ja, ja, ich will dich sehen.« Seine Stimme erstarb zu heiserem Flüstern. Nichts konnte ihn erschüttern, nicht die Gestalt des Teufels, nicht das Antlitz der Hydra. Die Unverrückbarkeit seiner Überzeugung nahm ihm fast den Atem. In tiefster Befriedigung preßte er die Hände ineinander. Er starrte mit brennenden Augen auf den Schirm. »Ich werde es wissen ... Ich werde es wissen ... Ich werde ...«

Stroganoff holte das Letzte aus der Maschine heraus. Pink saß schweigsam neben ihm. Ihre Blicke, bereit, tödlichen Gefahren zu begegnen, bohrten sich in die Dunkelheit. Weit vor ihnen tastete der Echostrahl den Weg ab, erfaßte bekannte und fremde Objekte, dirigierte die zerbrechliche Maschine.

Weich setzte der Gleiter auf dem Plateau auf. Die beiden Menschen eilten der Station entgegen. Vor der Schleuse bemerkten sie eine Schleifspur im Schnee, die sich seitlich in die Dunkelheit verlor. Sie betraten die Eingangskammer, warteten ungeduldig, hasteten durch die Gänge.

Sie fanden Djagganaut in der Kabine. Er nahm nichts von seiner Umgebung wahr. Schließlich hob er den Kopf und starrte sie mit leerem Blick an. Seiner Kehle entquollen unartikulierte Laute. Als sie ihm aufhelfen wollten, wehrte er mit panischem Entsetzen ab. Seine Gesten waren zittrig wie die eines Greises. Stroganoff entwand ihm, was er in der Hand hielt. Es waren zwei modische Damensandaletten. Als hätten sie ihm die Kraft verliehen, sich aufrecht zu halten, brach er plötzlich zusammen. Willenlos ließ er sich in die Rettungskapsel zwängen.

Noch einmal begegnete Djagganauts stumpfer Blick dem des Gefährten. Er schrie auf. Seine Stimme versiegte in kindlichem Wimmern.

Sie schlossen das Gehäuse. Einen Moment lehnte sich Stroganoff schlaff dagegen, dann raffte er sich auf. Lautlos rollte die Kapsel zwischen ihnen.

Draußen klappten sie die Kufen aus. Ein Stück konnten sie ihre Last in jener absonderlichen Schleifspur entlangziehen. Der Schnee war hier fester. Schließlich verließen sie die Rinne und mußten nun alle Kraft aufwenden, das Gefährt durch die lockeren Kristalle zu bewegen.

Die letzte Nacht

Langsam kroch die Kälte in seinen Körper. Er schwamm unter einer Eisdecke und suchte verzweifelt nach einem Loch. Kurz bevor er zu ersticken glaubte, erwachte er.

Es war dunkel im Zimmer. Er schauerte vor Kälte zusammen und tastete nach dem Lichtkontakt.

Aus den Schlitzen der Klimaanlage wehte ein dunstiger Hauch. Rings um die schmalen Öffnungen hatte sich eine Reifschicht abgesetzt.

»Volmar!« Vor seinem Mund zerflatterte eine Dampfwolke. »Volmar, wach auf!«

Der Freund fuhr aus dem Schlaf. Einen Moment saß er wie ein feister Buddha auf seinem Energiekissen, dann öffnete er die Augen und blinzelte mürrisch ins Licht. »Warum weckst du mich?« Er packte die herunterrutschende Bettdecke. »Herrgott, wie spät ist es?«

Die Uhr über der Bildscheibe zeigte null Uhr vierundzwanzig.

»Merkst du nichts?« fragte Randaik.

»Es ist kühl«, erwiderte Volmar, während er gähnte. »Ruf die Kontrollstelle an, sollen die Anlage reparieren.« Er ließ sich nach hinten fallen und zog die Decke über sich.

Zum ersten Mal beneidete Randaik den Freund um seine Fettleibigkeit, die ihn nicht nur vor der Kälte zu schützen schien, sondern auch sein phlegmatisches Temperament verursachte. Während er wütend die Ruftaste betätigte, sagte er: »Es sind doch wenigstens zehn Grad unter Null.«

Die Bildscheibe blieb tot. Randaik sah hilflos zu Volmar hinüber. Mit der Wärme hatte ihr Zimmer jede Vertrautheit verloren. Die Möbel wirkten wie Eisblöcke. Selbst die Bilder an den Wänden belebten den Raum nicht mehr.

»Es wird immer kälter«, sagte Randaik. »Wir haben nur leichte Sommerkleidung mitgenommen.«

»Draußen ist es warm«, murmelte Volmar unter der Bettdecke hervor. »Du solltest das Fenster öffnen.«

Doch die Automatik sprach nicht an, die Fensterwand blieb geschlossen. Selbst die Verdunkelung ließ sich nicht beseitigen.

Volmar tat, als hätte er nichts anderes erwartet. »Komische Nacht«, bemerkte er lakonisch. »Netter Urlaubsanfang.«

»Ich begreife nichts«, gestand Randaik. »Was ist hier nur los?«

»Warum begreifen Sie nichts?« fragte höflich eine unbekannte, aber angenehme Stimme. »Es ist doch so einfach. Ich habe die Klimaanlage umgeschaltet.«

Ihre Köpfe ruckten herum. Neben der verschlossenen Zimmertür stand die Shakespearestatue aus der Hotelhalle. Ein Lächeln überflog das ernste Gesicht. »Ich kontrolliere alle automatischen Einrichtungen.« Sein Bronzemund formte die Worte mit Anmut. »Sie sind von jeder Hilfe abgeschnitten, das Haus ist hermetisch verschlossen.«

Die Statue zerfiel, und ein Häufchen Staub blieb auf dem Fußboden zurück.

Ungläubig blickten sich die beiden Freunde an. Da erhellte sich die Bildscheibe, der Kopf eines Unbekannten erschien. Er hatte hagere, fast fleischlose Züge, Mund und Kinn waren von einem schütteren, weißen Bart umrahmt.

»Typisch für ihn«, sagte der Alte. »Wieder einmal will er edel die Schuld auf sich nehmen. Solange ich ihn kenne, brüstet er sich damit, dem Lauf von Zeit und Welt nach seines dichterischen Genius Willkür zu befehlen. Dabei ist das einzige Geräusch, mit welchem er die Welt erschüttert, das Kratzen seiner Feder. Glauben Sie ihm kein Wort. Ich bin für alles verantwortlich, ich allein.« Er lächelte boshaft, und das Bild verschwand.

»Ein Verrückter«, bemerkte Volmar und schickte sich an, sich in seine Decke zu verkriechen.

In diesem Moment brachen die Energiekissen zusammen. Die beiden Freunde fanden sich auf dem Fußboden wieder. Volmar rieb sich den schmerzenden Ellenbogen.

»Es ist ein Skandal«, rief Randaik. »Wie können unsere Ruhefelder zusammenbrechen? Worauf sollen wir nun schlafen?«

Mit einem Schwall eisiger Luft drang ein fernes Gelächter zu ihnen.

»Wir müssen nach den andern sehen«, rief Randaik. »Wer weiß, was dieser Verrückte noch fertigbringt.«

Als er die Tür aufstieß, stockte er. Die weißen Wände des Ganges waren mit Eiskristallen bedeckt.

Fast gleichzeitig öffneten sich links und rechts von ihnen die Türen, und mit verstörten Gesichtern traten Sophia und die andern drei Freunde aus den Zimmern.

»Wir werden uns bei der Hotelleitung beschweren«, sagte Sophia. Sie strich sich über ihre langen Haare und wand sie im Nacken zu einem Knoten zusammen. In dem engen Overall sah sie nun fast fertig angezogen aus. Randaik war dankbar, als ihm Volmar einen Morgenmantel reichte, mit dem er seinen Pyjama verdecken konnte.

»Was für ein schlampiges Hotel«, rief Lewis. »Laut Anordnung müssen die Ruhelager fünffach abgesichert sein. Es ist unmöglich, daß sie zusammenbrechen!« Er hinkte etwas, als er in den Gang trat. »Das Gesetz zur Aufrechterhaltung von Lebensfreude und Optimismus ist schließlich nicht zum Spaß da. Es ist eine unzulässige Definition von Sparsamkeit, eine oder zwei Sicherheitsstufen wegzulassen!«

Hinter Lewis erschienen, zerzaust und übellaunig, Troels und Gonzales, seine beiden Zimmergenossen. Sie hüllten sich fröstelnd in ihre Morgenmäntel.

»Verfluchte Geschichte«, sagte Gonzales. »Wer ist nur auf die Idee gekommen, in diese Gegend zu fahren? Kein normaler Mensch macht in Schottland Urlaub.«

»In der Tat«, bemerkte eine sanfte Stimme in ihrem Rükken. »Das Hotel ist verflucht. Es steht auf blutgetränktem Boden.«

Als die sechs Freunde herumfuhren, sahen sie am Ende des Ganges den weißbärtigen Alten stehen.

»Sie?« schrie Lewis. »Wir werden dafür sorgen, daß man Sie zur Rechenschaft zieht! Sofort bringen Sie die Klimaanlage in Ordnung.«

Der Alte kicherte nur und rührte sich nicht von der Stelle.

»Wie können Sie so gemein sein?« rief Sophia. »Das ist unser erster Urlaubstag!«

Der Alte brach in meckerndes Gelächter aus.

Voller Wut warf Volmar seinen Schlüssel nach ihm. Noch bevor das Geschoß sein Ziel erreichte, war der Alte verschwunden, als hätte er sich in Luft aufgelöst.

Ihre Verblüffung dauerte nur einen Moment, dann ließ die Kälte sie hastig zum Aufzug eilen. Erleichtert atmeten sie auf; wenigstens die Gravitationsplatte funktionierte. Sie warteten, bis die Plattform in ihrer Etage angelangt war.

»Es ist nicht nötig, daß wir alle gehen«, sagte Volmar. »Wer weiß, was sich hier oben tut, wenn wir alle verschwinden. Randaik und Sophia werden zur Hotelleitung gehen und sofortige Abhilfe verlangen.«

Weshalb grinst er so, dachte Randaik. Doch als er Volmar genauer musterte, sah er, daß dessen Mund ernst war. Der Ausdruck mußte in seinen Augen liegen. Sophia ging voraus. Randaik warf Volmar einen mißtrauischen Blick zu und folgte ihr.

Ruhig sank die Platte den Schacht hinunter. Sie wurden erst aufmerksam, als sie nicht wie befohlen in der Verwaltungsetage hielt, sondern unaufhaltsam tiefer glitt. Der Notstopp funktionierte nicht. Sophia suchte Randaiks Nähe. Instinktiv legte er seinen Arm um sie.

Die Platte hielt erst im Kellergeschoß. In der Steuerzentrale mußte Chaos herrschen.

Sie tasteten sich durch die Kellerräume. Die weißen Betongänge waren schwach beleuchtet. Automatisch öffneten und schlossen sich die Feuerschotts, um sie hindurchzulassen. Schließlich gelangten sie in einen größeren Raum, der die Hauptaggregate der Klimaanlage enthielt. Äußerlich war ihnen nichts anzumerken. Randaik wischte über die Rundung eines Steuerkyberneten. Ein wenig Staub – sonst schien alles in Ordnung zu sein.

Ein rasselndes Geräusch ließ sie herumfahren. Aus einer der Nuklearbatterien trat ein vierschrötiger Kerl. Er löste sich aus der metallisch schimmernden Wandung und blickte wild um sich. Seinen Oberkörper bedeckte ein Kettenhemd. Über den Schädel hatte er einen schmucklosen Helm gestülpt, dessen Nasenschiene ihm das Aussehen eines Raubvogels verlieh. In der Hand hielt er ein breites Schwert.

Als er Randaiks und Sophias ansichtig wurde, schrie er in einer unverständlichen Sprache einige Worte, die wie eine Drohung klangen, und augenblicklich traten drei Maskierte aus dem Reaktor.

Randaik verlor nicht seine Geistesgegenwart. Er zerrte Sophia hinter die Säule des Kyberneten. Die Schritte der vier Unheimlichen dröhnten, näher kommend, schwer über den Boden. Als gäbe es für sie kein Hindernis, drang die Bande in die Kybernetensäule ein – und war verschwunden.

Randaik hielt Sophia an sich gepreßt. Auf seiner Stirn hatte sich kalter Schweiß gesammelt. Er nahm Sophia an der Hand, und sie eilten zum anderen Ende des Gewölbes, wo sie einen Ausgang zu finden hofften. Da erscholl hinter ihnen ein höhnisches Lachen.

Zwischen zwei Pumpenaggregaten stand der weißbärtige Alte. Er trug ein mittelalterliches Jägergewand, hatte einen Bogen gespannt und zielte auf sie.

Der Pfeil drang Randaik unterhalb des rechten Schlüsselbeins in die Brust. Er spürte den harten Schaft in sich. Doch als er entsetzt die Wunde betastete, fand er sich unversehrt. Der Schütze war verschwunden.

»Was ist das nur«, flüsterte Sophia, »träumen wir?«

Randaik atmete schwer. »Vielleicht ist es ein Fehler in der Energieanlage, vielleicht ein vagabundierendes Feld, das Halluzinationen erzeugt.«

Durch eine automatische Tür gelangten sie in einen Betonstollen. An seiner Decke zogen sich Lüftungskanäle entlang. Das Heulen der Ventilation war stärker als sonst zu vernehmen, ein entnervendes Geräusch. Lautlos schob sich hinter Randaik und Sophia die Feuersicherungstür zu.

Als sie das Ende des Ganges erreichten, fanden sie den Ausgang verschlossen. Erschöpft lehnte sich Sophia gegen die Wand. »Was nun?«

Randaik lief zurück. Er rüttelte vergeblich an der hinteren Tür. Um ihre Chancen in Ruhe zu durchdenken, hockten sie sich auf ein warmes Heizungsrohr.

Sophia legte ihren Kopf an seine Schulter. Sie lachte leise und sagte: »Ich habe mir solche Situation immer anders vorgestellt. Ich meine«, fügte sie hinzu, »daß ich dasitzen würde und meinen Kopf an deine Schulter lehne . . .« Sie brach ab, kaum daß sie das letzte Wort zu Ende sprach.

Er empfand die Berührung als angenehm. Er wollte auch, daß sie weiterredete. Er hatte nie auf solche Vertrautheit gewartet. Aber dies war der Moment, da sie möglich, ja fast notwendig erschien. Es verwirrte ihn. Sie hatte nie für einen von ihnen ein weitergehendes Interesse gezeigt. Ich rede mir etwas ein, dachte Randaik und begann hastig zu sprechen, wobei er unwillkürlich die Stimme zum Flüstern dämpfte. »Wer ist eigentlich auf den Gedanken gekommen, den Urlaub mal in einer *absolut ruhigen* Gegend zu verbringen, fern aller Ferienhektik?«

»Wir hatten es satt. Eine Ablenkung jagt die andere, und das Ganze nennt sich programmierte Urlaubsgestaltung. Zweimal im Jahr treffen wir uns, aber selbst im Urlaub haben wir keine Zeit füreinander.«

Randaik war unsicher, worauf sich ihr Bedauern bezog. Ihre Hand streifte sein Knie. Es war eine flüchtige Geste, wie zufällig. Sie löste den erregenden Wunsch nach einer erneuten Berührung in ihm aus. Unsicher verfolgte er mit den Augen ihre Hand, die sich vor dem Grau des Fußbodens feingliedrig abhob. Da sah er es.

Der Fußbelag glänzte feucht. Gleich dünnen Schlangen quoll aus unsichtbaren Ritzen Wasser. Fassungslos blieben sie aneinandergeschmiegt sitzen.

Das Wasser stieg. Innerhalb kurzer Zeit hatte es Kniehöhe erreicht. Sophia faßte Randaiks Hand. Er merkte, daß sie nur mit Mühe ihre Angst beherrschte.

Jetzt kam es auf ihn an. Er mußte ruhig bleiben. Das Gefühl, eingeschlossen zu sein, hatte für ihn nach jahrelangem Leben in Raumschiffen seinen Schrecken verloren. Überdies war draußen nicht der tödliche Weltraum. Er zwang sich, ruhig ihre Möglichkeiten zu überdenken.

Fast gleichzeitig sagten sie: »Die Lüftungsschächte.«

Langsam verloren sie den Boden unter den Füßen. Zum Glück war das Wasser lau. Eine viertel Stunde mußten sie schwimmen, dann waren sie dicht unter den Schächten.

Die Lüftungskanäle waren geräumig genug, um bequem hindurchzukriechen, doch der, den sie erreichten, wurde von einem eiskalten Luftstrom durchweht. Es war zu spät, umzukehren. Randaik ertastete die Bügel der Steigeleiter. Das Eisen war so kalt, daß seine Hände fast klebenblieben.

Immer schwieriger wurde der Aufstieg. Ihre Kleider überzogen sich mit einer Eisschicht und brachen knisternd. Erschöpft hielt Randaik inne. Sie zwängten sich nebeneinander. Ihre Körper waren kaum noch imstande, sich Wärme zu spenden.

Da drangen durch das Rauschen der Luft menschliche Laute zu ihnen.

Randaik hämmerte gegen die Wand. Sie riefen um Hilfe. Eine Weile rührte sich nichts. Dann vernahmen sie ein Schaben und Klirren von Metall auf Metall. Durch eine Ritze fiel ein schwacher Lichtstreifen.

Sie krochen durch eine Luke – und standen im Zimmer der Hotelchefin. Belebende Wärme drang in ihre erstarrten Glieder. Zu ihren Füßen bildete sich eine Wasserlache. Die Chefin und ihr Hauptingenieur lehnten mit schweißüberströmtem Gesicht in den Energiekissen.

Es dauerte eine Weile, bis Randaik und Sophia den glühheißen Hauch registrierten, den eine andere Kanalisation ins Zimmer blies. Die Kühle, die ihrem Schacht entströmte, verlor sich rasch. Die Technik schien aus allen Fugen zu sein.

»Wollen Sie uns bitte erklären, was hier vorgeht?«

Die Chefin und ihr Ingenieur wechselten einen Blick.

»Nichts von Belang.« Der Techniker zuckte mit den Schultern. »Eine Störung im Zentralkybernetеn. Ich habe bereits Hilfe angefordert.«

»Belanglos nennen Sie das?« Sophia mäßigte ihre Stimme. »Unsere Freunde erfrieren fast, und wir wären im Keller beinahe ertrunken. Im Pumpenraum treibt sich seltsames Gesindel herum. Abenteuerliche Halluzinationen bringen einen an den Rand des Wahnsinns. Wir verlangen eine Erklärung!«

»Wir können Ihnen nicht mehr sagen«, erwiderte die Chefin kühl. »Versuchen Sie, die Nacht so gut wie möglich zu überstehen. Morgen früh ist der Schaden behoben. Nehmen Sie ein paar Decken mit. Gute Nacht.«

Randaik fixierte die Chefin. »Wer ist der Verrückte mit dem weißen Bart?«

Chefin und Ingenieur starrten ihn an. »Wir wissen nicht, wen Sie meinen. Wir kennen keinen Weißbärtigen.«

»Wir werden diesen empörenden Vorfall dem Harmonischen Institut melden«, sagte Sophia. »Hier werden Menschenleben bedroht.«

Sie ging zur Tür.

Randaik folgte ihr. »Wie Sie den I-Karten entnehmen konnten, ist unser Freund Lewis Mitarbeiter am Zentralinstitut für Harmonisches Zusammenleben.«

»Warten Sie!«

Randaik und Sophia verharrten an der Tür.

»Warum gleich das Institut?« rief der Ingenieur. »Wir haben keine Tiefenkontrolle nötig. Bei uns ist alles in Ordnung!«

»Begreifen Sie unsere Lage«, sagte die Chefin des Hotels. »Wir befinden uns im interstellaren Leistungsvergleich. Die Erde hat gegenüber den Alpha-Cephei-Sternen im vergangenen Jahr Punkte verloren. Als Touristenzentrum geben wir Boden auf. Wenn so eine Sache publik würde, könnten wir uns den Wanderpokal des Siebengestirns in den Rauch schreiben. Wir können uns keinen Skandal erlauben. Denken Sie als Erdenbürger.«

»Dann klären Sie uns endlich darüber auf, was hier gespielt wird.«

»Bitte!« Die Chefin des Hauses wies auf ein breites, perlmuttschimmerndes Energiekissen an der Wand.

»Es begann vor sechs Jahren. Nein, eigentlich schon während des Hotelbaus. Vor sieben Jahren brannte Glamis Castle, das alte Schloß aus dem elften Jahrhundert, ab. Wie alle alten Schlösser Schottlands stand es in dem Ruf, ein Gespensterschloß zu sein. Aber das nur am Rande, es ist selbstverständlich Unsinn.

Man beschloß also im Komitee für Moderne Urlaubsgestaltung, an Stelle des alten Schlosses unseren Werktätigen ein mit allem Komfort ausgestattetes Luxushotel zu errichten.

An dieser Stelle konnte sich Randaik ein ironisches Grinsen nicht versagen. Die heutige Nacht war ohne Zweifel etwas Einmaliges.

Die Chefin ignorierte seinen stummen Kommentar und fuhr fort: »Die Ruine wurde planiert, unmittelbar daneben begann die Arbeit am Neubau. Wenn man den Berichten Glauben schenken wollte, so geschahen damals bereits merkwürdige Dinge. Die Plast- und Betonmassen, die man zum Bau benötigte, sollen oft vor der Zeit ausgehärtet sein. Ganze Maschinenanlagen warf man zum Schrott, da sie über Nacht unerklärliche Alterungserscheinungen zeigten.«

»Wenn Sie mich fragen«, warf der Ingenieur ein, »war das nichts weiter als eine Schlamperei der Bauleitung. Mit dem Gerede wollte man die eigene Unfähigkeit vertuschen.«

Die Chefin winkte ab. »Schließlich war das Fundament fertig. Doch am nächsten Morgen, stellen Sie sich vor, war es mit Gras überwuchert und überhaupt in einem Zustand, als wäre es zweitausend Jahre alt.« Die Chefin bewegte matt die Hand. »Also begann man von vorn. Endlich wurde das Hotel fertig. Gleich im ersten Jahr setzten jene eigenartigen Erscheinungen ein, die zu beobachten Sie heute Gelegenheit hatten. Man hielt alles geheim und entließ, wegen Vernachlässigung der Dienstpflichten, den damaligen Direktor des Hauses. Dem zweiten erging es nicht besser. Ich selbst bin seit drei Jahren hier.« Vorwurfvoll blickte die Chefin ihre Gäste an. »Seither waren keine besonderen Vorkommnisse zu melden. Und nun . . . Zum Glück sind Sie unsere einzigen Besucher.«

Randaik und Sophia blickten sich an.

»Eine Spukgeschichte?« sagte Sophia ungläubig.

»Wurden die Vorgänge nie untersucht? Versuchte man niemals, der Sache auf den Grund zu gehen?«

Die Chefin lächelte Randaik freundlich an. »Man schenkte den Schilderungen des Personals und selbst der Gäste keinen Glauben. Die Angestellten wurden gegen bewährte Leute ausgetauscht.«

»In der Tat, es klingt ungeheuerlich«, bemerkte der Ingenieur. »Es muß sich um eine ungewöhnliche Störung im kybernetischen System handeln. Der Hersteller streitet natürlich ab. Am Ende ist es die Unfähigkeit des technischen Wartungspersonals. Ich stehe allein einem kybernetischen Phänomen gegenüber.« Er wirkte verbittert.

»Aber es muß sich doch eine Erklärung finden lassen«, rief Sophia.

»Natürlich«, antwortete jemand.

Auf der weißen Platte des Arbeitstischs der Chefin stand, etwa fünf Zentimeter groß, der weißbärtige Alte. Den Kopf in den Nacken gelegt, betrachtete er die Riesen. Er schüttelte sich vor Lachen.

Randaik musterte ihn. Er war sicher, daß es sich um eine geschickte 3-D-Projektion handelte.

»Sie sind unverschämt«, sagte er kalt. »Wer sind Sie? Wo finden wir Sie?«

Das Gesicht des Alten verlor den spöttischen Zug, er verneigte sich und sagte: »Ich heiße Doktor Mc-Laugham. Ich wurde vor etwa vierhundertfünfzig Jahren in der Stadt Devonshire geboren. Zur Zeit befinde ich mich dreißig Meter tief unter der Erde.«

»Hören Sie auf, uns etwas vorzuflunkern«, sagte Sohpia vorwurfsvoll.

Zwischen zwei Atemzügen war der Alte verschwunden. In normaler Lebensgröße erschien er in einer Ecke des Raums. In seinen Zügen lag Wehmut. Nachdenklich sagte er: »Ich wußte, daß auch Sie mir nicht glauben würden. Seit vierhundert Jahren suche ich nach Menschen, die mir helfen.« Seine Stimme wurde leiser. »Ich hatte gehofft, mit der neuen Zeit würde alles besser. Was bin ich doch für ein Narr. Vierhundert Jahre, aber nichts ist anders geworden.« Er deutete auf die Chefin. »Sie interessieren sich nur für Erfolgsmeldungen. Und Sie«, er wies auf den Ingenieur, »reden sich mit einer technischen Störung heraus. Ja, ich verstehe, Sie wollen alle Ihre Ruhe haben.«

»Sie tun uns unrecht«, sagte Sophia.

»Mir hat man unrecht getan!« rief der Alte.

»Hören Sie auf«, sagte Randaik. »Beinahe hätten Sie uns umgebracht. Ich halte Sie für einen Verbrecher.«

»Ich selbst fiel einem Verbrechen zum Opfer.«

»Dann wenden Sie sich an die Grünen Kyberneten. Wenn Ihr Problem deren Programm überfordert, wenden Sie sich an das Institut.«

Der Alte schüttelte den Kopf. »Sie wollen mich nicht verstehen. Ich werde wohl noch warten müssen.«

Randaik fragte sich, warum er nach all dem Ungemach dem konfusen Gerede zuhörte. Vermutlich steckte hinter der Geschichte nichts weiter als ein Betrug. Ein Fall für die Grünen Kyberneten.

»Und wenn ich Sie bitten würde, mir zu glauben?« fragte der Alte. »Mir kann nur helfen, wer mir ohne Mißtrauen glaubt.« Er streckte bittend seine Arme aus.

»Schluß mit dem Theater!« rief Randaik. »Sie haben unser Leben bedroht, haben unsere Menschenwürde beschmutzt. Jetzt wenden wir uns an das Institut. Man wird Sie zu finden wissen und zur Verantwortung ziehen.« Er griff nach Sophias Hand. »Komm, es ist sinnlos, zu bleiben.«

Sie schreckte aus ihrer Versunkenheit auf und schüttelte

den Kopf. Er mißverstand den Ausdruck ihrer Augen und wollte schützend den Arm um sie legen. Da eilte sie an ihm vorbei zur Tür.

»Bleiben Sie!« rief der Alte.

Randaik wandte sich um. Er hatte die Vorstellung, seinen Körper zwischen Sophia und etwas Bedrohendes schieben zu müssen. Sein Gesicht war verschlossen vor Ablehnung.

»Ich bedaure Sie«, sagte der Alte leise. »Sie kann nichts mehr überraschen.« Seine Gestalt begann zu verblassen, bis sie sich in faserigen Dunst auflöste. Wie aus einer Schlucht tönten die Worte: »O ja, ich merke es wohl, ich muß auf eine andere Zeit warten. Verzeihen Sie mir, ich wollte Sie nicht mit meinen Sorgen belästigen.«

»Und stellen Sie sofort den Unfug ein!« rief Randaik ihm nach. Doch er erhielt keine Antwort. Ein Seufzen wehte, aus der Ferne kommend, an ihnen vorüber.

Schweigend ging Sophia neben Randaik. Sie hatten sich Decken über die Schultern gehängt. Auf dem Gang war es noch kälter geworden.

Randaik wollte Sophia stützen. Doch in seinem Arm fühlte sie sich leblos an wie eine Puppe. Ihre Abwehr war unbegreiflich und lähmte ihn.

Sie erreichten den Aufzug und betraten mißtrauisch die Platte. Doch wie befohlen, schwebte sie aufwärts.

Sie sahen sich nicht an. Eine unsichtbare Kreatur hockte zwischen ihnen. Geräuschlos glitt die Wand des Schachtes vorüber.

Randaik war froh, als sie über sich die Stimmen der Freunde vernahmen. Langsam hob die Platte sie auf das Niveau ihrer Etage. Die sechs Menschen waren das einzig Vertraute in dieser Nacht.

Ein Aufschrei des Entsetzens schlug ihnen entgegen. Halt suchend, klammerte sich Randaik an die Kante des Ausstiegs.

Vor ihnen stand eine Gruppe zitternder Greise.

Der beleibte Alte dort mochte Volmar sein, jener mit dem ausgebleichten, schütteren Schnurrbart Gonzales. Lewis, noch dürrer als gewohnt, gebeugt von der Last mysteriöser Jahre. Wann hatte er sie gelebt? Troels, eingeschrumpft in allen Dimensionen, mit kahlem, bleichem Schädel, das Weiß der Augen gelblich vor Alter.

Wem galt der Entsetzensschrei? Randaik sah verwirrt zu Sophia hinüber.

Es war noch zu erkennen, daß sie einst schön gewesen war. Ihre Augen hatten noch die aufmerksame Frische, der Mund, wenngleich nicht mehr so rot, hatte seine temperamentvolle Schwingung behalten. Doch als Ausweis erlebter Jahre glitt die Linie zu den Winkeln leicht abwärts.

Randaik wagte nicht, an sich zu denken. Unwillkürlich musterte er die Hand, welche die Decken für die Kameraden hielt. Sie war faltig vor Alter. Aus der blassen, gelben Haut traten knotige Adern.

Was war mit ihnen geschehen?

Mit verstörtem Blick näherte sich Randaik den Freunden, übergab ihnen die Decken. Eine schwache Geste forderte Sophia auf, ihm zu folgen.

Die Stimme der Greisin klang brüchig. Sie lehnte Randaiks Aufforderung ab und blieb in der Mitte der Plattform stehen.

»Was willst du denn?« Randaiks Worte klangen müde.

»Ich werde den Alten suchen.«

»Das ist Irrsinn!« schrie Randaik. »Er ist ein Verbrecher!« Er schüttelte die dürre Faust. »Das hier haben wir ihm zu verdanken.«

»Hast du noch immer nicht begriffen?« Sophia neigte traurig den Kopf zur Seite. »Hinter ihm verbirgt sich ein Geheimnis. Sein Leid ist unser Leid geworden. Willst du es nicht sehen? Er braucht Hilfe. Ich glaube ihm.«

»Denkst du nicht an mich?« fragte er tonlos. »Du bist meine Frau, du darfst mich nicht verlassen.« Er drohte ihr schalkhaft. »Stets hast du deinen Schabernack mit mir getrieben, in all den Jahren, seitdem wir verheiratet sind. Immer wieder bin ich darauf reingefallen. Selbst die Kinder schütteln den Kopf über meine Langmut. Es ist eben, weil ich dich liebe.« Die fünfzig Jahre ihrer Ehe kamen ihm wie ein winziger Augenblick vor. Wie schnell die Zeit vergangen war. Eben erst hatte er sie im Keller zum ersten Mal berührt.

Die Plattform begann zu sinken. Sophia wurde kleiner.

»Du hast lange gebraucht, es mir zu sagen, Randaik.«

Es war zu spät. Lächerlich das Liebesgeständnis eines Greises.

»Sophia«, schrie er, »du begibst dich in Gefahr!«

Unaufhaltsam bewegte sich die Platte mit Sophia von ihm weg.

»Bist du nicht unter Gefahren alt geworden?« flüsterte es von unten. »Ist dir ein Mensch die Gefahr nicht wert?«

Zu lange hatte er gezögert. Jetzt wagte er den Sprung nicht mehr.

Sophia schmolz zum schwarzen Zentrum der Scheibe zusammen, ein Punkt, zerfließend in tiefer Dämmerung.

Mit steifen Gelenken hockte sich Randaik in den Kreis der Greise. Nach so vielen Jahren der Gemeinsamkeit waren sie es müde zu schwatzen. Sie drängten sich zusammen, zitternd vor Kälte, bis ein bleierner Schlaf sie übermannte.

Ein unruhiges Gefühl ließ ihn erwachen. Es kam ihm vor, als müsse er etwas suchen, einen verlorenen Gegenstand.

Volmar beugte sich über ihn. Der Freund reckte die Arme vor die Fülle seines Leibes, um ihm aufzuhelfen. Taumelnd erhoben sich auch die anderen. Randaiks Uhr zeigte die dritte Morgenstunde. Er fühlte sich elend, die Glieder schmerzten bei jeder Bewegung.

Der Alptraum war von ihnen gewichen. Glücklich, als hätten endlose Jahre eines schweren Schicksals nun ein Ende, musterten sie sich.

Sie waren wieder jung. Doch sie blickten sich an und wußten, ohne ein Wort zu sagen, daß sie alle den gleichen Traum gehabt hatten.

Wo war Sophia?

»Erinnere dich«, sagte Volmar, »sie ging, den Alten zu suchen.« Seine Hände bewegten sich unsicher, als er hinzufügte: »Wir hätten sie nicht allein lassen dürfen.«

»Es war ein unnatürlicher Zustand«, murmelte Randaik. Doch das war keine Entschuldigung.

Schweigend neigten sie den Kopf, um nicht zu verraten, daß sie Scham empfanden.

»Wir müssen Sophia suchen«, sagte Randaik. Er eilte zum Schacht, sein Aufbruch zerriß den Schleier der Erstarrung.

Erregt blickte er auf die leere, lautlos hochschwebende Plattform. Mit einem schmerzlichen Gefühl erinnerte er sich seines Greisendaseins. Doch er entsann sich keiner Einzelheit seines Lebens mit Sophia. Aber es hatte existiert. Auch wenn alles nur ein Traum war, er würde sie wiederfinden. Er hoffte, daß es nur ein Traum war, dessen phantastische Zusammenfügung Produkt einer irrealen Welt war, die man korrigieren kann. Die Überlegung ließ ihn befreit aufatmen.

Während die Scheibe mit ihnen nach unten sank, berichtete Randaik von seinen und Sophias Erlebnissen. Es fiel ihm selbst nicht auf, daß er während der Erzählung Sophias Standpunkt vertrat.

»Ich glaube, das ist ein Verrückter«, sagte Lewis ohne Groll, »ein verwirrter Mensch. Bedauernswert.«

»Du bist Kriminalist«, bemerkte Gonzales. »Meinst du nicht, es könnte sich um ein Verbrechen handeln?«

»In den fünfzehn Jahren am Harmonischen Institut ist mir solch ein Fall nicht vorgekommen. Ich bleibe dabei: Es ist ein armer Irrer.«

»Wäre nur zu klären, wie ein Idiot sich Zugang zum Zentralkyberneten verschaffen kann«, erwiderte Volmar.

»Ihr macht es euch einfach«, sagte Randaik gereizt.

»Was meinst du?« fragte Gonzales.

»Wir sind zum Spielball einer unheimlichen Macht geworden.«

Mit einer schroffen Handbewegung unterbrach ihn Gonzales.

»Hören wir Troels«, sagte Volmar. »Vielleicht ergibt seine Meinung als Physiker einen neuen Aspekt.«

Troels war schweigsam und mußte meist zum Reden aufgefordert werden. Doch um so präziser äußerte er jetzt seine Gedanken.

»Es scheint, als wären wir zum Spielball einer wild gewordenen Technik umfunktioniert.« Damit schloß er seine Ausführungen.

»Das ist zu simpel«, warf Gonzales ein.

»Dieses Spektakel verfolgt einen Zweck«, fuhr Troels unbeirrt fort. »Es soll uns auf etwas aufmerksam machen. Worauf? Es waren eindrucksvolle Bilder, nicht wahr. Lassen sie sich nicht zu einem Mosaik zusammenfügen? Es war, als hätten wir unser Leben schon gelebt. Wir dachten und empfanden wie Greise, enttäuscht, desillusioniert, müde. Vorher wußten wir nicht, wie furchtbar solch ein langes, leeres Leben ist.«

»Der Alte«, fiel Randaik ihm ins Wort.

»Richtig. Haben wir vielleicht sein Leben gelebt, seine Gefühle empfunden?«

»Sophia wußte es von Anfang an«, sagte Randaik. »Er wollte sie von uns trennen.«

»Ihr verrennt euch in etwas Konstruiertes«, sagte Lewis.

»Reine Massensuggestion.« Gonzales winkte ab.

Randaik blickte ihn ruhig an. »Eine, die Spuren hinterläßt?« Er entblößte seine Schulter. Dicht unterhalb des rechten Schlüsselbeines war die sanfte Wölbung einer runden Narbe zu sehen. Es war kein Traum gewesen. Oder doch?

Die Plattform hielt längst auf dem Grund des Schachtes. Sie verharrten wie gelähmt, kaum wagten sie zu atmen.

»Verdammt«, sagte Volmar endlich, »wir können hier nicht endlos warten. Wir müssen Sophia finden.«

»Vielleicht hatte sie recht«, flüsterte Randaik.

Sie verließen die Gravitationsplatte und gingen, eng beieinander, durch die öden Gänge. Auf ihre leisen Rufe antwortete niemand.

Sie beschlossen, in zwei getrennten Gruppen die Kelleretagen zu durchsuchen. Eine halbe Stunde später trafen sie wieder zusammen. Es war ihnen nichts Auffälliges mehr begegnet, die Aggregate arbeiteten ruhig.

Randaik sprach erregt. »Was soll werden, wenn Sophia etwas zugestoßen ist? Es ist meine Schuld.«

»Unsinn!« riefen die Freunde einstimmig. »Wir alle sind schuld, nicht du allein!«

Randaik meinte, sie noch nie so erlebt zu haben. Wie lange war es her, daß er solche Freude empfunden hatte. In dieser Nacht schien alles so neu und ungewohnt zu sein, daß er nur schwerfällig damit umzugehen lernte. Waren sie sich nicht in dieser Nacht zum ersten Mal begegnet? War die Fremdheit, die ihn verunsicherte, die er sogar gegen sich selbst empfand, nicht wie ein Licht, das mit seinem Schein Vergangenes erhellte?

Es spülte wie eine Flut über ihn hinweg, Sophias ungewohnte Nähe, ihre Gedanken, ihre versteckte Zärtlichkeit.

Was für ein Geheimnis hatte sie gemeint? Hatte sie etwas geahnt, was ihm verborgen geblieben war? Er beneidete sie, bis er daraufkam, daß er keinen Grund hatte. Er mußte über sich lächeln.

Lewis blinzelte ins trübe Licht. Er lehnte mit dem Rücken gegen den Nuklearblock der Hausbatterie, die Hände in den Taschen des Morgenmantels vergraben, die Beine schlaff und leicht eingeknickt. Mit heiserer Stimme sagte er: »Wir sollten das Institut verständigen oder wenigstens die Grünen Kyberneten.«

»Wie denn?« fragte Gonzales gereizt. »Das Haus ist hermetisch abgeriegelt.«

»Sophia in der Gewalt eines Verrückten. Beide brauchten Hilfe. Nur die Leute des Instituts hätten die Mittel.« Er hob die Schultern. »Ich befürchte das Schlimmste. Wenigstens die Grünen Kyberneten . . .«, wiederholte er.

Gonzales und Volmar blickten Lewis müde an. Ihre Augen waren rot umrändert. Vielleicht hatte er recht, vielleicht ging es um Sophias Leben.

Randaik verharrte grübelnd. Nur Troels blickte unruhig um sich, als suche er noch immer nach einem geheimnisvollen Weg, der sich überraschend vor ihnen auftun würde, um sie zu Sophia zu führen. Mitten in der Bewegung hielt er inne. Er packte Randaiks Arm.

Aus der gegenüberliegenden Betonwand ragte eine schmale, gebräunte Hand. Als wäre sie Spiegelbild in einem schnellströmenden Gewässer, regte sie sich in einer wogenden, unnatürlichen Bewegung.

Wie aus einem Nebelschleier trat Sophia aus der Wand. Einen Moment noch schien ein unsichtbares Medium über sie dahinzufließen, dann ging sie lächelnd auf die Freunde zu. »Warum starrt ihr mich so an?«

Ihr Erscheinen war so unvermutet, daß sie fürchteten, das leiseste Geräusch könnte es wieder rückgängig machen. Volmar berührte sie an der Schulter.

Sophia lachte auf. »Glaubt ihr etwa, es wäre mein Geist?«

Ihre Heiterkeit übertrug sich auf die Männer. Sie schlossen sie in die Arme, küßten sie, jeder auf seine Weise, zärtlich, liebevoll. Randaik umarmte sie wie etwas Langersehntes. Unwillig gab er der Forderung nach und überließ sie der Allgemeinheit.

Lewis seufzte. »Gott sei Dank, daß wir dich wiederhaben. Jetzt werden wir Licht in die Angelegenheit bringen.«

»Wir wollen nichts übereilen«, sagte Randaik. »Laß sie erzählen. Du hast doch etwas zu erzählen, nicht wahr?« Er blickte sie erwartungsvoll an.

Die Männer bildeten einen schützenden Kreis um Sophia. Gonzales schlug vor, sich im Zimmer der Hotelchefin aufzuwärmen. Doch Sophia schüttelte den Kopf.

»Ich kann nicht mit euch kommen.«

»Wieso?« fragte Gonzales. »Wir haben hier nichts verloren.«

»Komm, Sophia. Wir sind gespannt, was du uns zu berichten hast.«

»Ich bin nur gekommen, euch zu sagen, daß ihr euch nicht zu sorgen braucht. Ich muß wieder zu ihm. Er braucht meine Hilfe.«

»Meinst du den Alten?« fragte Gonzales. »Hast du ihn entdeckt? Wo steckt er?«

»Wenn es gefährlich für dich ist«, sagte Volmar, »lassen wir dich nicht wieder gehen.«

Schon einmal in dieser Nacht hatte Randaik den Moment des Zauderns verflucht. Hastig rief er: »Wir begleiten dich, wir kommen alle mit.«

Sophia lächelte. »Ich danke euch. Es ist wirklich nicht gefährlich.«

Voller Sorge und Mißtrauen blickte Randaik sie an. »Was hast du vor?«

Sophia zögerte, sagte dann: »Es ist eigenartig, ihr werdet es nicht verstehen. Verzeiht . . .«

Randaik nahm sie bei den Schultern. »Die Geschichte, Sophia! Erzähl uns seine Geschichte!«

Einen Moment lehnte sich Sophia an ihn, dann wandte sie sich wieder den anderen zu. »Laßt euch die Geschichte von ihm selbst erzählen. Vielleicht ist es sogar besser so.«

Sie verließen den Raum, gingen durch endlose, fahlgraue Stollen.

Sophia öffnete eine Tür, die ihnen vordem verschlossen geblieben war, da sie den Code nicht kannten. Über eine schmale Treppe gelangten sie ins dritte unterirdische Stockwerk. Es war das letzte und tiefste.

Sie befanden sich direkt in der Kanalisation. In der Mitte der ovalen Röhre floß, von den Filteranlagen des Hotels kommend, ein klarer Bach zum nächstgelegenen offenen Gewässer. Sie brauchten sich nicht niederzubeugen, das Gewölbe war hoch genug. In weiten Abständen erhellten Leuchtringe die Umgebung.

Randaik ging dicht hinter Sophia. Er hatte die Orientierung verloren. In welche Himmelsrichtung bewegten sie sich?

Gewärtig, jeden Moment einer tödlichen Gefahr zu begegnen, starrte er voraus in die Dämmerung.

Sie mochten etwa zweihundert Meter zurückgelegt haben, als Sophia vor einem schmalen Riß in der Wand hielt. Sie zwängte sich als erste hindurch, die Männer folgten ihr. Als einziger hatte Volmar Mühe, hindurchzugelangen. Doch schließlich konnten sie den Marsch auf der anderen Seite fortsetzen.

Über ihnen schloß sich der gemauerte Gang zu einer flachen Wölbung. Vorsintflutliche Glühbirnen verbreiteten ein fahles Gelb. Hin und wieder unterbrachen Stützpfeiler die geschlossene Front des Gemäuers und bildeten Nischen, aus deren Dunkel sie unsichtbare Augen anzustarren schienen.

Die Luft war dumpf und feucht. Aus den Fugen zwischen den mürben Ziegeln rieselte Kalk.

Niemand sprach ein Wort. Ihre Füße traten fast geräuschlos in den Kalkstaub. Hin und wieder raschelte ein Kleidungsstück.

Der Gang endete in einem niedrigen, quadratischen Raum, dessen Zentrum ein gemauerter Pfeiler bildete.

Randaik tastete über die Steine der Decke. Feuchter Kalkstaub blieb an seinen Fingern haften. Das Gewölbe mußte uralt sein. Sollte es zu dem abgebrannten Schloß gehört haben?

Sophia wartete auf der anderen Seite des Pfeilers vor einer eisernen Tür.

»Diese Gänge gehören zum ehemaligen Glamis Castle. Das ist alles, was davon übrigblieb.« Sie wandte sich um und öffnete die schwere Tür.

Sie betraten eine Wendeltreppe, die an der Mauer eines runden Schachtes nach unten führte. Die Feldsteine glänzten vor Feuchtigkeit. Etwa einen Meter über dem Boden waren in regelmäßigen Abständen eiserne Ringe in die Wand eingelassen. Sie befanden sich zweifellos in einem ehemaligen Verlies.

»Kein sehr angenehmer Gedanke«, flüsterte Volmar. »Wieviel Menschen mögen hier bei lebendigem Leib verrottet sein?«

»Es gibt Schlimmeres.«

Die Männer sahen Sophia erstaunt an.

Sie achtete nicht darauf und ergriff einen der rostigen Ringe.

Die untersten Stufen der Treppe gerieten in Bewegung und schoben sich geräuschlos in die Wand.

Ein heller, freundlicher Gang tat sich auf, ein erfrischender Luftzug umwehte sie. Erleichtert, als hätten sie ein nicht enden wollendes Labyrinth überwunden, atmeten sie auf.

Am Ende des kurzen Ganges traten sie in einen mit uralten Möbeln ausgestatteten Raum. Bett, Tisch, Sessel waren von geschmackloser Zweckmäßigkeit, eine komfortable Zelle. Sollte hier etwa ein Mensch leben?

Durch eine zweite Tür trat der weißbärtige Alte ein. Er musterte sie überrascht, doch nicht unfreundlich.

Sophia stellte die Anwesenden einander vor.

Dr. McLaugham neigte zur Begrüßung den Kopf. Dann fragte er, ob er sie mit echtem schottischem Whisky bewirten dürfe. »Ich entwende ihn hin und wieder aus dem Lager des Hotels.«

Verlegen tranken die fünf Männer ihrem seltsamen Gegenüber zu. Der Alte trug sein grünes, bis zu den Knien reichendes gegürtetes Obergewand, dazu enge, graue Beinkleider sowie halbhohe, weiche Jägerstiefel. So war er Randaik und Sophia im Keller begegnet. Doch erst jetzt bemerkte Randaik, wie zerschlissen die Kleidung war. Nichts Gespenstisches haftete McLaugham mehr an. Er war nur noch ein Greis mit alten, ungewöhnlichen Kleidern.

McLaugham bat sie, Platz zu nehmen. Er selbst setzte sich in einen stellenweise stark verblichenen Schaukelstuhl am Fußende des blaßgrün überzogenen Bettes.

Eine Weile starrte er vor sich hin, dann belebte sich sein Gesicht. »Ihre Freundin hat mir von Ihnen erzählt.« Seine Stimme war leise, aber kräftig. »Ich freue mich wirklich, Sie kennenzulernen.« Er lachte mit freundlichem Spott. »Sind Sie gekommen, Ihre Freundin zu beschützen?«

Lewis musterte ihn mit einer Mischung aus Mißtrauen und Bedauern.

»Erzählen Sie«, bat Randaik rasch. »Erzählen Sie Ihre Geschichte.«

Der Alte lächelte mit ernsten Augen. »Verzeihen Sie, wenn ich Sie mit meinen Sorgen belästige.«

»O nein«, erwiderte Randaik, »wir möchten erfahren, was Sie bedrückt. Es gibt kein Problem, das man nicht behandeln könnte.«

McLaughams Lächeln wanderte in seine Augen. Sein Gesicht zeigte eine gütige Ironie, als amüsiere er sich über die Altklugheit eines Kindes. »Mein Problem ist sehr einfach: Ich habe zu lange gelebt. Oder finden Sie, vierhundertfünfzig Jahre wären nicht ausreichend?«

McLaugham sprach mit so unglaublicher Selbstverständlichkeit, daß seine Worte nur geringes Erstaunen auslösten. Seine Erscheinung war nicht dazu angetan, lächelnde Empörung auszulösen. Die fünf Männer ergaben sich dem Glauben an seine natürliche Herkunft; unvorstellbar, daß sie sich tief unter der Erde befanden; unvorstellbar das alte Gemäuer; unvorstellbar der kahle Raum mit den musealen Möbeln; unvorstellbar, was sich in dieser Nacht zutrug.

Sopia füllte die Gläser nach, doch keiner der Freunde trank. Einzig McLaugham nippte an seinem Glas. Dann, als wäre es sein einziger Halt, umfaßte er es mit beiden Händen.

»Ich wurde vor etwa vierhundertfünfzig Jahren, im Jahre zweitausendundelf, in der Stadt Devonshire geboren.« McLaugham sprach leise und zögernd, als müsse er sich erst der Vergangenheit entsinnen.

Gonzales und Lewis tauschten einen Blick.

»Meine Eltern«, fuhr der Alte fort, »waren ziemlich wohlhabend und ermöglichten mir daher eine Ausbildung an den besten Universitäten der Welt. Weniger den Erfordernissen der Zeit als meinen Neigungen folgend, studierte ich Physik.«

»Dann sind wir ja Kollegen«, warf Troels überrascht ein.

McLaugham fixierte ihn. »Unter diesen Umständen dürften Sie die Tragweite meines Problems am ehesten begreifen. Sind Ihnen die Arbeiten von Freeman und Ravinsky bekannt?«

»Ich hörte von ihnen nur«, erwiderte Troels zurückhaltend. »Ihre Arbeiten werden heute als – phantastische Träumereien bezeichnet.«

»Bei welchen Ignoranten haben Sie gelernt?« Der Alte musterte Troels mitleidig und fuhr fort: »Freeman und Ravinsky waren meine Lehrer. Eine Zeitlang gehörte ich zu ihrem engsten Arbeitskreis. Doch bald schon wollte ich mehr. Meine Ideen erschienen mir kühner. Da ich meiner Forschung ohne Einschränkung frönen wollte, machte ich mich selbständig. Mein bescheidenes Vermögen sowie eine gut honorierte Privatdozentur an der Universität Oxford gestatteten mir diese Extravaganz.

Schon meine Promotionsarbeit, die das Problem der diskreten Materieübertragung in der Zeit behandelt, hatte in Fachkreisen Aufsehen erregt, wenngleich sie, ebenso wie die Arbeiten meiner Lehrer, in der bornierten akademischen Welt auf Ablehnung stieß. Trotz vieler Anfeindungen galt ich bald als vielversprechendes Talent.« McLaugham lächelte verlegen. »Einige nicht sehr seriöse Zeitschriften nannten mich – in der damals umgehenden Manie zum Superlativen – Einstein junior. Ich dachte kaum daran, meine Forschungen kommerziell zu verwerten. Vielmehr wollte ich einem Ideal dienen, der reinen Wissenschaft.« McLaugham hob, wie um Einwänden vorzubeugen, eine Hand. »Heute weiß ich, daß es unter den damaligen Bedingungen reichlich weltfremd war. Doch ich fühlte mich unabhängig genug, um auf die Welt zu pfeifen.« Ein Zug von Ironie erschien auf seinem Gesicht. »Wenn man so alt geworden ist wie ich, sieht man vieles vernünftiger. Damals waren mein Mut und meine Überheblichkeit grenzenlos. Ich hatte Ehrfurcht weder vor Gott noch vor dem Teufel. Und es gelang mir, der ich an allem zweifelte, der mathematische Nachweis der Kry-Mesonen im Artmanow-Raum.« Seine Worte waren voller freundlicher Überlegenheit, als er sich an Troels wandte. »Die daraus abzuleitenden Konsequenzen sollten Ihnen klar sein, Herr Kollege.«

Um den sicheren Halt des Sessels zu spüren, lehnte sich Troels zurück. Die Geste hatte fast demonstrativen Charakter. »Ich kenne die Ideen, die diesen Arbeiten seinerzeit zugrunde lagen, leider nur oberflächlich. Die Forschungen zu diesem Problem wurden nach der Junirevolution zweitausenddreiundfünfzig nicht weitergeführt. Es erschien philosophisch fragwürdig und praktisch unmöglich, wenn man die damalige Lage betrachtet. Es galt, die Hinterlassenschaft des alten Systems zu bewältigen: Spielereien konnte man sich nicht erlauben.« Troels deutete eine hilflose Geste an. »Vielleicht hielt man die praktischen Konsequenzen für gefährlich.«

»Heißt das, ihr habt auch später nicht den Mut dazu aufgebracht?«

»Wahrscheinlich hat man gut daran getan«, warf Randaik ein, »auf Möglichkeiten zu Reisen in die Zeit zu verzichten. Selbst wenn es gelänge, was für einen praktischen Nutzen hätte ein solches Vorhaben? Die Vergangenheit zu korrigieren? Unverantwortlich. Die Zukunft zu berauben? Unsinn. Künstliche Revolutionen hatten nie Erfolg. Die Zeit muß reifen.« Mit einer Geste übergab er das Wort wieder McLaugham. Er hatte dessen Bericht mit wachsendem Erstaunen verfolgt. Dieser Greis war weder ein Spinner noch ein Verbrecher.

McLaugham schüttelte ungläubig den Kopf, dann, als wälze er jedes Wort im Munde um, sagte er langsam: »Ich hatte geglaubt, es würde eine Zeit kommen, da die Menschen dieser Verantwortung gerecht werden. Damals freilich . . .« Er starrte auf das Glas. »Ein Wagnis . . . ein verdammtes Wagnis.«

Er stürzte den Whisky mit einem Ruck hinunter. Sein Blick kehrte aus einem unbekannten Raum zurück, seine Wangen röteten sich, die Stimme wurde kräftiger.

»Die sich damals vorbereitenden politischen Ereignisse ließen die Situation zu ungunsten meiner wenig Erfolg und Gewinn versprechenden Forschungen umschlagen. Angesichts unserer großen Krise vor zweitausendsiebenundvierzig interessierten meine Arbeiten bald niemanden mehr. Kaum jemand glaubte damals an eine Zukunft. Es gab scheinbar keine Alternative. Wie viele andere Kollegen verlor ich meine Erwerbsquelle. Den größten Teil meines Vermögens hatten meine privaten Forschungen verschlungen. Doch im Interesse meiner Arbeit war ich bereit, die größten Entbehrungen auf mich zu nehmen. Mein Projekt war gigantisch: Ich wollte eine Zeitmaschine bauen.«

Randaik hielt den Atem an. Mit welcher Selbstverständlichkeit forderte der alte Mann, daß sie ihm Glauben schenkten! Sollte er sich an einer Idee versucht haben, die so wahnwitzig war wie der Traum vom endlosen Leben?

McLaughams sichere Stimme kämpfte mühelos gegen den fünffachen Zweifel des winzigen Auditoriums.

»Der Zufall sandte mir in der Person des Sir Edward Brooke eine unerwartete Hilfe. Er war der Besitzer von Glamis Castle. Ohne Ansprüche an mich zu stellen, richtete er mir unter den Kellern seines Schlosses ein perfekt ausgestattetes Laboratorium ein. Wie es den Anschein hatte, war er aus Wissenschaftsidealismus der Idee der Zeitmaschine verfallen und bereit, mich bis zu deren Realisierung selbstlos zu unterstützen.« McLaugham lächelte bitter. »Damals war ich froh . . .

In einer Zeit, da nur wenige Menschen in unserem Land ihr Auskommen hatten, konnte ich sorgenfrei schaffen und war mit allem Lebensnotwendigen für meine Familie und mich versehen. Ich war dankbar und arbeitete verbissen, bestrebt, meinem Gönner einen Erfolg vorzuweisen. In meine Arbeit vergraben, nahm ich nichts mehr von der Welt wahr. Das große Ziel, das ich, innerlich bebend, wie an einem schwachen Faden an mich heranzog, rückte endlich in greifbare Nähe. Ich brauchte nur noch zuzupacken. Im Sommer des Jahres zweitausendundfünfzig war es soweit.« McLaugham holte tief Atem. Sein Blick schien nichts von seiner realen Umgebung wahrzunehmen.

»Wollen Sie behaupten, Sie hätten eine Zeitmaschine gebaut?« rief Gonzales. »Einen Apparat, um in die Zeit zu reisen?«

»Ganz recht, mein Freund.«

»Aber das ist unmöglich!«

»Für den verborgenen Sinn dieser Welt hat das Wort unmöglich keine Gültigkeit.«

»In Ihrem eigenen Interesse«, sagte Lewis, »Sie sollten uns Ihre Behauptung beweisen können.«

»Genügt Ihnen nicht, was Sie heute nacht erlebten?«

»Sie haben keinen Grund, sich Ihres groben Unfugs auch noch zu brüsten«, erwiderte Lewis.

Randaik wollte den Freund mit einem Blick ermahnen, doch es schien keinen Zweck zu haben. »Er hat ein Recht, zu Ende zu reden!«

Lewis ignorierte den Einwand. Er hob belehrend den Finger und sagte: »Laut Paragraph dreitausendeinhundertsiebenundneunzig des Gesetzes zum harmonischen Zusammenleben, Absatz zwo, römisch vier, können Ihnen Ihre Fahrlässigkeiten und Bedrohungen eine umfassende Tiefenbehandlung durch das Institut eintragen. Das sollten Sie doch wissen. Ich persönlich hielte es sogar, um Ihnen zu helfen, für notwendig, Ihre gesamte Persönlichkeitsstruktur umzumodellieren. Glauben Sie mir«, er unterstrich seine Worte mit einer professionellen Geste, »Sie wären ab sofort ein glücklicher Mensch.«

Der Alte brach in quietschendes Gelächter aus. »Sie haben sich geängstigt, mein Guter, nicht wahr? Geben Sie zu, Ihnen ist das Herz in die Hosen gerutscht. Keine Frage, das übersteigt Ihr Vorstellungsvermögen.« Er sagte das mit einem merkwürdigen Stolz.

»Doktor«, sagte Sophia, »wie können Sie nur über Ihr eigenes Unglück spaßen.«

»Sie haben recht«, sagte McLaugham, »ich bin ein einfältiger, alter Narr.«

»Aber warum das alles«, rief Randaik, »was bezweckten Sie damit? Warum brachten Sie uns in Gefahr?«

»Niemand war in Gefahr«, widersprach McLaugham. »Es war stets nur Spaß. Wenn man so lange allein ist, braucht man ein wenig Unterhaltung. Doch es hatte in Wahrheit noch einen anderen, wichtigeren Zweck. Ich habe immer wieder versucht, Aufmerksamkeit zu erregen. Ich klopfte an die Wand meines Käfigs, doch alle hielten es für Sinnestäuschung, Überreiztheit, magnetische Felder. Niemand hatte genug Phantasie. Vierhundert Jahre habe ich gehofft, doch niemand glaubte, niemand half.«

»Sie hätten es freundlicher versuchen sollen, nicht indem Sie Angst, sondern indem Sie Mitleid erregten.«

Der Greis blickte Randaik freundlich an. »Kennen Sie das Märchen vom Geist in der Flasche? Nach den ersten zehntausend Jahren sprach der Dschinn: ›Ich will den, der mich befreit, zum reichen Mann machen.‹ Nach den zweiten zehntausend Jahren sprach der Dschinn grimmig: ›Ich will dem, der mich befreit, den Hals umdrehen.‹«

Nach einer Weile des Schweigens sagte Randaik teilnahmsvoll: »Wie aber ist die erstaunliche Tatsache zu erklären, daß Sie vierhundert Jahre alt wurden?«

»Natürlich bin ich nur formell, meinem Geburtsdatum nach, vierhundertfünfzig Jahre alt«, entgegnete McLaugham ruhig. »Organisch gesehen, habe ich etwa einhundertvierzig Jahre gelebt. Die Zeitmaschine vollendete ich in meinem neununddreißigsten Lebensjahr.

Als erstem und einzigem demonstrierte ich Sir Edward die Funktionstüchtigkeit meines Apparats. Nach meinem ersten Ausflug in die Vergangenheit überreichte ich ihm als Dank eine goldene aztekische Maske, die mir König Montezuma zum Geschenk gemacht hatte. Damit waren Sir Edwards Unkosten um das Mehrfache zurückerstattet, und ich fühlte mich schuldenfrei.

Sir Edward beglückwünschte mich. Wir hofften, daß sich die wirtschaftliche und politische Lage der westlichen Welt alsbald stabilisieren würde und daß ich dann mit meiner Erfindung an die Öffentlichkeit treten könnte. Um sicherzugehen, unternahmen wir gemeinsam noch einige Reisen in die verschiedenen Zeitalter und Weltteile, da die Maschine auch lokale Verschiebungen erlaubt. Während dieser Exkursionen verschafften Sir Edward und auch ich uns einige wertvolle Kunstgegenstände, die meist zum Zeitpunkt ihrer Entstehung keinerlei oder nur geringen Wert verkörperten. Über die Moral dieser Geschäfte machte ich mir keine Gedanken. Ich wollte finanziell unabhängig werden, um eines Tages meine Erfindung zum Wohle der Menschheit zu verwenden. Noch immer war ich so naiv zu glauben, ich könnte über meine Erfindung entscheiden, ich könnte ein Urheberrecht geltend machen.«

MgLaugham nahm einen Schluck Whisky und fuhr mit belebter Stimme und Gebärde fort: »Dann jedoch unterlief mir, der ich die Entwicklung in der Welt aus den Augen verloren hatte, ein entscheidender Fehler. Waren wir bisher immer in die Vergangenheit gereist, so wollte ich nun der Zukunft einen Besuch abstatten. Ich stellte die Maschine auf dreihundert Jahre plus ein und kehrte von diesem ersten Ausflug wohlbehalten zurück. Als Beweis, daß ich das Ziel erreicht hatte, brachte ich ein Geschichtsbuch mit. Stellen Sie sich meine grenzenlose Einfalt vor. Ich bringe ein Dokument in die Gegenwart, das ausführlich den zukünftigen weltweiten Zusammenbruch des alten Systems behandelt mit all seinen Konsequenzen: die blutigen Auseinandersetzungen, Putsche, Konterrevolutionen, Machtkämpfe großer, kleiner, linker und rechter Gruppierungen, die ganze furchtbare Zeit bis zur Stabilisierung im Jahre zweitausendneunundsechzig.

Vor allem die Schilderung der nach diesem Datum einsetzenden Entwicklung der alten Welt versetzte wohl Sir Edward einen Schock. Mit fieberhaftem Eifer, als suche er etwas, las er immer wieder jenes Buch durch, und immer wieder schleuderte er es enttäuscht in die Ecke.

Eines Tages machte er mir den Vorschlag, in einer fernen Vergangenheit große Reichtümer zu erwerben, um sich damit im achtzehnten oder neunzehnten Jahrhundert zur Ruhe zu setzen. Ich schwankte. Seine Idee war verlockend, zumal ich wußte, daß die Zukunft Schweres für uns bereithalten würde. Doch was sollte ich mit meiner Erfindung im neunzehnten Jahrhundert? Auch wurde mir klar, daß eine solche Aktion ohne die Verletzung moralischer und juristischer Gesetze nicht zu bewältigen sein würde. Ich fürchtete den Mißbrauch meiner Erfindung. Ich verbot Brooke, die Zeitmaschine weiterhin als Mittel zur Erlangung materieller Güter zu betrachten. Es kam zu einer Auseinandersetzung. Brooke war wie ein Tier. Er schrie, drohte, weinte, flehte mich auf Knien an, ihn zu retten. Ich versuchte ihn zu überzeugen, daß es besser wäre, sich auf die Zukunft vorzubereiten.

Einige Zeit ging Brooke mit finsterem Gesicht umher und ignorierte mich. Aber eines Tages unterbreitete er mir einen neuen Vorschlag zur Sicherung unserer Zukunft, denn auch seine Mittel schwanden infolge der Inflation rapide.

Brookes Idee brachte allen Beteiligten Vorteile und war darüber hinaus so einfach und voller Spaß, das ich ohne Zögern darauf einging.

Brooke wollte aus Glamis Castle ein Luxushotel mit besonderer Attraktion machen: Das Schloß sollte ein echtes Gespenst bekommen.

Soweit er es begriff, war Brooke über die Zeitmaschine informiert. Im groben kannte er ihr Prinzip und ihre Möglichkeiten. Er war über den Zeittunnel unterrichtet, der die Grundlage für die Reise in Vergangenheit und Zukunft bildet. Ihn kann man beliebig verlassen und betreten. Man reist, geschützt durch starke Energiefelder, durch Raum und Zeit. Beim Manipulieren mit dem Zeittunnel kann ein Effekt auftreten, den ich Zeitgrube genannt habe. Er tritt sehr selten auf und nur, wenn sich mindestens drei Zeitebenen unter genau definierten Bedingungen begegnen. Der Steuerkybernet ist in der Lage, die dazu führenden Größen ständig zu kontrollieren und die gefährlichen Konstellationen auszuschalten. Daß der Tunnel nicht zur Grube umkippt, ist zur Sicherheit des Zeitreisenden unerläßlich, denn die Zeitgrube ist eine Entartung des Tunnels. Allerdings, und das wurde mir zum Verhängnis, kann man sie auch künstlich herbeiführen.«

»Zeitgrube. Eine eigenartige Bezeichnung.« Das Wort löste eine Assoziation bei Randaik aus. Er begriff zwar nichts, aber er begann den Alten zu bemitleiden. »Es klingt nach Gefangenschaft, nach Eingeschlossensein.«

»Machen Sie die *Zeitgrube* dafür verantwortlich, daß Sie solch ein biblisches Alter erreicht haben?« fragte Lewis.

»Ich sagte schon«, fuhr McLaugham fort, »ich bin effektiv einhundertneununddreißig Jahre alt. An jedem Tag lebe ich sechs Stunden, ein Viertel des Tages. Während dieser Zeit krieche ich, wie eine Fliege im Glastopf, an der Wand meines Ereigniskegels entlang. Doch bevor ich sein Ende erreiche, um meine künstlich aufrechterhaltene Raum-Zeit-Union zu verlassen, werde ich zurückgestürzt auf den Grund der Grube, und alles beginnt von vorn, nur eben – und das ist die furchtbare Paradoxie – vierundzwanzig Stunden später. Ich lebe nur nachts zwischen zwölf und sechs.«

»Aber Sie existieren doch«, sagte Randaik ungläubig, »und trinken Whisky! Wie wollen Sie da behaupten, ein Geist zu sein.«

»Ich habe es nie behauptet.«

»Also könnte ich Sie anfassen.« Er streckte seine Hand aus.

Der Alte fuhr zurück. »Um Gottes willen, berühren Sie mich nicht! Wollen Sie, daß Ihnen die Hand verdorrt? Mein Zeitfeld bewirkt, daß alles, was ich tangiere, im Handumdrehen altert.« Er hob einen Arm. »Sehen Sie hier!« Auf der Lehne des Schaukelstuhls zeichnete sich wie ein bleicher Schatten der Umriß seines Armes und seiner Hand ab. McLaugham ließ den Arm wieder sinken. »Dort, wo ich den Stoff berühre, ist er künstlich gealtert, verblichen.«

Sie musterten mitleidig seine fadenscheinige Kleidung.

»Das alles klingt absurd«, sagte Randaik. »Ein tragisches Märchen. Man wünscht fast, man könnte Ihnen glauben.«

»Sehen Sie her.« McLaugham fuhr sich mit der rechten Hand durch den Hals, als existiere der nicht, ergriff mit der linken seinen Kopf und hielt ihn mit beiden Händen vor den Körper. »Diesen Unsinn«, sprach McLaughams Kopf, »erlaubt mir die Zeitgrube.«

Es war ein gespenstischer Anblick. Der Kopf schien durch

nichts mit dem Körper verbunden. Selbst das Bewußtsein, daß der Alte Schabernack trieb, verringerte nicht ihr Entsetzen.

»Doktor McLaugham«, sagte Sophia streng, »Sie haben mir vorhin versprochen, uns nicht mehr zu erschrecken.«

»O ja, verzeihen Sie«, murmelte der Kopf.

McLaugham hob die Arme und setzte ihn sich wieder zwischen die Schultern, wobei er sich ein spöttisches Kichern nicht verkneifen konnte.

Sie atmeten auf. Selbst Volmar war bleich geworden. Keiner der Freunde konnte sich erinnern, ihn jemals derart verstört gesehen zu haben.

McLaughams Heiterkeit löste die Erstarrung. Volmar schaute verwirrt um sich und sagte: »Erzählen Sie weiter, lieber Doktor. Wir haben nicht mehr viel Zeit.« Er warf einen kurzen Blick auf die Uhr. »Es ist bereits nach fünf.«

McLaugham räusperte sich und fuhr fort: »Brooke und ich bereiteten die Attraktion gut vor. Mein Partner ließ eine gefälschte Schloßchronik anfertigen, der zufolge der Spuk das Ergebnis einer tausend Jahre zurückliegenden Untat sein sollte.

Die Aktion lief mit Erfolg an. Innerhalb einiger Wochen hatten wir ein ausverkauftes Haus. Es gab noch genug Leute, die sich echten Grusel leisten konnten.

Von meinem Anteil am Erlös konnte ich meine bescheidenen Bedürfnisse befriedigen. Mehr wollte ich nicht. Doch Brooke . . .

Wir spukten abwechselnd. Eine Nacht er, eine ich. Manchmal machten sogar unsere Frauen mit, dann gab es meist besonderen Spaß. Unser gespenstisches Repertoire erlaubte uns märchenhaften Blödsinn. Mehr als einmal schoß ein nervöser Gast auf uns, Messer fuhren uns durch den zeitlosen Leib, Schwerter hackten uns in Stücke.

Doch der Zeittunnel schützte uns, nichts Materielles konnte unser Energie-Zeit-Feld durchdringen, solange wir nicht heraustraten, um real zu existieren. Was die schaudernden Gäste sahen, war lediglich unsere Erscheinung, eine tausendstel Sekunde bevor oder nachdem wir in der Gegenwart eintrafen.« Offenbar amüsierten ihn die verständnislosen Mienen seiner Zuhörer. Er kicherte.

»Auf Glamis Castle geschahen unerklärliche Dinge. Menschen gingen durch Mauern, leere Rüstungen wandelten durch die nächtlichen Gänge und hielten den peinlichsten Überprüfungen stand, kein Motor, keine Fernsteuerung, nichts. Die Zeit für Aberglauben war ohnehin günstig.«

»Das ist Betrug«, bemerkte Lewis.

»Lassen Sie bitte die fatale wirtschaftliche Lage als Entschuldigung gelten.« Der Alte bat mit einem Lächeln um Verzeihung. »Außerdem traf es keine Armen.«

»Gab es keine Möglichkeit, seinen Lebensunterhalt auf ehrliche Art und Weise zu verdienen?« Randaiks Entrüstung galt mehr der Unausweichlichkeit der Situation als dem Tatbestand selbst.

»Wie stellen Sie sich das vor?« McLaughams Stimme wurde scharf vor Trotz und Bitterkeit. »Wie sollte ich in einer Gesellschaft, die vom Betrug lebte, ehrlich bleiben? Mir wäre nur eins geblieben: ehrlich zu verhungern!« Seine Augen blickten starr; wie bei einem Tier, das sich wehrt, wurden seine Zähne sichtbar. »Ihnen bleiben solche Konflikte erspart. Sie verstehen sie nicht mehr. Vielleicht schade«, fügte er leise hinzu.

McLaugham konzentrierte sich, um den verlorenen Faden wiederzufinden. »Glamis Castle kam in den Ruf, ein echtes Gespenst zu beherbergen. Wir konnten mit dem Erfolg zufrieden sein. Doch eines Nachts, ich war an der Reihe zu spuken, ließ Brooke seine Falle zuschnappen. Er hatte es ja einfach. Ich selbst wies ihn einmal auf die Möglichkeit hin. Er erhöhte das Basispotential über den Stabilitätswert hinaus: Der Tunnel kippte um. Ich war eingeschlossen in dem gläsernen Berg der Zeit. Innerhalb des Ereigniskegels, der sich, räumlich gesehen, über die nähere Umgebung des Schlosses erstreckt, kann ich mich frei bewegen. Aber zeitlich gesehen, bin ich überall und nirgends. Ich bin ein Opfer meines Genies.«

»Sie sind das Opfer eines Wahnsinnigen«, sagte Gonzales. »Unvorstellbar, daß ein normaler Mensch so etwas tun kann.«

Lewis winkte ab. »Himmel, bist du naiv. Als wären die Menschen Engel.« Ein müder Zug lag um seinen Mund. »Ich bin fünfzehn Jahre am Institut, das reicht.«

Randaik starrte nachdenklich auf den Fußboden, dann hob er den Kopf. »Wir sollten nicht so tun, als wüßten wir nicht, worum es geht. Sein Fall ist wahrscheinlich typisch für seine Zeit . . .« Er hatte noch etwas hinzufügen wollen, bemerkte aber den Ausdruck in Lewis' Gesicht und überlegte es sich anders. Schweigend versank er wieder in Nachdenklichkeit.

»Sie sehen mich erschüttert, Doktor«, sagte Volmar. »Ich fühle mit Ihnen. Verzeihen Sie die Frage: Warum soll das eine perfekte Falle sein? Haben Sie nie versucht, die Einstellung der Maschine zu ändern?«

McLaughams helle Augen blickten kühl und beherrscht, doch im Hintergrund verbarg sich eine tiefe Bitterkeit, als erblicke er nach Jahren der Blindheit zum ersten Mal seine eigene Häßlichkeit. »Ich komme gegen die Perfektion meiner Erfindung nicht an. Geschieht es nämlich, daß ein Tunnel umkippt, baut sich automatisch um den Betreffenden ein Schutzfeld auf, da er sonst innerhalb der Zeitgrube augenblicklich altern würde, bis er zu Staub zerfallen ist. Eben dieses Schutzfeld hindert mich, ins Zentrum meines Ereigniskegels vorzudringen. Das aber ist die Maschine.«

Sie schwiegen. Randaik blickte Sophia an und sah gleich wieder weg. Ihre Augen waren unbestimmbar gewesen, und er fragte sich, warum. Es mußte mit dem Alten zusammenhängen. Er sah sie wieder an und merkte, daß es Furcht war. Er nickte ihr zu. Ihre Spannung löste sich. Randaik spürte den heftigen Wunsch, sie zu berühren.

»Was wurde aus Brooke?« fragte Lewis.

»Er verschwand mit seiner Familie in der Zeit, tauchte irgendwo unter, in einer fernen Vergangenheit. Es war sein Glück, ich hätte ihn umgebracht.« McLaugham stützte den

Kopf in die Hände. Die Erinnerung an die ersten Stunden voller Verzweiflung und Aufbegehren nahmen ihn gefangen. Seine Hände schienen zu schwach, den Kopf zu tragen. Das wenige Haar fiel nach vorn und bedeckte die knochigen Finger.

Niemand wagte die Stille zu zerstören. Ihre Blicke wichen einander aus. Beschämt suchten sie zu verbergen, daß ihre Trauer, ihr Mitgefühl der Tragik dieses Menschen unangemessen sein mußte. Sie empfanden sich als Wesen einer anderen Welt.

McLaugham richtete sich schließlich auf. Er streckte seine mageren Arme von sich und betrachtete, wie etwas unendlich Wertvolles, seine hilflosen Hände. Am rechten Ringfinger glänzte matt ein schmaler, goldener Reif. Gonzales füllte ihm das Glas. Er stürzte es in einem Zug hinunter. Als er fortfuhr, war seine Stimme wieder klar und fest. »Manchmal habe ich damals meine Frau besucht, nachts, wenn sie schlief. Sie sollte nicht wissen, daß ich noch lebte. Sie hätte es nur noch schwerer gehabt. Ich wollte es ihr ersparen. Ich sah zu, wie sie älter wurde – viermal schneller als ich –, wie ihre Hoffnung schwand. Die Kinder wuchsen heran. Schließlich zogen sie weg. Ich hörte nie wieder etwas von meiner Familie. Sie glaubten mich unwiderruflich in der Zeit verschollen.«

»Wo ist die Zeitmaschine?« Troels Sachlichkeit unterbrach abrupt alle sich anstauenden Äußerungen, alle diffusen oder eindeutigen Gefühle.

Der Alte deutete auf die Tür, durch die er den Raum betreten hatte.

»Woher bezieht sie ihre Energie?«

»Aus einem Nuklearblock.«

»Über Supraleiter?«

McLaugham nickte.

»Hör auf«, sagte Volmar. »Was soll das?«

»Du quälst ihn. Merkst du das nicht?« Randaik fand Troels' Fragerei unpassend, seine Sachlichkeit unangebracht, obwohl er ein Bedürfnis dahinter ahnte.

Troels beachtete ihn nicht. »Wie kann man die Energiezufuhr unterbrechen?«

Der Alte war mit einemmal hellwach. »Sie haben mich verstanden. Ich brauche jemanden, der die Zeitmaschine ausschaltet.« Sein Blick streifte Sophia. Einen Moment lang war er voller Zärtlichkeit. »Als ich Ihrer Freundin meine Geschichte erzählte, kam sie auf die gleiche Idee. Sie hätte es sofort getan, doch es hätte irreversible Konsequenzen. Wer es tut, muß den Mut zu einer ungewöhnlichen Verantwortung haben.«

McLaugham blickte Sophia fest an. Sie wich ihm nicht aus.

Hinter der Ruhe ihrer Stimme schwang ein leiser Ton mit, der ihre Anstrengung verriet. »Ich tue es, ich habe keine Angst. Ich war nur allein.« Ihr Blick streifte Randaik.

Der erschrak, und die nächsten Worte des Alten bestätigten seine Ahnung.

»Ich bin ein lebender Leichnam. Dem Widersinn dieses Begriffs will ich ein Ende setzen. Ich habe mich für einen eindeutigen Status entschieden.« In seinen Worten lag wieder jene Ironie, die ihnen unverständlich war.

»Sie sollten damit nicht scherzen«, sagte Sophia böse.

»Er ist ein Zyniker«, sagte Lewis. »Ein Fall fürs Harmonische Institut.«

Der Alte blickte Sophia liebevoll an. »Lassen Sie einem alten Mann seine Schwächen, mein Kind.«

»Aber ja!« rief Gonzales. »Wir werden die Zeitmaschine ausschalten. Sie kommen aus Ihrer Grube heraus. Dann versetzen Sie sich in die Vergangenheit und warnen sich selbst. Sie können Brooke zuvorkommen.« Seine Augen glänzten. »Das wäre Ihre Rettung.«

McLaugham wehrte ab. Eine eigenartige Heiterkeit begleitete die Geste. »Man kann die Zeit nicht betrügen, mein Freund.«

»Aber . . .«

»Die Zeitgrube ist ein permanent labiles System, das nur durch hohe Energiezufuhr aufrechterhalten wird. Vielleicht haben Sie einmal im Gebirge jene riesigen Steinkegel gesehen, die, mit der Spitze nach unten, nur durch einen schwachen Steg mit dem Fels verbunden sind. Die geringste Erschütterung würde sie umstürzen lassen. Dieser Steg hat in meinem Falle die Stärke eines Haares. Bricht die Zeitgrube zusammen, erlischt mein Schutzfeld. Ich durchlaufe in unfaßbar kurzer Zeit eine neue Ereignisellipse. Selbst wenn die Zeitgrube erst eine Sekunde bestünde, würde ich so weit in die Vergangenheit geschleudert, daß ich die Gegenwart nur in einem . . . äußerst desolaten Zustand wieder erreichte.« Er versteckte einen anderen Ausdruck hinter einem Grienen. »Und zwar fast zu dem gleichen Zeitpunkt, an dem ich sie verließe. Ich könnte mir beinahe selber die Hand reichen, wenn mein Gerippe da mitmachen würde.« Die Vorstellung schien ihn zu erheitern.

Sein leises Gelächter brach erst ab, als Lewis mit humorloser Stimme bemerkte: »Wenn ich recht verstehe, hätte die von Ihnen geplante Machination, zu deren Durchführung Sie eine zweite, lebende Person benötigen, Ihr augenblickliches Ableben zur Folge.«

»So ist es, mein Lieber.«

»Das wäre Mord.«

»Nennen Sie es Erlösung.«

»Ich kann mich damit nicht einverstanden erklären. Verstehen Sie, ich will Ihr Bestes.«

»Darum bitte ich Sie.«

»Es ist unverantwortlich von Ihnen, jemandem diese moralische Last aufzubürden.«

»Brauchen Sie noch immer eine Habeaskorpusakte?« fragte McLaugham spöttisch.

»Es geht nicht.« Lewis versuchte die Härte seiner Worte durch eine mitleidige Geste zu mildern.

Angst trat in die Augen des Alten. Seine Stimme klang heiser. »Ersparen Sie mir weitere qualvolle Jahre. Ich flehe Sie an. Seit Jahrhunderten suche ich nach einem Menschen, der genug Mut und Phantasie aufbringt, mein Schicksal zu begreifen. Nun wollen Sie es ungeschehen machen. Das können Sie nicht tun.«

»Es ist nicht nur das Gesetz, das mich so handeln läßt«, sagte Lewis. »Wir haben Verantwortung füreinander. Auch für Sie. Ihr Problem muß vor einem höchsten Gremium entschieden werden.«

Der Alte richtete sich trotzig auf. »Was wollen Sie? Das sind prinzipielle Erwägungen.« Ein leiser, enttäuschter Ton klang aus den Worten. »Ich gehöre einer anderen Zeit an. Kein Gesetz Ihrer Gesellschaft sieht meinen Fall vor. Sie brauchen sich auf nichts zu berufen, kein Paragraph wird dafür oder dagegen sprechen.«

»Es gibt ungeschriebene Gesetze.«

»Ewige«, antwortete McLaugham spöttisch. »Nein.« Er schüttelte heftig den Kopf. »Sie sind ganz auf sich gestellt. Sie brauchen nur zwei Eigenschaften: Mitgefühl und Handlungsfreiheit. Jeden Einwand betrachte ich als Feigheit. Seit vierhundert Jahren bin ich von jeder menschlichen Bindung ausgeschlossen. Ich konnte nur hoffen, daß die Menschheit weiterkommen wird, um den hervorzubringen, der so frei und so mutig ist, mein Schicksal nach meinem Willen zu vollenden.«

»Ich tue es.« Sophia hatte leise gesprochen, doch die eindringliche Schärfe machte ihre Worte unüberhörbar.

»Gonzales! Auch du bist dafür?« Lewis blickte in die Gesichter der Freunde.

Randaik konnte die Spannung nicht länger ertragen. Er hatte das Gefühl, der Bogen müßte jeden Augenblick zerbrechen. »Ich glaube, es ist besser so! Ich habe nie von einem grausameren Geschick gehört. Es wäre unmenschlich, es zu verlängern. Tut mir leid, Lewis. Ich bin dafür!«

Entschlossen erhob sich Lewis. Der innere Widerstreit ließ sein Gesicht zerfurcht erscheinen.

Mit einer Behendigkeit, die niemand dem Zweizentnermann zugetraut hätte, war Volmar aus seinem Sessel. »Wo willst du hin?«

»Ich werde die Grünen Kyberneten verständigen.«

»Lassen Sie ihn«, sagte der Alte. »Er kann nicht hinaus.«

Lewis ließ sich wieder in den Sessel fallen. »Ach ja«, bemerkte er, »ich vergaß: Wir sind in Ihrer Gewalt. Welch unfreundliche Geste gegenüber Menschen, die Ihnen helfen wollen.« Er faltete die Hände über dem Bauch und schloß die Augen.

»Gehen wir«, sagte McLaugham zu Sophia. »Es ist bereits Viertel vor sechs. Wenn wir uns nicht beeilen, muß ich noch einen Tag warten.« Er öffnete die Tür zum Nebenraum und betrat ihn zusammen mit Sophia. Randaik und Gonzales waren auf Geheiß des Alten an der Schwelle stehengeblieben. Golmar stand hinter ihnen und warf ab und zu einen Blick auf Lewis. Doch der verharrte in seiner Haltung und öffnete nicht einmal neugierig die Augen.

McLaugham ging auf die schwarze Säule zu, die sich in der Mitte des Raumes erhob. Unvermittelt umsprühte ein blaugrünes Leuchten seinen Körper. Schlängelnde Blitze liefen wie in einem pulsierenden Knäuel etwa eine Armlänge vor seiner Brust zusammen, verzweigten sich wieder zu einer kreisförmigen, schillernden Kaskade, die mit einem Radius von mehreren Metern wie ein Vorhang rings um die Säule verlief.

McLaugham schien das nicht zu stören. Er ließ sich nach vorn fallen und wurde wie von einem federnden Polster wieder zurückgeworfen. Im Rhythmus dieser Bewegung pulsierte das blaugrüne Licht.

»Sehen Sie?« McLaugham wandte sich um. »Weiter kann ich nicht. Ich werde zurückgestoßen wie ein Tennisball.« Er ging auf Sophia zu, die hinter ihm geblieben war. Das Leuchten wurde schwächer und erlosch.

McLaugham deutete auf die Säule, die in Hüfthöhe von einer flachen Wulst umlaufen wurde, auf der einige Schaltarmaturen angeordnet waren. »Der rote Pilz dort. Sie brauchen ihn nur herunterzudrücken und mit einer Viertelrechtsdrehung zu arretieren. Es dauert einige Sekunden, bis der Feldgenerator, das Kernstück der Maschine, durchschmilzt. Nebenan droht Ihnen keine Gefahr.« McLaugham wirkte ruhig und konzentriert. Er zwinkerte Sophia zu. Um seine Mundwinkel spielte ein leichtes Lächeln. »Nehmen Sie in Gedanken meinen Händedruck entgegen. Ein anderer Dank ist mir nicht vergönnt.«

Randaik und Gonzales gaben den Eingang frei.

»Einen Moment!« rief Randaik dem Alten entgegen. »Verbürgen Sie sich, daß ihr nichts geschieht?«

»Er hat es mir vorhin erklärt«, antwortete Sophia. »Die Chance steht neunundneunzig zu eins, daß es gut geht. Das eine Prozent Risiko besteht in der Möglichkeit, daß ich mein Leben vielleicht als Lady an König Duncans Hof beschließen muß, als weise, wahrsagende Frau.«

Randaik lächelte. »Unsichere Zeiten damals. Du solltest deinen Ritter mitnehmen.«

Dicht nebeneinander gingen sie auf die drohende Säule zu. Hin und wieder berührten sich ihre Arme. Sie spürten ihre Nähe. Das war alles, was sie brauchten, um das Niemandsland zwischen Jetzt, Vergangenheit und Zukunft zu überwinden.

Sophia legte die Hand auf den Pilz. Sie spürte das summende Vibrieren der Maschine.

»Warten Sie!« rief McLaugham hinter ihnen. »Ich will Ihnen nicht zumuten, meine Knochen zusammenzufegen. Ich lege mich zu Bett, um zu sterben, wie es sich für einen alten Narren gehört.«

In der Tür drehte er sich noch einmal um. Seine Stimme war leise. »Lebt wohl, ihr beiden. Euch allen wünsche ich Glück.« Wehmutsvoll schwieg er einen Augenblick. »Vergeßt den alten Mann, der zu ehrgeizig und zu vertrauensselig war, der nicht nur an seiner Zeit scheiterte. Ich werde nicht mehr sein, und ich nehme meine unglückselige Erfindung mit mir.« Er verschwand nebenan. Einen Moment später nickte Troels, der hinter Gonzales in der Tür stand, ihnen zu.

Der Schalter rastete geräuschlos ein.

Behutsam auftretend, um McLaughams Ruhe nicht zu stören, verließen sie den Raum und zogen sich in den Gang zurück. McLaugham hatte die Augen geschlossen. Einen letzten Blick warfen Randaik und Sophia auf ihn, ehe sie hinter der Betonwand Schutz suchten.

Einen Atemzug später flackerte grelles Licht zwischen den Mauern. Ein dumpfes, unterirdisches Grollen stieg zu ihnen auf. Durch die Tür wälzte sich eine Qualmwolke.

Sie warteten einen Augenblick, dann drangen sie in McLaughams Zelle ein.

Auf dem Bett lag, inmitten einer Schicht zerfallenen Federmulms, ein Skelett. Seine Hände waren auf der Brust gefaltet. Um den rechten Ringfinger glänzte matt ein schmaler, zu weiter Goldreif.

Inhalt

ISBN 3-360-00062-5

1. Auflage dieser Ausgabe

Lizenz-Nr.: 409-160/238/87 · LSV 7004
Umschlagentwurf: Erhard Grüttner
Printed in the German Democratic Republic
Lichtsatz: Karl-Marx-Werk Pößneck V 15/30
Druck und buchbinderische Weiterverarbeitung:
Grafischer Großbetrieb Völkerfreundschaft Dresden
622 780 9
00650